Carina Schnell

When the Night Falls

CARINA SCHNELL

WHEN THE Night FALLS

everlove by PIPER

Mehr über unsere Autorinnen, Autoren und Bücher:
www.everlove-verlag.de

Wenn dir dieser Roman gefallen hat, schreib uns unter Nennung des Titels »When the Night Falls« an *empfehlungen@piper.de,* und wir empfehlen dir gerne vergleichbare Bücher.

Von Carina Schnell liegen im Piper Verlag vor:
Sommer-in-Kanada-Reihe:
Band 1: When the Storm Comes
Band 2: When the Night Falls
Band 3: When the Stars Collide

Unser Versprechen für mehr Nachhaltigkeit
Klimaneutrales Produkt
FSC®-zertifiziertes Papier
Hergestellt in Europa

FSC
www.fsc.org
MIX
Papier | Fördert gute Waldnutzung
FSC® C083411

ISBN 978-3-492-06282-4

Redaktion: Kerstin von Dobschütz
Satz: psb, Berlin
Gesetzt aus der Albertina
Druck und Bindung: CPI Books GmbH, Leck
Printed in the EU

Für alle, die lieben, obwohl es wehtut

»There's magic in this misery.«

Gabrielle Aplin

DAVOR

Ich dachte immer, Liv wäre ein Sturm. Eine Naturgewalt, die alles mit sich reißt. Aber jetzt weiß ich, dass Liv die Nacht ist. Meine ganz persönliche Nacht.
Mein Leben kann ganz klar in eine Zeit vor Liv und eine Zeit nach ihr eingeteilt werden.
***Davor** war sie die Sonne in meinem Leben. **Danach** herrschte nichts als Finsternis.*

Will

Ich war bereit.

Zufrieden rückte ich meine dunkelblaue Fliege im Spiegel zurecht, straffte die Schultern und strich mein Sakko glatt. Es war ein seltsamer Anblick, mich im Anzug zu sehen. Bisher hatte ich in meinem Leben noch nicht oft Gelegenheit gehabt, einen zu tragen. Meine Schultern wirkten breiter, die Beine länger. Meine braunen Locken waren frisch geschnitten, an den Seiten kürzer, oben etwas länger. Irgendwie wirkte ich älter. Reifer. Das gefiel mir. Heute Abend konnte ich jedes bisschen Selbstbewusstsein brauchen, das ich aufbringen konnte.

Der teure Stoff lag kühl auf meiner Haut. Trotzdem war mir heiß, meine Hände waren bereits seit über einer Stunde schweißfeucht, in meinem Magen kribbelte es beinahe schmerzhaft. Zum gefühlt hundertsten Mal wischte ich mir die Handflächen an der teuren Anzughose ab. Ich warf meinem Spiegelbild mit den dunkelbraunen Augen und dem Bartschatten ein gewinnendes, wenn auch leicht schiefes Lächeln zu. *Du packst das,* sagte ich mir in Gedanken, bevor ich mich der Treppe zuwandte. Trotz meines inneren Aufruhrs waren meine Schritte beschwingt und entschlossen, als die alten Stufen unter meinem Gewicht knarzten. Auf dem Weg nach unten kam ich an unzähligen Kinderfotos von meiner Schwester und mir, Hochzeitsfotos von Mom und Dad und Schwarz-Weiß-Aufnahmen meiner Großeltern vorbei.

Natürlich wartete Mom im Eingangsbereich mit den hohen Fenstern und dem glänzenden Parkett auf mich. Sie hatte Dads alte Kamera in der Hand und strahlte über das ganze Gesicht. »Sieh dich nur an. Du siehst so erwachsen aus, Will!«

»Ach, Quatsch, Mom.« Ich winkte zerknirscht ab. Ohne Vorwarnung schoss sie ein Foto, sodass ich gegen den grellen Blitz anblinzeln musste.

Meine jüngere Schwester Emilia, die am Türrahmen des Esszimmers lehnte, schnaubte theatralisch. »Wohl eher wie James Bond für Arme.«

Mom warf ihr einen tadelnden Blick zu. »Der Anzug war sündhaft teuer, Emmy!«

Emilia hob entschuldigend die Hände mit den schwarz lackierten Nägeln, warf sich ihr langes, kastanienbraunes Haar über eine Schulter und verdrehte die Augen. Erst letzte Woche hatte sie sich einen Undercut schneiden lassen, was einen riesigen Streit mit unseren Eltern zur Folge gehabt hatte.

»William!«, rief Mom in Richtung Wohnzimmer. »Komm und sieh dir deinen Sohn an, bevor er losfährt.« Dad grunzte etwas Unverständliches. Er saß über seinen Laptop gebeugt am Esstisch und hackte auf der Tastatur herum. Nichts Ungewöhnliches für einen Samstagabend.

»Ist schon gut, Mom.« Ich konnte es kaum erwarten, endlich aus dem Haus zu kommen. Sonst würde ich jeden Moment vor Vorfreude platzen.

Zu meiner Überraschung gesellte Dad sich zu uns, mit hochrotem Kopf und einer steilen Falte zwischen den Brauen. Er musterte mich von Kopf bis Fuß, nickte einmal abgehackt und wollte schon wieder ins Wohnzimmer verschwinden.

»Halt!« Mom packte ihn am Arm und schob ihn neben mich. »Emmy, du auch. Rückt alle zusammen und … lächeln!«

Sie schoss ein Foto von uns dreien, wie wir steif und in gebührendem Abstand zueinander am Fuß der Treppe standen. Ich war wahrscheinlich der Einzige, der auf diesem Foto lächelte. Das fiel mir allerdings nicht schwer, da ich seit Tagen nichts anderes mehr tat. Meine Mundwinkel widersetzten sich der Schwerkraft, indem sie sich pausenlos nach oben reckten.

Dad flüchtete zurück zu seinem Laptop, während Emmy sich an mir vorbei die Treppe hochdrängte.

Mom sah ihr kopfschüttelnd hinterher. »Wenn sie in ein paar Jahren zu *ihrem* Abschlussball aufbricht, wird sie sich freuen, ihren großen Bruder an ihrer Seite zu haben.«

Das bezweifelte ich. Trotzdem nickte ich und schenkte Mom ein Lächeln.

Sie kam zu mir und rückte meine Fliege gerade, obwohl ich das eben erst getan hatte. Mit glänzenden haselnussbraunen Augen strich sie mir unsichtbare Fusseln von den Schultern und trat dann einen Schritt zurück, um mich nochmals zu begutachten.

»Bello mio«, murmelte sie mit belegter Stimme und schob eine dunkelbraune Strähne zurück in ihren Dutt. Mom war die Einzige, die wusste, was ich heute Abend vorhatte. Mit Ausnahme meiner beiden besten Freunde. Nur war sie nicht besonders gut darin, ihre Gefühle zu verbergen. Das hatte ich von ihr.

Automatisch schob ich eine Hand in meine Hosentasche und tastete nach der kleinen, samtbezogenen Schachtel darin, wie ich es in der letzten halben Stunde schon hundertmal getan hatte.

»Sie wird Ja sagen«, flüsterte Mom und gab mir einen Kuss auf die Wange.

Mein Herz schwoll noch mehr an, sodass ich glaubte, es

müsste jeden Moment meinen Brustkorb sprengen. Mom strich mir eine Locke aus der Stirn und gab dann den Weg zur Tür frei.

Meine nagelneuen, frisch polierten Schuhe klackten laut auf dem Parkett. Kühle Frühlingsluft schlug mir entgegen, als ich die Haustür öffnete. Allerdings lag heute schon der erste Hauch von Sommer in der Luft. Vor dem Haus blühten Tulpen und Primeln, ihr Duft vermischte sich mit der salzigen Brise, die vom Meer heranwehte. Es war noch nicht vollständig dunkel, doch ich hoffte, dass sich die Sonne mit dem Untergehen beeilen würde. Für meinen Plan brauchte ich den Schutz der Nacht.

Mit weichen Knien ging ich durch unseren gepflegten Vorgarten, schloss kurz die Augen, um dem Zwitschern der Vögel und dem Verkehr auf der fernen Water Street zu lauschen, genoss die Wärme der letzten Sonnenstrahlen. Es war der perfekte Abend für den perfekten Plan.

Ich seufzte leise und konnte plötzlich gar nicht schnell genug durch das Gartentor zur Einfahrt kommen.

Mit zitternden Fingern und flatterndem Herzen stieg ich in den silbernen Pick-up-Truck, ein frühzeitiges Geschenk von meinen Eltern zum Highschool-Abschluss.

Ich startete den Motor und sah mich noch einmal zur Haustür um. Natürlich stand Mom dort, um mich zu verabschieden. Sie hatte eine Hand auf ihr Herz gepresst und winkte mir mit tränenfeuchten Wangen. »Viel Glück«, formte sie lautlos mit den Lippen. Meine Mundwinkel wanderten noch höher. Ich ließ die Scheibe herunter, streckte die Hand aus dem Fenster und winkte ihr zurück.

Als hätte es sich jemand für mich gewünscht, ertönten in diesem Moment die ersten Klänge von *Marry you* von Bruno Mars im Radio. Hochzeitsglocken. Mein Magen kribbelte, und ich packte das Lenkrad fester, als ich rückwärts aus der Einfahrt fuhr.

Ich war bereit.

Liv

Ich tanzte zu David Bowie durch mein Zimmer. Meine nackten Füße versanken im weichen Teppich, die Zehennägel hatte ich silbern lackiert. Singend drehte ich mich einmal um mich selbst und pustete mir eine blonde Strähne aus der Stirn. Als ich am Spiegel vorbeitanzte, gefiel mir, was ich sah. Ich trug kein weit ausgestelltes Prinzessinnenkleid, wie es die meisten Mädchen in meinem Alter zur Prom gewählt hätten, sondern ein eng anliegendes Wickelkleid aus dunkelblauem Samt, das mir bis zu den Knien reichte und meine helle sommersprossige Haut perfekt in Szene setzte. Außerdem ließ es mir die Beinfreiheit, um heute Abend ordentlich zu tanzen.

Denn es gab etwas zu feiern.

Mein Blick fiel auf den geöffneten Umschlag, der zwischen unzähligen Nagellackfläschchen, Kaugummipackungen und alten Schulbüchern auf meinem Schreibtisch lag. Es war eine Zusage der Universität Genf, Studiengang Internationale Menschenrechte. Wie schon seit Tagen machte mein Herz bei diesem Gedanken einen aufgeregten Sprung. Ich konnte es immer noch kaum fassen, dass mein Traum in Erfüllung gegangen war. Dass ich St. Andrews tatsächlich bald verlassen würde. Das Semester würde zwar erst im September beginnen, doch ich war bereit für Europa. Bereit, die Welt zu entdecken. Bereit, aus dieser verschlafenen Kleinstadt zu verschwinden. Bereit für meine Zukunft.

Allein bei der Vorstellung, noch länger hierzubleiben, rückten die Wände meines Zimmers auf mich zu. Plötzlich hörte ich die Musik nicht mehr, da mir das Blut laut in den Ohren rauschte. Meine Brust wurde eng, und ich blieb wie erstarrt stehen, um mich auf meine Atmung zu konzentrieren. Beide

Hände auf den Schreibtisch gestützt, schloss ich die Augen und tat einen Moment nichts, als langsam ein- und wieder auszuatmen.

Im Bewältigen dieser Panikattacken war ich in letzter Zeit Expertin geworden. Bereits seit Monaten fühlte ich mich eingesperrt, als lebte ich in einem Käfig, der sich immer mehr um mich zusammenzog. Das Gefühl, nicht atmen zu können, war zu meinem täglichen Begleiter geworden. Als vorgestern die Zusage der Schweizer Universität gekommen war, hatte ich deshalb keinen Augenblick gezögert. Der Flug war gebucht. Ich hatte mich auf ein Zimmer im Studentenwohnheim beworben. Meine Reiseroute durch Europa stand bereits seit Jahren fest.

Ich öffnete die Augen und musterte die Weltkarte an der Wand über meinem Bett, auf der ich mit Stecknadeln all die Orte markiert hatte, die ich bereisen wollte. All die Wunder, die da draußen auf mich warteten. Langsam verschwand das beklemmende Gefühl und wurde von kribbeliger Vorfreude abgelöst. Noch fünf Tage in diesem Kaff. Fünf Tage, bevor mein Leben endlich beginnen würde.

Vor mich hin summend trug ich beerenfarbenen Lippenstift auf und wuschelte mir durch die langen blonden Wellen, die vom Duschen noch leicht feucht waren. Mit einem letzten Blick auf den Brief auf meinem Schreibtisch eilte ich aus dem Zimmer. Meine Beine waren zwar noch etwas wackelig, doch ich schüttelte mein Unbehagen ab wie eine Schlange ihre alte Haut. Es gab nun schließlich keinen Grund mehr dafür.

Als ich die Treppenstufen hinunterhüpfte, lag das Haus still und dunkel da. Meine Eltern waren auf irgendeiner Kunstausstellung in St. John. Natürlich war das wichtiger als der Abschlussball ihrer Tochter. Was bedeutete schon das Ende der Highschool, verglichen mit den Freuden der Kunst? Derartige Gedanken versetzten mir schon lange keinen schmerzhaften

Stich mehr wie früher, als ich noch klein gewesen war. Ich hatte mich längst daran gewöhnt, alles allein zu schaffen.

Eilig tapste ich durch den dunklen Flur. Eine Diele knarzte unter meinen nackten Zehen. Das Licht der Abendsonne spendete gerade genug Licht, um meine Schuhe zu finden. Es waren silberne Riemchensandalen mit einem nicht besonders hohen, aber breiten Absatz, mit dem ich die ganze Nacht durchtanzen konnte. Ich freute mich darauf, einen letzten Abend mit meinen Freunden zu verbringen, bevor es nach Europa ging. Tortenschlacht mit Jack, Dance-Battle mit Blake und heimliche Schlucke aus dem Flachmann, den Fiona an den Aufsehern vorbeischmuggeln würde.

Und Will. Wir würden sicher irgendwann von der Tanzfläche verschwinden, um ein letztes Mal in den leeren Gängen unserer Highschool rumzumachen. Ich war nicht sicher, wie er meine Abreise aufnehmen würde, doch gleichzeitig konnte ich es kaum erwarten, allen meinen Freunden von meinem großen Abenteuer zu erzählen. Das hatte ich mir für heute Abend aufgespart. Wenn wir schon das Ende einer Ära feierten, konnten wir auch gleich auf den Beginn einer neuen anstoßen.

Ich warf einen raschen Blick auf die Wanduhr im Wohnzimmer. Mist, schon so spät! Will hatte mich gebeten, mich um acht Uhr hinter der Turnhalle mit ihm zu treffen. Er war immer pünktlich, also würde ich ihm den Gefallen tun, es diesmal auch zu sein. Eilig schnappte ich mir meine Handtasche von der klapprigen Bank neben dem Eingang und schlüpfte in die frische Abendluft hinaus.

Als ich die Haustür hinter mir schloss, achtete ich darauf, zweimal abzuschließen. Einen Schlüssel hatte ich schon seit der ersten Klasse. Rührei und Pasta konnte ich zubereiten, seit ich vier war. Die frühe Selbstständigkeit war notwendig gewesen, um in einem Haushalt zu überleben, in dem Kunst über alles ging. Selbst über das kleine Mädchen mit den blonden Zöpfen, das sich nichts sehnlicher wünschte, als Sonntagsausflüge mit seinen Eltern zu machen und wie die anderen Kinder eine Brotbüchse mit Käsesandwiches für die Schulpause zu bekommen.

Auf dem Weg durch den Vorgarten winkte ich unserer Nachbarin zu, die gerade ihre Katze Princess Purrfect an der Leine an unserem Haus vorbeiführte. »Amüsiert euch gut, Liebes«, rief sie mir mit einem wissenden Lächeln zu.

»Danke, Mrs Crawford! Haben Sie auch einen schönen Abend.«

Natürlich wusste die ganze Stadt, dass heute der Abschlussball der Highschool stattfand. In St. Andrews wusste jeder über alles Bescheid – selbst über Dinge, die niemanden etwas angingen. Da war sie wieder, die bleierne Schwere, die auf meinen Brustkorb drückte. Ich presste mir eine Hand aufs Herz und geriet auf den unebenen Pflastersteinen kurz ins Straucheln. Keuchend konzentrierte ich mich auf meine Schritte und die silbernen Zehennägel, die vorne aus meinen Sandalen herauslugten.

Nicht mehr lange, erinnerte ich mich in Gedanken. *Bald bist du frei.*

Die Vorstellung, in wenigen Tagen in einer großen Stadt zu leben, unbemerkt in der Masse von Menschen, Farben und Gerüchen zu verschwinden, völlig neu anzufangen, zu sein, wer immer ich sein wollte, machte mich ganz schwindelig vor Glück.

Als ich vor meinem Auto zum Stehen kam, ging mein Atem bereits wieder gleichmäßig. Ich rüttelte mehrfach an der Tür meines knallgelben Käfers namens Metterming, dem Vorgängermodell des VW-Beatle. Es war ein Wunder, dass der uralte Wagen noch nicht auseinandergefallen war, doch ich liebte ihn heiß und innig. Neben meinen Freunden und meiner

Granny war Metterming eins der wenigen Dinge, die ich vermissen würde.

Als ich es endlich geschafft hatte, die Tür zu öffnen, seufzte ich erleichtert. Manchmal blieb der Schlüssel im leicht verrosteten Schloss stecken, sodass man ihn nur mit Schmiere oder etwas Butter herausbekam. Dann wäre ich wirklich zu spät gekommen.

Als ich einstieg, begrüßte mich ein bunter Haufen Hubba-Bubba-Papier auf dem Beifahrersitz mitsamt dem beißenden Melonengeruch meiner Lieblingskaugummis. Auf der Rückbank stapelten sich Bücher, hauptsächlich feministische Schriften und Werke von Jane Austen und Virginia Woolf.

Ich steckte mir einen Kaugummi in den Mund und checkte meinen Lippenstift im Rückspiegel. Dann hielt ich einen Moment inne und sah mir in die grünen Augen. In ihnen lag ein verheißungsvolles Funkeln. *Bald,* schienen sie mir zuzuflüstern. *Bald beginnt dein Leben so richtig.*

Mit einem breiten Lächeln und Tausenden tanzenden Glühwürmchen im Magen ließ ich den laut knatternden Motor an. Im weichen Licht der untergehenden Sonne fuhr ich durch die langsam dunkler werdenden Straßen von St. Andrews in Richtung unserer Highschool.

Zum letzten Mal.

Will

Ich parkte meinen Wagen hinter der Turnhalle, in der die Prom stattfand. Laute Musik drang aus dem Gebäude. Die ersten Gäste strömten bereits durch den Haupteingang auf der anderen Seite. Liv hatte nicht gewollt, dass ich sie an diesem Abend abholte, sondern vorgeschlagen, dass wir uns auf der Feier trafen. Heute war mir das recht, denn es gab mir Zeit, alles vorzubereiten. Außerdem hatte ich ihrem starken Drang nach Selbstbestimmung und Freiheit sowieso nie viel entgegenzusetzen gehabt. Das war eins der Dinge, die ich so sehr an ihr liebte.

Jack und Blake, meine beiden ältesten Freunde, warteten bereits auf der weiten Rasenfläche zwischen Turnhalle und Footballfeld auf mich. Hier war es ruhiger, die Musik war kaum noch zu hören, und keine Menschenseele würde heute Abend herkommen. Deshalb hatte ich diesen Ort ausgewählt. Und weil Liv und ich uns hier in den Pausen oft heimlich getroffen hatten. Nicht weit weg vom Schulhof, aber weit genug für Zweisamkeit. Sie liebte die Ruhe hier, nur durchbrochen vom Zwitschern der Vögel in den nahen Bäumen.

Im Näherkommen hob ich meine prall gefüllte Sporttasche wie eine Trophäe über den Kopf. Jack und Blake jubelten im Chor.

»Alles klar, Mann?« Jack schlug mir auf den Rücken. »Bist du bereit?«

»So bereit, wie man nur sein kann«, antwortete ich grinsend.

»Das wird episch.« Blake hielt mir seine Faust hin, gegen die ich mit meiner stieß. Seine umbrabraunen Fingerknöchel bildeten einen starken Kontrast zu meiner blassrosa Haut.

Das Kribbeln in meinem Magen verstärkte sich, als ich die Tasche abstellte und den Reißverschluss öffnete. Sie war mit vierzig Teelichtern in kleinen Gläsern gefüllt, die wir auf dem leicht ansteigenden Hang unter Livs Lieblingsbaum zu einem Herz anordnen würden.

Ich warf einen raschen Blick auf meine Armbanduhr. »Wir müssen uns beeilen. Ich habe Liv gesagt, sie soll um acht hier sein.«

Gut gelaunt machten wir uns daran, die Teelichter aufzustellen. Mein Herz klopfte mit jeder verstreichenden Sekunde schneller, bis ich das Gefühl hatte, augenblicklich vor Nervosität umzufallen. Ich konnte mich kaum auf Blakes Witze und Jacks gute Ratschläge konzentrieren. Dennoch war ich froh, die beiden an diesem Abend an meiner Seite zu wissen.

Nachdem wir alle Kerzen angezündet hatten, trat ich einen Schritt zurück, um unser Werk zu begutachten.

»Danke, ihr beiden«, murmelte ich ergriffen. »Es ist wirklich schön geworden.« Ich blinzelte eilig, bevor sich eine Träne aus meinem Augenwinkel lösen konnte, und verfluchte einmal mehr, dass ich so nah am Wasser gebaut war. Die beiden schienen es jedoch nicht zu bemerken. Sie klopften mir zum Abschied auf die Schulter.

»Viel Glück.« Jack fuhr sich durch das honigblonde Haar. »Aber ich glaube nicht, dass du es brauchen wirst. Liv und du, ihr seid füreinander bestimmt.«

Ich lächelte ihm dankbar zu und sah den beiden hinterher, als sie in der zunehmenden Dunkelheit in Richtung Turnhalle verschwanden.

Dann wandte ich mich dem flammenden Herz zu. Der flackernde Feuerschein erinnerte mich an Liv. An das Feuer in ihren leuchtend grünen Augen. An ihr Lachen, das immer ausgelassen, immer echt war. Und an die unzähligen Sommersprossen in ihrem Gesicht, die ich so oft zu zählen versucht hatte, obwohl es unmöglich war, da ständig neue hinzukamen. Wir waren mittlerweile schon lange zusammen. Nie hatte ich einen Menschen so gut gekannt wie sie, und nie hatte mich ein Mensch so gut gekannt. Lächelnd erinnerte ich mich daran, wie ich sie in der siebten Klasse auf Fionas Geburtstag gefragt hatte, ob sie meine Freundin sein wollte. Schon damals hatte ich gewusst, dass sie die Frau für mich war. Die einzige, die ich je geliebt hatte und je lieben würde. Sie hatte frech in meinen Muffin gebissen und mit schokoladenverschmierten Lippen Ja gesagt.

Hoffentlich würde sie das heute Abend wieder tun.

Ich wischte mir rasch über das Gesicht. *Jetzt werd nicht sentimental. Dafür ist später noch genug Zeit.*

Zur Ablenkung zog ich mein Handy aus der Hosentasche, um ein Foto von dem flammenden Herz zu schießen. Es war fünf vor acht.

Noch fünf Minuten, bevor sich mein Leben für immer verändern würde. Abermals wischte ich mir die feuchten Handflächen an meiner Hose ab und starrte in die Richtung, aus der Liv jeden Moment kommen würde.

Liv

Schon von Weitem erkannte ich flackernden Kerzenschein im Gras. Der Hang stieg hinter der Turnhalle leicht an, und darauf … leuchtete ein riesiges Herz. Meine Mundwinkel hoben sich wie von selbst. Natürlich hatte Will, der notorische Romantiker, eine Überraschung für unseren Abschlussball geplant.

Er stand vor den flackernden Teelichtern und sah umwerfend aus. Sein lockiges braunes Haar wurde von der leichten Brise gezaust. Sein eleganter schwarzer Anzug war perfekt geschnitten. Wie immer, wenn er nervös war, rieb er sich über den Dreitagebart, den er als einziger Junge unserer Highschool schon hatte, seit wir sechzehn waren. Daraufhin färbte sich die helle Haut seiner Wangen leicht rosa. Seine tiefbraunen Augen glühten förmlich, als er mir entgegentrat. »Liv, du siehst wunderschön aus.«

»Du hast dich aber auch ordentlich schick gemacht.« Ich küsste ihn auf den Mund und umarmte ihn fest.

Er hielt mich eine Weile an sich gepresst, sein Kinn auf meinem Kopf, sein frischer Duft nach Meer und Wind in meiner Nase. Täuschte ich mich, oder zitterte er ganz leicht? Als er zu mir herabsah, war sein Blick so intensiv, dass ich beinahe darin versunken wäre.

»Das alles ist wirklich schön«, raunte ich nah an seinem Mund. »Hast du das nur für mich vorbereitet?«

Er nickte. Lächelnd fuhr ich ihm mit der Hand durch die leicht kratzigen Bartstoppeln und seufzte wohlig auf. Noch etwas, das ich vermissen würde. »Du willst wohl, dass unsere Prom unvergesslich wird, was?«

Er lachte leise, seine Brust vibrierte unter meinen Fingern. »Kann man wohl sagen, ja.« Er trat einen Schritt zurück und hob eine rote Rose vom Boden auf. »Die ist auch für dich.«

»Oh, vielen Dank.« Verschmitzt deutete ich einen Knicks an und nahm sie entgegen. »Du hast dich aber wirklich ins Zeug gelegt.« Wills Hand fuhr in seine rechte Hosentasche, als er scheu lächelte. »Das trifft sich gut«, fuhr ich fort, »weil ich etwas Wichtiges mit dir besprechen wollte.«

»Echt?« Überrascht zog er die Hand aus der Hosentasche. »Ich habe nämlich auch etwas Wichtiges mit dir zu besprechen.«

»Okay.« Ich grinste. »Du zuerst.«

Schon wieder vergrub er eine Hand in seiner Hosentasche. War das ein neuer Tick?

Ich hob die Rose an meine Nase und roch daran. Ihr starker Duft machte mich ganz benommen. Als ich wieder aufblickte, stand Will noch dichter vor mir. So dicht, dass ich wieder seinen vertrauten Geruch einatmete und ihn am liebsten gleich noch einmal geküsst hätte.

Doch plötzlich ging Will vor mir auf ein Knie, und meine Welt kippte von einem Moment auf den nächsten.

Will

Ich kniete vor meiner Traumfrau und hob ihr die elegant verzierte Schatulle entgegen. Mit einem leisen Klicken öffnete ich sie, sodass Liv den goldenen Ring darin sehen konnte.

Sie schlug sich eine Hand vor den Mund. Genau die Reaktion, auf die ich gehofft hatte.

Meine Zunge fühlte sich schwer an, meine Kehle wie ausgetrocknet. Ich versuchte, meine Nervosität abzuschütteln, und blickte zu ihr auf.

»Liv, wir sind jetzt seit knapp fünf Jahren zusammen, und ich bin noch viel länger in dich verliebt. Ich kann mir nicht vorstellen, mein Leben mit jemand anderem zu verbringen. Nur mit dir. Immer nur mit dir.« Ich räusperte mich. »Ich weiß, wir sind noch jung, aber wenn man es weiß, dann weiß man es eben. Deshalb würdest du mich zum glücklichsten Mann der Welt machen, wenn du heute Abend Ja sagst. Zu mir. Zu uns.« Ich hielt kurz inne, legte all meine Liebe für sie in die nächsten Worte. »Willst du mich heiraten?«

Erwartungsvoll sah ich in Livs Augen, die sich mit Tränen füllten. Eine weitere Reaktion, die ich vorhergesehen hatte. Ich hatte sogar ein paar Taschentücher in der Innentasche meines Jacketts verstaut.

Liv sagte immer noch nichts, ihr Blick huschte zwischen mir und dem Ring hin und her, als suchte sie nach den richtigen Worten. Ich strahlte sie an, mein Herz war bis zum Bersten mit Liebe für sie gefüllt.

Livs Augen weiteten sich, ihre Unterlippe zitterte. »Will … ich …« Sie legte eine Hand auf die Schatulle und schloss sie.

Ich erstarrte. »Liv? Was machst du denn da?« Damit hatte ich eindeutig nicht gerechnet.

Sie schob ihre Hand über meine, die die Ringschachtel festhielt. »Das geht alles viel zu schnell«, stieß sie atemlos hervor. »Ich … ich kann dich nicht heiraten, Will.«

»Was? Ich verstehe nicht.« Es war, als hätte sie mir einen Schlag in den Magen versetzt und mir dann die Beine weggetreten.

»Ich kann dich nicht heiraten …«, wiederholte sie. »Weil ich in ein paar Tagen nach Europa fliege.«

Die Wiese öffnete sich unter mir, und ich fiel ins Bodenlose.

Liv

»Aber, Liv …« Will löste seine Hand von meiner. Ich hatte seine Finger viel zu fest umklammert. Er trat einen Schritt zurück, runzelte verwirrt die Stirn. »Warte mal, *was?*«

Mein Herz schlug so heftig in meiner Brust, dass es wehtat. Dieser Abend, dieser Moment … das alles war so falsch. So ganz anders, als ich es mir ausgemalt hatte.

»Was meinst du damit, du fliegst nach Europa?« Wills sonst tiefe, warme Stimme klang auf einmal ungewohnt schrill.

»Gestern kam die Zusage der Universität Genf …«

Seine Augen weiteten sich.

»Ich möchte ein bisschen herumreisen, bevor das Semester im September beginnt. Der Flug ist schon gebucht.«

Er sah mich so verständnislos an, als spräche ich eine Fremdsprache. »Aber … aber …«

»Ich hatte dir doch erzählt, dass ich mich an einigen europäischen Unis beworben habe«, murmelte ich kleinlaut.

»Ja, aber ich dachte nicht …«

»Du dachtest nicht, dass ich angenommen werde?« Ich blinzelte überrascht, als mir klar wurde, was er implizierte. »Na danke, dass du so sehr an mich glaubst.«

Er schüttelte den Kopf, als könnte er es nicht fassen. »Du bleibst nicht mal zur Zeugnisübergabe?«

»Ich habe mich erkundigt. Principal Tanner hat gesagt, dass sie mir mein Abschlusszeugnis per Post schicken können.«

Will ließ die Schultern hängen, als drückte ein unsichtbares Gewicht auf sie. »Aber ich hatte doch einen Plan …« In seinen Augen lag so viel Schmerz, dass ich ihn am liebsten in den Arm genommen hätte. Gleichzeitig gefielen mir seine Worte ganz und gar nicht. Will hatte immer irgendeinen Plan. Selbst dieser Abend war auf die Minute durchgetaktet. Es gab keinen Raum für Improvisation. Und schon gar keinen für Abweichungen von seinen perfekten Plänen.

»Ich sage ja nicht, dass ich dich *nie* heiraten will«, wandte ich hastig ein. »Nur eben jetzt noch nicht. Wir haben doch gerade erst die Highschool fertig. Ich möchte noch so viele Dinge tun, bevor ich hier ver…« Ich biss mir auf die Unterlippe.

Will zog die Brauen zusammen. »Sprich es doch aus«, sagte er scharf. »Bevor du hier versauerst. Das ist es doch, was du denkst.«

»Das ist nicht … Das wollte ich damit nicht sagen. Will, du weißt doch, dass ich die Welt sehen will. Dass ich nicht ewig in St. Andrews bleiben möchte.«

»Ja, aber ich dachte …« Hilflos warf er die Arme in die Luft. »Ich dachte, wir hätten ein ganzes Leben Zeit dafür. Die Welt läuft doch nicht weg.«

Ich seufzte. »St. Andrews aber auch nicht.«

Er taumelte einen weiteren Schritt zurück, als hätte ich ihn geschlagen. »Und ich?«, fragte er viel barscher als vorher. »Was ist mit mir? Soll ich einfach hier herumsitzen und auf dich warten, bis du dich ausgetobt hast? Sollen wir jahrelang eine Fernbeziehung führen?«

Betreten sah ich zu Boden. *So ungefähr,* hätte ich fast geantwortet, biss mir aber lieber erneut auf die Lippe. »Na ja, ich … ich dachte, wir könnten es wenigstens versuchen.«

»Wow, Liv, wow! Das ist selbst für dich ein neues Ausmaß an Egoismus … Ich verstehe das einfach nicht.« Seine Worte trafen mich hart. Langsam wurde ich ebenfalls wütend.

Er drehte sich einmal um sich selbst, ging aufgebracht auf und ab. »Ich hatte einen Plan, Liv. Ich übernehme das Familiengeschäft, wie Dad es sich wünscht. Wir sparen ein paar Jahre, kaufen uns ein hübsches Haus. Vielleicht einen Hund. Wir könnten so glücklich zusammen sein, wenn du nicht …«

»Wenn ich nicht *was?*«

»Wenn du nicht alles kaputt machen würdest.«

»Ach ja? Und was ist mit *meinen* Plänen? Mit *meinen* Träumen? Hast du auch nur eine Sekunde lang an *mich* gedacht, als du dir *unsere* Zukunft ausgemalt hast?«

Er blieb wie angewurzelt stehen und starrte mich an. »Wie schrecklich von mir anzunehmen, dass du dieselben Träume und Wünsche für die Zukunft hast wie ich. Mir wird jetzt klar, wie falsch das war.« Seine Stimme troff vor Sarkasmus. »Wir haben ja bloß die letzten fünf Jahre damit verbracht, glücklich miteinander zu sein.«

»Will, das ist nicht fair.« Ich versuchte, die in mir brodelnde Wut im Zaum zu halten.

»Ach so? Es geht darum, fair zu sein? War es also fair, dass du bis zur letzten Minute damit gewartet hast, mir von der Zusage der Uni in der Schweiz zu erzählen? Dass du mich *überhaupt nicht* in deine Zukunftspläne mit einbezogen hast?«

»Ich habe dich mit einbezogen. Du wusstest ganz genau,

dass ich mich dort beworben habe. Ich möchte mit dir zusammenbleiben, Will!«

Er schnaubte und begann wieder auf und ab zu gehen. »Wie stellst du dir das denn vor, wenn uns Tausende Kilometer voneinander trennen? Und dann ist da auch noch die Zeitverschiebung. Ich kann nicht mit dir nach Europa gehen, Liv. Ich kann meinen Dad nicht hängen lassen. Ab Montag werde ich richtig in der Firma eingebunden sein. Er will mich darauf vorbereiten, sie in ein paar Jahren zu übernehmen. Das ist eine riesige Verantwortung!«

»Ja, eine Verantwortung, die dein Dad dir aufzwingt. Tu doch nicht so, als wäre es die absolute Erfüllung für dich, das Familiengeschäft zu leiten.« Wir waren wieder bei unserem Lieblingsthema und unserem einzigen Streitpunkt der letzten Jahre angekommen.

»Manchmal muss man für die Menschen, die man liebt, eben Opfer bringen«, fuhr er mich an. »Aber davon hast du anscheinend noch nie etwas gehört.«

Seine Worte trafen mich mitten ins Herz. Sie taten weh. So richtig. »Und was ist mit dem alten Sprichwort, dass man die Person, die man liebt, gehen lassen soll und sie zu einem zurückkommt, wenn es wahre Liebe ist?«, brachte ich mühsam hervor. Meine Kehle brannte, doch ich wollte jetzt nicht weinen. Ich war viel zu wütend dafür.

Will wurde langsamer, blieb schließlich stehen. Resigniert ließ er den Kopf hängen. »Also hattest du eigentlich nie vor, dass wir zusammenbleiben, während du im Ausland studierst. Sei doch mal ehrlich, Liv. Du willst einfach nur hier weg, koste es, was es wolle. Du denkst nur an dich selbst.«

Ich ballte die freie Hand zur Faust, grub meine Fingernägel in die Handfläche, als meine Augen zu brennen begannen. »Du wirfst mir vor, nur an mich selbst zu denken? Ist dir schon mal aufgefallen, dass das, was du hier gerade abziehst, auch total egoistisch ist? Du kannst mich doch nicht mit einer Heirat an dich ketten, nur damit ich nie weggehe. So läuft das nicht, Will.«

Er hob überrascht die Brauen, zog sie aber im nächsten Moment wieder zornig zusammen. »An mich ketten? Ich wusste nicht, dass der Gedanke, mit mir verheiratet zu sein, für dich so unerträglich ist.«

»Das wollte ich doch damit gar nicht …« Ich schnappte aufgebracht nach Luft. »Wenn es das ist, was du von mir denken willst, kann ich dich sowieso nicht vom Gegenteil überzeugen.«

Er lachte auf. Es klang hart und enttäuscht. »Mir ist bewusst, dass dieser neue Lebensabschnitt gruselig ist, Liv. Keiner weiß so richtig, was nach der Highschool kommt. Und das ist normal. Es geht uns allen so. Aber sobald es auch nur ein kleines bisschen kompliziert wird, läufst du davon. Dabei hätten wir es zusammen geschafft. Wir hätten uns ein schönes Leben aufbauen können.«

Ich schüttelte traurig den Kopf. Will verstand mich nicht. Wie konnte er auch? Er hatte sich schließlich nie so eingesperrt, so völlig fehl am Platz gefühlt wie ich. Jeden verdammten Tag. Wills ganzes Leben war schon von seiner Kindheit an für ihn vorgeplant gewesen, und er hatte es nie infrage gestellt. Hatte es einfach so hingenommen. Als seine Pflicht. Er lebte in einem goldenen Käfig und merkte es nicht einmal.

»Ich muss hier raus, Will«, sagte ich flehend. »Ich muss einfach sehen, was es da draußen noch für mich gibt. Sonst würde ich mir das nie verzeihen.«

Er nickte resigniert, wischte sich müde über das Gesicht. »Dann geh, Liv. Niemand hält dich auf. Wenn du nicht bleiben willst, kann ich dich nicht dazu zwingen. Aber verlang nicht von mir, dass ich hier sitze und jahrelang auf dich warte.«

Machte er etwa gerade mit mir Schluss? War das ein Ultimatum? Er oder Europa?

Ich starrte ihn eine Weile an, nahm seinen Anblick tief in mich auf. Er sah zu Boden, hielt immer noch die blöde Ringschachtel in der Hand.

Meine Unterlippe bebte. Wie hatte er nur glauben können, dass ich Ja sagen würde? Dass dies der richtige Zeitpunkt wäre, um mich zu fragen. Es tat weh, ihn so traurig zu sehen, so völlig am Boden zerstört. Es tat weh, zu wissen, dass er meinetwegen litt. Doch mein Drang, von hier wegzukommen, war stärker. Ich wusste, wenn ich es jetzt nicht tat, würde ich hier versauern. Wie unsere Eltern und Großeltern vor uns. Ich würde nie etwas erleben. Mit achtzehn verheiratet, mit zwanzig schwanger, ein Haus mit Garten und Hund. Ein absolut spießiges Leben, wie Tausende andere Menschen es führten. Mein ganz persönlicher Albtraum. Es schauderte mich, wenn ich daran dachte. Ich sah Will in meiner Zukunft, aber nicht so. Nicht unter diesen Bedingungen. *Seinen* Bedingungen. Wenigstens diese Entscheidungsfreiheit hatte er mir gelassen. Und meine Antwort stand fest.

Ich prägte mir sein Gesicht ein. Jede Locke, jedes Barthaar, die Kurven seiner Lippen, seine breiten Schultern und großen Hände. Dann stieß ich scharf die Luft aus und wirbelte herum. »Leb wohl, Will.«

Ich rannte los, meine Absätze schmatzten auf dem mittlerweile feucht gewordenen Gras. Tränen verschleierten mir die Sicht.

Diesen Abend – und die nächsten Tage – hatte ich mir so anders vorgestellt. Ich hatte geglaubt, wir würden uns ausgiebig verabschieden, uns noch mal richtig Zeit füreinander nehmen. Dann würde Will mich in einer knappen Woche zum Flughafen bringen. Er hätte mir am Gate hinterhergewunken, wir hätten beide ein paar Tränen vergossen. Dann wären wir über Skype in Kontakt geblieben, während ich ihn in den Semesterferien besuchen käme – oder er mich. Es war immer mein großer Traum gewesen, mit Will durch Europa zu reisen. Das wusste er ganz genau. Doch mit einem Schlag hatte sich das alles in Luft aufgelöst. Nein, mein Traum war mit einem lauten Knall in Tausend Scherben zersprungen.

An meinem Auto angekommen, riss ich die Tür auf und ließ mich schluchzend auf den Sitz fallen.

Erst da fiel mir auf, dass ich immer noch Wills Rose in der Hand hielt. Ich stopfte sie so heftig in die dafür vorgesehene Halterung am Armaturenbrett, als hätte ich mich daran verbrannt. Der Stiel splitterte. Die Rose hing schlaff in der Halterung, sah gebrochen aus. Genau wie mein Herz.

Der Gedanke sandte einen scharfen Schmerz durch meine Brust. Schluchzer schüttelten meinen ganzen Körper. Es durfte doch nicht so enden. *Wir* durften nicht so enden.

Vielleicht war es noch nicht zu spät. Vielleicht könnte ich morgen noch mal versuchen, mit Will zu sprechen. Mich zu entschuldigen und ihm abermals zu erklären, dass ich es durchziehen *musste*. Dass es für mich keine Alternative gab. Vielleicht würde er es verstehen. Und mir vergeben.

Doch tief in mir wusste ich, dass das unmöglich war. Wir konnten die Worte, die wir uns heute Abend an den Kopf geworfen hatten, nicht zurücknehmen. Ich hatte seinen Antrag abgelehnt. So etwas überlebten selbst die stärksten Beziehungen nicht.

Ich hatte es vermasselt. So richtig. Nun blieb mir nichts als die Flucht. In ein anderes Land. In ein neues Leben. Verzweiflung überkam mich, gepaart mit einem schlechten Gewissen, so stark, dass es mir den Atem raubte. Ich keuchte, presste mir eine Hand auf die Brust. Meine Kraft reichte gerade noch aus, um mein Handy vom Beifahrersitz zu nehmen und eine letzte

Nachricht an Will zu tippen. Dann ließ ich es in meinen Schoß sinken und legte meinen Kopf aufs Lenkrad.

Ich schlang die Arme um meinen Oberkörper und ließ den Tränen freien Lauf, die mein altes Leben mit sich fortwuschen wie der lang ersehnte Regenguss nach einem trockenen Sommer.

Will

Als ich Liv davonlaufen sah, drangen einzelne Musikfetzen aus der Turnhalle an meine Ohren. Die tiefen Bässe brachten den Boden zum Vibrieren.

Die Sängerin klagte um ihren Liebsten. Sie sang davon, dass sie ohne ihn langsam verblasste. Und genauso fühlte ich mich in diesem Moment. Als würde ich mich auflösen. Als würden all meine Bestandteile vom Wind fortgetragen werden, bis nichts mehr übrig war. Nichts als der Schmerz, der meinen ganzen Körper lähmte. Er war so überwältigend, dass er mich in die Knie zwang. Ich ließ mich ins Gras fallen, starrte Liv hinterher, obwohl ich sie längst nicht mehr sehen konnte.

So kniete ich dort, während die Feuchtigkeit des Rasens durch meine Hose sickerte und der Wind die Kerzen in meinem Rücken eine nach der anderen ausblies.

Ein Loch tat sich in meiner Brust auf und breitete sich rasend schnell aus, flutete meinen Körper mit einer zähen, dumpfen Schwärze. Ich zitterte, spürte nichts mehr als diesen Schmerz. Es wäre so leicht, sich ihm hinzugeben. Doch ich durfte nicht aufgeben. Durfte Liv nicht einfach gehen lassen. Ich wusste, dass sie mein Herz mit sich nehmen würde. Wenn es jetzt schon so wehtat, wie würde es dann erst sein, wenn ich sie nicht mehr täglich sah? Sie nicht mehr singen hörte? Nicht mehr in ihre grünen Augen blicken konnte, die stets heller strahlten, wenn sie mich ansah. Ihr nicht mehr sagen konnte, dass ich sie liebte. So sehr.

Mein Blick fiel auf die Ringschachtel in meiner Hand. Ich presste sie an meine Brust. Fest und entschlossen.

Morgen würde ich zu Liv gehen. Noch einmal versuchen, vernünftig mit ihr zu reden. Sie davon zu überzeugen, dass sie hierhergehörte. Nach St. Andrews. An meine Seite.

Ich durfte sie nicht verlieren. Vielleicht würde sie morgen einsehen, dass sie einen Fehler gemacht hatte.

Da vibrierte mein Handy in meiner Hosentasche. Ich zog es heraus. Eine Nachricht blinkte auf dem Sperrbildschirm auf.

Es tut mir so leid, Will. Aber vielleicht ist es besser so.

Ich schnappte nach Luft. Alles verschwamm vor meinen Augen, sodass ich die Worte nicht mehr lesen konnte. Doch sie hatten sich sowieso in mein Herz gebrannt.

Vielleicht ist es besser so.

Als mich die Erkenntnis traf, keuchte ich gequält auf. Liv hatte längst mit allem abgeschlossen. Mit St. Andrews. Mit unseren Freunden. Mit ihrer Familie. Mit mir.

Ich hatte sie längst verloren.

Vor mir tat sich ein düsterer, bodenloser Abgrund auf. Er rief mich, lockte mich, versprach mir, meinen Schmerz zu lindern. Ich schloss die Augen, spürte, wie mir die Tränen über die Wangen liefen, auf mein weißes Hemd tropften. Und ich ließ mich fallen, gab mich ganz dem Abgrund hin, der mich vollständig verschlang.

DANACH

Vier Jahre später

Manche Fehler macht man, ohne es zu bemerken.
Man realisiert es erst, wenn es zu spät ist. Und dann bereut man es ein Leben lang.
Für mich war Will dieser Fehler.

1 *Will*

Ich schaltete hastig das Radio ein, bevor sich mein Handy automatisch über Bluetooth mit dem Auto verbinden konnte.

Wenn ich so aufgewühlt war wie heute, war meine Spotify-Playlist gefährlich. All meine Lieblingssongs erinnerten mich heute besonders an *sie*. Wir hatten sie zusammen gehört – entweder am Lagerfeuer oder auf dem Boot oder bei unserem ersten Mal. Oder ich hatte diese Lieder gehört, nachdem sie mich verlassen hatte. Zuerst, um in Selbstmitleid und Liebeskummer zu versinken, dann, um den Schmerz zu betäuben. Und schließlich aus Wut auf sie. So war ein bunter Mix aus Songs zusammengekommen, die mir viel bedeuteten, da sie mir über die schlimmste Zeit meines Lebens hinweggeholfen hatten. Allerdings barg jedes einzelne dieser Lieder jetzt das Risiko, dass ich in alte Verhaltensmuster abrutschte, dass kaum verheilte Wunden wieder aufrissen. Das durfte ich unter keinen Umständen zulassen.

Ich hörte seit vier Jahren überall Dinge, die mich an sie erinnerten, egal ob im Fernsehen, im Radio oder in Gesprächen fremder Leute. Alles, aber auch wirklich alles konnte mich mit einem Schlag in die Vergangenheit zurückkatapultieren. In die Dunkelheit, die mich viel zu lange gefangen gehalten hatte. Es war zwar seltener geworden, aber ich hatte es satt.

Als hätte der Radiomoderator meine Gedanken gelesen, dröhnte Maroon 5 aus den Boxen. Adam Levine sang von Erinnerungen an bessere Zeiten, und ich hätte ihn am liebsten erwürgt. Der Text hätte nicht treffender sein können.

»Na klasse«, murmelte ich und schaltete das Radio mit einem frustrierten Knurren aus. Dann würde es eben eine ruhige Fahrt werden. Doch auch die Stille war nicht gerade willkommen, denn sie sorgte dafür, dass meine Gedanken zu laut wurden.

Heute war der Tag. Der Tag, an dem alles anders würde und doch gleich bliebe. Der Tag, an dem meine Welt nach vier Jahren erneut aus den Fugen gerissen wurde. War ich bereit dafür? Nein. Würde ich jemals bereit dafür sein? Wahrscheinlich nicht.

Seufzend fuhr ich los, konnte mich jedoch kaum auf die glücklicherweise leere Straße konzentrieren. So viele Fragen schwirrten unablässig in meinem Kopf herum: Was hatte Liv hier verloren? Warum war sie zurückgekommen? Würde sie bleiben? Wie lange? Doch die Antworten mussten bis heute Abend warten.

Als ich vor dem Mehrfamilienhaus anhielt, in dem Blake wohnte, stand er bereits vor der Tür, lässig in Jeans und ein Stampeders-Trikot gekleidet. Er riss die Autotür auf und sprang auf den Beifahrersitz. Von seiner schweren Sportverletzung am Knie war kaum noch etwas zu bemerken. »Hey, Mann.«

»Hey.« Ich schlug in Blakes ausgestreckte Hand ein, bevor ich wieder losfuhr.

»Danke, dass du mich mitnimmst.«

»Kein Ding. Jack kommt direkt zum Strand?«

»Jap.«

Stille setzte ein. Sie schien aufgrund der fehlenden Musik besonders laut. Blakes Blick wanderte zum Radio, dann zu mir. Er kratzte sich an seinem perfekt rasierten schwarzen Haaransatz.

Sag nichts, sag nichts, sag nichts, beschwor ich ihn in Gedanken.

»Hast du das Lakers-Spiel gesehen?«, fragte er. »Was für eine Pleite!«

Ich atmete innerlich auf. »Nein, ich hab gestern noch lange im Büro gesessen. Rechnungen, Papierkram und so.«

»Mann, das hört sich so öde an.« Blake tat so, als würde er gähnen. »Wann bist du denn zu einem alten Mann geworden?«

Ich lachte. »War ich das nicht schon immer?« Blake betitelte mich tatsächlich schon seit der Grundschule so.

»Wo du recht hast …« Er grinste und lehnte sich im Sitz zurück. Wieder wanderte der Blick aus seinen braunen Augen zum Radio. Ich musste mir schleunigst ein neues Gesprächsthema überlegen. Doch Blake kam mir zuvor.

»Und?«, fragte er vorsichtig. »Sonst alles fit bei dir?«

Ich nickte abgehackt und biss mir auf die Innenseite meiner Wange, um nicht laut zu schreien.

»Ich meine, weil doch heute Abend …«

»Ja, okay, ich hab's kapiert«, stöhnte ich. »Ihr habt mich jetzt knapp vier Jahre wie ein rohes Ei behandelt, und heute ist meine Schale sozusagen so dünn wie noch nie. Aber können wir bitte alle über das Offensichtliche hinwegsehen und einfach die Party genießen? So wie jedes Jahr?«

»Ooookay.« Blake schwieg eine Sekunde und räusperte sich schließlich übertrieben laut. »Dann pass aber heute Abend auf, dass du dem Feuer nicht zu nahe kommst. Sonst gibt's noch Spiegelei.«

Mein Kopf ruckte zu ihm herum. Blakes Mundwinkel zuckten, dann verzog er die vollen Lippen zu einem Grinsen, das den Blick auf seine blendend weißen Zähne freigab. Hatte er gerade echt den schlechtesten Witz des Jahrhunderts gerissen?

Unwillkürlich musste ich ebenfalls schmunzeln. Ich rieb mir mit einer Hand über die Bartstoppeln, um das in mir aufsteigende Glucksen zu unterdrücken, doch nur eine Sekunde später brach es aus mir heraus. Wir lachten beide, als hätte Trevor Noah einen seiner besten Donald-Trump-Witze vom Stapel gelassen. Es war albern. Es war befreiend. Es tat unheimlich gut. Genau, was ich gebraucht hatte.

»Danke, Mann«, keuchte ich, als ich mich wieder eingekriegt hatte.

Blake wischte sich eine Lachträne aus dem Augenwinkel und zwinkerte mir zu. »Für dich immer, Bro.«

Am Strand seufzte ich wohlig, als ich meine nackten Zehen im Sand vergrub. Ich ließ den Blick über das windgepeitschte Meer schweifen. Wie immer spendete mir sein vertrauter Anblick Trost. Die kräftige Brise wehte mir ein wenig kühle Gischt entgegen. Dieses Gefühl war Heimat. Das und noch so vieles mehr. Ich hatte nie verstanden, wie Liv all das einfach hatte zurücklassen können.

Blake und ich machten uns daran, im angrenzenden Wäldchen nach Feuerholz zu suchen. Die größten Scheite türmten wir im Sand zu einem Stapel auf. Meine Vorfreude prickelte mit jedem weiteren Stück Holz, das ich heranschleppte, stärker in meinem Bauch – oder verwechselte ich das Gefühl vielleicht mit Nervosität?

Die Party am Vorabend des Canada Day war zu einer beliebten Tradition in St. Andrews geworden. Gemeinsam mit Jack und Blake richtete ich sie bereits seit Jahren aus. Die meisten Leute in unserem Alter, die unser verschlafenes Küstenstädtchen nach der Highschool verlassen hatten, kamen zum ersten Juli nach Hause zurück, sodass es ein großes Wiedersehen gab. Es war spannend zu sehen, was seit unserem Abschluss aus unseren ehemaligen Mitschülern geworden war. Wer verheiratet war, einen großen Job ergattert hatte, im Ausland lebte oder sogar schon ein Kind auf dem Weg hatte. Allerdings war dieses Jahr alles anders. Denn es kamen nicht nur alte Freunde, Football- und Hockey-Kollegen, sondern auch die Frau, die mir das Herz gebrochen hatte. In den letzten vier Jahren hatten wir uns nur ein paarmal flüchtig gesehen. Auf Partys von anderen Leuten oder von Weitem auf der Straße. Unpersönlich. Unangenehm. Unglaublich niederschmetternd.

Aber heute kam sie zu *meiner* Party. Ich würde cool bleiben, würde ihr nicht zeigen, was es mir bedeutete, sie nach so langer Zeit wiederzusehen.

Zumindest redete ich mir das ein.

Jacks blauer Pick-up-Truck bog auf den Parkplatz neben dem Strand ein. Kurz darauf raste ein karamellfarbener Kugelblitz aus der offenen Tür heran. Jacks Hund Reggie.

Ich stand einige Schritte entfernt, da ich den Strand nach Treibholz abgesucht hatte, sodass Reggie zuerst Blake von den Füßen riss. Die beiden rangelten im Sand, während ich ein riesiges Stück Holz heranschleppte. Mit jedem Schritt versanken meine nackten Füße tiefer im von der Sonne gewärmten Sand.

»Hey, Leute!« Jack hatte wie abgemacht die Getränke mitgebracht, die er nun neben dem Lagerfeuer abstellte. Blake hatte sich von Reggies übermütiger Liebesbekundung losgesagt und einen Stock geworfen, dem der junge Golden Retriever fröhlich bellend hinterherjagte. Als ich zu den beiden stieß, zog Blake Jack gerade damit auf, dass er Cherry Cola für seine neue Flamme mitgebracht hatte. Sie hieß Marly, kam aus Toronto und hatte ihm so richtig den Kopf verdreht. Nur hatte Jack das noch nicht kapiert. Es würde ihm guttun, sich mal auf eine Frau einzulassen, statt immer nur bedeutungslosen Sex mit Touristinnen zu haben. Er und Blake standen sich mit ihren Eroberungen in nichts nach.

Als ich das Stück Treibholz auf den Stapel fallen ließ, kam Reggie von hinten angesprungen und schnappte danach.

»Hey, du kleiner Racker!« Ich strich ihm zur Begrüßung über den Kopf. Er leckte meine Hand ab, und ich ließ ihn am Holz schnüffeln. Dann wandte ich mich Jack zu. »Mann, es ist echt um dich geschehen, oder?« Ich klopfte ihm mitfühlend auf die Schulter. »Ich glaube nicht, dass du jemals etwas so Aufmerksames für eine Frau getan hast.«

»Okay, können wir bitte alle mal aufhören, so ein Riesending daraus zu machen?« Er warf die Arme in die Luft. »Schön, ich habe Cherry Coke gekauft. Ja, es ist zufällig Marlys Lieblingsgetränk. Na und?«

»Zufällig?«, riefen Blake und ich gleichzeitig und brachen in schallendes Gelächter aus. Ich war froh, dass wir ein anderes Gesprächsthema als Liv gefunden hatten. Keine mitleidigen Blicke. Kein vorsichtiges Um-das-Thema-Herumgeschwänzel. Einfach nur wir drei und die bevorstehende Party. Alles ganz normal.

Wir zogen Jack noch ein bisschen weiter auf, während wir die Holzstücke zu einem Lagerfeuer auftürmten. Ich schleifte ein paar breite Stämme durch den Sand und ordnete sie als provisorische Sitzgelegenheiten darum herum an.

Schon wurden die Schatten der Bäume länger, der orangefarbene Feuerball am Himmel sank dem Meer immer weiter entgegen. Die von der Passamaquoddy-Bucht heranwehende Brise frischte auf. Ich klopfte mir den Sand von den Shorts und betrachtete zufrieden unser Werk. Sitzgelegenheiten, Getränke, Feuer. Jetzt fehlten nur noch die Partygäste.

Blake öffnete die Kühltruhe und holte drei Bier heraus. Jack schüttelte den Kopf und tauschte seins gegen ein alkoholfreies ein. »Ich muss noch fahren. Bevor es losgeht, will ich Reggie zu meinen Eltern bringen.«

Blake zuckte mit den Achseln und öffnete den Drehverschluss seiner Flasche. Der herbe, erfrischende Duft stieg mir in die Nase, als ich mein Bier ebenfalls öffnete. Blake stieß mit seiner Flasche gegen Jacks, dann gegen meine. »Auf eine legendäre Party.«

»Auf einen unvergesslichen Abend.« Jack grinste, bevor er einen Schluck nahm. »Hat eigentlich jemand eine Bluetooth-Box für Musik dabei?«

»Ja, aber nur für den Fall«, antwortete Blake. »Liv bringt doch sicher ihre Gitarre mit.«

Jack sah sofort zu mir, Blake schlug sich gegen die Stirn und schaute zerknirscht drein. »Sorry, Mann.«

Ich verkniff mir einen zynischen Kommentar und rang mir ein Lächeln ab. »Für die musikalische Untermalung ist also auf jeden Fall gesorgt.« Dann prostete ich den beiden mit meiner Flasche zu, um sie zu beruhigen. »Es wird bestimmt phänomenal.«

Jack und Blake gaben sich große Mühe, nicht zu offensichtlich durchzuatmen, und hoben ihre Flaschen erleichtert in meine Richtung.

Während Blake sich gierig über sein Bier hermachte, klopfte Jack mir auf den Rücken. »Egal, was passiert, Mann, wir sind für dich da.«

Ich nickte, konnte plötzlich nicht mehr sprechen, weil sich meine Kehle so rau anfühlte, als hätte ich Glasscherben verschluckt.

Ich wusste, dass Jack es ernst meinte. Meine beiden besten Freunde waren in den letzten Jahren für mich da gewesen, als ich durch die Hölle gegangen war. Sie hatten mich an meinem Tiefpunkt gesehen und waren nicht davongelaufen. Dafür hatten sie auf ewig was gut bei mir. Ich bezweifelte nicht, dass sie Liv heute Abend auf ein Wort von mir ignorieren oder ihr sogar

Stress machen würden. Aber das wollte ich nicht. Ich wollte, dass alles wieder ganz normal wurde. So wie früher. Auch wenn das unmöglich war.

Ich warf einen Blick auf mein Handy. Nur noch eine knappe Stunde, bevor die ersten Gäste eintreffen würden. Und irgendwann auch *sie*.

Bei dem Gedanken an Liv wurde mein Magen so flau wie damals vor unserem ersten Date, bei dem ich sie zum ersten Mal auf eins der Familienboote eingeladen hatte. Ich schluckte, um die plötzlich aufsteigende Übelkeit zu vertreiben.

Bleib ruhig, ermahnte ich mich in Gedanken. *Es ist deine Party. Du triffst sie zu deinen Bedingungen. Du hast es in der Hand.*

Aber irgendwie fühlte es sich trotzdem so an, als würde ich mit einer frischen Wunde in ein Haifischbecken springen.

2 Liv

»Ich schaue kurz bei Granny Bee vorbei«, rief ich über meine Schulter, bevor die Tür hinter mir ins Schloss fiel. Das Haus meiner Eltern, mit leicht schiefem Dach, gelb abblätterndem Anstrich und verwildertem Garten knarzte zum Abschied, als ich über die Veranda lief.

Kein Lebenszeichen von Mom und Dad, obwohl sie irgendwo da drin sein mussten.

Wahrscheinlich starrte Mom in ihrem Atelier angestrengt auf ihr neuestes Gemälde, und Dad arbeitete im Keller an irgendeiner Skulptur. Dieses völlige Desinteresse an meinem Leben war ein Déjà-vu-Erlebnis aus meiner Kindheit und Jugend. So etwas wie ein normales Familienleben hatte es bei uns nie gegeben. Keine Verabschiedungen, wenn ich ausging. Keine Ermahnungen, zum Abendessen zu Hause zu sein. Keine Fragen, wohin ich wollte. So war es schon immer gewesen.

Ich musste zweimal an der Tür meines knallgelben Käfers ziehen, bevor sie sich leise quietschend öffnete. Als ich einstieg, umhüllte mich sofort der vertraute Geruch nach altem Leder, welken Blumen, Melonenkaugummi und Druckerschwärze. Ich sog ihn tief in mich auf und sah mich mit fast schon schmerzhaft anschwellendem Herzen um. Der Haufen leerer Hubba-Bubba-Packungen auf dem Beifahrersitz, der große Stapel Bücher auf dem Rücksitz, eine vertrocknete rote Rose in der dafür vorgesehenen Halterung am Armaturenbrett – alles war noch genauso, wie ich es vor vier Jahren zurückgelassen hatte. Niemand hatte Metterming angerührt.

Erinnerungen fluteten meinen Geist, und ich schloss die Augen. Ein zittriger erster Kuss nach einem Wolkenbruch im Spätsommer. Lautes Mitsingen zu meinen Lieblingssongs, die ich extra auf Kassette überspielt hatte, um sie über die uralte Anlage hören zu können. Sex auf dem engen Rücksitz mit viel Gefluche und blauen Flecken. Kaugummiblasen. Nächtliche Tränen, als ich von der Prom geflohen war und sich mein ganzes Leben verändert hatte … Halt!

Mit einem Mal war der Schmerz zurück wie eine schallende Ohrfeige.

Ich riss die Augen auf. Rasch wischte ich mir über die verräterisch feuchten Wimpern. Mit zitternden Fingern wühlte ich mich durch das Kaugummipapier auf dem Beifahrersitz und fand tatsächlich noch einen eingepackten. Als ich mir das grellpinke Stück in den Mund schob und der Melonengeschmack auf meiner Zunge explodierte, ging es mir sofort besser.

Die meisten meiner Erinnerungen an dieses Auto waren gut. Ich sollte mich darauf konzentrieren und die anderen tief in mir begraben. So wie ich es die letzten vier Jahre getan hatte. Doch als mein Blick wieder auf die verschrumpelte Rose fiel, brachte ich es nicht über mich, sie aus dem Fenster zu werfen. Es war, als würde ich damit einen Teil von mir selbst entsorgen.

Eilig wandte ich den Blick ab, checkte meine Wimperntusche im Rückspiegel und ließ eine Kaugummiblase zerplatzen. Der Hubba Bubba blieb an meiner Nasenspitze kleben, und ich musste unwillkürlich lachen. Ich schälte ihn von meiner sonnengebräunten Haut, dann ließ ich den Motor an – wobei ich mehrere Versuche brauchte – und fuhr los.

Durch St. Andrews zu fahren fühlte sich etwa so an, als würde ich nach vielen Jahren wieder meinen Lieblingsfilm anschauen. Alles war vertraut, ich würde mich blind zurechtfinden, aber irgendwie hatte ich durch die verstrichenen Jahre eine neue Perspektive dazugewonnen.

Dort war das *Lumberjacks,* wo ich früher gerne gefrühstückt hatte. Ein paar Gebäude weiter kam der *Whale Store* mit angrenzendem Coffeeshop, der meinen Freunden Debbie und Ed erst seit ein paar Jahren gehörte. Da drüben ragte der triste graue Betonwürfel in den Himmel, meine alte Highschool – wahrscheinlich das hässlichste Gebäude in ganz St. Andrews. Nicht zu vergleichen mit der fröhlich bunten Häuserfront der Water Street, dem mit Touristen überladenen Pier und den auf- und abschaukelnden Booten im Hafen.

Irgendwie kam mir nun alles kleiner vor als früher, als wäre die Stadt geschrumpft. Oder war ich vielleicht gewachsen?

Die Spätjunisonne brannte durch meine Windschutzscheibe, und ich kurbelte das Fenster herunter. Klimaanlage? Fehlanzeige.

Das Brummen des Motors dröhnte mir in den Ohren, untermalt vom Meeresrauschen, dem Knattern der kanadischen Flaggen im Wind, einzelnen Gesprächsfetzen und Möwenschreien. Der Sound meiner Heimat. Nie zuvor hatte es so schön geklungen, und nie war mir das Herz dabei so schwer geworden.

Ich musste mir eingestehen, dass ich diesen Ort vermisst hatte. In den letzten vier Jahren war ich nur dreimal hier gewesen und das immer nur kurz über Weihnachten oder Thanksgiving. Die Flüge aus Europa waren teuer und, um ehrlich zu sein, hatte ich mich lieber ferngehalten. Das war leichter, als mich meinen Dämonen zu stellen – in diesem Fall meinen Freunden.

Als sich meine Brust bei dem Gedanken unbehaglich zusammenzog, gab ich Gas.

Granny Bee saß in einem Korbstuhl auf der weiß gestrichenen Veranda vor ihrem hellrosa Haus und winkte mir zu, als ich Metterming am Straßenrand parkte. Sie strahlte mir entgegen, während ich die Stufen hinaufhüpfte – jeder Schritt so selbstverständlich, dass ich es mit verbundenen Augen geschafft hätte.

Ihr gebrochenes Bein lag auf einem niedrigen Hocker vor ihr, der Gips war vollgekritzelt mit Zeichnungen und Genesungswünschen der Nachbarskinder, wie ich im Näherkommen feststellte. Als ich von ihrer Verletzung erfahren hatte, hatte ich sofort einen Flug nach Hause gebucht. Mein Studium hatte ich gerade abgeschlossen, also konnte ich nun ganz für Granny da sein. Und eventuell auch mein schlechtes Gewissen beruhigen, weil ich die letzten paar Jahre so selten hier gewesen war.

»Liv!« Granny versuchte sich aufzusetzen.

Ich beugte mich zu ihr hinunter und gab ihr einen Kuss auf die faltige sonnengebräunte Wange, verharrte dann noch eine Weile mit meinem Kinn auf ihrem langen, silbrigen Haar. Tief sog ich ihren Duft nach Kernseife, frischem Heu und Bienenwachs in mich auf. »Bleib sitzen, Granny Bee.«

Ich nannte sie schon immer so, weil ich als Kind ihren Vornamen, Linda, nicht hatte aussprechen können. Und da sie die Oma mit den Bienen war, war sie kurzerhand zu Granny Bee geworden. Einige ihrer kleinen gelb-schwarzen Freunde summten leise um die Karaffe mit selbst gemachter Limonade herum, die auf dem Tisch neben ihr stand. Darin schwammen Limetten- und Zitronenscheiben.

»Was zu trinken?«, fragte sie mich mit einem wissenden Lächeln. Sie hatte ganz genau gewusst, dass ich heute zu ihr kommen würde. Bei meiner Ankunft gestern Abend war es zu spät für einen Besuch gewesen.

»Wie könnte ich Nein zu deiner Limo sagen?« Ich ließ mich

auf die Hollywoodschaukel mit dem abgewetzten blauen Stoff fallen, und Granny drehte sich ein wenig zu mir um. Ich wischte mir über die verschwitzte Stirn, schenkte uns beiden Limo ein und stellte ein Glas vor Granny ab.

»Ich freue mich so, dass du wieder da bist, Liv.« Sie nahm einen Schluck, wobei sie den Blick nicht von meinem Gesicht ließ. Wie immer studierte sie mich, suchte besorgt nach Anzeichen dafür, dass ich nicht genug aß, nicht gesund genug lebte, nicht auf mich achtete. Das war wohl eine Kollektivkrankheit von Grandmas, noch verstärkt, weil ich mich so lange im Ausland aufgehalten hatte, wo sie kein Auge auf mich hatte haben können.

»Das sagst du doch nur, weil du jemanden brauchst, der sich um deine Tiere kümmert.«

Ihre Augen blitzten verschmitzt. »Und jemanden, der mit mir aufs Klo geht.«

Ich lachte. »So weit ist es aber noch nicht gekommen, oder?«

Sie zuckte mit den Schultern und klopfte mit ihren schwieligen Fingerknöcheln auf den Gips. »Ich bin zu nichts mehr zu gebrauchen. Dr. Sue lässt mich nicht in der Praxis arbeiten, deine Eltern lassen mich nicht mal allein einkaufen gehen, und ich habe wirklich Mühe, die Ziegen zu füttern.« Sie runzelte die Stirn. »Gestern hat Rita mich fast umgeworfen.«

»Granny! Wie sollst du denn in deinem Zustand einkaufen, geschweige denn zur Arbeit gehen?« Ich schüttelte in gespieltem Entsetzen den Kopf.

»Ich habe doch Gehhilfen.« Sie deutete mit dem Kinn hinter sich, wo zwei Krücken an ihrem Korbstuhl lehnten. »Sie wollten mir erst einen Rollstuhl aufschwatzen, aber da hab ich ihnen ordentlich den Marsch geblasen. Ich habe ein gebrochenes Bein, keine Querschnittslähmung.«

»Aber du musst doch zugeben, dass manche Dinge im

Moment einfach nicht gehen.« Mit strenger Miene hob ich beide Augenbrauen.

»Mit den Schafen und Hühnern komme ich klar«, fuhr sie ungerührt fort, »aber die Ziegen sind 'ne Nummer für sich, und meine Bienen machen mir Sorgen. Sie brauchen mehr Zuwendung.«

Ich scheuchte eins der besagten pelzigen Insekten aus der Limonadenkaraffe und nickte mitfühlend. Die Bienen waren Grannys ganzer Stolz. Sie kümmerte sich rührend um sie, verkaufte neben Eiern und Ziegenkäse regelmäßig Honig und selbst gemachte Bienenwachskerzen auf dem Wochenmarkt.

»Was hältst du davon, wenn ich erst mal bei dir einziehe?«, fragte ich. »Ich weiß, ich weiß, du brauchst keine Hilfe, aber du würdest *mir* einen Gefallen tun. Mom und Dad treiben mich jetzt schon zur Weißglut.«

Ich sah ganz genau, wie Granny sich eine sarkastische Bemerkung verkniff. Dabei spitzte sie gewöhnlich die Lippen, zog beide Wangen ein und kaute darauf herum, sodass sie an einen Goldfisch erinnerte.

Meine Eltern waren ein Thema für sich. Schon als sie mich gestern spätabends vom Flughafen in St. John abgeholt hatten, war es auf der einstündigen Autofahrt nach Hause mal wieder nur um ihre Kunst gegangen. Um die bahnbrechende Ausstellung in Halifax, die Mom plante. Die neue Postkartenkollektion mit ihren Naturfotos. Dads Zusammenarbeit mit den First-Nation-Künstlern der Gegend und Moms Nominierung für den Newcomer Arts Award. Es war ja auch nicht weiter wichtig, dass ihre Tochter gerade nach vier Jahren Europa mit einem Bachelor in der Tasche zurückgekehrt war und eigene Storys zu berichten hatte. So war es immer gewesen. Deshalb hatte ich schon als kleines Kind die meiste Zeit bei Granny Bee verbracht.

Sie hatte ihre Bemerkung erfolgreich heruntergeschluckt und grunzte missbilligend. »Ich glaube zwar nicht, dass ich rund um die Uhr eine Babysitterin brauche, aber natürlich freue ich mich, in nächster Zeit mehr von dir zu sehen.«

Ich grinste sie an.

Sie erwiderte mein Lächeln missmutig, zwinkerte mir aber zu. »Dann erzähl mal«, sagte sie dann. »Wie ist es dir ergangen, seit wir uns das letzte Mal gehört haben?«

Wir tranken unsere Limonade, während ich ihr von meinen letzten Tagen an der Uni Malmö berichtete, auf die ich nach zwei Semestern in Genf gewechselt war. Wir hatten sowieso fast jede Woche geskypt, sodass Granny ziemlich up to date war.

»Und wo ist …?«, fragte sie mit vielsagendem Tonfall, als ich fertig war.

»Den wirst du noch früh genug kennenlernen«, antwortete ich kurz angebunden. »Jetzt will ich erst mal zu den Tieren.«

Granny nickte amüsiert und deutete mit dem Kinn in Richtung Garten. »Du kennst ja den Weg. Und da du schon mal hier bist, kannst du vielleicht allen frisches Wasser geben. Das habe ich heute Morgen nicht geschafft.«

Ich sprang auf und eilte über die Veranda, die sich einmal ums Haus zog. Vögel zwitscherten in den riesigen alten Bäumen, während eine sanfte Brise vom Meer meine Haare zauste. Der Wind trug leises Blöken und Gackern an meine Ohren. Ich konnte es kaum erwarten, die Tiere zu besuchen. Schon drang mir der herbe Geruch nach Schafswolle, Heu, Ziegenkot und Hühnerfutter in die Nase.

Zuerst entdeckte ich eine Henne, schneeweiß mit einem einzigen braunen Fleck. »Gertrud«, begrüßte ich sie freudestrahlend und schreckte das arme Tier damit so sehr auf, dass es laut gackernd vom Verandageländer flatterte.

»Sorry!«, rief ich dem alten Huhn hinterher und sprang die Stufen in den Garten hinunter.

Die Fläche war riesig, ordentlich eingeteilt in verschiedene kleine Reiche. Die drei Ziegen und sechs Schafe grasten auf ihrer Weide, daneben hatten die Hühner ihren Stall mitsamt weitläufigem Gehege, obwohl sie tagsüber meist überall frei herumstaksten. Ganz am Rand befanden sich die Bienenstöcke unter knorrigen Eichen. Schon von Weitem hörte ich das eifrige Summen und Brummen meiner alten Freunde.

Ich blieb kurz stehen, um alles in mich aufzunehmen. Mein Herz schien plötzlich bis zum Bersten gefüllt, warm und schwer. Wenn mich jemand fragte, wo ich zu Hause war, dann würde ich antworten »Hier«. Genau hier.

Ich lief zum Weidegatter und öffnete es. Sofort kamen mir zwei Ziegen entgegen. Sorgfältig schloss ich es hinter mir und begrüßte die Tiere, die mir freudig über die Finger leckten. »Hallo, ihr zwei. Ich hab euch auch vermisst.« Casimir, der Ziegenbock, beobachtete alles aus sicherer Entfernung. »Ja, sogar dich, du alter Griesgram.«

Ich begrüßte auch die Schafe, die immer etwas scheuer waren, obwohl ich sie alle mit Namen kannte. Dann machte ich mich daran, den Wassertrog mit Grannys Schlauch aufzufüllen.

Weiter ging es zu den zwei Dutzend Hühnern, in deren hölzernen Brutkästen ich fünf Eier fand. Granny konnte sich mit ihrem Gips wahrscheinlich schlecht bücken. Ich verstaute die Eier vorsichtig in meinem weiten Top und trug sie wie in einer Schürze vor mir her.

Schließlich ging es zu den Bienen. Ich wahrte einen sicheren Abstand, da ich keine Schutzkleidung trug, setzte mich eine Weile ins hohe Gras und betrachtete das eifrige Kommen und Gehen vor den hölzernen Kästen. Die Sonne wärmte mein Gesicht, die Eier lagen schwer auf meinem Bauch, das Gras kitzelte meine nackten Beine, und ich sog den süßlichen Duft der Bienenwaben tief in mich auf. Wie hatte ich diesen Ort vermisst! Auch wenn ich es mir nie eingestanden hatte.

Als ich nach einer Weile zu Granny auf die Veranda zurückkehrte, stand ein Teller mit einem Sandwich auf dem Tisch bereit.

»Echt jetzt? Ich bin noch gar nicht eingezogen, und du fütterst mich schon?«

Granny musterte mich mit einer hochgezogenen Braue. »Morgen ist Canada Day. Ich weiß genau, was du heute Abend vorhast, und ich lasse dich nicht ohne eine ordentliche Grundlage im Magen gehen.«

Dem hatte ich nichts entgegenzusetzen. Ich legte die Eier auf dem Tisch ab und ließ mich auf die Hollywoodschaukel plumpsen. Als ich von dem Sandwich abbiss, stöhnte ich verzückt auf. Cheddar, Gurken und Grannys selbst gemachter Frischkäselauchaufstrich. Himmlisch!

Sie grinste zufrieden und zwinkerte mir zu. Ich verspeiste das Sandwich in Rekordzeit. Währenddessen blinkte mein Handy, das ich auf den Tisch gelegt hatte, mehrmals auf. WhatsApp-Nachrichten. Ich ignorierte sie.

Granny warf allerdings einen neugierigen Blick auf den leuchtenden Bildschirm. »Und? Bist du aufgeregt wegen heute Abend?«

Ich hatte mit dieser Frage gerechnet, doch sie traf mich trotzdem unvorbereitet. Den ganzen Tag über hatte ich den Gedanken zu verdrängen versucht. War ich nervös? Kurz vor einem Nervenzusammenbruch traf es wohl besser.

Ich zuckte mit den Schultern. »Geht schon. Ich freu mich einfach, alle wiederzusehen.«

Granny runzelte die Stirn. Sie kannte mich zu gut. Ich konnte ihr nichts vormachen. »*Alle?*«

»Ja, *alle.*« Ich funkelte sie an.

Wieder leuchtete mein Handy auf. Ich nahm es als Ausrede, ihrem Verhör zu entgehen. »Ich muss dann jetzt los, mich fertig machen und so.«

»Natürlich.« Granny lächelte ihr wissendes Lächeln.

»Ich komme morgen und bringe mein Zeug vorbei, okay? Ist ja nicht viel.«

Sie nickte. »Bin sehr gespannt, was du dann zu berichten hast.«

Ich verdrehte die Augen und gab ihr einen raschen Kuss auf die Wange. »Bis morgen, Granny Bee.«

»Bis morgen, Liv, und viel Spaß.«

Ich spürte ihren Blick auf mir, als ich an Mettermings Tür rüttelte und dann drei Versuche brauchte, um den stotternden Motor anzulassen. Dieser verdammte, allwissende Blick. Ich konnte Granny nichts vormachen. Aber ich würde zumindest so lange wie möglich versuchen, mir selbst etwas vorzumachen. Darin war ich wirklich gut.

Ich hielt nur kurz bei meinen Eltern an, um mich umzuziehen und meine Gitarre und Ukulele zu holen. Langsam wurde es dunkel, und es schien, als würde mein Herz gemeinsam mit der Sonne im Meer versinken. Es fühlte sich immer schwerer an, flatterte träge in meiner Brust wie eins von Grannys Hühnern.

Als ich in meinem alten Jugendzimmer vor dem Spiegel stand und mich in meiner Lieblingsjeansshorts und dem Fransentop betrachtete, musste ich trotz allem lächeln. Um mich herum starrten Bon Iver, Fleetwood Mac, Florence and the Machine und Ben Howard von den Postern an den Wänden, und ich fühlte mich plötzlich wieder wie achtzehn. Es würde ein guter Abend werden.

»Sei positiv, dann werden dir positive Dinge passieren«, murmelte ich meinem Spiegelbild zu. Ein letztes Mal fuhr ich mir durchs blonde Haar, dann schnappte ich mir meinen Gitarrenkoffer und eilte aus dem Haus.

Kurz darauf hielt ich vor dem *Kennedy Inn,* einem der zahlreichen Bed and Breakfasts hier im Ort. Mit einem tiefen Seufzer warf ich einen Blick in den Rückspiegel und wuschelte mir durchs Haar. Ein nervöser Tick, den ich mir als kleines Kind angewöhnt hatte, um meine leichten Segelohren zu kaschieren – einer der Gründe, warum ich meine Mähne so gut wie immer offen trug.

Aus dem Augenwinkel machte ich eine Bewegung aus und drehte mich um. Björn kam aus der Tür des weißen Hauses im Kolonialstil. Er sah verboten gut aus. Wie immer. Dunkelblondes Haar, sonnengebräunte Haut, leichte Muskeln, die sich unter dem hellblauen Shirt abzeichneten.

Ich atmete einmal tief durch und stieg eilig aus. Sofort zog Björn mich an sich und küsste mich innig zur Begrüßung. *»Hej, älskling.«* So nannte er mich immer. Es bedeutete so viel wie »Liebling«.

»Hi«, antwortete ich leicht atemlos.

»Ich hab dich vermisst. Bereit für die Party?«

Ich rang mir ein Lächeln ab. »So was von bereit.«

3 Will

Die Party lief spitze. Der Alkohol floss, die Leute waren gut drauf, und das Wichtigste: Die Musik kam aus Blakes Bluetooth-Lautsprechern und nicht von der Gitarre einer gewissen Person. Liv hatte uns noch nicht mit ihrer Anwesenheit beehrt.

Ich spürte bereits, wie sich der Alkohol warm und tröstend in meiner Brust ausbreitete und meine Ängste vertrieb. Es gab schließlich keinen Grund, mir den Abend versauen zu lassen. Ich war jung. Ich leitete eine erfolgreiche Firma. Ich hatte mein ganzes Leben noch vor mir.

Ich jubelte laut, als Blake mit seinen Dancemoves loslegte, was im Sand und nach einigen Flaschen Bier eher lustig als gekonnt aussah, und prostete Jack zu, der schon den ganzen Abend nach Marly Ausschau hielt. Der Glückliche!

Langsam stapfte ich zum Feuer, um Holz nachzulegen. Ich bückte mich und starrte eine Weile in die Flammen, die knisternd und knackend zu ihrer eigenen Melodie tanzten. Manchmal wünschte ich mir, ich wäre wie sie, hätte meinen eigenen Rhythmus, wäre mein eigener Herr. Ich hatte das Gefühl, dass ich dann so hell brennen würde wie ein Leuchtfeuer. Aber vielleicht war das auch nur Wunschdenken. Wahrscheinlich musste ich mich einfach mit dem zufriedengeben, was ich hatte, wie Dad immer predigte. Mit dieser Glut in meinem Inneren, die nie wirklich Feuer gefangen hatte.

Ich seufzte und erhob mich. Als ich mich umdrehte, wäre ich beinahe in sie hineingerannt.

Fiona stand so dicht vor mir, dass ich die Mojitos, mit denen sie und Ellie zu Hause vorgeglüht haben mussten, in ihrem Atem roch.

»Äh, hi?«, begrüßte ich sie.

»Hi, Will.« Ellie zog Fiona am Ärmel ihrer Strickjacke zurück und warf ihrer Frau einen warnenden Blick zu. »Wir sind gerade angekommen und wollten nur mal Hallo sagen. Tolle Party.«

Ich lächelte Ellie dankbar zu, die sich verlegen eine schwarze Strähne hinters Ohr schob, bevor sich mein Blick wieder auf Fiona richtete. Meine älteste Freundin musterte mich von Kopf bis Fuß – mein dunkelgrünes Poloshirt, die ausgewaschenen Shorts und meine nackten Füße. Sie nickte anerkennend. »Gut«, murmelte sie. »Zeig ihr heute Abend, was sie verpasst.«

»Wie bitte?« Ich fuhr mir mit der Hand über den Dreitagebart. »Ich werde nichts dergleichen tun, Fi. Wir sind hier doch alle erwachsene Menschen und können …«

»Hm.« Sie runzelte die umbrabraune Stirn und warf sich einen ihrer langen schwarzen Braids über die Schulter. Ihre strahlend weißen Zähne blitzten in der Dunkelheit auf, als sie mir verschwörerisch zugrinste. »Ich bin auf deiner Seite. Team Will.« Sie klopfte sich zweimal mit der Faust aufs Herz.

»Es gibt keine Teams, Fiona«, erwiderte ich stirnrunzelnd. »Ich weiß nicht mal, ob Liv heute Abend wirklich kommt.«

Ich wollte keinen Streit, ich wollte keine Teams, ich wollte einfach nur, dass alles so war wie früher.

»Oh, glaub mir, das wird sie.« Fiona zwinkerte mir verwegen zu. »Sie muss doch die Lage checken.«

»Die Lage?«, fragte ich verständnislos.

»Na klar! Ob du über sie hinweg bist, ob du eine Neue hast oder ihr noch hinterherheulst …« Letzteres betonte sie mit hochgezogenen Augenbrauen. »Einer von euch muss ja gewinnen.«

»Das ist doch kein Wettbewerb, Babe«, warf Ellie ein. Ihre braunen Augen glänzten beinahe schwarz in der Dunkelheit, als sie Fiona besorgt musterte.

»Genau, ich werde mich nicht verstellen, nur um Liv irgendwas vorzuspielen«, sagte ich. »Schließlich ist *sie* es, die gegangen ist. Ich bin immer noch derselbe. Sie ist es, die sich verändert hat. Ihre Heimat bedeutet ihr anscheinend nichts.« Die Worte klangen harscher, als ich beabsichtigt hatte. »Hör mal, Fi, ich wünsche Liv nur das Beste. Es ist alles in Ordnung zwischen uns.«

»Du bist immer noch *derselbe?*«, wiederholte Fiona mit vor Sarkasmus triefender Stimme. »Das ist … also, das ist …« Bevor sie mehr sagen konnte, zog Ellie sie energisch von mir fort. Sie warf mir einen entschuldigenden Blick über die Schulter zu und zuckte mit den Achseln, während Fiona lautstark protestierte: »Was denn? Ist doch nur die Wahrheit!«

Ich vergrub eine Hand in meinen kurzen Haaren und zog leicht daran, wie ich es oft tat, wenn ich einen klaren Kopf bekommen wollte. Mit großen Schritten stapfte ich dann zur Kühltruhe neben dem Lagerfeuer und nahm mir noch ein Bier. Vielleicht würde mich das auf andere Gedanken bringen. Doch als ich mich umdrehte, sah ich sie.

Lange, blonde Wellen, die im Feuerschein noch weicher wirkten. Helle Haut voller Sommersprossen – die konnte ich zwar im Dunkeln nicht erkennen, wusste aber, dass sie da waren. Das breite, strahlende Lächeln, bei dem sich ihre Stupsnase stets leicht kräuselte. Und … Himmelherrgott, sie trug ihre alte Jeansshorts, in denen sie Beine bis zum Himmel hatte.

Mein Herz geriet für einen Moment aus dem Takt. Ich taumelte ein paar Schritte rückwärts, als wäre ich angeschossen worden, und umklammerte meine Bierflasche fester. Ertappt schaute ich mich um, um nachzusehen, ob jemand meine Reaktion bemerkt hatte, doch niemand schien in meine Richtung zu blicken. Eilig fuhr ich herum, leerte die Bierflasche in einem Zug und warf sie in die überdimensionale Mülltüte, die wir extra mitgebracht hatten.

Als ich einen Blick über die Schulter wagte, stolperte mein Herz zum zweiten Mal in einer Minute. Liv war nicht allein! Hinter ihr tauchte ein hochgewachsener, schlanker Kerl mit Zahnpastalächeln auf. Seine Hand lag in einer vertrauten Geste auf Livs unterem Rücken, während sie ihn Fiona und Ellie vorstellte.

Ich erstarrte, sah nichts anderes als die beiden, eng beieinander. Mein Blickfeld wurde kleiner und kleiner, zoomte auf seine Hand, auf das kleine Stück nackter Haut zwischen Livs Hosenbund und ihrem Top.

Jack und Blake bewegten sich nun ebenfalls durch die feiernde Menge auf die beiden Neuankömmlinge zu. Jacks Blick wanderte suchend umher und blieb an mir hängen. Ich zuckte zusammen, als ich das Mitgefühl darin entdeckte. Er hob fragend die Brauen, doch ich winkte ab. Meine Lippen formten die Worte »Schon in Ordnung«.

Aber nichts war in Ordnung. Mein Inneres fühlte sich an, als wären all meine Organe gewaltsam hin und her geschoben worden und befänden sich nun an der falschen Stelle.

»Verdammt, warum wirft mich das jetzt so aus der Bahn?«, murmelte ich und blickte zugleich ertappt zu Boden, weil ich geflucht hatte. Ich hatte wirklich geglaubt, mich mittlerweile im Griff zu haben. Aber ich hätte ja auch nicht vorhersehen können, dass Liv hier mit einem Kerl auftauchen würde.

Natürlich war mir klar, dass sie irgendwann einen neuen Freund haben würde. Ich hatte mir sogar in zahllosen schlaflosen Nächten ausgemalt, wie sie sich mit europäischen – meistens französischen – Kerlen vergnügte. Aber sie jetzt hier wirklich mit einem zu sehen … Zorn flammte in meiner Brust auf und vertrieb die wohlige Wärme des Alkohols. Er fraß sich eiskalt durch meine Adern und ließ mich rotsehen. Natürlich war es Livs gutes Recht, jemand Neuen zu daten, aber musste sie ihn unbedingt hierher bringen? Auf *meine* Party?

Ich fuhr herum und entfernte mich mit großen Schritten vom Feuer. Zuerst musste ich meine Gefühle wieder unter Kontrolle bekommen. Ich wollte kein eifersüchtiges Arschloch sein, keine Szene veranstalten. Ich durfte jetzt nicht schon wieder abstürzen. Doch der gähnende Schlund, der mich die letzten Jahre begleitet hatte, tat sich bereits wieder vor mir auf. Ein falscher Schritt und er würde mich verschlingen. Ich wusste nicht, ob ich es diesmal zurück nach oben schaffen würde.

Da packte mich eine Hand an der Schulter und zog mich ins Gebüsch. Dornen kratzten über meine nackten Arme, und ich verkniff mir einen Schrei. »Was zum …?« Meine Augen wurden groß. »Fiona?« Schon wieder.

»Pst!« Sie legte sich einen Finger an die Lippen und musterte mich besorgt. »Alles in Ordnung?«

»Ja …« Meine Stimme strafte mich Lügen, sie klang schwach und zittrig. Ich räusperte mich. »Mach dir keine Sorgen um mich.«

Fiona schnaubte. »Wenn *ich* es nicht mache, wer dann? Blake ist zu betrunken, und seien wir mal ehrlich: Jack hat im Moment nur Augen für Marly. Der würde glatt mitten ins Feuer laufen und es nicht mal merken, wenn sie auf der anderen Seite stünde.« Sie verdrehte die Augen, doch ein triumphierendes

Lächeln umspielte ihre Lippen. O nein, hatte Fiona bei den beiden etwa ihre Kuppelkünste ausgepackt?

»Dieser Typ, mit dem sie hergekommen ist«, raunte ich, bevor ich mich zurückhalten konnte. »Wer ist das?«

»Er heißt Björn und kommt aus Stockholm. Sie haben sich in Schweden an der Uni kennengelernt und sind zusammen gereist. Ich versuche, mehr über ihn in Erfahrung zu bringen.«

Sie musste an meiner Miene ablesen, wie sehr ich Björn aus Stockholm jetzt schon verabscheute, obwohl er sicher ein netter Kerl war.

»Ich doch egal, mit wem sie da ist«, fuhr Fiona fort. »Sei doch mal realistisch. Du hattest sowieso nicht vor, wieder was mit Liv anzufangen, oder? Nicht nach allem, was passiert ist. Sie hat dein Herz zerfetzt, Mann. Ich war dabei. Ich habe geholfen, es wieder zusammenzusetzen. Deshalb bin ich Team Will, du kannst auf mich zählen.«

Ich verdrehte die Augen, wollte sie von dieser Idee mit den Teams ablenken, aber ich war plötzlich zu erschöpft, um auch nur ein Wort herauszubringen. Ich ließ die Schultern hängen und seufzte. Ein Laut, der aus den tiefsten Tiefen meiner Brust emporstieg.

Fiona legte eine Hand auf meine Schulter. »Lass dir nicht die Party versauen, Will. Du bist in den letzten Monaten so weit gekommen, schmeiß jetzt nicht alles hin.«

Ich wollte sie fragen, was sie damit meinte, doch sie hatte mir schon eine Kusshand zugehaucht und war aus dem Gebüsch verschwunden.

Ich stand eine Weile allein in fast völliger Dunkelheit. Der flackernde Feuerschein drang kaum bis hierher, und ich genoss die kühle, finstere Stille. Das Wummern des Basses war nur noch ein fernes Grollen, das Gelächter der anderen nicht viel lauter als Möwenschreie. Die nächtliche Brise brachte die Blätter um mich herum zum Rascheln, und ich atmete mehrmals tief durch. Der Schutz der Nacht gab mir neue Kraft. Nein, ich würde mir nicht den Abend versauen lassen. Ich würde nicht wie ein Häufchen Elend hier im Gebüsch hocken, während Liv eine tolle Zeit mit meinen Freunden verbrachte.

Ich würde Antworten auf meine Fragen bekommen. Warum war sie zurückgekommen? Wie lange wollte sie bleiben? Und vor allem: Wer war dieser Björn? War es ernst zwischen ihnen? Oder hatte sie ihn nur mit nach Hause geschleppt, um mir zu zeigen, dass es endgültig aus zwischen uns war? Oder um »zu gewinnen«, wie Fiona es ausdrückte?

Und wenn ja, warum tat Liv mir das an? Nach allem, was zwischen uns passiert war. Konnte sie mich nicht einfach in Ruhe lassen? Mich mein Leben führen lassen, während sie ihres lebte? Mit diesem Björn irgendwo in Schweden?

Entschlossen bahnte ich mir einen Weg aus dem Gestrüpp und hielt auf das Lagerfeuer zu. Die Musik wurde lauter, Gesprächsfetzen und Lachen drangen an meine Ohren, vermischt mit dem Rauschen der Wellen. Da brach die Musik aus Blakes Box abrupt ab. Ich beschleunigte meine Schritte, um zu sehen, ob es ein technisches Problem gab. Eine Party ohne Musik war zum Scheitern verurteilt.

Doch da wehte plötzlich Gesang an meine Ohren, untermalt von leisen Gitarrenklängen.

Diese Stimme würde ich überall wiedererkennen. Weich und voll, in den hohen Tönen immer ein bisschen kratzig verrucht. Und dieses Lied … *Lego House* von Ed Sheeran. Sie hatte es mir so oft vorgespielt. Auf dem Boot, in meinem Zimmer, an unserem Treffpunkt am Celtic Cross. Es war eins der ersten Stücke, die sie auf der Gitarre gelernt hatte.

Liv sang davon, die Bruchstücke aufzusammeln und daraus

etwas Neues zu bauen, was so ironisch war, dass ich beinahe hart aufgelacht hätte.

Von Weitem sah ich ihr blondes Haar, leicht rötlich im Feuerschein. Die Gitarre in ihrer Hand. Wie alle um sie herumstanden und ihr mit leuchtenden Augen lauschten.

Meine Kehle wurde so eng, dass ich mich am liebsten übergeben hätte.

Ich stürmte in die entgegengesetzte Richtung davon, um so viel Abstand wie möglich zwischen mich und mein Herz zu bringen, das Liv eindeutig noch in der Hand hielt und quälend langsam zerquetschte.

4 Liv

Björn war ziemlich … anhänglich. Das war er von Anfang an gewesen. Deshalb hatte ich es ihm nicht ausreden können, mir nach meiner überstürzten Abreise aus Schweden zu folgen. Während ich hin- und hergerissen gewesen war, ob und wie das mit uns weitergehen sollte, hatte er sich kurzerhand einen Flug gebucht und war einen Tag nach mir in St. Andrews angekommen. Er wollte »sehen, woher ich kam«, wollte »an meinem Leben teilhaben«. Dabei hatte ich seit meiner Rückkehr bereits alle Hände voll mit meinem eigenen Gefühlschaos zu tun, sodass ich kaum in der Lage war, mich auch noch um ihn zu kümmern.

Björn war wie ein Fremdkörper. Er gehörte nicht hierher. So gern ich ihn auch hatte, ich hätte ihn nie aus eigenem Antrieb eingeladen, mit mir nach Hause zu kommen. Es war zu schnell, zu viel, zu erdrückend. Ich wusste ja nicht einmal, wie es überhaupt in meinem Leben weitergehen sollte.

Wenigstens hatte ich Björn in dem Bed and Breakfast unterbringen können. Ich war noch nicht bereit dafür, ihn meinen Eltern vorzustellen, geschweige denn Granny Bee. Würden wir zusammenwohnen, hätte ich überhaupt keine freie Minute mehr, um richtig in St. Andrews anzukommen …

Doch das Problem war jetzt sowieso erst einmal gelöst, weil

ich bei Granny einziehen würde. Aufgrund ihres gebrochenen Beins brauchte sie viel Ruhe und Pflege und konnte sich nicht auch noch um einen zusätzlichen Gast kümmern.

Ich hatte Björn zwar heute Vormittag vom Flughafen abgeholt, doch dann hatte ich ihn erst einmal sich selbst überlassen. Deswegen hatte ich zwar ein schlechtes Gewissen, aber ich hatte dringend Zeit gebraucht, um mich zu sammeln und mich mental auf den Abend vorzubereiten. Trotzdem fühlte ich mich überhaupt nicht bereit, als wir den Strand erreichten.

Die laute Partymusik empfing uns schon von Weitem, das Lagerfeuer tauchte alles in warmes Licht, dahinter schimmerte eine messerscharfe Mondsichel über dem Meer. Alles war wie immer und doch ganz anders.

Ich erkannte einige Gesichter, die mich freundlich grüßten oder mir zuprosteten. Hockeyspieler, Quarterbacks, meine Sitznachbarin aus dem Matheunterricht, ein Typ aus der Schulband. Viele Namen hatte ich über die Jahre vergessen. Sie waren zu gesichtslosen Menschen meiner Vergangenheit geworden, die in meinem neuen Leben keinen Platz hatten. Trotzdem freute ich mich, sie wiederzusehen. Sie waren ein Teil von St. Andrews. So wie ich. Das würde uns immer verbinden.

Das Gefühl, heimzukehren, wurde überwältigend, als ich Fiona entdeckte. Sie stand beim Feuer, hatte einen Arm um die Schultern ihrer Freundin Ellie gelegt und flüsterte ihr etwas ins Ohr, das sie zum Lachen brachte.

Ich blieb abrupt stehen und beobachtete die beiden. Plötzlich wurden meine Knie ganz weich. Ich hatte diesen Moment so lange hinausgezögert wie möglich, und jetzt war er da. Es gab kein Zurück mehr. Ich hatte keine Ahnung, wie unser Wiedersehen ablaufen würde. Schließlich hatte ich mich in den letzten Jahren nicht besonders oft gemeldet. Und dann war da noch die Sache mit Will …

Ich widerstand dem Drang, nach ihm Ausschau zu halten, und hielt den Blick auf meine nackten Zehen im Sand gesenkt. Der türkise Nagellack leuchtete im Feuerschein.

Da legte Björn eine Hand auf meinen unteren Rücken. »Willst du mir deine Freunde nicht vorstellen?«, raunte er mir ins Ohr. Sein Duft nach würzigem Eau de Cologne und Zimt holte mich ins Hier und Jetzt zurück. Ich wandte mich ihm zu und rang mir ein Lächeln ab. Warum fühlten sich meine Mundwinkel auf einmal zentnerschwer an?

»Na klar, sie stehen gleich da drüben.«

Das Wiedersehen war … verhalten. Als Ellie und Fiona mich bemerkten, kamen sie zwar sofort zu mir, doch die Begrüßung fiel leicht frostig aus – zumindest was Fiona anging. Ellie drückte mich eindeutig fester und länger an sich als meine frühere beste Freundin. »Wie schön, dich wiederzusehen, Liv«, sagte sie, und es klang aufrichtig.

»Ja, ich bin auch froh, wieder hier zu sein.« Ich setzte mein strahlendstes Lächeln auf, was mir diesmal leichter fiel, weil ich mich wirklich freute, die beiden wiederzusehen. Trotzdem bildete sich ein eisiger Knoten in meinem Magen, da Fiona meinen Blick mied.

Doch dann entdeckte ich den Ring an Ellies Finger sowie dessen Gegenstück an einer Kette um Fionas Hals, und es gab kein Halten mehr. »Ihr seid verheiratet?«, kreischte ich so laut, dass sich einige der umstehenden Leute zu uns umdrehten. »Was für eine Überraschung!« Als ich nach Europa gegangen war, war die Beziehung der beiden noch frisch gewesen. Ich zog sie in eine stürmische Umarmung, eine rechts, die andere links.

»Schon seit knapp einem Jahr«, grummelte Fiona, als ich sie wieder losließ.

»Es war nur eine kleine Zeremonie«, warf Ellie rasch ein.

Es schien ihr unangenehm zu sein, mich nicht eingeladen zu haben.

»Im engsten Kreis«, fügte Fiona mit erhobenen Augenbrauen hinzu. Jap, eindeutig frostig.

Ich schüttelte mein Unbehagen ab. »Herzlichen Glückwunsch, ihr beiden. Ich freu mich riesig für euch.«

»Danke.« Ellie schenkte mir ein warmes Lächeln. »Und wen hast du da mitgebracht?«

»Äh …« Ich drehte mich zu Björn um, dessen Hand immer noch auf meinem Rücken lag. »Sorry, das ist Björn. Er kommt aus Schweden und … macht jetzt hier Urlaub.« Plötzlich brannten meine Wangen. Ich hoffte, dass es im Halbdunkeln niemand bemerkte, während Fiona und Ellie Björns Hand schüttelten.

»Ich wollte mir unbedingt anschauen, wo Liv herkommt«, erklärte er mit seinem leichten schwedischen Akzent, den ich unglaublich sexy fand. »Ich war noch nie in Kanada. Es ist wirklich wunderschön hier bei euch.« Er gab mir einen Kuss auf die Wange, und ich fürchtete schon, er würde sich die Lippen an meiner flammenden Haut verbrennen.

Bevor Ellie und Fiona weitere Fragen – zum Beispiel zu unserem Beziehungsstatus – stellen konnten, tauchten zum Glück Jack und Blake auf.

»Hey, Liv!« Blake zog mich in eine überschwängliche Umarmung, während Jack etwas zurückhaltender wirkte. Diesmal stellte ich Björn sofort vor, und die beiden begrüßten ihn höflich.

»Willkommen in Kanada, Mann.« Blake schlug ihm auf die Schulter, wobei Björn ein überraschtes Keuchen entwich.

»Wir können uns in St. John mal ein Spiel zusammen anschauen. Du kennst Kanada nicht, wenn du uns nicht Football spielen gesehen hast.«

»Äh, klar, gerne.« Björn stand auf Orientierungslauf und Skilanglauf. Ich hatte ihn noch nie von Football oder einer anderen Ballsportart sprechen hören.

»Hör nicht auf Blake, er ist bloß ein riesiger Footballfan«, erwiderte Jack. »Der Nationalsport Kanadas ist eigentlich Eishockey, aber dafür ist es gerade ein bisschen zu warm.«

»Ihr seid auch ziemlich gut im Curling, nicht wahr?«, fragte Björn.

»Ja.« Jack nickte. »Die Wintersportarten werden hier großgeschrieben.«

»Bei uns in Schweden auch. Ich mache Skilanglauf.«

»Ist das nicht mit Schießen und so?«, fragte Blake mit neu erwachtem Interesse.

Björns dünne Lippen kräuselten sich wie immer, wenn er ein Lachen unterdrückte. »Nein, du meinst Biathlon. Darin sind wir Schweden nicht ganz so gut wie unsere Nachbarn in Norwegen.«

»Ach so.«

Ein kurzes Schweigen setzte ein, dann griff Blake in die Kühltruhe hinter sich und holte zwei Flaschen heraus. »Möchtet ihr beiden ein Bier?«

Ich schüttelte den Kopf. »Ich fahre, und Björn trinkt keinen Alkohol.«

Blake starrte ihn an. »Keinen … du trinkst keinen …?«

»Blake-Schatz, es gibt Leute, die kommen ohne aus«, sagte Fiona amüsiert. Es war scherzhaft gemeint, doch ich spürte, wie die Stimmung sofort umschlug. Jack warf Fiona einen tadelnden Blick zu, und sie hob entschuldigend die Hände.

»Björn lebt nicht nur alkoholfrei, sondern auch vegan«, erklärte ich hastig, um das Gespräch zu retten. »Und ich lebe vegetarisch, seit wir zusammen sind.«

»Vielleicht solltest du dich *darüber* mal mit Björn unterhalten statt über Sport«, sagte Fiona zu Blake, der ihre Spitzen mit einem Augenrollen quittierte und eine der Bierflaschen öffnete, die er uns gerade angeboten hatte. Er kippte den Inhalt in beängstigender Geschwindigkeit runter.

Hinter Blakes Rücken warf Jack frustriert die Hände in die Luft. Als Antwort streckte Fiona ihm die Zunge heraus.

Ich hatte eindeutig einiges verpasst.

»Liv, hast du deine Gitarre dabei?«, fragte Ellie, die ebenso erpicht darauf zu sein schien wie ich, alle bei Laune zu halten.

»Blake spricht schon den ganzen Abend von nichts anderem. Nicht wahr, Buddy?« Jack klopfte Blake auf die Schulter, der daraufhin leicht schwankte, und nahm ihm die mittlerweile leere Flasche aus der Hand.

»Ich höre dich halt gern singen.« Blake zuckte mit den Achseln. Er lallte bereits ein wenig. »Und das letzte Mal ist schon eine Weile her.«

Ich lachte. »Klar habe ich sie dabei. Sie ist im Auto.«

»Ich geh sie holen, *älskling.*« Nach einem flüchtigen Kuss auf meine Schläfe war Björn verschwunden. Seine warme Präsenz fehlte mir sofort, als die Nacht mit kalten Fingern nach mir griff. Fionas Blicke taten ihr Übriges.

Blake legte einen Arm um mich und führte mich zu einem der Baumstämme, die als Sitzgelegenheiten vor dem Feuer dienten. Die anderen folgten uns mit einigem Abstand.

Ich warf Blake einen Seitenblick zu, musterte seine glasigen Augen, seine kurzen krausen Locken. Irgendwie tat er mir leid, es schien ihm nicht gut zu gehen. Vielleicht wegen seines schlimmen Sportunfalls kurz vor unserem Schulabschluss?

»Wir haben dich vermisst, Liv«, sagte Blake, als er meinen Blick bemerkte. Wie es aussah, war er allerdings so ziemlich der Einzige, der mich vermisst hatte.

»Mich oder meine Gitarre?«, antwortete ich zweifelnd.

Er knuffte mich in die Seite. »Mach dir keine Sorgen. Die

anderen werden schon noch auftauen. Vier Jahre sind … einfach eine lange Zeit.«

Ich lächelte ihm dankbar zu. »Ich werde jetzt erst mal eine Weile hierbleiben.«

»Das wäre schön.« Er grinste. »Die alte Crew, endlich wieder vereint.«

Ich runzelte die Stirn. Hatte er die frostigen Vibes der anderen überhaupt nicht bemerkt? Doch er schwankte ein wenig beim Gehen und schien auch sonst nicht mehr ganz klar zu denken.

»Wir haben jetzt auch ein neues Mitglied«, fuhr er ungerührt fort. »Marly aus Toronto. Du wirst sie mögen. Sie hat Jack den Kopf verdreht.«

Noch bevor ich weiter nachfragen konnte, tippte er auf seinem Handy herum, und die Musik aus den Lautsprechern brach abrupt ab.

»Hey, alle mal herhören«, brüllte er. »Liv wird jetzt ein bisschen für uns singen. Und glaubt mir, sie hat's drauf! Also: Klappe halten und zuhören.« Die Menge jubelte, und schon drängten sich alle ums Feuer.

Ich lächelte. Es war mir noch nie unangenehm gewesen, im Rampenlicht zu stehen. Tatsächlich war das Singen bereits in jungen Jahren mein sicherer Hafen gewesen. Meine Rettung vor der Vernachlässigung durch meine Eltern, vor meinem Sprachproblem und dem damit einhergegangenen mickrigen Selbstbewusstsein. Obwohl mich alle anstarrten, meiner Stimme lauschten, meine Finger über die Saiten gleiten sahen, fühlte ich mich vor Publikum anonym. Für ein paar Minuten ließ ich diese Leute durch meinen Gesang an meinen tiefsten Empfindungen teilhaben, gab ihnen das Gefühl, mich zu kennen. Aber in Wahrheit kannte mich keiner von ihnen. Es war nur eine Illusion. Und ich liebte es, damit zu spielen. Ich wurde zu einer anderen Person, schlüpfte in eine Rolle und hatte einen flüchtigen Augenblick lang alles unter Kontrolle. Sie hingen an meinen Lippen, und ich konnte sie alles empfinden lassen, was ich wollte – ohne zu stottern oder über gewisse Worte zu stolpern. Dieses Gefühl war berauschend. Leider hatte es mir bisher viele ungewünschte Avancen eingehandelt – von Kerlen, die nicht verstanden, dass alles nur gespielt war. Solche gab es immer und überall.

Björn tauchte mit meiner Gitarre auf. Ich bedankte mich und legte mir den Gurt um. Das glatte Holz fühlte sich so vertraut unter meinen Fingern an – ein Stück Heimat, egal, wo ich war auf der Welt. Ich zupfte ein wenig an den Saiten. Erst heute Morgen hatte ich sie gestimmt.

Ein letztes Mal ließ ich den Blick über das Meer aus Gesichtern schweifen, auf der Suche nach warmen dunklen Augen, braunen Locken und einem gepflegten Dreitagebart. Immer noch keine Spur von Will. Auch Fiona war plötzlich nirgendwo mehr zu sehen.

Ich atmete mehrmals tief durch, wie ich es beim Yoga gelernt hatte, schloss die Augen und begann zu spielen.

Erst als ich *Lego House* von Ed Sheeran beendet hatte, sah ich auf. Nach dem Singen war es jedes Mal, als würde ich aus einer Trance erwachen. Der Applaus brandete über mich hinweg, ich nahm ihn kaum wahr. Blake klopfte mir stolz auf die Schulter. Ich drehte mich grinsend zu ihm um. Da fiel mein Blick auf Will, und mir stockte der Atem.

Er stand etwas abseits neben den anderen, musste sich gerade erst zu uns gesellt haben. Mein Herz machte einen Satz und pochte dann so schmerzhaft weiter, dass ich am liebsten beide Hände auf meine Brust gepresst hätte.

Will sah noch genauso aus wie früher und gleichzeitig ganz anders. Alles an ihm war vertraut, und doch schien er meilenweit weg zu sein. Für den Bruchteil einer Sekunde hielt sein Blick meinen fest, und ich krallte meine Finger um die Gitarre. Dann wandte er sich einer hübschen Frau mit rötlich brauner Haut und schwarzen Locken zu, die gerade erst eingetroffen sein musste. Er begrüßte sie mit einem Handschlag, seine Augen funkelten, als er sie ansah. Das musste Marly sein.

Fiona war ebenfalls wie aus dem Nichts wieder aufgetaucht und umarmte die Neue. Einen Arm um ihre Schultern gelegt, brachte sie sie zu mir. »Das ist Liv. Sie ist gestern aus Europa wiedergekommen.«

Mir entging nicht, dass Marlys Blick kurz zu Will zuckte, als sie meinen Namen hörte. Wusste sie etwa Bescheid? Und warum war Fiona, die mich vorhin kaum eines Blickes gewürdigt hatte, plötzlich so redselig? Wollte sie mir etwa zeigen, wie gut sie jetzt mit Marly befreundet war – statt mit mir?

Ich schüttelte die düsteren Gedanken ab, setzte rasch ein Lächeln auf und umarmte Marly ebenfalls. »Du bist also der neueste Zuwachs unserer Crew.«

Eilig zog ich Björn zu mir, um ihn Marly vorzustellen. Insgeheim war ich froh, mich an ihn lehnen zu können, denn Will hatte sich bereits wieder abgewandt. Würde er mir nicht mal Hallo sagen?

Während ich viel zu schnell und viel zu laut plapperte, um meine Unsicherheit zu überspielen, wanderte mein Blick immer wieder zu Wills Rücken, den er mir demonstrativ zudrehte. Meine Wangen prickelten vor heißer Scham, weil er mich ignorierte. Gut, ich hatte nicht erwartet, dass er mir glücklich in die Arme fallen würde … aber das hier war einfach kindisch.

Als Jack sich zu uns gesellte und Björn in ein weiteres Gespräch über Sport verwickelte, hatte ich einen Moment, um durchzuatmen. Mit viel zu schnell klopfendem Herzen ließ ich den Blick über die Menge schweifen. Mist, ich hatte Will aus den

Augen verloren. Unwillkürlich umklammerte ich Björns Hand an meiner Hüfte fester. Ich musste dringend aufhören, Ausschau nach meinem Ex zu halten, während mein Freund neben mir stand. Ich versuchte mich auf das Gespräch zu konzentrieren, was mir nicht recht gelingen wollte. Da hörte ich Wills Stimme. »Marly! Hier, für dich.«

Es kostete mich alle Willenskraft, mich nicht umzudrehen, als ich aus dem Augenwinkel sah, wie Will Marly ein auf einen Stock gespießtes Marshmallow reichte.

Die beiden bewegten sich näher ans Feuer, sodass ich nicht mehr verstand, was sie sagten. Ich versuchte, meinen Griff um Björns Hand zu lockern, um ihm nicht alles Blut abzudrücken, aber ich hatte immer stärker das Gefühl, mich an etwas festhalten zu müssen. Als stünde ich in Treibsand und würde unaufhaltsam tiefer sinken.

Ich wurde kurz abgelenkt, als sich Fiona und Ellie laut kreischend auf Blake stürzten und ihn im Sand einbuddelten, hatte aber kaum Augen für das Spektakel.

Als ich einen weiteren Blick wagte, reichte Will Marly gerade ein S'Mores. Die flüssige Schokolade im Inneren des Keks-Marshmallow-Sandwiches lief ihm über die Hand, und ich konnte nicht anders, als daraufzustarren. Wie oft hatten wir gemeinsam S'Mores am Lagerfeuer gegessen? Wie oft hatte ich die Schokolade von seinen Fingern geleckt? Automatisch befeuchtete ich meine plötzlich trockenen Lippen mit der Zunge.

»Du weißt, wie man eine Frau glücklich macht«, hörte ich Marly zu ihm sagen, und meine Kehle brannte auf einmal so stark, dass ich mehrmals schlucken musste.

Ich sah mich panisch um. Plötzlich war mir alles zu viel – die Hitze des Feuers, die Kühle der Nacht, Björns Hand auf meiner Haut, das Gelächter und Gekreische der anderen. Ich griff mir an die Kehle. »Gibt es hier eigentlich auch nicht alkoholische Getränke?« Meine Stimme klang rau wie Moms Schmirgelpapier.

»Ja«, rief Blake von seinem Gefängnis aus Sand zu unseren Füßen. »Jack hat extra Cherry Cola für Marly gekauft.«

Jack trat so fest in den Sand, dass Blake einen ganzen Schwall ins Gesicht bekam. »Halt die Klappe, Mann!« Er warf einen nervösen Blick zu Marly, die es jedoch nicht gehört zu haben schien. Sie und Will hatten die Köpfe zusammengesteckt und schienen sich über etwas Intimes zu unterhalten.

Ich hustete, schluckte und hustete wieder.

»Ich hole dir eine Flasche.« Jack verschwand in der Menge. Kurz darauf war er mit einer Flasche Cherry Cola zurück, die er mir reichte. Ich trank einen großen Schluck. Der süße Kirschgeschmack vertrieb den Kloß in meinem Hals, half aber nicht, mein wummerndes Herz zu beruhigen. »Danke, Jack.«

Er nickte nur und warf Marly einen weiteren Blick zu. Machte es ihm etwa auch etwas aus, dass sein bester Freund so vertraut mit ihr redete?

Ich nahm einen weiteren Schluck Cola und fröstelte, als das kühle Getränk meine Kehle hinabrann.

»Ist dir kalt, *älskling?*«, fragte Björn sofort besorgt. »Du hast ja eine Gänsehaut.«

»Ich … es geht schon.« Ich schlang die Arme um meinen Oberkörper und rieb mir über die nackte Haut.

»Ich hole dir deine Strickjacke aus dem Auto.« Björn verschwand in der Dunkelheit außerhalb des Feuerkreises.

Ich wandte mich zu Jack um, doch der war plötzlich auch verschwunden. Genau wie Will und Marly.

Ich kniff die Augen zusammen und suchte die wild feiernde Meute nach ihnen ab. Auch Fiona, Ellie und Blake waren nirgends mehr zu sehen.

Na toll! Mein erster Abend zurück, und ich war stehen gelassen worden. Mit einem Mal fühlte ich mich unheimlich müde. Ich bezweifelte, dass es mit dem Jetlag zu tun hatte. Seufzend schlang ich die Arme fester um mich und stapfte durch den Sand hinter Björn her.

Durch das zuckende Licht konnte ich kaum etwas außerhalb des Feuerkreises erkennen. Es sah aus, als klaffte dort ein schwarzes Loch, das mich zu verschlingen drohte. Ich hatte keine Ahnung mehr, in welcher Richtung sich der Parkplatz befand. Orientierungslos lief ich erst nach rechts, dann nach links und rief nach Björn. Keine Antwort. Sobald ich ihn einholte, würden wir einfach nach Hause fahren. Es gab keinen Grund zu bleiben. Der Abend wühlte mich so sehr auf, dass ich mich nach meiner Yogamatte sehnte. Ich musste dringend meditieren, den Kopf wieder frei kriegen, meine neu aufflammenden Ängste besiegen.

Ich schob die Hand in meine Hosentasche, um mein Handy herauszuholen. Mit der Taschenlampen-App würde ich den Weg schon finden. Ich zog und zerrte, aber meine Jeansshorts war am Po so eng geworden, dass ich Mühe hatte, das Handy aus der Tasche zu befreien. Ich riss so fest daran, dass ich ein paar Schritte vorwärtstaumelte, als es sich endlich löste. Das Handy fiel mir aus der Hand und landete irgendwo im Dunkeln. »Mist, Mist, Mist.«

Auf Händen und Knien suchte ich den Sand ab, tastete mich blind voran. Panik stieg in mir auf. Alle Fotos meiner Reisen waren darauf gespeichert. All die neuen Kontakte, Videos, Rezepte, Lieder. Endlich spürte ich den kühlen Bildschirm unter meinen Fingerspitzen und stieß ein erleichtertes Seufzen aus. Ich schloss eine Hand um das Handy und krabbelte ein wenig näher ans Feuer, um besser sehen zu können. Mithilfe meines Tops befreite ich das Smartphone vom Sand.

Dann sprang ich auf und … stand direkt vor Will.

5 Will

Nachdem Marly und ich Blake aus seinem sandigen Gefängnis befreit hatten, war ich mit ihm hinter Ellie und Fiona hergejagt, die sich kreischend aus dem Staub gemacht hatten. Es ging mehrere Runden ums Lagerfeuer, bis ich die anderen aus den Augen verlor und beinahe in Liv hineingerannt wäre.

Ohne Vorwarnung stand sie direkt vor mir. Der Feuerschein flackerte über ihre Züge, die ich selbst im Stockdunkeln erkannt hätte.

Liv wuschelte sich durchs Haar, eine Geste, die so vertraut war, dass sich meine Brust schmerzhaft zusammenzog. Und plötzlich wusste ich nicht mehr, wie man sprach. Ich hatte vergessen, dass ich eigentlich sauer auf sie sein wollte. Ich hatte vergessen, dass mein Herz in Scherben lag. Ich wollte einfach nur ihre Stimme hören, in ihre Augen sehen, ihre Wange berühren. Aber das durfte ich nicht. *Nicht mehr.* Alles, was früher so selbstverständlich gewesen war, schien jetzt für immer außerhalb meiner Reichweite zu liegen.

Und trotzdem ... Entgegen jeglicher Logik blühte ich in ihrer Gegenwart auf wie eine Blume, die sich der Sonne entgegenreckte. Ich erinnerte mich an den Song von Ben Howard, den ich nach ihrer Abreise rauf- und runtergehört hatte. Er sang davon, dass die andere Person der Ozean und er selbst nur ein

Stein war. Ein Stein, der in ihren Tiefen versank. Ich durfte jetzt nicht vergessen, wie sich das angefühlt hatte. Wie ich tiefer und tiefer gesunken war. In die endlose Schwärze. Die mich für sehr lange Zeit nicht mehr losgelassen hatte.

Ich blinzelte, um mich wieder zu fangen. Es war an der Zeit, etwas zu Liv zu sagen, doch meine Stimme gehorchte mir weiterhin nicht.

Liv starrte mich an.

Ich starrte zurück.

Sie räusperte sich.

Ich räusperte mich.

»Also … du bist wieder da.« Meine Stimme klang hohl und leer.

Liv nickte. »Ich bin wieder da.«

Schweigen. Nur durchbrochen vom Wellenrauschen, Stimmengewirr und der fernen Musik, die nun wieder über Blakes Box lief.

»Und für wie lange?«

»Auf unbestimmte Zeit.« Liv sah zu Boden, wo sie mit ihrem großen Zeh Kreise in den Sand malte. War sie etwa genauso verlegen wie ich? »Ich werde mich eine Weile um Granny kümmern. Und um ihre Bienen.«

»Oh, äh, ja. Ich habe gehört, dass sie sich ein Bein gebrochen hat. Geht es ihr gut?« Ich kratzte mich an der stoppeligen Wange. Livs Blick wanderte sofort zu meinem Bart. Sie hatte ihn früher geliebt, war gerne mit den Fingern hindurchgefahren. Manchmal hatte sie sogar spielerisch ihre Nase hineingedrückt und behauptet, es sei der beste Duft der Welt.

»Äh …« Livs Blick fand wieder meinen. »Es geht schon. Ich glaube, ihr Stolz ist mehr verletzt als alles andere.«

»Das kann ich mir vorstellen.« Ich schmunzelte, als ich an

Granny Bee dachte. »Sie ist schon immer eine sehr junge, sehr hippe Grandma gewesen.«

Liv lächelte zaghaft. Ihr Blick glitt in weite Ferne, als würde sie sich ebenfalls an die vielen Dinge erinnern, die wir gemeinsam mit Granny Bee erlebt hatten. Liv lächeln zu sehen fühlte sich an, als schlösse sie ihre Finger fest um mein Herz. Es tat weh. Doch gleichzeitig wollte ich nicht, dass sie damit aufhörte.

»Weißt du noch, als sie in der Mittelstufe mal Hasch-Brownies mit uns backen wollte?«, fragte ich hastig, um das Gespräch am Laufen zu halten.

»Ja, das war schräg.« Liv lachte, und es war dieses Geräusch, das mich vollends aus der Bahn warf. Glockenhell, frei und unbeschwert wie immer. Ich sog scharf die Luft ein, als der Schmerz in meiner Brust erneut aufflammte.

Auch Liv schien aufgefallen zu sein, dass wir beide für einen Moment vergessen hatten, wer wir waren. Nicht mehr dieselben wie vor vier Jahren. Verlegen schob sie sich die Haare hinter die Ohren und biss sich auf die Unterlippe. Ihr Blick huschte zwischen mir und dem fernen Lagerfeuer hin und her.

Mir war nicht entgangen, dass sie mich während meines Gesprächs mit Marly im Auge behalten hatte. Was das zu bedeuten hatte, wusste ich allerdings nicht. War sie etwa eifersüchtig? Sie, die diesen schwedischen Adonis mitgebracht hatte? Das war völlig unmöglich. Schließlich hatte *sie mich* abserviert.

»Und wie geht's … deiner Familie?«, fragte Liv vorsichtig. Wie zwei Fechter umtänzelten wir einander. Keiner wagte, ein delikates Thema anzusprechen, etwas zu Persönliches zu fragen. Keiner wagte, als Erstes zuzustechen.

Ich zuckte mit den Achseln. »Emmy studiert mittlerweile. Mom geht's gut. Aber Dad hatte vor knapp zwei Jahren einen Herzinfarkt.«

Liv schlug sich beide Hände vor den Mund. »Oh, Will, das ist ja furchtbar!«

»Er hatte eine Bypass-OP, seitdem geht's ihm viel besser.«

»Das ist … Das tut mir … echt leid.« Sie senkte die Hände nur halb, als wollte sie sie nach mir ausstrecken. Oder mich in den Arm nehmen? Das kam ein paar Jahre zu spät.

Ich fragte mich, was ihr wohl leidtat. Dass es meinem Dad schlecht gegangen war? Dass sie es nicht mitbekommen hatte, weil sie es nicht für nötig gehalten hatte, sich bei mir zu melden? Oder dass ich diese schwere Zeit allein hatte durchstehen müssen? Na ja, nicht allein, meine Freunde waren für mich da gewesen. Nur *sie* nicht.

Die altbekannte Wut auf Liv bahnte sich langsam wieder einen Weg an die Oberfläche. Ich musterte ihr Gesicht, die feuchten Wimpern, die zitternden Lippen. Es war an der Zeit zuzustechen. »Seitdem macht Dad nicht mehr viel in der Firma. Mom erlaubt es ihm nicht. Er ist inoffiziell in Rente gegangen. Deshalb hatte ich in letzter Zeit ziemlich viel zu tun.«

Liv presste die Lippen aufeinander. Sie wusste, was es bedeutete, dass ich dieses Thema ansprach. Es hatte von Anfang an zwischen uns gestanden. Und das würde sich nie ändern. Ich kannte ihre Meinung dazu, sie kannte meine. Es war unnötig, darüber zu sprechen. Aber sie hatte schließlich nachgefragt. Außerdem war es schon immer so zwischen uns gewesen. Es hatte nie Small Talk gegeben, keine leeren Floskeln. Es war von Anfang an viel tiefer gegangen.

Sie nickte einmal abgehackt, ihr Blick war hart geworden. »Ich bin sicher, dass du dich hervorragend schlägst.«

Ich hätte beinahe laut geschnaubt, hielt mich aber zurück. »Und du? Wie hast du dich in Europa geschlagen?« Wenn wir schon mal dabei waren, konnte ich auch gleich zum Todesstoß ausholen.

»Gar nicht mal so übel«, murmelte sie. Das Thema war ihr eindeutig unangenehm. Einmal mehr betrachtete sie ihre türkisen Zehennägel im Sand. Doch dann straffte sie die Schultern und hob den Blick. Ihre Augen funkelten angriffslustig. »Nein, weißt du, was? Ich hatte dort die Zeit meines Lebens.« *Und ich werde mich nicht dafür entschuldigen.* Die Worte klangen unmissverständlich mit, obwohl sie sie nicht aussprach.

Aha! Da war sie wieder, *meine* Liv. Voller Feuer und Angriffslust und Trotz. Schluss mit dem freundlichen Geplänkel.

»Die Zeit deines Lebens, was?« Ich klang locker, leicht amüsiert, gar nicht so klein und schäbig, wie ich mich fühlte.

»Ja, die Zeit meines Lebens.«

»Willst du es noch mal sagen, damit es auch wirklich bei mir ankommt?«

Sie funkelte mich an.

Ich funkelte zurück.

Sie senkte zuerst den Blick. Schweigen breitete sich schwer und erdrückend zwischen uns aus. »Ich hab wohl einiges verpasst, was?«, fragte sie schließlich. »Ellie und Fiona. Dein Dad. Blake?«

Tja, das Leben geht weiter, Liv. Auch ohne dich. Ich konnte mich gerade noch davon abhalten, die Worte auszusprechen. »Es waren keine leichten Jahre«, sagte ich stattdessen. Plötzlich saß ein dicker Kloß in meinem Hals.

»Für mich auch nicht.« Ihr Blick begegnete wieder meinem. So hart wie Stahl.

Das bezweifelte ich, denn Liv war wirklich gut darin, vor Konflikten davonzurennen. Wäre es eine olympische Disziplin, wäre sie die unangefochtene Goldmedaillistin. Das letzte Mal war sie sogar bis nach Europa geflohen. Bestimmt ein neuer Weltrekord. Der Gedanke brachte mich zum Schmunzeln, und ihr Blick huschte sofort zu meinem Mund. Ihre Augen verharrten eine Weile auf meinen Lippen, und in meinem Magen kribbelte es augenblicklich. Ich schluckte. Auch das registrierte ihr aufmerksamer Blick.

Sie leckte sich über die Lippen, machte einen Schritt auf mich zu. »Will, ich …« Wollte sie sich etwa entschuldigen? »Es …«

Doch sie wurde unterbrochen, als eine Stimme durch die Dunkelheit zu uns drang.

»*Älskling,* bist du das?«

6 *Liv*

Ich stand dicht vor Will – der einfach umwerfend aussah, reif und erwachsen und stark –, als ich Björns Stimme hörte. Gleich darauf spürte ich seine Hand auf meinem unteren Rücken und erstarrte.

»Mit wem sprichst du da?« Björn legte mir die gehäkelte Strickjacke um die Schultern, die nach frischem Heu, Honig und Äpfeln duftete. Nach Granny Bee.

»Ach, äh, das ist nur … Will.«

»*Nur* Will?«, fragte Björn amüsiert. Ich zuckte innerlich zusammen. Nein, er war nie »nur« Will gewesen.

»Liv und ich sind alte Freunde.« Will hatte eine neutrale Maske aufgesetzt. »Wir sind früher zusammen zur Schule gegangen.«

Nichts davon war falsch, und doch klang es wie die größte Lüge des Jahrhunderts. Ich beeilte mich, zu nicken. »Ja, wir sind alte Freunde.«

»Na, dann freut es mich, dich kennenzulernen, Will.« Björn hielt ihm seine Hand hin. Will starrte einen Augenblick zu lange darauf, als wäre sie ein ekelerregendes Insekt.

Schüttel sie einfach, flehte ich in Gedanken. Dann war der Moment vorbei, und er schlug lächelnd ein.

»Du kommst aus Schweden, hab ich gehört?«

Björn nickte.

»Und es ist deine erste Kanadareise?«

»Jap. Ich war schon auf jedem Kontinent der Welt, nur bisher nicht in Nordamerika und der Antarktis. Schönes Fleckchen Erde.«

Etwas blitzte in Wills Augen auf. »Ach, ein richtiger Globetrotter. Da hast du ja was mit Liv gemeinsam.«

»Ja, eine geteilte Leidenschaft. Wir sind in den Semesterferien zusammen mit dem Rucksack durch Europa gereist. Prag, Budapest, Mykonos, Venedig, Rom, Paris, Madrid …«

»Das ist ja beeindruckend.« Will hob beide Brauen und wandte sich an mich. »Und jetzt willst du ihm Kanada zeigen, Liv? Eine Rundreise? Tolle Idee!«

Ich funkelte ihn an.

»Das … war eigentlich so nicht geplant, oder, *älskling?*«, fragte Björn, der plötzlich verunsichert klang.

»Nein, war es nicht«, antwortete ich mit Nachdruck, während ich meinen warnenden Blick nicht von Will ließ.

»Ach so, na dann.« Er grinste breit. »Aber ich finde es toll, dass ihr hier vorbeikommt, bevor es zurück nach Hause geht.«

Nun runzelte Björn verwirrt die Stirn. Natürlich war ihm Wills sarkastischer Tonfall nicht aufgefallen.

»Nach Hause?« Ich brauste auf. »Ich bin *hier* zu Hause, Will.«

»Und ich dachte, du hättest St. Andrews gegen Europa eingetauscht. Entschuldige, mein Fehler.«

»Ich hab dir doch gerade erzählt, dass ich eine Weile hierbleiben werde«, knurrte ich.

»Hierbleiben?« Nun sah Björn mich alarmiert an. Ich hatte ihm noch nichts von meinem Plan erzählt. Das Gespräch lief ja hervorragend.

»Ich, äh, also, es ist so … meine Grandma braucht mehr Hilfe als gedacht, und …«

»Oh, ich sehe, dass es da einiges zu klären gibt«, sagte Will. »Vielleicht sollte ich euch Turteltäubchen lieber allein lassen.«

Turteltäubchen? Ich schnaubte.

Völlig unbeeindruckt von dem tödlichen Blick, mit dem ich ihn bedachte, nickte Will Björn zu. »Schön, dich kennenzulernen, Mann. Vielleicht sieht man sich ja noch mal, bevor *du* abreist.« Die Betonung auf dem *du* war mir nicht entgangen.

Will schenkte mir ein süffisantes Grinsen, bevor er sich umdrehte und in Richtung Lagerfeuer verschwand.

Mit offenem Mund starrte ich ihm hinterher. So hatte ich Will selten erlebt. Sonst war er immer so sanft und einfühlsam und ... höflich. Er hatte in den letzten Jahren einiges an Schlagfertigkeit dazugewonnen. Anscheinend war er längst nicht mehr der nette Junge von nebenan. Das durfte ich bei unserer nächsten Begegnung nicht vergessen.

Zähneknirschend wandte ich mich Björn zu, der mich mit fragend erhobenen Brauen ansah. Ich war ihm eine Erklärung schuldig, obwohl ich keine hatte, die ihn zufriedenstellen würde. »Sorry, das war ... irgendwie schräg.«

»Mach dir keine Sorgen. Schließlich hast du diese Leute jahrelang nicht gesehen. Man verändert sich eben.« Er legte einen Arm um mich. »Ist dir immer noch kalt?«

Plötzlich war ich dankbar für seine Wärme und die tröstenden Worte. *Ich* hatte mich auch verändert. Vielleicht musste ich meine alten Freunde neu kennenlernen – und sie mich. Ich schmiegte mich an Björn und sah zu ihm auf. »Ist es okay, wenn wir jetzt gehen? Ich bin total müde. Muss der Jetlag sein.«

Er nickte und deutete in Richtung Auto. »Möchtest du schon vorgehen? Ich hole noch deine Gitarre.«

»Okay.« Ich seufzte ergeben, als er sich auf den Weg zum Lagerfeuer machte, wo die Gitarre lag. Schon wieder so eine nette Geste, von diesem unglaublich netten, gut aussehenden

Mann, der mein fester Freund sein wollte. Ich hatte ein schlechtes Gewissen, ihm nicht die ganze Wahrheit erzählt zu haben. Natürlich war meine Erschöpfung nicht allein dem Jetlag zuzuschreiben. Doch heute Abend hatte ich nicht die Kraft, Björn von Will und mir zu berichten. Mein Kopf drehte sich sowieso schon von all den neuen Entwicklungen in meinem Freundeskreis.

Der Abend hatte mehr Fragen aufgeworfen als beantwortet. Was für ein grandioser Start!

7 *Will*

Am Morgen nach der Party saß ich mit brummendem Schädel in meinem Büro. Ich fragte mich zynisch, ob mein Zustand mit dem Alkohol oder mit der Tatsache zu tun hatte, dass ich die Begegnung mit Liv noch nicht verarbeitet hatte.

Um ehrlich zu sein, stellte unser Wiedersehen mein Leben komplett auf den Kopf. Meine Fragen waren beantwortet worden, und doch war ich nicht befriedigt. Liv würde länger hierbleiben. Und da wir nun mal in einer Kleinstadt lebten, würden wir uns zwangsläufig öfter über den Weg laufen.

Der finstere Abgrund in meinem Kopf flüsterte mir zu, sandte düstere Ranken nach mir aus, die mich hinunterziehen wollten. Hinunter in die Schwärze, die in den letzten vier Jahren mein ständiger Begleiter gewesen war. Wenn ich nicht daran zerbrechen wollte, musste ich einen Weg finden, damit klarzukommen, dass Liv nun wieder in meinem Leben war. Ich musste lernen, ganz normal mit ihr umzugehen. Als wären wir alte Freunde. Und das waren wir ja auch. So ungefähr.

Wäre da nicht dieser Björn mit seinem snobistischen britischen Englisch und dem schwedischen Akzent.

Seufzend stemmte ich beide Ellbogen auf den massiven Eichenholzschreibtisch und fuhr mir mit den Händen über das Gesicht, wobei mich meine Bartstoppeln kratzten. Es war höchste Zeit, sie zu trimmen. Widerwillig wandte ich mich dem Laptop zu und schickte die soeben getippte E-Mail ab.

Obwohl fast die gesamte Nation an unserem größten Feiertag frei hatte, war der Canada Day für unser Tourismusgeschäft einer der arbeitsreichsten Tage des Jahres. Die Kanadier hatten heute nichts zu tun, also suchten sie nach Abwechslung, Spaß, Abenteuern – oder einfach nur nach einem netten Zeitvertreib. Und da kamen wir ins Spiel. Nur dass ich davon in letzter Zeit nicht mehr viel mitbekommen hatte. Vorbei waren die Tage, in denen ich selbst Whale-Watching- oder Kajak-Touren geleitet hatte. In denen ich mehr Zeit auf dem Wasser als auf dem Land verbracht hatte. Mittlerweile war ich ständig an diesen Schreibtisch gefesselt.

Ich nahm einen Schluck von meinem starken Schwarztee – Kaffee hatte ich noch nie gemocht – und ließ den Blick durch den Raum schweifen. Die Wände waren mit gerahmten Postern unserer Touren sowie Zeitungsartikeln über unser Familiengeschäft gepflastert.

»Eine Erfolgsgeschichte, die drei Generationen zurückreicht.«

Auf dem gerahmten Foto rechts auf meinem Schreibtisch grinste ich als achtjähriger Wuschelkopf in die Kamera. Neben mir stand mein Onkel Matteo, der einen Arm um mich gelegt hatte. Sein dunkelbraunes Haar, das meinem so ähnelte, wurde vom Wind gezaust, und seine Haut war tiefbraun gebrannt. Gemeinsam posierten wir vor einem altmodischen Segelboot, dem ganzen Stolz der Familie. Am Heck stand in geschwungenen goldenen Lettern: *Giulia.* Mein Großvater mütterlicherseits hatte es nach seiner Frau, meiner Großmutter, benannt. Es war mein absolutes Lieblingsboot, der Ort, an dem ich seit meiner Kindheit Zuflucht suchte und sie meistens auch fand. Allein der Anblick des Fotos gab mir neue Kraft.

Durch die geschlossene Tür, hinter der sich unser Verkaufsraum befand, drangen die üblichen Geräusche des Tagesgeschäfts zu mir herein: Stimmengewirr, das Rascheln von Papier, als jemand durch eine Broschüre blätterte, Kinderlachen und Emilias Stimme, die gerade jemandem erklärte, welche Tiere es auf der Wildlife-Tour zu entdecken gab. Es klang, als wäre so früh am Morgen bereits einiges los. Dabei hatte die Hauptsaison gerade erst begonnen. Nach und nach würden die Touristen unser kleines Städtchen fluten und uns hoffentlich einen erfolgreichen Sommer bescheren. Unsere Touren gehörten zu den Hauptattraktionen von St. Andrews.

Da klopfte es an der Tür. Ich zuckte zusammen und warf hastig einen Blick zu der Wendeltreppe hinter mir, die in den ersten Stock hinaufführte. Dort befand sich meine kleine Einzimmerwohnung, in die ich jetzt am liebsten geflüchtet wäre.

Aber es war zu spät. Der Knauf drehte sich, und die Tür schwang auf. Es gab nur eine einzige Person, die nie darauf wartete, von mir hereingebeten zu werden. Jemand, der den Großteil seines Erwachsenenlebens in diesem Büro verbracht hatte – und es immer noch als sein Revier ansah.

»Guten Morgen, William.« Mein Dad trat schwungvoll ein. Wie immer war er eine imposante Erscheinung. Laute Stimme, selbstsicheres Auftreten, gewöhnlich der Mittelpunkt eines jeden Gesprächs. Das genaue Gegenteil von mir. Ich hielt mich eher im Hintergrund, war der stille Beobachter. Als Kind war ich ausgesprochen schüchtern gewesen, was ich bis heute nicht gänzlich überwunden hatte. Schon seit ich klein war, sagten alle, dass ich ganz nach meiner Mom kam. Mit meinem Dad hatte mich noch niemand verglichen.

»Hi, Dad.« Eilig nahm ich noch einen Schluck Tee, um mich in meinem verkaterten Zustand bestmöglich auf ein Gespräch mit ihm vorzubereiten. Ich brauchte jedes bisschen Kraft, das ich aufbringen konnte. Der würzige Geschmack explodierte auf meiner Zunge und wärmte mich von innen.

Ich straffte die Schultern und hob das Kinn, als Dad vor den Schreibtisch trat. Er war zwar recht klein – im Stehen überragte ich ihn um fast einen ganzen Kopf –, aber er hatte breite Schultern. In den letzten Jahren war sein einst hellbraunes Haar immer grauer geworden, doch es war ordentlich gescheitelt und gekämmt. Unter seinem weinroten Hemd zeigte sich ein leichter Bauchansatz, seine eleganten schwarzen Schuhe glänzten wie frisch poliert.

»Bleib ruhig sitzen.« Er machte eine ungeduldige Handbewegung in meine Richtung. »Ich will nicht lange stören.«

Ich verkniff mir ein Schnauben, da ich nicht vorgehabt hatte, seinetwegen aufzustehen. Und weil wir beide wussten, dass Letzteres eine glatte Lüge war. Das sagte er immer, und wenn ich nicht aufpasste, saß er nach einer Stunde plötzlich auf meinem Platz und nahm Anrufe entgegen. Irgendwie schaffte er es ständig, sich wieder ins Geschäft zu schleichen, obwohl er seit seinem Herzinfarkt und der anschließenden OP so gut wie in Rente gegangen war. Nur auf dem Papier leitete er die Firma noch.

»Möchtest du einen Kaffee?«, fragte ich mit einem Nicken in Richtung der Nespresso-Maschine, die auf einer Kommode an der Wand stand. Wie der klobige Schreibtisch war sie ein Überbleibsel seiner Zeit in diesem Büro, das nun vor sich hin staubte.

»Gerne einen Cappuccino.«

Ich stand auf, nahm eine Tasse aus dem Regal und hantierte eine Weile unbeholfen an der Maschine herum, wobei ich mich wie ein Praktikant fühlte. Nach zwei Minuten trat Dad wortlos neben mich und nahm mir die Kapsel aus der Hand. »Ich mache das schon.«

Story of my life, dachte ich, machte einen Schritt zurück und überließ ihm das Feld.

Als er endlich sein Getränk in der Hand hielt, hätte er sich fast auf meinen Stuhl gesetzt, bekam aber gerade noch die Kurve und ließ sich stattdessen auf der anderen Seite des Schreibtischs mir gegenüber nieder.

»Hast du schon von der Druckerei gehört? Die neuen Flyer sind ja immer noch nicht da. Du musst denen mal ordentlich Feuer unterm Hintern machen.«

»Ist schon okay, Dad. In der E-Mail stand, dass sie diese Woche geliefert werden. Durch den Feiertag verschiebt sich eben einiges. Außerdem ist die Woche noch lange nicht rum.«

»Wenn nicht, musst du aber dort anrufen. Nicht immer alles über E-Mails regeln. Die führen dich an der Nase herum, wenn sie sehen, dass sie es mit dir machen können.«

Innerlich verdrehte ich die Augen. Als ob ich jemanden am Telefon zur Schnecke machen würde, obwohl es eigentlich kein Problem gab. Als ob ich jemals irgendwen zur Schnecke machen würde. Ich schluckte meine Antwort hinunter und nickte nur.

»Wenn die nicht zuverlässig sind, suchen wir uns einen anderen Anbieter. Solche Druckereien schießen im Moment wie Pilze aus dem Boden. Man kann damit anscheinend gutes Geld verdienen.«

O nein, war das mal wieder eine seiner neuen Geschäftsideen? Von denen hatte Dad etwa vier pro Monat, seit er sonst nichts mehr zu tun hatte – wenn er mir nicht gerade das Leben schwer machte.

»Und was ist mit der *Giulia?*«, fragte er. »Hast du schon eine Einschätzung für die Reparaturkosten bekommen?«

Mein Blick wanderte wieder zu dem majestätischen Segelboot auf dem Foto. Zu meinem breiten Grinsen, dem Arm meines Onkels um meine Schultern. »Nein, die melden sich aber bestimmt bald.«

»Bestimmt, bestimmt. Das ist doch keine Antwort. Ich fahre morgen mal bei Jimmy in der Werft vorbei.«

»Dad, das musst du nicht. Jimmy meldet sich, sobald er Neuigkeiten hat.«

Da war es wieder, dieses schleichende Gefühl, das mich schon befiel, solange ich denken konnte. Es kroch meinen Rücken hinauf, legte sich schwer auf meine Schultern, drückte auf meine Brust und raubte mir die Luft zum Atmen. Ich war nicht genug. Egal, wie sehr ich mich anstrengte. Egal, dass wir bessere Zahlen schrieben, seit ich das Geschäft übernommen hatte. Ich war nie genug.

»Ich sehe doch, dass du oft nicht hinterherkommst, William«, fuhr Dad fort. »Ist ja auch verständlich. Ein sehr anstrengender Job.«

Seufzend erinnerte ich mich an die vielen Abende meiner Kindheit, an denen Dad nicht nach Hause gekommen war. An seinen leeren Stuhl beim Abendessen, an seine schweren Schritte an der Tür, als ich längst im Bett lag und hätte schlafen müssen. Oft war ich wach geblieben, um wenigstens noch kurz seine Stimme zu hören. Erst als ich älter geworden war, hatte ich diese ruhigen Abende zu schätzen gelernt. Hatte meiner Mom beim Kochen geholfen, mich nach dem Essen noch lange mit ihr unterhalten, während meine kleine Schwester Emilia schon geschlafen hatte.

»Ich kann öfter reinkommen und nach dem Rechten sehen. Ist gar kein Problem. Jeden Tag ein paar Stunden.« Dads Stimme riss mich aus meinen Erinnerungen.

Bitte was? Diese Idee musste ich schleunigst im Keim ersticken.

»Ich habe alles im Griff, Dad. Weißt du nicht mehr, was der Arzt gesagt hat? Du darfst dich nicht übernehmen.«

Dad grummelte beleidigt. »Ja, ja, nicht übernehmen. Was

ist denn mit Langeweile? Die wirkt sich auch nicht gut auf die Gesundheit aus.«

»Du brauchst eben ein Hobby.«

»Ein Hobby? Pah!« Er erhob sich abrupt von seinem Stuhl und ging dahinter auf und ab. Der Cappuccino, den er unbedingt hatte haben wollen, stand unangerührt auf dem Tisch. »Diese Firma ist meine Arbeit, mein Hobby, mein Leben. So etwas lässt man nicht einfach so hinter sich zurück.«

Nein, nicht mal für deine Familie hättest du das getan, dachte ich bitter, sprach es aber nicht aus.

»Aber du musst doch einsehen, dass deine Gesundheit vorgeht«, sagte ich stattdessen.

»Ich hätte den Job machen sollen, bis ich in diesem Büro tot umgefallen wäre«, grummelte er reumütig und umklammerte die Stuhllehne so fest, dass seine Fingerknöchel weiß hervortraten. »Wenn man einmal raus ist, kommt man nicht wieder rein. Lieber würde ich arbeiten, bis ich umfalle, als mitzuerleben, wie die Firma ohne mich den Bach runtergeht. Mein Lebenswerk!«

»Dad, nichts geht den Bach runter. Wir hatten wirklich gute Jahre, du hast doch die letzten Geschäftsberichte gelesen.«

Ich war es so leid, dieses Gespräch zu führen. Irgendwann kamen wir immer darauf zurück. Was schwarz auf weiß stand, ignorierte er völlig und lebte in seiner eigenen Welt. Mit seiner eigenen Wahrheit.

»Willst du nicht deinen Cappuccino trinken?«, versuchte ich ihn abzulenken.

Geistesabwesend warf er einen Blick auf die Tasse, dann zur Tür. »Nein, ich spreche draußen lieber noch ein bisschen mit den Kunden. Unser Verkaufspersonal ist auch nicht mehr das, was es mal war.«

Ich verkniff mir eine Bemerkung darüber, dass seine eigene Tochter gerade da draußen stand und unsere Touren anpries.

»Okay, Dad, wir sehen uns Sonntag!« Das war reines Wunschdenken. Wahrscheinlich würde er vor dem allsonntäglichen Familienessen noch mindestens einmal hier hereinplatzen.

Er winkte zerstreut ab und war im nächsten Moment auch schon verschwunden. Als die Tür hinter ihm ins Schloss fiel, atmete ich tief durch. Es war, als hätte ich während seines Besuchs die Luft angehalten. Erst jetzt konnte ich wieder frei atmen. Es wurde immer schwieriger, an mich zu halten, wenn Dad so respektlos daherredete. Seit Monaten staute sich alles in mir auf, sodass ich das Gefühl hatte, kurz vor dem Platzen zu stehen. Irgendwann würde ich wohl explodieren. Und das musste ich unbedingt verhindern.

8 *Liv*

Nach der Party und dem desaströsen Wiedersehen mit meinen Freunden zogen mehrere Tage ins Land, an denen ich Will nicht wiedersah. Ich hatte mich bei Granny Bee verkrochen, um meine Wunden zu lecken, half ihr in der Küche und mit den Tieren.

Tagsüber zeigte ich Björn die Umgebung. Dabei lag die Betonung auf Umgebung – alles außerhalb von St. Andrews war sicheres Terrain. Während ich mit ihm durch verschiedene Naturreservate wanderte, wir im kühlen Meer schwimmen gingen und mit Kajaks durch die Passamaquoddy-Bucht paddelten, war ich allerdings nur mit halbem Herzen dabei. Ich genoss zwar die wunderschöne Natur, die vertraute Umgebung meiner Heimat, doch in Gedanken war ich ganz woanders, zerstreut und rastlos.

Björn und ich hatten keinen Sex gehabt, seit er hier angekommen war. Es wurmte mich, da wir früher keine Probleme im Schlafzimmer gehabt hatten. Ich konnte es auch nicht viel länger darauf schieben, dass er in einem Zimmer mit dünnen Wänden in einem Bed and Breakfast und ich bei meiner Granny wohnte. Seit ich zurück in St. Andrews war, schien ich einfach nicht mehr in der Lage zu sein, mich auf Björn einzulassen. Aber das lag nicht an ihm. Ich konnte mich nämlich auf gar nichts mehr konzentrieren. Selbst das Meditieren hatte ich aufgegeben, obwohl es seit drei Jahren zu meinem allmorgendlichen Ritual gehörte.

Eine nervöse Anspannung hatte mich erfasst, ein Kribbeln, das in meinen Fingerspitzen steckte und nur darauf wartete, meinen ganzen Körper zu fluten. Jedes Mal, wenn ein silberner Pick-up-Truck an mir vorbeifuhr, blickte ich hoffnungsvoll auf. Jedes Mal, wenn ich aus der Ferne braune Haare sah oder ein warmes Lachen hörte, setzte mein Herz einen Schlag aus.

Björn gab sich alle Mühe, mir zu gefallen. Er machte mir Komplimente, beteuerte immer wieder, wie sehr es ihm in St. Andrews gefiel. Womöglich machte er sich Hoffnungen, dass das mit uns etwas Ernstes war. Wahrscheinlich fragte er sich auch, warum er meine Eltern immer noch nicht kennengelernt hatte. Er drängte mich jedoch zu nichts. Ihm musste auffallen, dass ich viel zu sehr mit mir selbst und meiner Vergangenheit beschäftigt war, die hinter jeder Ecke lauerte.

Björn hatte etwas Besseres verdient. Auch wenn er mir gegen meinen Willen nach St. Andrews gefolgt war. Nach eineinhalb Wochen war es an der Zeit, mit ihm über alles zu sprechen. Das schuldete ich nicht nur ihm, sondern auch mir selbst.

Als wir an einem sonnigen Julinachmittag durch St. John, die nächstgrößere Stadt, schlenderten, spürte ich, dass der Moment gekommen war. Mein Herz flatterte bereits seit gestern nervös in Björns Nähe. Wenn ich es nicht bald ansprach, würde er es tun.

Mein Blick fiel auf eine Eisdiele, und ich zog Björn darauf zu. Natürlich musste ich bei dem als original italienisch angepriesenen Gelato sofort wieder an Will denken. Seine Familie mütterlicherseits stammte von einer langen Linie von Italienern ab. Seine Mom hatte mir die Geschichte, wie ihre Vorfahren Ende des neunzehnten Jahrhunderts nach Kanada ausgewandert waren, schon hundertmal erzählt, wenn ich bei ihnen zum Essen eingeladen gewesen war. Ich verdrängte die Erinnerungen und schenkte Björn ein strahlendes Lächeln. »Lust auf ein Eis? Wie letztes Jahr in Venedig? Geht auf mich.«

»Dazu kann ich nicht Nein sagen.« Mit leuchtenden Augen studierte er die vielen verschiedenen Sorten in der Auslage. Nachdem ich uns beiden je zwei Kugeln – für ihn vegane Melone und Zitrone, für mich Mango und Pistazie – bestellt hatte, fanden wir ein schattiges Plätzchen auf einer Bank. Es war so warm, dass mir mein Pistazieneis bereits über die Hand lief.

»Ich hätte nicht gedacht, dass es in Kanada im Sommer so heiß wird.« Björn reichte mir sofort eine der Servietten, die er, umsichtig, wie er war, mitgenommen hatte.

»Das ist ein sehr verbreiteter Irrglaube. Wir sind ein Land der Extreme. Eiskalte Winter, heiße Sommer. Aber irgendwie sind wir nur für unsere Schneemassen bekannt.« Ich lächelte und nahm die Serviette dankend entgegen. Doch da ertappte ich mich erneut dabei, wie ich an Will dachte. Er hätte mir das Eis mit einem verwegenen Grinsen von der Hand geschleckt, bis ich vor Vergnügen gequietscht und einen großen Bissen von seiner Kugel genommen hätte. Ich schüttelte unmerklich den Kopf, um die ungebetenen Erinnerungen zu vertreiben, die mein Gehirn in den unmöglichsten Augenblicken fluteten.

Rasch wischte ich mir die Hand ab, wobei ich es irgendwie schaffte, das klebrige Eis eher zu verteilen als loszuwerden. Neben mir schleckte Björn seins seelenruhig, während er die Passanten und die lebhafte Gegend betrachtete. Wie immer war sein Rücken gerade, die Beine hatte er elegant übereinandergeschlagen, kein bisschen Eis lief über seine Waffel, und auch seine Mundwinkel waren frei von Flecken. Er trug ein schneeweißes, ärmelloses Hemd, das ich an seiner Stelle innerhalb von

Sekunden bekleckert hätte. Doch er schien sich noch nicht einmal Sorgen darüber zu machen. Er war eben nahezu perfekt.

Und genau das machte ihn so langweilig.

Ich schlüpfte aus meinen Flipflops, zog die Knie an die Brust und stellte meine nackten Füße auf der Bank ab. Der Ton meines pastellgrünen Nagellacks passte zu meinem Pistazieneis. Ich wackelte mit den Zehen und wollte mein Amüsement darüber mit Björn teilen, doch dann erinnerte ich mich, dass ich das Gespräch mit ihm nicht länger aufschieben durfte.

»Hey, Björn?«

»Hm?«

»Sag mal, wie lange hast du eigentlich vor zu bleiben?«

»Hier in St. John? Ich dachte, du wolltest mir noch ein Museum zeigen?«

»Nein, ich meine in St. Andrews. Also … allgemein in Kanada.«

Nun wandte er sich mir ganz zu, sodass ich ihm in die hübschen blauen Augen schauen musste.

Er seufzte. »Ich würde ja antworten, so lange, wie du mich hier haben willst, aber irgendwie habe ich das Gefühl, dass meine Zeit hier längst abgelaufen ist.«

Ich verzog das Gesicht. War es so offensichtlich? »Äh, ich meinte nur, weil …«

»Liv, du musst dich nicht erklären. Ich sehe doch, dass du total durcheinander bist, seit wir angekommen sind.«

In diesem Moment hätte ich ihn küssen können. Es hatte eben doch Vorteile, einen nahezu perfekten Mann zu daten.

Wieder senkte ich den Blick auf meine Pistazienzehen. »Es ist nur … irgendwie wühlt es mich ziemlich auf, nach so langer Zeit wieder zu Hause zu sein. Das habe ich nicht erwartet.«

Ich sah aus dem Augenwinkel, wie er nickte. »Kann ich mir vorstellen. Und dann auch noch gleich am zweiten Abend deinen Ex-Freund wiederzusehen ... das kann nicht leicht für dich gewesen sein.«

Ich verschluckte mich an meinem Eis und musste husten. Die Kälte betäubte meine Zunge, sodass ich röchelte und mir völlig sinnfrei mit der Hand vor dem Mund herumwedelte. »Moment mal ... was?«, krächzte ich, als ich mich wieder beruhigt hatte.

Björn lächelte sein Zahnpastalächeln. »Komm schon, Liv. Es war nur allzu offensichtlich, dass dich mehr mit diesem Will verbindet, als dass ihr auf dieselbe Schule gegangen seid.«

Zerknirscht hob ich die Schultern. »Sorry, dass ich es dir verschwiegen hab.«

»Außerdem hat mich Fiona vor ein paar Tagen morgens beim Bäcker zur Seite genommen.«

Ich riss erschrocken die Augen auf. »Sie hat *was?*«

»Ach, das war gar nicht schlimm.« Björn winkte schmunzelnd ab. »Sie hat mir ein bisschen mehr über dich erzählt. Wie du in der Highschool warst, dass ihr beste Freundinnen wart, dass du Will gedatet hast ... nichts Dramatisches.«

Mir war nicht entgangen, dass Fiona anscheinend in der Vergangenheitsform von unserer Freundschaft gesprochen hatte. Aber was viel wichtiger war ... »Ich und Will ... gedatet? Das war alles, was sie gesagt hat?«

»Na ja, sie erwähnte noch diese klitzekleine Sache mit dem Heiratsantrag.« Björn leckte scheinbar tiefenentspannt an seinem Eis.

Ich schlug mir die Hände vors Gesicht. »O Gott, Björn, was musst du jetzt von mir denken? Ich schwöre, ich bin nicht verlobt oder so.« Langsam fühlte ich mich, als wäre ich in einer schlechten amerikanischen Rom-Com gefangen.

Björn lachte. »Davon bin ich ausgegangen. Bei uns in Schweden ist man nämlich nicht automatisch verlobt, wenn man einen Antrag bekommt. Dazu muss man erst Ja sagen. Bei euch doch auch, oder?« Er zwinkerte mir verschmitzt zu.

Ich überspielte meine glühenden Wangen mit einem viel zu großen Bissen Gelato, das mir eiskalt die Kehle hinunterrann.

»Tut mir wirklich leid, dass du es so erfahren musstest«, nuschelte ich. »Ich dachte nur … ich wollte …« Ergeben warf ich die Hände in die Luft, wobei ein Tropfen Gelato auf meiner Wange landete. Entnervt wischte ich ihn mit meiner klebrigen Serviette weg. »Ich dachte, ich hätte meine Vergangenheit während meiner Zeit in Europa hinter mir gelassen, aber seit ich wieder hier bin, ist mir klar geworden, dass diese Dinge – Heiratsanträge und vorwurfsvolle ehemals beste Freundinnen – nicht einfach verschwinden, wenn man sich nur lange genug nicht damit befasst.«

Björn hatte sein Eis mittlerweile aufgegessen und tupfte sich den Mund mit seiner blitzsauberen Serviette ab. »Wie mir scheint, hast du erst mal einiges in Ordnung zu bringen, ehe du dich auf etwas Neues einlassen kannst.«

Ich seufzte schwer. »Du hast recht. Ich hab's mir wohl ziemlich mit allen hier versaut. Aber ich hoffe, nicht auch mit dir?« Letzteres sagte ich in vorsichtigem, hoffnungsvollem Tonfall.

Björn lachte leise und warf seine Serviette in den Mülleimer neben der Bank. »Nein, keine Sorge, zwischen uns ist alles in Ordnung. Und außerdem: Nichts ist je so kaputt, dass man es nicht wieder reparieren könnte.«

»Ist das ein schwedisches Sprichwort?«

»Nein, das hab ich mir selbst ausgedacht.«

»Warum musst du immer so perfekt sein?«, grummelte ich missmutig.

Er lachte wieder und legte mir einen Arm um die Schultern. »Und warum musst du am anderen Ende der Welt leben und eine komplizierte Vergangenheit haben?«

»Was für ein verdammter Mist«, murmelte ich und legte meinen Kopf auf seine Schulter. »Tut mir so leid, dass ich dir das alles nicht früher erzählt habe. Du hast was Besseres verdient.«

»Das habe ich«, antwortete Björn trocken. »Aber ich bereue es nicht, mit dir hergekommen zu sein.«

»Wirklich nicht?« Ich blickte überrascht zu ihm auf. Dann erinnerte ich mich an mein Eis, das mir schon wieder über die Hand lief, und stopfte mir den ganzen Rest samt Waffel in den Mund.

Björn lächelte zu mir herunter, während ich vor Kälte den Mund verzog. »Nein. Ich glaube, dass im Leben alles für etwas gut ist. Und nach dieser Theorie ist es auch richtig, dass du nach Europa gegangen und jetzt wieder hier bist.«

»Ich weiß nicht«, erwiderte ich skeptisch und kuschelte mich fester an ihn. »Ich habe niemanden verletzen wollen, aber irgendwie passiert es trotzdem ständig.«

Er tätschelte mir das Haar. »Ach, *älskling*, alles wird gut werden. Du musst es nur wirklich wollen.«

Am Tag darauf brachte ich Björn zum Flughafen. Er hatte mit seinen Air Miles einen billigen Rückflug ergattert und freute sich, den Rest der Semesterferien mit seinen Freunden und seiner Familie in Schweden zu verbringen, bevor er im Herbst einen Masterstudiengang an der Uni Göteborg begann.

Zum Abschied umarmte ich ihn lange und fest.

»Lass mal von dir hören«, raunte er mir mit seinem heißen Akzent ins Ohr, als wir auf dem Drop-off-Parkplatz vor dem Flughafengebäude neben Metterming standen. »Es interessiert mich wirklich, wie es bei dir weitergeht.«

Er küsste mich ein letztes Mal auf die Wange, und plötzlich sammelten sich heiße Tränen in meinen Augenwinkeln. Ich klammerte mich fester an ihn und vergrub mein Gesicht an seiner Brust. Wir hatten ein knappes Jahr zusammen verbracht, waren in den Semesterferien gemeinsam durch Europa gereist, hatten einige Kurse an der Uni zusammen besucht, und er hatte mir Schwedisch beizubringen versucht. Björn war ein wundervoller Mensch, und er würde eine ebenso wundervolle Person finden, die ihn so liebte, wie er es verdiente. Nur was mein eigenes Happy End anging, war ich mir da nicht mehr so sicher.

Ich hatte immer nur bis Europa gedacht. Nie weiter als bis zu meinem großen Abenteuer. Meinem Uniabschluss. Meinen aufregenden Reisen. Nun, da das alles hinter mir lag, tat sich mein Leben groß und leer vor mir auf. Genau diese Freiheit hatte ich mir zwar immer gewünscht, doch plötzlich wirkten die unzähligen Möglichkeiten und offenen Fragen eher bedrohlich als aufregend.

Was würde nun passieren, da ich mir meine größten Träume bereits mit Anfang zwanzig erfüllt hatte? Warum war ich wirklich wieder nach St. Andrews gekommen? Was war der nächste Schritt in meinem Leben? Ein Job? Eine Wohnung? Ich wusste es einfach nicht.

Als hätte er meine Gedanken gelesen, tippte Björn mir sanft auf die Nasenspitze. »Es ist an der Zeit, dir neue Träume zu schaffen.«

Er löste sich von mir, nahm seinen Koffer und ging auf die gläsernen Doppeltüren des Flughafengebäudes zu. Bevor er hindurchschritt, drehte er sich noch einmal zu mir um. In seinem Blick lag so viel Zuversicht, dass ich trotz der Tränen lächeln musste. »Ich wünschte, du wärst es gewesen, *älskling*«, rief ich ihm zu.

»Ich nicht«, antwortete er lachend. »Das wäre doch nie gut gegangen mit uns beiden.«

Ich lachte ebenfalls und wischte mir die Tränen von den

Wangen. Björn winkte mir zum Abschied und war im nächsten Moment auch schon verschwunden.

Ich blieb noch eine Weile dort stehen und starrte auf die Tür, durch die er gegangen war. Wie leicht es doch wäre, ebenso zu verschwinden. In den Flughafen zu gehen, mir irgendeinen Flug von der Anzeigetafel auszusuchen und einfach abzuhauen. All meine Probleme und Sorgen hinter mir zu lassen. Schließlich hatte es schon einmal funktioniert. Ich seufzte schwer. Nein, das hatte es nicht. Mit meiner Flucht vor vier Jahren hatte ich bloß schwere Entscheidungen aufgeschoben und Freunde von mir gestoßen. Es war an der Zeit, dass ich diese Dinge wieder geradebog. Erst dann würde ich mich voll auf meine Zukunftsplanung konzentrieren können.

Ich stieg in meinen Wagen und nahm mein Handy aus der Handtasche. Aus meinen Kontakten wählte ich Fionas Nummer aus, in der Hoffnung, dass sie sie in den letzten Jahren nicht gewechselt hatte. Ich öffnete eine WhatsApp-Konversation und begann zu tippen.

Hi, Fiona, ich bin's, Liv.
Ich würde mich total freuen, wenn wir uns mal treffen und reden könnten. Wann hättest du Zeit?

Ich tippte auf Senden und wartete gespannt. Aus einem Häkchen wurden zwei, kurz darauf färbten sich beide blau. Mein Herz schlug schneller, und meine Handflächen wurden feucht. Fiona war online! Durch das Foto in der oberen linken Ecke wusste ich, dass es die richtige Nummer war. Darauf waren sie und Ellie zu sehen, wie sie sich einen riesigen pinken Milchshake mit zwei bunten Strohhalmen teilten.

Sie hatte meine Nachricht gelesen, doch sie antwortete nicht. Eine Minute später war sie plötzlich offline. Ich stieß scharf die

Luft aus. Meine Hände zitterten leicht, als ich das Handy auf den Beifahrersitz legte. Das war ja super gelaufen.

Da klopfte jemand an meine Scheibe, und ich fuhr erschrocken herum. Ein Flughafenmitarbeiter rief mir etwas durch die geschlossene Tür zu. »Diese Parkplätze sind nur zum Abladen oder Einsammeln. Maximal fünf Minuten!«

»Okay, okay, ich fahre ja schon.«

Ich drehte den Schlüssel in der Zündung, und Metterming sprang stotternd an. Mit einem lauten Knall schoss mein Käfer vor und hüllte den unfreundlichen Mann in eine schwarze Rauchwolke. Ich lächelte grimmig, als ich vom Parkplatz fuhr. Metterming hatte eindeutig ebenso schlechte Laune wie ich.

Als ich eine Stunde später vor Granny Bees Haus hielt, stieß ich ein erleichtertes Seufzen aus. Endlich zu Hause. Der Gedanke überraschte mich, da ich die letzten drei Jahre ein winziges Zimmer im Studentenwohnheim der Universität Malmö mein Zuhause genannt hatte, nachdem ich von Genf dorthin gewechselt war. Doch es war nicht zu leugnen, dass ich ebenso hierhergehörte wie alle anderen. Das musste ich meinen Freunden nur erneut beweisen.

Ich wischte mir den Schweiß von der Stirn und verfluchte mich zum hundertsten Mal dafür, dass ich mir vor Jahren ein Auto ohne Klimaanlage angeschafft hatte. Ich war müde, verschwitzt und frustriert und freute mich auf eine kalte Dusche und meine Yogamatte, die ich seit Wochen nicht angerührt hatte. Als ich mein Handy und meine Handtasche vom Beifahrersitz nahm, hielt ich allerdings überrascht inne, da eine Nachricht auf dem Sperrbildschirm aufblinkte.

Bin in nächster Zeit ziemlich beschäftigt …

Schnaubend schleuderte ich mein Handy zurück auf den Sitz. Es war nur zu offensichtlich, was Fiona mir damit sagen wollte. Wieder brannten meine Augen. Das passierte entschieden zu oft, seit ich wieder zurück war. Zornig wischte ich mir über das Gesicht, doch die Tränen flossen bereits. Ich schluchzte laut. Es würde schwieriger werden, als ich gedacht hatte, meinen Platz in St. Andrews wiederzufinden.

9 *Will*

Auf dem Weg zu Jimmys Werft hatte ich ein mulmiges Gefühl. Die *Giulia* stand bereits seit mehreren Wochen bei ihm, und er hatte mich erst jetzt herbestellt. Anscheinend hatte er mir seine Einschätzung ihres Zustands nicht am Telefon mitteilen wollen. Das war kein gutes Zeichen.

Als ich auf den Schotterparkplatz neben der Werft einbog, umklammerte ich das Lenkrad so fest, dass meine Finger schmerzten. Ich schüttelte sie aus, bevor ich aus meinem Pick-up stieg.

Werft war wohl ein übertriebenes Wort für Jimmys Bootsreparaturshop, aber er war der beste in der Gegend. Wenn es jemanden gab, der unsere alte Lady für einen fairen Preis auf Vordermann bringen konnte, dann er.

Langsam näherte ich mich dem Gebäude, das an eine riesige Lagerhalle erinnerte, die ans Meer grenzte und auf einer Seite einen Bootsanleger beherbergte. Meine Schritte knirschten auf dem Schotterboden, und ich wirbelte hellen Staub auf. Ich räusperte mich, wünschte, ich hätte eine Flasche Wasser mitgenommen. Vielleicht hatte Emmy etwas zu trinken dabei.

Meine Schwester war schon da. Sie musste direkt nach der Uni hergekommen sein. Dreimal die Woche besuchte sie Kurse in St. John, wo sie Ingenieurwesen studierte. Aufgrund ihres

Studiengangs hatte sie ein besonderes Interesse an Jimmys Arbeit. Ich fand sie beim Eingang, wo sie aufgeregt um eins der Boote herumschwänzelte, das auf einem riesigen Gerüst thronte.

»Hey, Emmy!« Ich gab ihr einen flüchtigen Kuss auf die Wange.

»Hi, Will! Sieh nur, wie clever sie das Boot auf die Halterung befördert haben«, sagte sie fasziniert. »Der Hebel ist perfekt platziert, sodass das ganze Gewicht nur von diesen beiden Streben getragen wird und …«

»Ja, ja, du bist schlau, wir haben es alle verstanden.« Ich wuschelte ihr durchs Haar, sodass sie sich laut protestierend wegduckte, um ihren langen braunen Pferdeschwanz wieder in Ordnung zu bringen. Sie warf mir einen mörderischen Blick zu, und ich setzte meine Unschuldsmiene auf. »Wo ist Jimmy?«

»Gleich da drüben hinter dem zweiten Boot. Er spricht gerade noch mit einem anderen Kunden.«

»Okay.« Ich schob die Hände in die Taschen meiner Shorts und schlenderte weiter in die große, offene Halle hinein. Irgendwo lief ein Radio. Aus versteckten Boxen drangen leise Gitarrenklänge. Es war kühler hier drin, was an der Nähe zum Wasser liegen musste. Die Wellen schwappten wispernd an den Steg am anderen Ende der Halle. Dort lagen weitere Boote vor Anker. Unter ihnen entdeckte ich die *Giulia*. Sofort steuerte ich auf mein geliebtes Boot zu.

Emilia musste erkannt haben, was ich vorhatte, denn ich hörte ihre schlappenden Schritte hinter mir. Sie trug Flipflops, obwohl ich ihr schon tausendmal gesagt hatte, dass es zu gefährlich war, darin Auto zu fahren.

Ich blickte zu den beiden Masten auf, die sich kahl und leer in die Höhe reckten. Hier drin brauchte die *Giulia* keine Segel. Es versetzte mir einen Stich, sie so leblos zu sehen. Sie gehörte aufs Meer. Wenigstens lag sie im Wasser vor Anker und war nicht auf eins von Jimmys Gestelle gehoben worden. Das hätte ich noch weniger ertragen.

Vorsichtig legte ich eine Hand auf den Bug, fuhr langsam über das raue Holz. Das Segelboot schwankte im Rhythmus der Wellen vor sich hin. Am liebsten wäre ich sofort an Bord gegangen und hätte es hier herausgesteuert. Doch ich wusste ja nicht mal sicher, ob mein Herzensboot überhaupt noch seetauglich war. Als wir es zu Jimmy gebracht hatten, war es kurz vor knapp gewesen.

Emilia stellte sich neben mich und legte ihre Hand neben meine auf das mitgenommene Holz. »Wäre wirklich schade um sie, was?«

»Noch ist nichts entschieden«, antwortete ich. »Ich bin sicher, dass wir die Reparatur bezahlen können. Die Firma hat in den letzten Jahren ein gutes Plus eingefahren.«

Emmy nickte zuversichtlich. »Das haben wir dir zu verdanken, großer Bruder.«

Sie stieß mich in die Seite, und ich grinste sie an. »Einer muss ja schließlich das Familiengeschäft fortführen, wenn du so eine fancy Karriere einschlägst.«

Sie kicherte, und mir wurde einmal mehr bewusst, wie stolz ich auf meine kleine Schwester war. Sie war die Erste in unserer Familie, die studierte.

Schwere Schritte näherten sich uns von hinten, und wir drehten uns gleichzeitig um. »Da sind ja die beiden jüngsten Sprösslinge des Fisher-Clans«, begrüßte Jimmy uns. Seine umbrabraune Haut glänzte vor Schweiß, und er wischte sich mit einem Handtuch über die Stirn.

»Hi, Jimmy!« Ich trat vor und schüttelte seine große Hand. »Danke für deinen Anruf.«

Jimmy begrüßte auch Emmy mit einem Handschlag und legte sich dann das Handtuch um den Hals.

»Also, wie sieht's aus?«, fragte ich nervös. »Wie geht es unserer alten Dame?«

»Nicht gut, Will.« Jimmy schüttelte bedauernd den Kopf. »Gar nicht gut.«

Als er begann, ein Problem nach dem anderen aufzuzählen, hatte ich Mühe zuzuhören. Das Blut rauschte so laut in meinen Ohren, dass es alles andere übertönte. Jimmy ging vor der *Giulia* auf und ab, sein Werkzeuggürtel klapperte laut. Er deutete auf Schwachstellen und erläuterte seine Reparaturpläne. Emmy folgte ihm eifrig und machte sogar Fotos der größten Schäden. Wie ein Zombie begleitete ich die beiden an Deck, wo Jimmy die Visite weiterführte.

Als er schließlich neben dem Steuer stehen blieb und die Hände vor der Brust verschränkte, wäre ich beinahe in ihn hineingelaufen, so aufgewühlt war ich. Sein Urteil war vernichtend.

»Also, wie viel wird uns das kosten?«, fragte ich vorsichtig. Meine Stimme klang blechern, drang wie von weit her an meine Ohren.

Jimmy runzelte die Stirn. »Tja also, mit den angerissenen Kielbolzen und dem Lochfraß im Getriebeunterteil … da könnten wir auf knapp achtzehntausend kommen.«

Die Summe traf mich so heftig, dass ich mich am Steuer festhalten musste, um nicht über Bord zu gehen.

Emmy riss die Augen auf. »Dafür könnten wir ein gebrauchtes Boot kaufen!«

Jimmy nickte mit entschuldigendem Gesichtsausdruck. »Sie ist eine wirklich alte Lady. Wenn auch eine ganz besondere Schönheit.« Liebevoll sah er sich auf der *Giulia* um.

Ich versuchte mich zu konzentrieren, um irgendeine bessere

Lösung zu finden, doch in meinem Kopf wirbelte alles durcheinander. Es fühlte sich an, als befände ich mich auf hoher See, mit einem gerissenen Segel, einem riesigen Leck und eiskaltem Meerwasser, das mir bereits bis zum Hals stand.

»Und was, wenn ich so viel wie möglich selbst repariere?«, presste ich mühsam hervor. »Einiges davon müsste doch machbar sein.« Ich hatte von klein auf mit Booten gearbeitet, hatte gemeinsam mit Onkel Matteo schon unzählige Renovierungsarbeiten und kleinere Reparaturen durchgeführt.

Jimmy zog die Brauen zusammen, als würde er alles im Kopf überschlagen, lächelte dann aber. »Wenn du dir das zutraust und ich nur die nötigsten Reparaturen vornehme, könnten wir auf achttausend kommen. Sonderpreis, versteht sich.«

»Oh, Jimmy, das ist so lieb von dir!« Emmy fiel dem verblüfften Jimmy um den Hals und küsste ihn auf beide Wangen.

»Wow, danke, Mann.« Ich fuhr mir mit der Hand über den Bart, konnte unser Glück kaum fassen. »Könntest du uns das vielleicht schriftlich geben? Nicht, dass ich deinem Wort nicht traue, aber Dad will es bestimmt schwarz auf weiß. Für die Firma, weißt du?«

Jimmy grinste anhand meines nervösen Gestammels. Er kannte meinen Vater und seine Eigenarten schon seit vielen Jahren. »Na klar, Will. Ich geh kurz ins Büro und bereite ein Angebot für euch vor.«

Als er von Bord gegangen war, atmete Emmy geräuschvoll aus. »Puh, das war aber knapp! Glaubst du wirklich, dass du das allein schaffst?«

Ich zuckte mit den Schultern. »Das muss ich. Wir haben keine Alternative. Dad würde niemals so viel für die Reparatur ausgeben.«

Ich dachte an Onkel Matteo, der mir sicher geholfen hätte, wenn er noch am Leben wäre. Wie immer überkam mich bei dem Gedanken an ihn eine tiefe Traurigkeit, die mich gefährlich nah an den Abgrund in meinem Inneren trieb. Doch heute mischte sich das Gefühl mit einem Anflug von Stolz. Wenn Matteo mich jetzt sehen könnte, hätte er einen Arm um mich gelegt wie auf dem Foto auf meinem Schreibtisch und mir gesagt, dass ich es schaffen konnte.

Ich trat vor und legte meine Hände auf das Steuer. Als ich die vertraute Kühle des Holzes spürte, überkam mich ein kribbelndes Glücksgefühl. Es war von den vielen Jahren der Nutzung glatt geschliffen und passte perfekt in meine Hände. Dieses Boot war mein Zuhause, seit ich laufen konnte. Und später, als Jugendlicher und erwachsener Mann, hatte ich tatsächlich jeden Sommer auf der *Giulia* verbracht – in den winzigen Wohnräumen unter Deck. Liebevoll strich ich über das Holz.

Emmy stellte sich neben mich. »Du verbindest noch viel mehr schöne Erinnerungen mit der *Giulia* als ich«, sagte sie mit einem Anflug von Melancholie in der Stimme. »Segeltrips mit Grandma und Grandpa, Karten spielen an Deck mit Onkel Matteo, und dann ist da natürlich noch …« Sie zögerte kurz. »Liv.«

Ich sah sie vorwurfsvoll an, und sie hob entschuldigend die Hände. »Sorry, Bruderherz, aber es ist ja nicht so, als wäre sie die, die nicht genannt werden darf. Schließlich ist sie wieder da, wie ich gehört habe.« Sie stemmte die Hände in die Hüften. »Übrigens von anderen Leuten. Und nicht von meinem Bruder, der ihr vier Jahre hinterhergeheult hat.«

»Ich hab ihr nicht hinterhergeheult!« Frustriert nahm ich die Hände vom Steuer. Konnte sie mir nicht diesen einen friedlichen Moment lassen? »Ich habe um meine erste große Liebe getrauert. Das ist völlig legitim.«

»Hey, ich bin die Letzte, die sagt, dass Männer nicht weinen dürfen. Aber ich schwöre, wenn ich dich noch einmal durch die

Wand zu *Dancing on my own* von Calum Scott schluchzen gehört hätte, wäre ich ausgezogen.«

Ich sprang vor, um mich mit einer Kitzelattacke zu revanchieren, doch Emmy tänzelte rückwärts und wehrte mich ab. »Aber mal im Ernst«, sagte sie aus sicherer Entfernung. »Liv ist wieder da. Das muss doch … schwierig für dich sein.«

»Nicht du auch noch«, stöhnte ich. »Meine Freunde reden schon über nichts anderes mehr. Fiona ist kurz davor, Team-Will-Shirts drucken zu lassen.«

Emilia lachte. »Das kann ich mir bildlich vorstellen. Aber verdient hat Liv es nicht. Ich hab sie immer gemocht, weißt du?«

»Ja, wie könnte ich das vergessen? Als du elf warst, hast du dir sogar die Haare blond gefärbt, weil du so aussehen wolltest wie dein großes Vorbild. Wenn Mom dich nicht davon abgehalten hätte, hättest du dir sogar eine Dauerwelle machen lassen, um ihre Locken zu imitieren.« Nun war es an mir, schallend zu lachen.

Emmy zog eine Schnute. »Ja, okay, das war vielleicht ein bisschen zu abgefahren. Aber sie sieht eben hammermäßig aus. Sieht sie doch immer noch, oder?«

Ich zuckte lässig mit den Schultern, obwohl mich die Frage mehr aus der Bahn warf, als ich zugeben wollte. »Klar, wenn man auf … so einen Typ Frau steht.«

»So einen Typ Frau?«, wiederholte Emmy ungläubig. »Willst du mich verarschen? Es gibt wahrscheinlich keinen heterosexuellen Mann auf diesem Planeten, der nicht auf Liv stehen würde.«

Zähneknirschend wandte ich mich ab. Das Gespräch nahm eine Wendung, die mir überhaupt nicht gefiel. In den letzten Tagen hatte ich versucht, Liv aus meinen Gedanken zu verbannen. Zum Glück hatte ich in der Arbeit so viel zu tun, dass es mir einigermaßen gelungen war. Ansonsten hatte ich jede freie

Minute mit meinen Freunden verbracht, um mich abzulenken und Liv nicht womöglich allein über den Weg zu laufen. Und jetzt war ich absolut nicht bereit, das Thema mit meiner kleinen Schwester zu diskutieren, die eindeutig Livs größter Fan war.

Ich räusperte mich und erinnerte mich daran, dass ich bereits durstig hier angekommen war. »Du hast nicht zufällig was zu trinken dabei?« Ich drehte mich wieder zu Emmy um. »Ich bin am Verdursten.«

Sie warf mir einen Blick zu, als wollte sie sagen: *Dein Ernst? Das war das schlechteste Ablenkungsmanöver aller Zeiten*. Doch dann ging sie in Richtung der Leiter, die von Bord führte. »Klar, ich hole dir meine Flasche aus dem Auto. Treffen wir uns in Jimmys Büro?«

»Okay, ich komme gleich nach. Danke, Em!«

Als ich endlich allein auf der *Giulia* war, legte ich meine Hände einmal mehr um das Steuerrad. Ich würde dieses Segelboot auf Vordermann bringen, koste es, was es wolle. Die zusätzliche Arbeit würde mich außerdem noch erfolgreicher von Liv ablenken. Denn diesmal, das hatte ich mir fest vorgenommen, musste ich mein Herz schützen. Nie wieder durfte es für Liv schlagen, nie wieder durfte ich mich so verletzlich machen. Ich musste mich dringend von ihr fernhalten.

Als ich mich umwenden und von Bord gehen wollte, hörte ich das Lied, das durch die Lautsprecher im Hintergrund lief. Shawn Mendes flehte seine Liebste an, doch bitte Mitleid mit seinem armen Herzen zu haben. Anscheinend verletzte sie ihn ständig, wenn auch unabsichtlich.

Ich verzog das Gesicht, als mich die Worte augenblicklich in die düstere Stimmung direkt nach Livs Abreise zurückversetzten. »Meiner Ex hinterherheulen« beschrieb nicht annähernd meinen Gemütszustand in dieser schweren Zeit. Doch es war nicht nur der Schmerz des Verlusts gewesen, der mich in die

Knie gezwungen hatte. Ich hatte Liv vermisst, keine Frage. Aber vielmehr war es mir so vorgekommen, dass mein Leben seinen Sinn verloren hatte. Das Familiengeschäft war mir zum ersten Mal wie eine Bürde statt wie ein Privileg erschienen, ich hatte kein Ziel und keinen Halt mehr gehabt, das Verhältnis zu meinem Dad war immer schlechter geworden.

Unwillkürlich erinnerte ich mich an ein Gespräch mit meiner Tante. Es war ein knappes Jahr nach Livs Verschwinden gewesen, als ich die meiste Zeit in meinem Bett gelegen, an die Wand gestarrt und die immer gleichen Lieder gehört hatte. Tante Annie war zu mir ins Zimmer gekommen. Wahrscheinlich hatten meine Eltern sie angerufen, weil sie Psychologin war.

»Willst du nicht mal aufstehen?«, hatte sie mich gefragt. »Nach draußen gehen? Deine Freunde treffen?«

Ich hatte stumm den Kopf geschüttelt.

»Wir machen uns alle Sorgen um dich.«

Ich hatte keine Reaktion gezeigt.

»Du zeigst depressive Verhaltensmuster, Will.«

Erst da hatte ich sie angesehen. »Tja, ich bin eben ziemlich traurig.«

»Zwischen traurig und depressiv gibt es einen großen Unterschied. Dein Verhalten ist einfach nicht normal als Reaktion auf das Ende einer Beziehung. Es ist fast ein Jahr her. Gibt es noch etwas anderes? Möchtest du mit mir über etwas sprechen? Nimmst du Drogen? Marihuana kann zu Angstzuständen führen und depressive Phasen auslösen …«

»Nein!«, hatte ich empört gerufen. »Ich kann es mir auch nicht erklären, okay? Es ist einfach … mein ganzes Leben ist weg. Da ist nichts mehr als ein großes, schwarzes Loch, und ich weiß nicht, wie ich es mit Farbe und Licht füllen soll. Ich habe es verlernt.«

Meinte Tante hatte alarmiert ausgesehen. Sie war aus dem

Zimmer gegangen, und eine Woche später hatten meine Eltern mich zu einem Termin bei einer Kollegin von ihr gefahren. Von da an hatte ich einmal in der Woche eine Therapiestunde gehabt, mehrere Monate lang. Ich wusste bis heute nicht, ob es mir wirklich geholfen hatte, mit einer Fremden über meine Gefühle zu sprechen. Doch es war eindeutig, dass ich nicht mit meinem Dad darüber reden konnte. Ich hatte ihn nicht enttäuschen wollen. Am Ende waren meine Eltern gemeinsam mit mir zum Abschlussgespräch gekommen.

»Will hat keine Depressionen«, hatte die Therapeutin verkündet. »Es ist ganz normal, das Ende einer Beziehung zu betrauern. Das tut jeder in seiner eigenen Zeit. Allerdings ist mir aufgefallen, dass Ihr Sohn Anzeichen von Hypersensibilität zeigt …« Meine Mom hatte daraufhin viele Fragen gehabt, mein Dad hatte eisern geschwiegen, während ich kaum gewagt hatte, ihn anzusehen.

»Ja, das gibt es auch bei Männern«, hatte die Therapeutin erklärt. »Es hat überhaupt nichts mit dem Geschlecht zu tun. Hypersensible Menschen nehmen ihre Umwelt mit allen Sinnen verstärkt wahr, deshalb erleben sie auch zwischenmenschliche Beziehungen intensiver … und empfinden die ganze Bandbreite an Emotionen stärker.«

Ich hatte schon immer vermutet, dass ich mehr fühlte als andere Leute – nein, nicht mehr, sondern tiefer. Doch ich hatte mich mein Leben lang zusammengerissen, nur hinter verschlossenen Türen geweint. Mein Vater hätte mir sowieso nur gesagt, ich solle mich nicht so anstellen. Es von einer Expertin bestätigt zu bekommen, hätte mich freuen müssen. Ich hatte endlich einen Namen für das, was ich empfand. Doch ich verspürte nichts als Scham. Weil mein Dad es gehört hatte. Weil es nur bestätigte, was er sowieso schon von mir dachte.

Zu Hause hatte niemand je ein Wort über das Gespräch mit

der Therapeutin verloren. Mein Leben war weitergegangen – ohne Liv. Ohne Farbe. Ohne Freude. Am Ende waren es meine Freunde gewesen, mit deren Hilfe es langsam besser geworden war. Sie und die Zeit, die ja bekanntlich alle Wunden heilte. Nur fühlte ich mich bis heute nicht geheilt.

Shawn Mendes' Stimme riss mich wieder in die Gegenwart, als das Lied im Radio seinen Höhepunkt erreichte. »Tolles Timing, Mendes«, grummelte ich auf dem Weg zu Jimmys Büro. Ich hatte eindeutig noch einen langen Weg vor mir, wenn ich lernen wollte, in einer Stadt mit Liv zu koexistieren.

Auf dem Rückweg von Jimmys Shop blieb das Radio aus. In völliger Stille fuhr ich am Meer entlang. Das Angebot für die Reparatur lag auf dem Rücksitz. Emmy war mit ihrem eigenen Auto kurz vor mir aufgebrochen. Dank ihres wilden Fahrstils hatte ich sie nicht mehr eingeholt. Es sollte mir recht sein.

Ich cruiste langsam dahin, verspürte keine Eile, wieder ins Büro zu kommen. Dafür war der Tag einfach zu schön. Keine Wolke war am Himmel zu sehen, das Meer lag beinahe so ruhig wie ein Spiegel da. Nur weit draußen glitzerten die Sonnenstrahlen auf einigen Wellen. Mehrere Möwen stießen abwechselnd aufs Wasser herab.

Als ich mich St. Andrews näherte, sah ich bereits von Weitem, dass es vor dem Ortseingang einen Unfall gegeben haben musste. Dort stand ein Polizeiauto und versperrte den Weg. Sobald ich mich in gebührendem Abstand vergewissert hatte, dass meine Schwester nicht darin verwickelt war, bog ich ab, um die Straßenblockade zu umgehen.

Zu spät fiel mir auf, dass mich dieser Weg zwangsläufig durch Granny Bees Straße führte. Liv hatte mir erzählt, dass sie wieder bei ihr wohnte, was das Risiko erhöhte, sie dort anzutreffen. Mein erster Instinkt war, umzukehren, doch es gab keinen anderen Weg in die Stadt. Ich würde es schnell hinter mich bringen müssen.

Trotz meines aufgeregt kribbelnden Magens hielt ich mich an die Geschwindigkeitsbegrenzung, als ich in die Straße einbog. Ich blickte stur geradeaus.

Bleib ruhig, du hast es gleich geschafft, sagte ich mir in Gedanken. Direkt vor mir befand sich bereits das Ende der Straße, doch vorher musste ich noch an Granny Bees Haus vorbei. Trotz meiner Bemühungen sah ich Livs gelben Käfer schon von Weitem davor stehen. Fast wären meine schweißfeuchten Hände vom Steuer abgerutscht.

Okay, das ist nicht schlimm. Es ist nur ein Auto.

Doch im Näherkommen entdeckte ich, dass Liv tatsächlich darin saß. Ich konnte nicht mehr wegsehen, als ich verfolgte, wie sie ihr Handy wütend auf den Beifahrersitz schleuderte und sich über das Gesicht wischte. Weinte sie etwa?

Ich durfte nicht langsamer werden. Durfte jetzt auf keinen Fall anhalten. *Bleib stark, Mann!*

Aber was, wenn sie Hilfe brauchte? Was, wenn es ihr nicht gut ging? Und wo war dieser Björn, wenn man ihn brauchte? Andererseits befand sie sich direkt vor dem Haus ihrer Grandma. Granny Bee war nur wenige Schritte entfernt, um sie zu trösten.

Mein Herz zog sich zusammen, mein Fuß verharrte über dem Bremspedal. Es machte mich fertig, Liv so zu sehen.

Und dann war es zu spät. Mein Fuß senkte sich herab, mein Truck wurde langsamer, kam schließlich neben Metterming zum Stehen. Mit zitternden Fingern umklammerte ich das Lenkrad. Liv blickte auf. Ihre Augen weiteten sich verdutzt, als sie mich erkannte.

Plötzlich war es, als befände ich mich nicht mehr in meinem Körper. Völlig losgelöst schwebte ich über der Straße und blickte auf uns beide herab. Sie in ihrem knallgelben Käfer, ich in meinem silbernen Truck. Meine Bewegungen waren abgehackt wie die eines Roboters, als ich meine Scheibe mit einem Knopfdruck herunterließ. Liv beugte sich über ihren Beifahrersitz und musste mühsam kurbeln, um ihre Scheibe ebenfalls herunterzulassen.

Ich lehnte mich aus dem Fenster, da sie um einiges tiefer saß als ich. »Ist alles in Ordnung bei dir?«

Liv wischte sich über die geröteten Wangen und feuchten Augen. »Ja … ich …« Sie räusperte sich. »Wird schon werden.«

»Äh …« Es war nur zu offensichtlich, dass das Gegenteil der Fall war, doch ich wollte mich ihr nicht aufdrängen. Gleichzeitig war es ein merkwürdiges Gefühl, nicht für sie da sein zu können. Völlig widernatürlich. Alles in mir schrie danach, aus dem Auto zu springen, ihre Tür aufzureißen und sie in den Arm zu nehmen. Sie vor allem Bösen dieser Welt zu beschützen. Doch das war nicht mehr meine Aufgabe.

»Liv, ich … ähm … wenn du Hilfe brauchst …«

Sie sah mich an, und ihre Unterlippe zitterte unmerklich. »Will, du musst nicht so nett zu mir sein. Wirklich. Es ist einfach … Alles ist ziemlich kompliziert, seit ich wieder da bin.«

Ich nickte, obwohl ich gar nichts verstand. Kompliziert? Meinte sie wegen ihrer Granny? Oder etwa wegen Björn? Oder machte es ihr vielleicht wirklich etwas aus, dass sie nicht mehr dazugehörte? Dass das Leben weitergegangen war. Ohne sie.

»Ist schon okay«, fuhr sie hastig fort und sammelte ihre Tasche und ihr Handy vom Beifahrersitz ein. »Alles in Ordnung. Du hast mich nur zu einem blöden Zeitpunkt erwischt.« Sie versuchte, ihr Fenster wieder hochzukurbeln, rutschte ab und fluchte laut.

Ich öffnete den Mund, um noch etwas zu sagen, doch da war sie bereits ausgestiegen und hatte die Tür hinter sich zugeworfen. Sie fummelte mit ihrem Schlüssel an Mettermings Schloss herum, sah mich nicht an, während sie sprach. »Fahr einfach weiter, Will. Du musst dir wirklich … keine Umstände meinetwegen machen.«

War es ihr etwa unangenehm, dass ich ihr meine Hilfe angeboten hatte? Oder dass ich sie so verletzlich gesehen hatte? Oder beides?

Sie fuhr herum und eilte über den Gartenweg zum Haus. Verblüfft starrte ich ihr hinterher. Ich schwebte noch eine Weile über allem, betrachtete die Haustür, die sich hinter ihr geschlossen hatte, ihr Auto, dessen Fensterscheibe immer noch halb geöffnet war.

Ein schlechtes Gewissen überkam mich. Es ließ mich nicht kalt, Liv so aufgelöst zu sehen. Hätte ich mehr tun sollen? Aussteigen? Sie ins Haus begleiten? Granny Bee oder ihre Eltern holen? Was zwischen uns vorgefallen war, konnte nicht ungeschehen gemacht werden, aber genauso wenig konnte ich vergessen, was ich einmal für sie empfunden hatte. Wie wichtig sie mir gewesen war …

Mach dich nicht lächerlich, dachte ich. *Du stehst vor ihrem Haus wie ein Stalker.* Liv hatte unmissverständlich klargemacht, dass sie meine Hilfe nicht wollte.

Vorsichtig löste ich meinen Fuß von der Bremse. Im nächsten Moment hatte ich das Haus hinter mir zurückgelassen. Erleichtert stieß ich die Luft aus, fühlte mich ein wenig besser. Doch das schlechte Gewissen wollte nicht verschwinden.

10 Liv

Die zufällige Begegnung mit Will vor Grannys Haus beschäftigte mich Tag und Nacht. Immer wieder sah ich die Szene vor mir, wie einen Film, der in meinem Kopf in Dauerschleife ablief. Wie Will angehalten hatte, weil er mich weinen gesehen hatte. Wie ich nicht gewollt hatte, dass er mich so verletzlich sah. Wie ich vor ihm davongelaufen war, obwohl ich mich am liebsten von ihm hätte trösten lassen. Weil ich seine Fürsorge nicht ertragen konnte. Weil ich seine Freundlichkeit nicht verdient hatte.

Was dachte er jetzt wohl von mir? Dachte er überhaupt an mich?

Ich hoffte fast, ihm nie wieder über den Weg zu laufen. Und gleichzeitig wünschte ich mir nichts sehnlicher, als ihn wiederzusehen. Doch ich schob den Gedanken von mir, wenn ich nachts im Bett lag und mich schlaflos hin und her wälzte. Tagsüber versuchte ich mich abzulenken, konzentrierte mich ganz auf Granny Bees Genesung, ging mit ihr zum Arzt, um ihren Gips wechseln zu lassen, und versorgte die Tiere.

Nach mehreren weiteren Nachrichten an Fiona, die sie alle mit derselben Ausrede beantwortete, hatte ich es vorerst aufgegeben, mich mit ihr treffen zu wollen. Nun war es, als klafften gleich *zwei* Löcher in meiner Brust. Dort, wo einst meine beste

Freundin ihren Platz gehabt hatte, und dort, wo meine Liebe zu Will mich erfüllt hatte. Doch je mehr ich versuchte, all diese Empfindungen von mir zu schieben, desto mehr wuchs das Gefühl der Einsamkeit in mir heran.

Es war nicht richtig, zurück an diesem Ort zu sein, wenn es bedeutete, keine Zeit mit meinen Freunden zu verbringen. Ich fühlte mich wie ein Geist. Eine leere Hülle meines einstigen Ichs. Als würde ich zwischen zwei Realitäten feststecken – nicht mehr so weit weg wie noch vor ein paar Wochen, aber auch nicht wirklich hier. Ich war zwar anwesend, doch niemand sah mich. Niemand wollte etwas mit mir zu tun haben. Niemand außer Granny.

Umso überraschter war ich, als Jack Ende Juli auf Grannys Haustelefon anrief, um mich zu einem Picknick am Strand einzuladen. »Nur im kleinen Kreis«, sagte er, als ich mit klopfendem Herzen den Hörer von Granny entgegennahm. »Wie früher. Falls du Lust hast, würden Marly und ich uns freuen.«

Also waren Marly und er mittlerweile zusammen. Irgendwie löste das ein angenehmes Prickeln in meiner Brust aus, als würden sich Tausend kleine Steinchen lösen, die vorher unbemerkt darauf gedrückt hatten. Marly und Jack. Nicht Marly und Will. Soviel ich wusste, war er Single.

Ich schob den Gedanken beiseite, doch er zupfte weiter an den Rändern meines Unterbewusstseins, als ich mich am Freitagabend zu Fuß auf den Weg zum Strand machte. Die Sonne stand tief und hüllte die Welt in weiche Farben, als würde eine Schicht Zuckerwatte über allem liegen. Das Meer funkelte in der Ferne, sein beruhigendes Rauschen zog mich zu sich. Doch selbst das half nicht, meine wachsende Nervosität zu vertreiben.

Durch St. Andrews zu schlendern war für mich nach wie vor ein beinahe neues Erlebnis, obwohl ich mittlerweile schon seit knapp einem Monat zurück war. Außer den Touristen, die man bereits von Weitem ausmachte, kannte ich alle Leute, denen ich begegnete. Ich kannte den Duft nach frittiertem Fisch, der aus den Restaurants in der Water Street heranwehte, den Geschmack des Sommers, der in der schweren, feuchtwarmen Luft lag. Alle grüßten mich freundlich, und ich grüßte zurück. Das Gefühl, genau hierher zu gehören, wurde so überwältigend, dass meine Mundwinkel wie von selbst nach oben wanderten. Allerdings verpasste mir der Gedanke gleichzeitig einen Dämpfer. Schließlich war ich noch lange nicht fertig damit, die Welt zu erkunden. Es gab so viel, das mir St. Andrews nicht geben konnte. Da draußen wartete ein ganzes Leben auf mich. Doch überraschenderweise blieb das überwältigende Fernweh, das mich sonst bei diesem Gedanken überkam, diesmal aus. Es wurde von dem stetig wachsenden Kribbeln in meinem Bauch übertrumpft, je näher ich dem Strand kam.

Schon von Weitem sah ich zwei einsame Gestalten auf einer Decke im Sand sitzen. Sie waren eng ineinander verschlungen und knutschten, was das Zeug hielt. Jack und Marly. Ich blieb abrupt stehen, unsicher, ob ich mich zu ihnen gesellen oder auf die anderen warten sollte.

»Hey, Liv!« Blakes Stimme riss mich aus meiner Starre.

Ich stieß ein erleichtertes Seufzen aus und drehte mich zu ihm um. »Hi, Blake!«

Sofort zog sich meine Brust zusammen, als mein Blick auf Will fiel, der zwei Schritte hinter ihm lief. Meine Mundwinkel, die Verräter, wanderten sofort nach oben.

Will beachtete mich jedoch kaum. Er unterhielt sich angeregt mit Fiona. Einerseits freute ich mich, dass unsere Begegnung vor ein paar Tagen unsere Beziehung nicht verkompliziert hatte. Andererseits hatte ich mir wenigstens ein bisschen mehr erhofft. Schließlich hatte seine Fürsorge gezeigt, dass ich ihm nicht vollkommen gleichgültig war.

Als die beiden fast an mir vorbei waren, sah Will auf und nickte mir flüchtig zu. Das Lächeln auf meinen Lippen erstarb. Von Fiona bekam ich nicht mehr als ein gemurmeltes »Hi«.

Ellie, die neben Fiona ging, beschleunigte ihre Schritte und steuerte direkt auf mich zu. Ihr musste aufgefallen sein, dass sich meine Stimmung schlagartig verändert hatte. Lächelnd hakte sie sich bei mir unter und zog mich mit sich in Richtung Strand. »Schön, dich zu sehen, Liv.«

»Ja … dich auch, Ellie.«

»Mach dir keine Sorgen wegen Fiona«, flüsterte sie mir verschwörerisch zu. »Ich bearbeite sie schon seit Wochen. Sie wird bald nachgeben.«

Ich runzelte zweifelnd die Stirn, drückte aber dankbar ihren Arm. »Danke, Ellie. Aber das glaube ich erst, wenn ich es sehe.«

»Wart's nur ab.« Sie zwinkerte mir zu.

Blake, der mit einer Kühltruhe im Schlepptau vorausging, hatte anscheinend Marly und Jack entdeckt, denn er schnaubte: »Igitt, nehmt euch ein Zimmer!«

Da kam ein Golden Retriever angesaust, der schwanzwedelnd um unsere Beine wuselte. Das musste Jacks Hund Reggie sein. Er hatte ihn sich erst nach meinem Umzug nach Europa angeschafft, aber ich hatte Fotos auf Instagram gesehen. Ich ließ das fröhliche Fellknäuel an meiner Hand schnuppern. »Hallo, du Süßer. Ich bin Liv.«

»Du bist ja nur neidisch, Blake«, rief Jack lässig über die Schulter, als Marly sich von ihm löste.

»Na klar ist er das!« Fionas Stimme ertönte hinter uns, und ich drehte mich zu ihr um. »Wer wäre es nicht, wenn er euch Love Birds sieht?«

Ihr Grinsen ließ mich ahnen, dass sie bei der Beziehung der beiden ihre Finger im Spiel gehabt haben musste.

Wir zogen unsere Schuhe aus. Als ich meine Zehen tief im

Sand vergrub, seufzte ich wohlig auf. Noch so ein Gefühl von Heimat.

Marly sah leicht zerzaust aus, als wir uns zu ihr und Jack gesellten. Ihre Wangen glühten, ihr Lächeln war verzückt. Bei ihrem Anblick fühlte ich mich, als hätte sie mir »Ich bin glücklich und du nicht« ins Gesicht geschrien. Was ich doch dafür geben würde, wieder so zu lächeln! Das hatte ich nicht mehr getan, seit … Ich schluckte und ließ mich von Ellie auf die blaugrün karierte Picknickdecke ziehen.

Blake stellte seine Kühltruhe daneben ab und beäugte Jacks Picknickkorb voller Cherry Cola, Baguette, Käse und Weintrauben. Ellie und Will machten sich daran, eine zweite Decke im Sand auszubreiten, sodass Platz für alle war.

Bevor ich etwas zu Fiona sagen konnte, hatte sie Marly bereits in ein Gespräch über Dr. Sues Tierarztpraxis verwickelt. Mittlerweile hatte ich mitbekommen, dass Marly für Granny Bee an der Rezeption eingesprungen war. Dafür war ich dankbar und hätte ihr das auch gesagt, wenn ich mich in diesem Moment nicht so verloren gefühlt hätte. So fehl am Platz. Gerade eben hatte ich noch das Gefühl gehabt, nach St. Andrews zu gehören, und nun kam es mir so vor, als fände Marly, die erst seit wenigen Wochen hier lebte, sich hier besser zurecht als ich. Zumindest was meine alten Freunde anging.

Also schwieg ich, ließ den Blick übers Meer schweifen und versuchte, mich nicht von der Einsamkeit überwältigen zu lassen, die wie Gift durch meine Adern kroch.

»Mit dem Essen warten wir noch auf Debbie und Ed«, ermahnte Jack Blake, der eine Hand in den Picknickkorb geschoben hatte. Ich horchte auf. Debbie und Ed? Zwei weitere alte Freunde und endlich zwei Leute, die keinen Hass auf mich schoben. Zumindest hoffte ich das.

Blake zog seine Hand aus dem Korb. »Aber ich hab Hunger«, maulte er.

Im nächsten Moment hatte er sich auch schon eine Weinflasche aus der Kühltruhe geschnappt. Jack warf sich auf ihn, landete allerdings nach einem kurzen Handgemenge fluchend im Sand, woraufhin Blake sich mit einem triumphierenden Grinsen ein Glas Wein einschenkte. Er nahm einen Schluck, wobei er Jack über den Rand des Glases zuzwinkerte.

»Debbie und Ed kommen?«, fragte ich Jack, um mich wenigstens halbwegs in ein Gespräch einzubringen. »Ich habe die beiden ewig nicht gesehen.«

»Du warst ja auch lange nicht hier«, murmelte Will, bevor Jack antworten konnte. Oder hatte ich mich getäuscht? Er hatte so leise gesprochen, dass es über das Wellenrauschen und das Gespräch der anderen kaum zu verstehen gewesen war.

Ich versuchte, mir nicht anmerken zu lassen, wie sehr mich seine Stichelei im Beisein der anderen aus der Bahn warf. Stattdessen hielt ich den Blick weiterhin fest auf Jack gerichtet, während ich die Fingernägel in meine Handflächen grub. Alle schienen die unausgesprochene Spannung zwischen Will und mir bemerkt zu haben. Fast war es, als würde die Luft ein paar Grad kälter.

»Ja«, antwortete Jack rasch und setzte sich mit einem tadelnden Seitenblick in Wills Richtung wieder auf die Decke. »Aber sie kommen etwas später, weil sie erst noch die Läden schließen müssen.«

»Dann haben wir ja Zeit für eine Runde Football.« Blake hatte sein Weinglas bereits geleert und schnappte sich den Ball, der neben der Kühltruhe lag. Will war anscheinend dankbar für die Ablenkung, denn er sprang sofort auf. Ich war so verwirrt von seinem Verhalten, dass ich am liebsten aufgestanden und nach Hause gegangen wäre. Doch diese Blöße wollte ich mir nicht geben.

Als auch Jack und sein Hund den beiden folgten, sah ich ihnen hinterher. Nun saßen nur noch wir vier Frauen auf der Decke. Ich spürte Fionas eisigen Blick auf mir und lenkte mich mit dem Schmerz meiner Nägel ab, die nun fast schon in meine Haut schnitten. Meine Finger begannen zu zittern. *Jetzt nur keine Schwäche zeigen.*

Am liebsten hätte ich Fiona ein paar Takte gesagt. Aber meine Kehle war auf einmal wie zugeschnürt. Meine Augen brannten verräterisch, und ich biss mir auf die Lippe. Da spürte ich Ellies warme Hand auf meinem Arm. »Lust auf einen Spaziergang, Liv?« Ihre Stimme klang weich und beruhigend.

Ich war kaum in der Lage zu antworten, also nickte ich nur. Sie legte einen Arm um mich und zog mich hoch. Ohne Marly und Fiona eines Blickes zu würdigen, ließ ich mich von ihr in Richtung Meer führen.

»Das Verhalten der anderen tut mir wirklich leid«, sagte sie, als wir außer Hörweite waren. »Es ist nicht in Ordnung. Das habe ich Fiona auch gesagt, aber sie …«

»Sie ist verletzt, das verstehe ich.« Meine Stimme klang belegt und zittrig.

Wir schlenderten am Wasser entlang. Die Gischt war angenehm kühl an meinen nackten Beinen, doch in meinem Inneren loderte ein Feuer, das sich nun einen Weg nach draußen bahnte. »Und weißt du, vielleicht habe ich es ja verdient, so von ihnen behandelt zu werden. Mir ist klar, dass ich … dass es nicht okay ist, was ich damals abgezogen habe. Aber es war einfach alles zu viel. Es ging zu schnell. Will und ich waren so jung. Ich wollte niemandem wehtun.« Nun löste sich doch noch eine Träne aus meinem Augenwinkel. Ich blinzelte sie fort.

»Ich glaube, die wenigsten Leute wollen andere mit ihren Taten verletzen«, antwortete Ellie. »Dennoch passiert es gelegentlich.«

Ich wischte mir über das Gesicht. »Ja, vor allem, wenn man bei einer Entscheidung nur an sich selbst denkt.« Sofort zuckte ich zusammen. Das war mir einfach so rausgerutscht. So hatte ich das nie zuvor gesehen. Aber jetzt, da ich es ausgesprochen hatte, stand es mir klar vor Augen. Ich hatte tatsächlich nur an mich selbst gedacht. Hatte das getan, was für mich damals die beste – nein, die einfachste – Lösung gewesen war. Das, was ich am besten konnte: weglaufen.

»Bereust du es denn?«, fragte Ellie sanft.

Ich zögerte. »Nein … Ja, manchmal. Eigentlich nicht. Seit ich wieder hier bin, immer öfter.« Anhand meines unbeholfenen Gestammels musste ich lachen. »Sollte ich es denn bereuen?«

Ellie schüttelte nachdenklich den Kopf und blickte aufs Meer hinaus. »Weißt du, ich habe nicht viel von meiner Mutter gelernt. Sie ist … eine sehr ernste Frau. Gottesfürchtig und freudlos. Sie hat mich aus dem Haus gejagt, als sie erfuhr, dass ich Frauen liebe. Aber eine Sache, die sie immer zu mir gesagt hat, werde ich nie vergessen: Bereue nichts, denn du kannst die Vergangenheit nicht ungeschehen machen. Danach lebe ich.«

»Also ist es reine Zeit- und Energieverschwendung, etwas zu bedauern?«

Ellie nickte. »Man quält sich nur selbst, ohne dass etwas dabei herauskommt.«

»Sag das mal meinem Gehirn. Bei dem ist die Nachricht noch nicht angekommen.«

»Ich glaube, es geht dabei eher um dein Herz.« Sie sah mich an, und ein wissendes Lächeln umspielte ihre Mundwinkel. »Du musst dir selbst verzeihen, Liv. Wie sollen die anderen dir vergeben, wenn du es nicht selbst tust?«

Wieder wurde meine Kehle rau, und ich räusperte mich. »Jetzt hörst du dich schon wie meine Yogalehrerin an«, lachte ich in dem Versuch, unbeschwert zu klingen.

»Und, hat sie recht?« So schnell ließ Ellie mich nicht davonkommen.

Ich lächelte zaghaft. »Immer.«

Schweigend liefen wir weiter, während die rot glühende Sonne den Horizont küsste.

»Wie geht es eigentlich Björn?«, fragte Ellie.

»Er ist, äh … wir haben … er ist wieder abgereist.«

»Gut.« Sie nickte, als hätte sie es schon gewusst, es aber aus meinem Mund hören wollen.

»Gut?«

Sie schmunzelte. »Ich hatte das Gefühl, dass es ihm hier nicht besonders gut gefallen hat.«

»Meinst du?«, fragte ich sarkastisch.

Sie zwinkerte mir zu. »Es funktioniert nicht, zwei verschiedene Leben miteinander zu verknüpfen. Das weiß ich aus Erfahrung. Erst nachdem ich mein altes Leben hinter mir gelassen hatte, konnte ich mit Fiona wirklich glücklich sein. Ich glaube, du hast das in Europa ebenfalls versucht, aber es ist dir nicht gelungen. Manchmal müssen wir uns erst verlaufen, um den richtigen Weg zu finden. Es ist in Ordnung, sich umzuentscheiden.«

Ich blieb abrupt stehen. Ellie hatte genau ins Schwarze getroffen. Meine nackten Füße versanken im feuchten Sand, umspült vom kühlen Meerwasser. Ich betrachtete die Wellen, die stets im selben Rhythmus an den Strand spülten. Ewig und unermüdlich. So wie mein Herz für diesen Ort schlug. Für die Menschen hier. Und zugegebenermaßen auch für Will. Das war mir in den letzten Tagen schleichend wieder bewusst geworden.

Die Erkenntnis überkam mich wie eine eiskalte Woge, die über mich hereinbrach und mich schlotternd zurückließ. Vor manchen Dingen konnte ich eben nicht davonlaufen, selbst wenn ich bis ans andere Ende der Welt floh.

Ellie gab mir Raum, mich mit meinen Gefühlen auseinanderzusetzen. Schweigend liefen wir weiter nebeneinanderher, ihre Anwesenheit war tröstlich und aufwühlend zugleich.

»Ich möchte dir noch etwas sagen, und ich hoffe, dass ich dir damit nicht zu nahe trete«, fuhr sie schließlich fort. Unter ihre sonst sanfte Stimme hatte sich ein schärferer Unterton gemischt. »Fiona wird mit der Zeit darüber hinwegkommen. Aber Will vielleicht nicht.«

Ich schluckte. »Ist es wirklich so schlimm gewesen?« Das hatten bereits mehrere Leute angedeutet.

Ich erinnerte mich an jenen Abend vor vier Jahren. An den Schmerz in Wills Augen. Wie er zurückgetaumelt war, als hätte ich ihn geschlagen. An den erstickten Laut aus seinem Mund. Den Vorwurf. Den Verrat.

»Ja, das war es.« Ellie nickte ernst. »Wenn du bleibst, Liv, wenn ihr beiden euch vielleicht wieder annähert, dann musst du dir diesmal sicher sein. Ein zweites Mal würde Will zerstören. Wer weiß, ob er sich danach je wieder auf jemanden einlassen könnte.«

»Ich wollte nicht … Ich hatte doch gar nicht vor …«

»Liv. Ich möchte dir nichts vorwerfen. Das ist etwas zwischen dir und Will. Es ist deine Entscheidung. Hör am besten auf dein Herz.«

Schaudernd schlang ich die Arme um mich und blickte aufs Meer hinaus. Wollte ich Will wieder näherkommen? Zumindest freundschaftlich? Hatte er überhaupt Interesse daran? Als er neben meinem Auto angehalten und sich nach meinem Befinden erkundigt hatte, hatte es danach ausgesehen – jetzt nicht mehr.

War er vielleicht einfach nur Will gewesen? Fürsorglich. Empathisch. Großherzig. Womöglich hatte ich es ganz falsch interpretiert, und er hätte für jede andere Person angehalten. So war er eben.

War es überhaupt möglich, dass wir, nach allem, was zwischen uns geschehen war, je wieder normal miteinander umgingen?

Ich horchte tief in mich hinein, aber mein Herz schwieg hartnäckig.

11 *Will*

»Mann, was war das denn?«, zischte Jack mir zu.

Ich sah ihn fragend an, obwohl ich genau wusste, wovon er sprach. Zunächst hatten wir uns Blakes Football neben der Decke zugeworfen, auf der die anderen saßen. Doch nach und nach hatten wir uns immer weiter von ihnen entfernt.

»Den Kommentar hättest du dir auch verkneifen können«, fuhr Jack fort. »Ich habe Liv schließlich nicht eingeladen, damit du ihr weitere Vorwürfe machen kannst. Wir hatten doch einen Plan!«

Ich zuckte nur mit den Schultern, viel lässiger, als ich mich fühlte. Vor ein paar Tagen hatte ich Jack von meiner Begegnung mit Liv erzählt, dabei allerdings verschwiegen, wie sehr es mich mitgenommen hatte, sie so traurig zu sehen. Wir hatten gemeinsam beschlossen, Liv ein wenig mehr in die Gruppe einzugliedern. Doch als ich sie heute gesehen hatte, war ich wieder total durcheinander gewesen. Ich konnte einfach nicht einordnen, was es in mir auslöste, dass sie nun wieder hier war. Und ich hatte Angst davor, dass sich die ganze Geschichte wiederholte. Alles war so verwirrend. Wieder einmal empfand ich viel zu viel.

Mittlerweile ärgerte ich mich, Jack überhaupt von unserer Begegnung erzählt zu haben. Natürlich hatte er recht. Mein

Kommentar war nicht in Ordnung gewesen. Danach hatte es mir sofort leidgetan, aber ich konnte die Worte schließlich nicht zurücknehmen. Genau wie Liv die Worte nicht zurücknehmen konnte, mit denen sie mir vor vier Jahren das Herz zerfetzt hatte.

Ich seufzte frustriert. Es war an der Zeit, mich mit meinen Gefühlen auseinanderzusetzen, anstatt mich vor ihnen zu verstecken. Ich holte aus und warf den Ball so weit, dass Blake rennen musste, um ihn zu fangen. Wir befanden uns immer noch zu nah an den anderen, und was folgen würde, war ein reines Männergespräch.

Als wir uns weit von ihnen entfernt hatten, warf ich den Ball kürzer, um die beiden näher an mich heranzubringen. Blake fluchte und machte einen Bauchklatscher in den Sand, um ihn zu fangen. »Dude, was soll das denn?«

Jack lachte anhand Blakes verdatterter Miene, der sich wieder hochkämpfte und Sand ausspuckte. Auch ich musste mir ein Grinsen verkneifen, doch dann wurde ich wieder ernst und winkte die beiden zu mir. »Ich … kommt mal näher. Wir sollten die Sache besprechen.«

»*Die Sache?*« Jack hob beide Augenbrauen und warf Blake einen vielsagenden Blick zu.

Wir stellten uns in ein lockeres Dreieck, so nah, dass wir den Ball fast schon herumreichen konnten wie eine Zuckerdose beim Kaffeekränzchen. Ich warf einen Blick über die Schulter. Ellie und Liv waren aufgestanden und schlenderten am Wasser entlang. Marly und Fiona waren in ein Gespräch vertieft. Keine der Frauen nahm Notiz von uns. Jack und Blake sahen mich erwartungsvoll an, als ich mich ihnen wieder zuwandte. Ich räusperte mich, wusste jedoch nicht, wo ich anfangen sollte.

Jack seufzte, als ich weiterhin nichts sagte. »Also, es geht immer noch um Liv, oder?«

Ich nickte und warf ihm den Ball zu, den er mühelos auffing.

»Ich hab mich schon gefragt, wann du endlich mal von dir aus über sie sprechen würdest«, sagte Blake und fing den Ball von Jack auf. »Wir müssen dir alles aus der Nase ziehen. Sie ist jetzt schon seit über drei Wochen hier, und du weichst dem Thema aus, als wäre es eine gigantische fleischfressende Pflanze.«

»Das stimmt nicht ganz«, warf Jack ein. »Will und ich haben gemeinsam beschlossen, sie heute einzuladen.«

»Ich habe sowieso nicht verstanden, warum ihr sie seit ihrer Rückkehr ausgrenzt.« Blake zog einen Schmollmund. »Sie gehört doch zur Crew.«

»Ich weiß.« Verlegen ließ ich die Schultern hängen und nahm den Ball von Blake entgegen. »Es ist nur … ich versuche, es nicht zu sehr an mich ranzulassen, dass sie zurück ist.«

»Wie fühlst du dich denn, seit sie wieder da ist?«, fragte Blake.

»Äh … ich hatte in letzter Zeit ziemlich viel in der Firma zu tun.« Ich warf Jack den Ball zu.

»Das ist keine Antwort auf meine Frage.« Mit tadelndem Blick fing Blake den Ball von Jack auf.

Ich zögerte, doch dann entschied ich mich, alle Karten auf den Tisch zu legen. Mich selbst konnte ich belügen, meine besten Freunde nicht. »Es kommt alles wieder hoch, okay? Ich habe Liv nie vergessen. Ich wünschte, sie wäre nicht zurückgekommen. Und gleichzeitig wünsche ich mir, dass sie nie wieder weggeht.« Hilflos warf ich die Arme in die Luft, sodass der Football, den Blake in diesem Moment in meine Richtung warf, an mir vorbeiflog. »Das alles bringt mich völlig durcheinander. Und dann hat sie auch noch diesen Björn mitgebracht. Was soll ich davon halten?« Die Verletzlichkeit in meiner Stimme machte mich noch verzweifelter.

»Björn ist vor einer Woche abgereist«, sagte Blake.

»Und das Schlimmste ist, dass ich nicht weiß, wie ich mich ihr gegenüber verhalten soll … Moment mal! *Was?*«

»Björn ist vor einer Woche abgereist«, wiederholte er, wobei er mich nicht aus den Augen ließ. Meistens wusste Blake als Erster über alle Gerüchte im Ort Bescheid, weil er im einzigen Supermarkt von St. Andrews jobbte.

»Er ist …? Ach so.« Ich atmete einmal tief durch, drehte mich wortlos um und ging den Football holen.

»Wer hat dir das denn erzählt?«, fragte Jack hinter mir, doch ich blendete die beiden aus. In mir kämpften Tausend Gefühle um die Oberhand. Irgendwie war mir plötzlich heiß, obwohl die Sonne langsam hinter dem Horizont verschwand. Mein Herz pochte dumpf in meiner Brust, ein Echo, das durch meinen ganzen Körper vibrierte. Ein seltsames Hochgefühl überkam mich.

Björn war abgereist. Bedeutete das …? Nein, so weit wollte ich gar nicht denken.

Als ich mit dem Ball in der Hand zurückkam, musterten Blake und Jack mich, als wäre ich eine tickende Zeitbombe, die jederzeit hochgehen könnte. »Schon gut, Jungs, alles klar. Ich bin nur … irgendwie erleichtert.«

Jack sackte ein wenig in sich zusammen, als hätte er bis gerade eben die Luft angehalten. Blake klopfte mir heiter auf die Schulter und nahm mir den Ball ab. »Ist schon okay, Mann«, sagte er. »Lass es raus.«

Er warf Jack den Ball zu, und wir nahmen unser Spiel in entgegengesetzter Richtung wieder auf.

»Aber wie soll es jetzt weitergehen?«, fragte Jack nach einer Weile nachdenklich. »Liv wird nicht so bald verschwinden. Das hier ist eine Kleinstadt, und ihr habt denselben Freundeskreis. Das heißt, ihr müsst einen Weg finden, zu koexistieren, ohne euch bei jeder Begegnung an die Gurgel zu gehen.«

Ich fing den Ball auf und seufzte, während ich daran dachte, wie traurig und verloren Liv in ihrem Auto ausgesehen hatte. Ich wollte ihr nicht wehtun. Auch wenn sie mich so sehr verletzt hatte.

»Lade sie doch selbst mal zu etwas ein«, schlug Blake vor. »Sie war ja schon nicht beim Whale Watching mit Marly dabei.«

Ich runzelte die Stirn und warf ihm den Football zu. »Hätte ich sie dazu einladen sollen?«

»Na ja, früher wäre sie bei der ersten Fahrt der Saison dabei gewesen.«

»So kann man nicht argumentieren«, erwiderte Jack. »Sie wäre bei *allem* dabei gewesen. Ihr zwei hättet knutschend am Celtic Cross rumgehangen, auf der *Giulia* übernachtet, sie wäre an den Wochenenden bei deiner Mom zum Essen eingeladen worden, und wir alle hätten so gut wie jeden Abend etwas zusammen unternommen. Es ist eben nicht mehr wie früher.«

Bei seinen Worten überkam mich abermals eine schwere Melancholie. Die Art von Traurigkeit, die sich wie ein Fass ohne Boden anfühlte, gefüllt mit einer zähen, schwarzen Masse, die mich nicht mehr freigeben würde, wenn ich hineinfiel. Ich hatte diese Dunkelheit schon einmal besiegt. Ich würde es nie wieder so weit kommen lassen. Das hatte ich mir geschworen.

»Also soll ich eurer Meinung nach einfach so tun, als wäre nichts gewesen? Liv mit offenen Armen zurück in St. Andrews empfangen und einen auf Friede, Freude, Eierkuchen machen?«

»Das haben wir nie gesagt«, antwortete Jack. »Was zwischen euch vorgefallen ist, kann nicht rückgängig gemacht werden. Und wir wollen es auch nicht schönreden. Aber es muss doch möglich sein, normal mit Liv umzugehen. Der erste Schritt ist getan. Immerhin ist sie heute Abend hier.«

»Auch wenn das ein holpriger Start war«, warf Blake grinsend ein. Am liebsten hätte ich ihm den Football an den Kopf geworfen, funkelte ihn jedoch nur warnend an.

»Hey, niemand macht dir einen Vorwurf.« Blake hob beschwichtigend beide Hände. »Aber Liv hängt sicher genauso im Limbo wie du. Keiner weiß, wie man sich in so einer Situation verhält. Selbst für uns ist es schwierig. Wir sind mit euch *beiden* befreundet. Schau dir nur Fiona an, sie steht kurz davor, Liv ins Meer zu schubsen und eine Partie Schlammcatchen zu veranstalten.«

Wir hielten kurz inne und warfen Fiona, die neben Marly auf der Decke saß, besorgte Blicke zu. Meine Mundwinkel zuckten unwillkürlich. So einen Kampf würden wir alle drei gerne sehen.

»Okay, also soll ich ihr vielleicht eine Art Friedensangebot machen? Ihr zeigen, dass ich keinen Groll gegen sie hege?«

»Ist das denn so?« Jack zog misstrauisch die Augenbrauen zusammen.

Mein zerknirschter Gesichtsausdruck war Antwort genug.

»Du musst dich natürlich nicht verstellen«, schob er eilig hinterher. »Wir stehen hinter dir, Will. Aber irgendwie … tut Liv mir auch leid. Wir können sie nicht wie eine Aussätzige behandeln. Vielleicht müsst ihr beiden euch einfach mal aussprechen. Dazu hattet ihr nie Gelegenheit.«

»Vielleicht.« Ich zuckte ratlos mit den Schultern. »Sie war lange ein großer Teil meines Lebens. Dann plötzlich nicht mehr. Das hat ein riesiges Loch hinterlassen. Und jetzt taucht sie ganz plötzlich wieder auf. Ich habe das Gefühl, mich erst mal von einem Schleudertrauma erholen zu müssen.«

»Und dazu hast du jedes Recht.« Blake war heute überraschend scharfsinnig und mitfühlend. Er hatte immerhin erst ein Glas Wein intus. »Nimm dir so viel Zeit, wie du brauchst.«

Ich überlegte kurz, starrte in Richtung Meer, wo Liv und Ellie stehen geblieben waren. Liv hatte die Arme um sich geschlungen und blickte aufs Wasser hinaus.

Selbst jetzt, mit dem Rücken zu mir gedreht, war sie mir so vertraut. Jede Geste, jede Locke, die in der leichten Brise wehte. Ich wollte sie in meinem Leben. Aber nicht, wenn das bedeutete, dass ich meine eigene mentale Gesundheit opfern musste. Wenn ich daran arbeitete, könnte es vielleicht wieder so werden wie früher. Natürlich nicht genauso, aber wenigstens so, dass wir alle Freunde sein konnten. Damit es nicht mehr komisch war, wenn wir uns im selben Raum aufhielten. Damit wir einander wieder in die Augen sehen konnten. Damit sich unsere Freunde in unserer Gegenwart nicht ständig unwohl fühlten. Ja, das könnte funktionieren.

»Okay.« Zögernd wandte ich mich wieder Jack und Blake zu. Das Ballspiel war vergessen, als mir eine Idee kam. »Wie wär's, wenn wir alle mal wieder ein Wochenende im Ferienhaus meiner Eltern verbringen? Wie in alten Zeiten?«

Jack wirkte überrascht, doch Blake brach sofort in lautes Jubeln aus. »Ja, Mann, dort hatten wir die besten Partys unseres Lebens!«

»Um die Stimmung ein bisschen aufzulockern«, fuhr ich fort, unsicher, ob ich Jack oder mich selbst von der Idee überzeugen wollte. »Wie wär's mit der ersten Augustwoche? Übernächstes Wochenende?«

Jack nickte langsam. »Klingt gut. Aber ich glaube, Anfang August wollte Marlys beste Freundin Rachel zu Besuch kommen. Sie bleibt einen ganzen Monat. Ich frage noch mal nach.«

»Marly kann sie ruhig mitbringen. Es gibt doch genug Platz.«

Und so war es abgemacht. Ein ganzes Wochenende mit Liv. Im Haus meiner Eltern. Einem Ort voller Erinnerungen an alte Zeiten. Es konnte nur entweder ein vollkommenes Desaster oder ein absoluter Erfolg werden. Dazwischen gab es nichts. Wir würden die Vergangenheit hinter uns lassen müssen, um der Zukunft eine Chance zu geben. Jetzt war es an uns, neue Erinnerungen zu schaffen.

12 Liv

Meine Hände am Steuer waren feucht und zittrig, als ich mich am ersten Samstag im August auf den Weg zum Ferienhaus von Wills Eltern machte. Es war ein merkwürdiges Gefühl, zu einem bekannten Ziel zu fahren und doch keine Ahnung zu haben, was mich dort erwartete.

Nervös kaute ich auf meinem Hubba Bubba herum. Ich hatte mir noch schnell eine neue Packung gekauft. Mein Magen rebellierte seit heute früh so stark, dass ich nichts anderes herunterbekommen hatte. Damit hatte ich mir eine Moralpredigt von Granny Bee eingehandelt. Doch sie hatte mich zum Abschied mit ihrem wissenden Lächeln auf die Stirn geküsst und mir ein schönes Wochenende gewünscht. Natürlich plagte mich das schlechte Gewissen, weil ich sie zwei Tage allein ließ, aber sie hatte keine Schmerzen mehr und kam schon viel besser mit ihrem Gips und den Krücken zurecht. Mom und Dad hatten versprochen, nach ihr zu sehen.

Mein Blick fiel auf die kleine Blumenvase an meinem Armaturenbrett. Bevor ich losgefahren war, hatte ich mich dazu durchgerungen, Wills Rose endlich herauszunehmen – ganz behutsam, da sie bei der leisesten Berührung bröselte.

Sie lag nun in einer Schale auf meinem Nachttisch. Wahrscheinlich würde ich dieses Symbol unserer einstigen Liebe nie wegwerfen können. An ihrer Stelle strahlte mich nun eine frische Sonnenblume an. Keck reckten sich die gelben Blätter der Sonne entgegen. Trotz meiner Aufregung zupfte ein Lächeln an meinen Lippen. In Europa war ich an riesigen Feldern davon vorbeigekommen, die ich staunend fotografierte. Und jetzt hatte ich mir die Sonne ins Auto geholt. Vielleicht würde sie mir an diesem Wochenende Glück bringen.

Mit flatterndem Herzen bog ich in die Water Street ein, in der es zu dieser Jahreszeit vor Touristen wimmelte. Bei der Hitze war es kaum zu glauben, dass hier im Winter alles meterhoch mit Schnee bedeckt war.

Reiß dich zusammen, ermahnte ich mich in Gedanken. Ich wollte auf keinen Fall, dass die anderen etwas von meinem inneren Aufruhr mitbekamen. Wenigstens würde ich nicht allein im Ferienhaus ankommen. Ich wusste zwar nicht, wie es passiert war, aber auf der kurzen Autofahrt würden mich Ellie und Blake begleiten. Sie waren wohl immer noch die einzigen, die auf meiner Seite standen oder mir zumindest nicht böse waren. Es war nur zu offensichtlich, dass Fiona sich geweigert hatte, in meinem Auto mitzufahren, obwohl sie und Ellie sonst unzertrennlich waren. Vielleicht hatte die Crew ja auch gelost, nachdem ich mich freiwillig als Fahrerin angeboten hatte, und die beiden hatten den Kürzeren gezogen.

Ich versuchte, die düsteren Gedanken aus meinem Kopf zu vertreiben, als ich am Straßenrand vor dem Pier hielt, wo Ellie und Blake warteten. Hinter ihnen glitzerte die Sonne auf dem Meer, sodass ich blinzeln musste. Die Boote weit draußen wirkten wie glänzende, auf und ab hüpfende Murmeln.

Ich winkte den beiden zu und bedeutete ihnen einzusteigen. »Ich sitze vorn!« Blake wollte die Beifahrertür aufreißen, doch die machte ihm einen Strich durch die Rechnung. Er ruckelte mehrmals frustriert daran, und ich musste sie schließlich lachend von innen öffnen, bevor er einsteigen konnte.

»Du musst aber trotzdem zuerst Ellie durchlassen«, sagte ich. Blake blinzelte mich verständnislos an. »Zweitürer, weißt du nicht mehr?« Ich deutete mit dem Daumen auf die Rückbank.

»Na klar!« Blake tat so, als wüsste er ganz genau, wovon ich sprach, und machte sich daran, den Sitz umzuklappen. Mit einer galanten Handbewegung ließ er Ellie den Vortritt. Die zog den Kopf ein und nahm mit einem entspannten Schmunzeln auf der Rückbank Platz, die ich zuvor von meinem Bücherstapel befreit hatte. So passten die Rucksäcke der beiden gerade noch auf den freien Platz. Zum Glück hatten sie nur wenig Gepäck dabei, denn der Stauraum war begrenzt.

Nachdem Blake den Sitz wieder hochgeklappt und sich ebenfalls gesetzt hatte, ließ ich den Motor an. Er heulte einmal kurz auf, sodass meine Fahrgäste erschrocken zusammenzuckten. Ihre panischen Blicke fuhren zu mir, als erwarteten sie, dass Metterming uns jeden Moment um die Ohren flöge. Dann begannen wir alle gleichzeitig zu lachen.

»Sorry, das ist nur Mettermings Art, euch zu begrüßen.«

»Hi, Buddy, ich hab dich auch vermisst.« Blake tätschelte das Armaturenbrett. »Haben uns lange nicht gesehen, was?«

Wie als Antwort machte der Käfer einen leichten Satz nach vorn, als ich in den nächsten Gang schaltete.

»Wow, das ist ja ein richtiger Oldtimer.« Ellie sah sich fasziniert um und strich über die zerschlissenen Ledersitze. »Aber was meinst du mit Metterming?«

»So heißt diese kleine, gelbe Knutschkugel«, erklärte Blake an meiner statt. »Weißt du noch, wie du im Kindergarten das Wort Schmetterling nicht aussprechen konntest, Liv?« Die Decke war so niedrig, dass er seine langen Beine ausstrecken und so weit wie möglich nach unten rutschen musste, wenn er sich nicht den Kopf stoßen wollte.

»Wie könnte ich das vergessen?« Bei der Erinnerung wurde mir leicht unbehaglich zumute, wie immer, wenn es um mein früheres Sprachproblem ging. Ich dachte an den weichen Sessel meiner Logopädin, in dem ich jedes Mal fast versunken wäre. An die Spielecke voller Bilderbücher und Plüschtiere in ihrem Büro. An die vielen Sprachübungen, bei denen ich mich immer geschämt hatte. Mehrere Monate lang hatte ich als Kind jeweils zwei Stunden pro Woche mit Sprachtraining verbracht. Aus Metterming war Schmetterling und aus Mamille Vanille geworden. Doch am Ende war es das Singen gewesen, das mir über mein Stottern hinweggeholfen und mir neues Selbstvertrauen gegeben hatte. Auf die Idee, dass ich viele alltägliche Worte nicht hatte aussprechen können, weil meine Eltern zu Hause mit mir weniger über Tiere, Blumen oder Spielzeug, sondern eher über Kunstformen und Galerien sprachen, war niemand gekommen. Es war viel unkomplizierter gewesen, mich an einen Profi abzuschieben, statt sich selbst mit mir zu befassen.

»Laut meinen Eltern habe ich immer *Metterming* gerufen, wenn ich einen Zitronenfalter entdeckte«, erklärte ich Ellie leicht zerknirscht. »Das wurde dann zum Insiderwitz. Und sobald ich diese Vintage-Schönheit zum ersten Mal sah, wusste ich, dass das der perfekte Name für sie ist.«

»Wie süß.« Ich erwiderte Ellies Lächeln durch den Rückspiegel. »Aber ist so ein Käfer heute nicht ein teures Sammlerstück?«

Ich zuckte mit den Achseln. »Eigentlich schon. Ich habe ihn aber zu Beginn des letzten Highschool-Jahres für einen Spottpreis von einer alten Dame erstanden, die ihn unbedingt loswerden wollte. Für mich war das damals schon viel Geld. Ich habe fast zwei Jahre darauf hingespart.«

Blakes interessierter Seitenblick entging mir nicht. Soviel

ich wusste, hatte er kein Auto. »Mach dir keine Hoffnungen, du Fuchs! Ich würde Metterming für kein Geld der Welt hergeben.«

»Och, warum denn nicht?«

»Es hat schon mächtig Stil, so einen Oldie zu fahren«, schlug Ellie sich auf meine Seite. »Wenn ich da an meinen langweiligen Honda Civic von 2015 denke …« Sie schüttelte sich in gespieltem Entsetzen. »Dieser Wagen hat wenigstens Charakter.«

»Ja, Liv hatte schon immer Stil.« Blake legte einen Arm um meine Lehne. »Und eine Vorliebe für alles Alte.«

»Na, hör mal! Jetzt stellst du mich so dar, als wäre ich auf der Suche nach einem Sugardaddy.« Für eine Sekunde löste ich eine Hand vom Steuer, um ihn in die Seite zu boxen.

Blake wich mir mühelos aus und schnaubte belustigt, doch dann senkte sich betretenes Schweigen über das Auto. Da war es wieder, das Thema, um das wir nicht herumkamen. Warum hatte ich auch mein Liebesleben ansprechen müssen? Nicht, dass es da etwas anzusprechen gab … aber wir hatten eine Dreiviertelstunde Fahrt vor uns, die sehr ungemütlich werden konnte. Fieberhaft überlegte ich, wie ich aus dieser Nummer rauskommen sollte. Zum Glück saß niemand anderes mit uns im Auto. Es gab nicht viel, was Blake die Laune verderben konnte, und irgendwie fand Ellie immer die richtigen Worte, um eine Situation zu entschärfen.

»Also, erzählt mir mal von dieser Hütte von Wills Eltern.« Sie wechselte lockerleicht das Thema, als hätte sie meine Gedanken gelesen. »Jetzt wohne ich schon so lange in St. Andrews und war noch nie dort.«

»Hütte?« Brüllend vor Lachen schlug Blake sich auf die Oberschenkel. »Hat Will das gesagt? Das ist vielleicht ein klitzekleines bisschen untertrieben.«

13 Will

»Das nennst du eine Hütte?« Rachel, unser Neuzugang, pfiff anerkennend durch die Zähne. »Leicht untertrieben, was?«

Ich schlug die Tür meines Trucks hinter mir zu und zuckte mit den Schultern. »Na ja, das Haus ist aus Holz und … steht im Wald. Ich dachte, das reicht, um es als Hütte zu qualifizieren.«

Rachel lachte. Ein rauer, melodiöser Laut, der mir ausgesprochen gut gefiel. Bisher gefiel mir alles an Rachel ausgesprochen gut. Die langen, leicht welligen braunen Haare mit den blonden Highlights, die filigranen Goldkettchen und Ringe, die auf ihrer sonnengebräunten Haut funkelten, die an den Oberschenkeln zerrissene Skinny-Jeans, in der sie einen absolut umwerfenden Po hatte. Selbst die High Heels, die sie trug, obwohl die auf unserem Wochenendtrip in der Wildnis ziemlich unangebracht waren. Ihre laute, unverblümte Art, die sie auf der knapp einstündigen Fahrt hierher bereits zum Besten gegeben hatte. Rachel war so ziemlich das Gegenteil von Liv – und das machte sie besonders interessant.

Marly hatte mich gefragt, ob sie ihre beste Freundin mitbringen dürfe, die sie für ein paar Wochen besuchen kam, bevor sie ihr Jurastudium in New York antrat. »Klar«, hatte ich geantwortet. »Je mehr Leute, desto besser.«

Hoffentlich würde ein fremdes Gesicht dazu beitragen, dass

sich alle ein wenig zivilisierter benahmen und es zu keiner Eskalation kam. Wenn ich jedoch den Blick sah, den Fiona Liv zuwarf, war ich mir da nicht so sicher. Gerade stieg sie, gefolgt von Blake und Ellie, aus ihrem knallgelben Metterming und lachte über etwas, das Ellie sagte. Fiona schien das nicht zu gefallen. Die beiden mussten sich dringend aussprechen. Genau wie Liv und ich. In den letzten Wochen – oder eher Jahren – hatte sich bei vielen von uns so einiges angestaut.

Jack und ich luden das Gepäck von der Ladefläche meines Trucks und trugen es die breite Holztreppe zur Veranda hinauf. Das Haus stand leicht erhöht auf einem hölzernen Konstrukt, um es vor Überschwemmungen zu schützen, da sich das Meer gleich hinter den wenigen Bäumen befand, die an das Haus grenzten. Mein Grandpa hatte es in den Achtzigern mit seinen Brüdern größtenteils selbst gebaut.

»Kommt mit!« Ich winkte Marly, Ellie und Rachel zu mir, die zum ersten Mal hier waren. »Ich zeige euch alles.«

Nachdem sie die knarzenden Holzstufen erklommen hatten, schloss ich die Tür auf, wobei ich ein wenig an ihr rütteln musste, weil sie leicht verzogen war. Mit einer angedeuteten Verbeugung überließ ich den Frauen den Vortritt.

Während Ellie neugierig eintrat, standen Marly und Rachel mit großen Augen auf der Veranda und bewunderten die hohe Fensterfront, die sich über beide Stockwerke erstreckte.

»Wenn euch *das* gefällt, dann dreht euch doch mal um«, sagte ich schmunzelnd.

Als sie meiner Aufforderung folgten, entwich Marly ein verzückter Laut, und Rachel fiel die Kinnlade herab. Von der Veranda hatte man einen wunderschönen Ausblick auf das Meer, das gleich hinter den Baumwipfeln des kleinen Wäldchens im Sonnenschein glitzerte.

»Wow«, hauchte Marly. »Wir sind hier ja mitten in der Natur.«

»Ja.« Ich nickte. »Wenn ihr gut aufpasst, seht ihr sicher ein paar Eichhörnchen, Weißkopfseeadler und vielleicht sogar einen Schwarzbären.« Bei dem Wort *Bär* fuhren beide erschrocken zu mir herum.

Jack, der mit einer weiteren Ladung Gepäck hinter uns die Treppe hochkam, verdrehte die Augen. »Stadtkinder«, scherzte er und handelte sich Marlys Ellbogen in die Rippen ein.

»Ach, komm schon«, feixte Rachel. »Tu doch nicht so, als wärst du nicht von einem Stadtmädchen um den Finger gewickelt worden.«

»Dem kann ich nicht widersprechen.« Jack gab Marly einen langen Kuss.

Als wir gemeinsam ins Haus traten, tat sich vor uns der große offene Wohnraum mitsamt Kamin, den darum herum gruppierten Sofas voller bunter Kissen im Stil der Achtziger, einem massiven Esstisch mit acht Stühlen und einer Wohnküche auf. Über allem hing ein leicht muffiger Geruch, da lange niemand hier gewesen war. Ich ging sofort zur Fensterfront und öffnete die Glastür zur Veranda, um etwas frische Luft hereinzulassen.

»Ich schlafe in der Suite«, verkündete Blake, der hinter uns eintrat. Im nächsten Moment flitzte er auch schon die Treppe hinauf.

»In deinen Träumen!« Jack folgte ihm dicht auf den Fersen. »Die will ich für Marly und mich.«

»Das könnt ihr gleich vergessen«, rief ich ihnen hinterher. »Ich bin der Gastgeber, ich bekomme das beste Bett.« Grinsend zog ich den Schlüssel für das größte Schlafzimmer mit frei stehender Badewanne und Panoramablick aus meiner Hosentasche. Ich wedelte damit vor den Mädels herum und zählte an den Fingern der anderen Hand ab. »Drei, zwei, eins …«

»Die Tür ist abgeschlossen.« Jacks enttäuschte Stimme

ertönte von der offenen Galerie über unseren Köpfen. Anscheinend war er an Blake vorbeigezogen und hatte sie als Erster erreicht. »Verdammt, Will, das ist nicht fair!«

Lautes Poltern ertönte, als sich die beiden auf das zweitbeste Zimmer stürzten.

Ellie, Rachel und Marly stimmten in mein Lachen ein. »Keine Sorge, es gibt genug Platz für alle«, erklärte ich. »Die beiden müssen nur ihren Alpha-Trieb rauslassen. Kriegen sich gleich wieder ein.«

Rachel ließ sich in den Ohrensessel neben dem Kamin fallen. »Wenn's sein muss, würde ich sogar hier schlafen. Perfekte Aussicht.« Sie kickte ihre High Heels zu Boden und legte ihre Füße mit den dunkelrot lackierten Nägeln auf den Hocker vor dem Sessel.

»Dann wart's nur ab, bis du die Mastersuite siehst«, sagte Fiona, die gerade mit einer Kühltruhe zur Haustür hereinkam. Sie hatte sich auf der Fahrt hierher bereits hervorragend mit Rachel verstanden. »Darum streiten sich die Jungs jedes Mal.«

Abermals ertönte Gepolter über unseren Köpfen. »Ah, wie ich sehe, sind sie schon dabei.« Fiona verdrehte die Augen und ging zum Kühlschrank, um ihn einzuräumen. Ellie, die sich bisher im Haus umgesehen hatte, gesellte sich zu ihr.

»Dann habt ihr hier als Teenies also eure Wochenenden verbracht?« Rachel hob eine perfekt gezupfte Braue.

»Och, nicht jedes Wochenende«, antwortete Fiona über die Schulter. »Nur wenn wir nicht gerade am Strand geschlafen haben oder auf der *Giulia* unterwegs waren.«

»Kleinstädter.« Marly und Rachel wechselten einen vielsagenden Blick.

»Aber was ist denn die *Giulia?*«, fragte Marly mich. »Ich kenne bisher nur die *Carlotta.*«

»Das älteste Segelboot meiner Familie, benannt nach meiner Grandma«, antwortete ich. »Das einzige unserer Boote, das nicht für Touren genutzt wird. Nur zum eigenen Vergnügen.«

»Und eure Eltern haben euch früher einfach so mit dem Boot rausfahren lassen?«, fragte Rachel. »Ein paar rattige Teenager mit Alkohol und verrücktspielenden Hormonen auf engstem Raum mitten auf dem Meer?«

Ich zuckte ertappt mit den Achseln. »Meine Eltern wussten nicht immer davon.«

»Oh, Honey, du verstehst mich ganz falsch«, sagte Rachel. »Ich wünschte, ich wäre dabei gewesen.« Meine Augen wurden groß. »Nimmst du mich denn auch mal auf deinem Boot mit?« Sie beugte sich mit einem lasziven Grinsen zu mir vor.

Hitze stieg mir in die Wangen, und ich konnte den Blick plötzlich nicht mehr von ihren vor Lipgloss glänzenden Lippen lassen.

»Rachel!« Marly warf ein Kissen nach ihrer Freundin. »Lass den armen Will in Ruhe!«

Rachel hob beide manikürten Hände. »Okay, ich meine ja nur. Ziemlich cool, so aufzuwachsen. Im Gegensatz zu Privatschulen, Fundraiser-Veranstaltungen und Debütantinnenbällen.«

»Wo sie recht hat …« Fiona und Ellie kamen Arm in Arm aus der Küche geschlendert und ließen sich auf das Sofa Rachel gegenüber fallen. »Wir hatten eine ziemlich coole Jugend.«

Ich nickte zerstreut. Mein Blick war aus dem Fenster auf die Einfahrt gefallen, wo Liv ein wenig verloren stand und zum Haus hinaufschaute. »Geht doch schon mal nach oben und sucht euch Betten aus«, sagte ich zu den anderen. »Es sind zwar nicht genug Zimmer für alle da, aber ihr könnt euch ja überlegen, wer mit wem schlafen will.«

Bei meiner Wortwahl hob Rachel amüsiert die Brauen und

wollte offenbar zu einer zweideutigen Antwort ansetzen, da landete ein weiteres Kissen in ihrem Gesicht.

»Geh nur, Will, wir haben hier alles im Griff.« Marly schob mich mit beiden Händen demonstrativ in Richtung Tür, wobei sie Rachel mit Blicken erdolchte.

Auf dem Weg hinaus hielt ich kurz am Sicherungskasten, um den Strom einzuschalten, den wir abstellten, wenn das Haus nicht benutzt wurde. Viel zu lange druckste ich dort herum, bevor ich endlich zur Verandatreppe ging. Locker hüpfte ich die Stufen zur Einfahrt hinunter – viel lockerer, als ich mich fühlte. Denn bei Livs Anblick verkrampfte sich meine Brust, und ich hatte Mühe, zu atmen.

Sie trug eine weite, bequeme Stoffhose, die aussah, als bestünde sie aus vielen bunten Flicken. Dazu ein weißes Top mit Spitze am Ausschnitt und weiße Espadrilles. Gerade zerrte sie ihren Backpacking-Rucksack aus dem winzigen Kofferraum, der sich bei dem alten Käfer vorne unter der Motorhaube befand.

Ich räusperte mich. »Kann ich dir damit helfen?«

Liv sah überrascht auf und schob sich eine Locke aus dem Gesicht. Ihre Wangen waren leicht gerötet, ihr Dekolleté feucht. Hier draußen war es wirklich heiß. Und sie hatte die ganze Zeit in der Sonne gestanden. Hatte sie sich etwa nicht hineingetraut?

»Äh, klar, gerne.« Sie trat zur Seite, um mir Platz zu machen. Als ich den Rucksack schwungvoll aus dem Auto hob, machte sie jedoch wieder einen Schritt vor. »Vorsicht, da ist meine Ukulele drin!«

Ich blickte sie überrascht an. »Du spielst jetzt also auch Ukulele?«

Sie nickte, und eine leichte Röte überzog ihre Wangen. »Hab ich mir auf Bali gekauft.«

»Cool. Vielleicht kannst du uns ja heute Abend was darauf vorspielen.«

Sie blinzelte mich überrascht an. »Gern.«

Ich schulterte ihren Rucksack und machte mich in Richtung Treppe auf. Liv ging neben mir her. Ich ertappte sie dabei, wie sie schon wieder nachdenklich zum Haus aufblickte.

»Viele Erinnerungen, was?«, fragte ich vorsichtig.

Sie nickte. »Viele *schöne* Erinnerungen.«

Da hatte sie recht. So sehr St. Andrews mit dem Makel der schmerzhaften Erinnerungen behaftet war, so rein schien dieser Ort zu sein. Hier hatten wir nur schöne Stunden zusammen verbracht. Ich hoffte, es würde so bleiben.

Kurz vor der ersten Treppenstufe blieb ich stehen und wandte mich ihr zu. »Hör mal, Liv, ich …« Plötzlich war mein Kopf völlig leer. All die Worte, die ich mir auf der Fahrt hierher zurechtgelegt hatte, waren fort. »Ich fände es wirklich schön, wenn wir … Freunde sein könnten.«

Eine nicht identifizierbare Regung zuckte über Livs Gesicht. Etwas flackerte in ihren Augen auf, als würde sie sich freuen, doch dann runzelte sie die Stirn und wuschelte sich leicht verloren durchs Haar.

»Freunde?«, fragte sie zögernd, als müsste sie erst ausprobieren, wie das Wort auf der Zunge schmeckte. »Ja, das würde mir auch gefallen.«

Ich atmete erleichtert aus und schenkte ihr ein schiefes Lächeln, das sie erwiderte. Dann begann ich die Treppe hochzusteigen. Liv beeilte sich, mit mir Schritt zu halten.

»Also, äh, wollte Björn nicht mitkommen?« Als ich sie per WhatsApp zu diesem Wochenende eingeladen hatte, hatte ich mich unwissend gestellt und geschrieben, sie könne ihn gerne mitbringen.

»Nein, er musste zurück nach Schweden. Sich auf das neue

Semester vorbereiten.« Mir entging nicht, wie sehr Liv sich bemühte, unbeschwert zu klingen. Dabei stieg ihre Stimme immer eine Oktave höher.

»Und wann fliegst *du* wieder zurück?«

Ihr Kopf ruckte zu mir herum, die Brauen zog sie leicht verärgert zusammen. »Gar nicht, Will. Ich kümmere mich doch um Granny Bee. Außerdem habe ich mich nirgendwo für ein Masterprogramm eingeschrieben.«

»Okay, cool.« Ich versuchte, mir nicht anmerken zu lassen, wie sehr mich diese neue Information freute. Allerdings verriet mich das Lächeln, das in meiner Stimme mitschwang.

»Und du?«, fragte sie zögernd. »Gibt es jemanden … Besonderes in deinem Leben?«

Meine Wangen wurden heiß. Ich hoffte, sie würde meine Verlegenheit nicht bemerken. Dieses Thema war eindeutig gefährlich. »Ach, ich will mich nicht festlegen. Habe hier und da ein bisschen gedatet …«

Liv hob die Augenbrauen, sagte jedoch nichts. Zum Glück kamen wir im selben Moment oben an. Ich ließ ihr den Vortritt, hauptsächlich, um ihre Reaktion zu beobachten, wenn sie das Haus betrat. Wie erwartet, blieb sie im Eingangsbereich stehen. Die anderen mussten nach oben gegangen sein, denn wir waren ganz allein. Livs Mund öffnete sich leicht, und sie drehte sich langsam um sich selbst. »Wow, es ist … noch genau wie früher.«

Ich schmunzelte. »Na klar, was soll sich schon verändert haben?«

Sie trat weiter in den Raum hinein. »Nein, irgendwie wirkt es kleiner. Nicht ganz so … einschüchternd wie früher.«

Ihre Aussage versetzte mir einen Stich. Natürlich … Für Liv musste alles in St. Andrews kleiner und unbedeutender wirken, nachdem sie die große, weite Welt bereist hatte.

»Ich meine …« Sie räusperte sich. »Es ist total gemütlich. Nur zu übertreffen, wenn draußen Schnee liegt und ein Feuer im Kamin prasselt.«

Obwohl ich ihr ihren ersten Kommentar noch nicht vergeben hatte, zauberten diese Worte ein Lächeln auf mein Gesicht. Im Winter war es wirklich magisch hier. Wir hatten viele kuschelige Wochenenden zu zweit verbracht. Marshmallows über dem Kaminfeuer geröstet, heiße Schokolade getrunken, stundenlang in der Badewanne gesessen und auf die schneebedeckten Bäume und das eisblaue Meer geschaut.

Wir schienen beide in unseren Erinnerungen gefangen zu sein, denn sowohl Liv als auch ich erschraken, als Blake nur in Schwimmshorts bekleidet die Treppe heruntergepoltert kam. »Holt eure Badesachen«, rief er. »Wir gehen zum Strand!«

Ich warf Liv einen kurzen Blick zu. Ihre Wangen waren leicht gerötet, ihre Augen wirkten glasig, als wäre sie gerade erst aus einem Traum erwacht. Sie schenkte mir ein scheues Lächeln, und ich konnte nicht anders, als es zu erwidern.

Ich deutete auf die Treppe. »Lass mich deine Sachen hochtragen.«

»Danke, Will.« Als sie an mir vorbeiging, streiften ihre Haare meinen nackten Arm, und ihr Duft nach Honig, taufrischem Gras und alten Büchern drang mir in die Nase. Wie ein Hammerschlag katapultierte er mich abermals in die Vergangenheit. Ich blieb kurz wie erstarrt stehen, hätte beinahe die Augen geschlossen, um mich den aufsteigenden Erinnerungen hinzugeben. Doch ich schüttelte rasch den Kopf und folgte Liv in gebührendem Abstand die Treppe hinauf. Dabei versuchte ich, nicht zu atmen – und nicht auf ihren Po zu starren.

Ich hoffte inständig, dass es in diesem Haus genug Platz für uns und unsere Geister gab.

14 *Liv*

Nach einigen Stunden am Strand kamen wir alle erschöpft und trunken von Sonnenschein und Meersalz auf unsere Zimmer zurück. Bisher war alles gut verlaufen, die Stimmung war ausgelassen, und sogar Fiona hatte ein paar Worte mit mir gewechselt. Ich hatte mich ein wenig entspannt, mich von der guten Laune anstecken lassen und Löcher in die eilig errichteten Schutzwälle in meinem Kopf gerissen.

Neben der Mastersuite gab es vier Schlafzimmer im Obergeschoss, wovon zwei mit eigenen Bädern ausgestattet waren. Da Marly und Jack sowie Fiona und Ellie sich ein Zimmer teilten und ich keine Lust hatte, in einem Bett mit Blake zu schlafen, war Rachel meine Mitbewohnerin für dieses Wochenende. So mussten wir uns lediglich das Bad mit Blake teilen.

Rachel schien nett und aufgeschlossen, wenn auch ziemlich laut und zum Flirten aufgelegt. Im Wasser hatte sie auf Wills Schultern gesessen und einen Reiterkampf gegen Team Fiona und Blake ausgefochten. Ellie und ich hatten das Ganze von unseren Handtüchern aus beobachtet, und ich hatte versucht, den Anblick von Wills Kopf zwischen Rachels nackten Schenkeln nicht zu sehr an mich heranzulassen.

Als ich nach dem Duschen wieder in unser Zimmer kam, war Rachel bereits nach unten gegangen. Ich cremte meine sonnengebräunte Haut ein, knetete ein wenig Kokosnussöl in meine Haare und schlüpfte in ein weites Sommerkleid, das mir bis zu den Knöcheln reichte. Dann tapste ich barfuß die Treppe hinunter.

Fionas und Ellies Lachen drang aus der Küche. Will stand mit feuchten Locken vor dem Grill auf der Veranda, den er soeben angezündet haben musste. Gerade gesellte sich Rachel zu ihm und legte ihm in einer vertrauten Geste eine Hand auf den Rücken.

Ich blieb mitten auf der Treppe stehen und keuchte. Wow, das Mädchen aus der großen Stadt verlor wirklich keine Zeit. Sie und Will kannten sich gerade mal ein paar Stunden. Natürlich sah sie umwerfend aus, in ihren kurzen rosafarbenen Satinshorts, dem engen, weit ausgeschnittenen schwarzen Top und den großen goldenen Ohrringen. Sie warf sich das lange Haar über die Schulter und lachte über etwas, das Will gerade gesagt hatte. Mir wurde übel, und ich bemerkte, dass ich das Treppengeländer zu fest umklammerte. Schnell ließ ich los und huschte die restlichen Stufen hinunter. Es gab keinen Grund für diese Reaktion. Schließlich waren Will und ich doch jetzt »Freunde«. Ich musste mich dringend in den Griff kriegen.

Ich stellte mich neben Fiona – dem geringeren der zwei Übel – und half ihr und Ellie Ananas, Erdbeeren, Pfirsiche, Weintrauben und Bananen für einen Obstsalat zu schneiden.

Nach und nach kamen auch die anderen herunter und verteilten sich auf Küche und Veranda. Will, Blake, Jack und Rachel grillten draußen, und Marly, Ellie, Fiona und ich schnippelten drinnen.

Als wir schließlich den Tisch auf der Veranda deckten, überkam mich plötzlich wieder das starke Gefühl, zu Hause zu sein. Wie oft hatte ich die hellblauen Leinenservietten gefaltet oder die Weingläser gespült? Die hochwertige Grillzange hatten

Will und ich seinem Großvater zum achtzigsten Geburtstag geschenkt. Auf dem Tisch türmten sich die frisch gerösteten Maiskolben in einer Schale, die ich Wills Mutter mal zu Weihnachten geschenkt hatte. An einem meiner Handgelenke hatte ich noch eine Narbe von einem Abend, als ich eine Pizza aus dem Steinofen neben dem Grill geholt und mich dabei verbrannt hatte.

Mehr und mehr versank ich in Erinnerungen, bis ich das Gefühl hatte, alles um mich herum wie unter Wasser wahrzunehmen. Verzerrt und gedämpft. Ich bekam kaum mit, wie alle am Tisch Platz nahmen und zu essen begannen. Die Stimmen der anderen, das ferne Meeresrauschen, das Rascheln des Windes in den Wipfeln der umstehenden Bäume und der Duft des gebratenen Fleischs und Gemüses hüllten mich ein. Sie umgaben mich wie ein Kokon, dessen Wände mich von den anderen trennten. Ich war darin gefangen. Allein mit den Bildern, Gerüchen und Empfindungen einer vergangenen Zeit. Einer glücklicheren Zeit.

Erst als alle ihre Weingläser hoben, wurde ich aus meiner Trance gerissen und beeilte mich, es ihnen gleichzutun.

»Auf Wills Eltern, die uns jeden Sommer hier feiern lassen«, sagte Blake, und alle stimmten mit ein. »Auf Will!«

Die Gläser klirrten aneinander, und ich nahm einen Schluck Rotwein. Als die kühle, fruchtige Flüssigkeit auf meiner Zunge prickelte, ließ ich die Erinnerungen los, schickte sie in den sich verdunkelnden Himmel hinauf wie eine Himmelslaterne und versuchte, mich ganz auf das Hier und Jetzt zu konzentrieren.

»Feiern?« Rachels Stimme ertönte neben mir. »*Das* nennt ihr feiern?«

»Wir fangen doch gerade erst an«, antwortete Blake grinsend. »Lass uns erst mal warm werden, Baby.«

Bereits am Nachmittag war mir nicht entgangen, dass er Rachel mit Blicken ausgezogen hatte. Sie zeigte sich bisher allerdings wenig beeindruckt von seinen Flirtversuchen. »Irgendwie bezweifle ich das, *Baby.*« Das letzte Wort betonte sie sarkastisch und wandte sich wieder Will zu, der ihr gegenübersaß. »Also, was ist denn noch für heute Abend geplant?«

»Äh …« Will sah sich Hilfe suchend zu den anderen um.

»Auf der Veranda sitzen, den Wein leer machen, vielleicht die eine oder andere Runde Strip-Poker …« Blake streckte und beugte seine Finger, sodass die Knöchel knackten. »Darin bin ich wirklich gut.« Bevor er sein T-Shirt hochziehen und sein Sixpack zur Schau stellen konnte, stöhnten alle und hielten sich die Augen zu. »Nein, danke«, rief Fiona. »Heute genauso wenig wie damals.«

Nur Rachel bedachte ihn mit einem süffisanten Lächeln. »Ach ja, warum überrascht mich das nicht?«

Er ignorierte ihren Sarkasmus weiterhin gekonnt und wandte sich an Will. »Wir haben doch auch Tequila dabei, oder nicht?«

Marly schnaubte leise. Mir war aufgefallen, dass sie keinen Wein, sondern Cola trank. Jack legte eine Hand auf ihre, woraufhin sie ihn dankbar anlächelte. »Warum muss es denn unbedingt mit Trinken verbunden sein?«, fragte er. »Können wir nicht auch ohne Alkohol einen schönen Abend genießen?«

Rachel deutete ein Gähnen an. »Langweilig! Bin ich denn hier von Rentnern umgeben?«

Langsam ging mir ihr Um-jeden-Preis-Spaß-haben-Getue auf die Nerven.

»Vielleicht können wir einfach nicht mit euch Stadtfrauen mithalten«, warf Fiona ein. »Aber musst du nicht zugeben, dass das Landleben seinen ganz eigenen Charme hat?« Sie kuschelte sich in die Decke, die sie um sich gewickelt hatte, und legte ihren Kopf auf Ellies Schulter. »Hör doch mal den Grillen beim Zirpen zu, dem Wellenrauschen, der Stille.«

»Ja, Stille ...« Rachel deutete ein Schaudern an. »Genau das ist es. Wir sind hier doch mitten im Nirgendwo. So beginnt jeder gute Horrorfilm. Eine Gruppe Freunde in einem Haus im Wald. Und dann gibt es hier auch noch Bären. Wer würde uns schon schreien hören?«

»Wir sind hier nicht im Nirgendwo, sondern im New River Beach Provincial Park«, antwortete Will. »Das ist zu dieser Jahreszeit ein beliebtes Ausflugs- und Ferienziel. Außerdem ist St. John nur vierzig Minuten mit dem Auto entfernt.«

»Oh, wir sind der Zivilisation so nahe?« Rachels Augen leuchteten. »Und warum hocken wir dann an einem Samstagabend in dieser« – sie sah Will mit hochgezogenen Brauen an – »*Hütte?* Ich bin dafür, dass wir ausgehen. Gibt es in St. John gute Clubs?«

»Klar gibt's da Clubs«, sagte Blake, der langsam etwas gereizt klang, was wirklich selten vorkam. »Ziemlich gute sogar.«

»Das glaube ich erst, wenn ich es sehe. Zeigt sie mir! Los, gehen wir aus. Auf der Veranda sitzen und die Grillen zirpen hören, könnt ihr noch, wenn ihr sechzig seid.«

Marly wechselte einen aufgeregten Blick mit Jack. Sie stand nun offensichtlich auf Rachels Seite. »Ich war so lange nicht mehr tanzen«, überlegte sie laut. »Tatsächlich nicht mehr, seit ich nach St. Andrews gekommen bin.«

»Wie auch?« Fiona lachte. »Bei uns gibt's weit und breit keine Clubs.« Sie wandte sich an Ellie. »Wie sieht's aus? Hast du Lust, mal wieder deine sexy Hüften zu schwingen, Babe?«

Ellie zögerte, sah nicht gerade begeistert aus. »Aber ... brauchen wir dann nicht einen Fahrer? Jemanden, der nichts trinkt?« Ihr fragender Blick wanderte zu Will, dann zu mir. Wir waren die Einzigen, die mit dem Auto hier waren. Innerlich hätte ich sie am liebsten umarmt. Auf Ellie war Verlass.

Ich wollte schon den Mund aufmachen und sagen, dass das keine gute Idee war, doch Rachel kam mir zuvor. »Will? Biiiitteeee?« Sie zog das Wort in die Länge und klimperte mit den Wimpern. »Ich gebe dir auch den ganzen Abend alkoholfreie Getränke aus.«

Ich musterte Will, der die Stirn gerunzelt hatte.

Komm schon, Will, das ist nichts für dich, flehte ich in Gedanken. Er war kein Tänzer, kein Clubgänger, niemand, der mitten in der Nacht eine betrunkene Meute nach Hause fuhr. Außerdem waren wir sowieso zu viele für ein Auto. Ich würde mich einfach weigern zu fahren, und das Problem wäre gelöst.

Wills Blick streifte mich nur flüchtig, blieb dann wieder auf Rachel liegen.

Tu es nicht, rief ich ihm stumm zu.

Doch natürlich war er ihrem Charme erlegen. »Okay, ich fahre. Wer ist dabei?«

Am liebsten hätte ich die Augen verdreht, als Rachel ein freudiges Quietschen ausstieß. Jack, Marly und Blake taten ebenfalls lautstark ihre Zustimmung kund.

»Ich glaube, ich bleibe lieber hier«, sagte Ellie. Ich musste mich davon abhalten, kein erleichtertes Seufzen auszustoßen.

»Alles klar, Ellie und ich sind raus«, verkündete Fiona. Ellie strich ihr liebevoll über die schwarzen Locken und gab ihr einen Kuss auf die Stirn. Ich wusste ganz genau, wo die beiden ihren Abend verbringen würden. In der Badewanne der Mastersuite mit Blick aufs Meer. Rasch versuchte ich, die in mir aufsteigenden Erinnerungen an besagte Badewanne zu unterdrücken.

Plötzlich sahen alle mich an, da ich als Einzige noch nichts gesagt hatte. »Äh«, stammelte ich. Eigentlich stand eine Partynacht für mich gar nicht zur Debatte. Ich hatte mich auf einen gemütlichen Abend gefreut, hätte den anderen gern etwas auf meiner Ukulele vorgespielt. Doch als ich den hungrigen Blick sah, den Rachel Will zuwarf, verkrampfte sich etwas in meiner Brust. Ich erinnerte mich an ihre Hand auf seinem Rücken, wie sie ihre Beine im Wasser um seine Brust geschlungen hatte. Der Gedanke, das zu verpassen, was heute Abend zwischen den beiden passieren könnte, ließ meine Handflächen feucht werden und meinen Atem schneller gehen.

»Aber für einen Club habe ich überhaupt nichts zum Anziehen dabei«, presste ich hervor.

»Ich kann dir doch was leihen, Roomie«, flötete Rachel. »Wir müssten dieselbe Größe haben.«

»Und so viele Leute passen eigentlich nicht in Wills Truck.« Mir war bewusst, wie schwach mein Argument klang.

»Dann wird es eben kuschelig«, sagte Rachel mit zuckersüßer Stimme.

»Komm schon, Liv.« Nun schaltete sich Blake ein. »Lass uns doch mal wieder so richtig einen draufmachen. Wie früher.«

Wie früher … Ich fing Wills Blick auf. Er sah mich einen Moment an, seine Augen funkelten im Licht der Kerzen auf dem Tisch, seine Mundwinkel hoben sich zu einem aufmunternden Lächeln. Meine Brust zog sich so sehr zusammen, dass ich leise nach Luft schnappte. Wollte er etwa, dass ich mitkam? Aber warum? Er hatte gesagt, er wolle mit mir befreundet sein. Dann würden wir eben Freunde sein, die zusammen feierten. Sonst nichts. Als seine platonische Freundin würde ich ein Auge auf ihn haben. Denn Rachel sah aus, als würde sie reihenweise Herzen brechen.

»Klar, warum nicht?« Die Worte kamen aus meinem Mund, bevor ich den Gedanken zu Ende gebracht hatte.

Und so war es beschlossen.

15 *Will*

Blake hatte maßlos übertrieben. Der einzige Club in St. John, mit dem höchst einfallsreichen Namen *Dance,* empfing uns mit wummernden Bässen und lautem Gegröle. Normalerweise verabscheute ich solche Discos. Für meine empfindlichen Sinne waren sie zu laut, zu grell, zu hektisch. Doch heute Abend war ich auf ein bisschen Spaß aus. Es war zu lange her, dass ich mich hatte gehen lassen.

Ich schritt hinter Rachel her, die mit einem Arm um Marlys Schultern bereits begonnen hatte, die Hüften zu schwingen. Sie trug ein mit silbernen Pailletten besetztes kleines Schwarzes, das so kurz war, dass es hätte verboten werden müssen. Die nudefarbenen High Heels machten ihre Beine unendlich lang, obwohl ich mittlerweile wusste, dass sie mir ohne hohe Absätze nur bis zum Schlüsselbein reichte. Sie versuchte, Marly über die Musik etwas ins Ohr zu schreien, und ich musste all meine Kraft aufbringen, um meinen Blick nicht zu ihrem Po wandern zu lassen.

Schon den ganzen Tag hatte ich mich gefragt, ob Rachel mit mir flirtete oder ob ich es mir nur einbildete. Sie war zu allen nett, hatte immer einen frechen Spruch parat und scheute keinen Körperkontakt. Allerdings wurde ich das Gefühl nicht los, dass sie mir besonders viel Aufmerksamkeit schenkte. Und … es gefiel mir. Denn das war lange nicht vorgekommen.

Natürlich war ich nach Livs und meinem Beziehungsaus mit anderen Frauen zusammen gewesen – wenn auch immer nur für eine Nacht. Zwar hatte ich nicht so einen Verschleiß wie Jack und Blake, aber dann und wann auch mal eine Touristin mit ins Bett genommen. Etwas Ernstes war allerdings nie dabei gewesen. Nun hatte ich zum ersten Mal seit Langem das Gefühl, eine Frau wieder wirklich gernzuhaben. Und das lag nicht nur an Rachels weitem Ausschnitt oder ihrem kurzen Kleid – zumindest versuchte ich mir das einzureden.

Nachdem wir dem Türsteher unsere Ausweise präsentiert hatten, ging es durch einen schmalen Gang in Richtung der wummernden Bässe. Normalerweise waren Clubs gefährliches Terrain für mich. Viel zu viel Musik, die mich triggern konnte. Und heute außerdem viel zu wenig Platz, um Liv aus dem Weg zu gehen. Vor uns tat sich ein großer Raum mit über der Tanzfläche flimmernden Lichtern, einigen ledernen Sitzgelegenheiten in einer Ecke und der Bar in der anderen Ecke auf.

Rachel und Marly waren aus Toronto sicher anderes gewöhnt, doch sie bahnten sich sogleich jubelnd einen Weg zwischen den Tanzenden hindurch. Blake und Jack folgten dichtauf, sodass plötzlich nur noch Liv neben mir stand.

Die ganze Fahrt und den kurzen Fußweg vom Parkplatz zum Club hatte ich mich bemüht, sie so wenig wie möglich anzusehen. Denn Liv sah verdammt heiß aus. Sie trug ein von Rachel geliehenes Outfit, das sie in einen sexy Rockerengel verwandelt hatte. Schwarze Ankleboots, hüfthohe schwarze Ledershorts, die beinahe so kurz wie Rachels Kleid waren, und ein in den Bund der Shorts gestecktes, weißes Top, das so durchsichtig war, dass man den schwarzen Spitzen-BH darunter erkennen konnte. Wie immer fielen ihr die langen blonden Wellen offen über die Schultern.

Sie ließ den Blick über die Tanzfläche schweifen und sah so aus, als wäre sie überall lieber als an diesem Ort. Ich wusste, wie gut sie tanzen konnte, wusste, wie stark und beweglich ihr Körper vom Yoga war, aber ich kannte sie auch gut genug, um zu wissen, dass sie keine Partymaus war. Das hatte ich an ihr immer gemocht.

Sie bemerkte meinen Seitenblick und sagte etwas zu mir, doch ich konnte sie wegen der lauten Musik nicht verstehen. Ironischerweise dröhnte gerade Camila Cabellos *Liar* aus den Boxen. Sie sang darüber, dass sie es hartnäckig vermied, das Objekt ihrer Begierde anzustarren.

Fast hätte ich laut gelacht. Stattdessen beugte ich mich dichter zu Liv. »Was hast du gesagt?«

Plötzlich befand sich Livs Mund so dicht an meinem Ohr, dass ich ihren Atem auf meiner Haut spüren konnte. Ich schauderte. Camila sang davon, dass sie sich vorgenommen hatte, *ihm* nicht zu nahe zu kommen, und ich zuckte innerlich zusammen.

»Willst du nicht tanzen gehen?«, fragte Liv.

»Oh, ach so.« Fast schon enttäuscht zog ich mich wieder von ihr zurück. Bevor ich zu einer Antwort ansetzen konnte, wurde ich plötzlich am Arm gepackt und auf die Tanzfläche gezerrt.

Rachels Lipgloss glänzte unter den bunten Neonlichtern, als sie sich mit einem frechen Grinsen zu mir umdrehte. Sie verwob ihre Finger mit meinen und zog mich zwischen die schwitzenden Körper. Wir stießen zu den anderen, die uns grölend empfingen. Im nächsten Moment stand Rachel direkt vor mir. Sie hatte mir den Rücken zugedreht, packte meine Arme und legte sie um ihre Taille. Sie lehnte sich gegen mich, schaute zu mir auf und zwinkerte mir zu, bevor sie anfing, die Hüften kreisen zu lassen. In ihren dunklen Augen, den Nägeln, mit denen sie durch meine Haare fuhr, ihrem Po, den sie kurz darauf an meinem Schritt zu reiben begann, lag ein Versprechen. Rachel war eindeutig auf mehr aus, und wenn ich sie ließ, würde ich dieses »Mehr« heute Nacht von ihr bekommen.

Für einen Sekundenbruchteil wanderte mein Blick wieder zu Liv, die mittlerweile von Blake auf die Tanzfläche gezogen worden war. Kurz überkam mich ein schlechtes Gewissen, das mich völlig aus dem Konzept brachte. War es okay, was ich hier tat? Vor ihren Augen? Wir waren jetzt schließlich Freunde. Aber warum fühlte es sich dann so falsch an?

Im selben Moment drang der Text des nächsten Liedes zu mir durch. Tate McRae sang mit ihrer schaurig klagenden Stimme, dass es ihr egal war, wie sehr sie ihren Ex verletzte, denn er hatte sie schließlich zuerst gebrochen.

You broke me first. Genau so war es. Und falls es Liv nun etwas ausmachte, mich mit einer anderen Frau zu sehen, war das nicht mein Problem.

Meine Unsicherheit fiel von mir ab. Ich drehte Rachel zu mir um, legte die Hände auf ihre Hüften. Sie schlang die Arme um meinen Hals, während sie sich weiter an mir rieb, als wären wir nur zu zweit hier. Ihr heißer Atem streifte meinen Mund, ihre Lippen waren meinen so nah, dass mir der Himbeerduft ihres Lipgloss in die Nase stieg.

Es fühlte sich gut an. Es fühlte sich richtig an. Also ließ ich die Musik über mich hinwegspülen, konzentrierte mich nur noch auf Rachels Körper an meinem, auf die Bewegungen ihrer Hüften, ihre nackte Haut unter meinen Fingern. Und ich verlor mich für eine Weile.

16 Liv

Wills Hände auf Rachels Hüften, ihr Hintern an seinem Schritt, sein Gesicht in ihren Haaren vergraben. Ich hatte das Gefühl zu fallen. Haltlos ins Leere zu stürzen. Mein ganzer Körper schien sich der Schwerkraft zu ergeben, so sehr zog mich dieser Anblick runter. Ich musste mir alle Mühe geben, um meine Arme und Beine im Takt der Musik zu bewegen, hatte das Gefühl, dass den anderen auffallen musste, wie gezwungen mein Lächeln wirkte.

Jeder Schritt, jeder Schwung meiner Hüften war ein Kraftakt, der mich unglaubliche Anstrengung kostete. Wann immer ich konnte, drehte ich den beiden den Rücken zu. Mal tanzte ich mit Blake, mal grölte ich mit Marly und Jack den Text eines Partykrachers mit. Dann und wann wehrte ich die eine oder andere Avance von Männern ab, die in solchen Clubs immer wie aus dem Nichts auftauchten, um ungefragt ihren Schwanz an einem zu reiben.

Natürlich hätte ich mir jemanden suchen und es Will gleichtun können. Aber meine Welt bestand nur noch aus dem winzigen Kreis, in dem ich mich bewegte, um Will nicht ansehen zu müssen. Ich hielt den Blick gesenkt oder hatte die Augen geschlossen, als würde ich die Musik genießen. Dabei versteckte ich mich die meiste Zeit hinter Blakes breitem Rücken.

So weit war es also gekommen. Ich befand mich in einem viel zu heißen und viel zu lauten Club, in dem ich gar nicht sein wollte, und versuchte, mitten auf der Tanzfläche nicht in Tränen auszubrechen. Als Blake schließlich fragte, ob ich etwas trinken wollte, stolperte ich dankbar hinter ihm her zur Bar.

Er bestellte uns zwei Wodka-Cranberry und bedachte mich mit einem wissenden Blick. »Nicht gerade deine Szene hier, was?«

Zähneknirschend schüttelte ich den Kopf.

»Sorry, wenn das alles etwas … zu viel für dich ist.«

Ich runzelte die Stirn und sah ihn fragend an.

»Will und Rachel. Die beiden scheinen sich ja ziemlich … gut zu verstehen.«

Ich schnaubte. Das war ja wohl maßlos untertrieben. »Ist schon okay.« Ich nippte an meinem Drink. »Will kann tun und lassen, was er will.«

Blake hatte bereits die Hälfte seines Glases geleert. Doch seine Augen waren klar, als er tief in meine schaute. »Liv, es ist in Ordnung zuzugeben, wenn es dir etwas ausmacht.«

Meine Augen brannten verräterisch. Ich starrte in mein Glas, auf den klebrigen Boden des Clubs, zu den teuren Alkoholflaschen, die sich auf den Regalen hinter der Bar türmten – überallhin, nur nicht in Blakes Gesicht.

»Falls es dich beruhigt: Will hatte in den letzten vier Jahren keine Freundin. Ich meine, es gab Frauen, aber nichts Ernstes.«

Aus irgendeinem Grund ließ der Druck auf meiner Brust plötzlich nach. Das Atmen fiel mir wieder leichter, und ich nahm hastig noch einen Schluck. »Das ist … ähm … das geht mich nichts an.«

Nun war es an Blake, ungläubig zu schnauben. »Ach, komm schon, Liv. Du musst mir nichts vormachen. Ich seh's dir doch an.«

Diesmal erwiderte ich seinen Blick, presste die Lippen so fest zusammen, dass alles Blut aus ihnen wich. Er hob eine Augenbraue, und ich nickte einmal abgehackt. »Du hast recht. Aber bitte sag ihm das nicht.« Meine Stimme klang eine Spur zu streng, zu schrill.

Er legte mir eine Hand auf die Schulter. »Ihr beiden gehört zu meinen ältesten Freunden. Ich will doch nur, dass es euch gut geht. Ich hasse es, euch leiden zu sehen.«

Leiden. Das Wort schnitt tief in meine Brust. Wenn hier einer in den letzten vier Jahren gelitten hatte, dann war es Will. Ich hatte kein Recht, jetzt die eifersüchtige Ex-Freundin zu spielen. Und doch konnte ich nicht leugnen, dass es mir wehtat, ihn so zu sehen. Mit ihr.

Ich leerte mein Glas in einem Zug und ließ es auf den Bartresen krachen. »Komm! Wir sind schließlich hier, um Spaß zu haben.«

Kurz musterte Blake mich verblüfft, dann stellte er sein leeres Glas neben meins und reichte mir galant seinen Arm. »Das ist mein Mädchen!«

Dankbar hakte ich mich bei ihm unter. Mit Blake an meiner Seite fühlte ich mich wieder halbwegs wie ich selbst und nicht wie ein unscheinbares Würmchen ohne Selbstbewusstsein. Ob das wirklich an Blakes lieben Worten oder eher an dem warmen Gefühl des Alkohols in meinem Bauch lag, war mir im Moment egal. Ich war gewappnet für alles, was auf der Tanzfläche passieren würde.

Doch gerade als Blake mich wieder unter die Tanzenden führen wollte, erstarrte ich mitten in der Bewegung. Blake blieb ebenfalls stehen. Wir stierten fassungslos in die Menge, die sich in diesem Augenblick vor uns teilte und zwei uns nur allzu bekannte Gestalten ausspuckte.

Rachel und Will waren ineinander verschlungen, sein Arm

lag um ihre Hüfte, ihre Hände krallten sich in seinen Nacken. Sie stolperten von der Tanzfläche, lachten gemeinsam. Er stützte sie, bevor sie fallen konnte, sie sahen sich tief in die Augen und … küssten sich.

Etwas explodierte in meiner Brust. Es war ein scharfer Schmerz, der eine unangenehme Taubheit durch meinen ganzen Körper jagte. Ich konnte mich nicht rühren, konnte nur dabei zusehen, wie Rachels Finger gierig über Wills Körper und unter sein Shirt fuhren, wie beide gegen eine Säule stolperten und dort stehen blieben.

Alles in mir war taub, nur meine Wangen brannten, als hätte ich gerade etwas unglaublich Peinliches getan. Als würde ich nicht hier neben Blake stehen, sondern einem Typen, den ich keine vierundzwanzig Stunden kannte, in der Öffentlichkeit meine Zunge in den Hals schieben.

Blake regte sich neben mir, als würde er aus einer Trance zurück in die Gegenwart finden. Er räusperte sich, packte meinen Arm fester. »Komm.« Er klang beinahe ebenso schockiert, wie ich mich fühlte. »Gehen wir wieder tanzen.«

Langsam erwachte ich aus meiner Starre. Die Taubheit wurde zu einem wütenden Prickeln, das meinen ganzen Körper überzog, sodass ich mir am liebsten die Haut von den Armen gekratzt hätte. Ich musste ganz dringend hier weg.

»Nein, ich … ich brauche frische Luft.« Schon machte ich mich von Blake los und rannte zum Ausgang. Rannte, als würde mich jemand jagen. Rannte, als könnte ich das Bild hinter mir zurücklassen, das sich für immer in meine Netzhaut eingebrannt hatte. Will mit einer anderen Frau. Will mit Rachel.

Alles drehte sich, als ich nach draußen stürzte. Ich stützte mich an der kühlen Wand ab und versuchte, meinen Atem unter Kontrolle zu bringen. Doch weder die Yoga-Atmung noch meine Meditationstricks halfen, mich zu beruhigen. Ich wischte mir wütend über die feuchten Wimpern, wobei ich sicher meine Mascara verschmierte. Dieser ganze Scheißabend war die schlechteste Idee gewesen, die ich seit Langem gehabt hatte. Wäre ich doch bloß nicht mitgekommen. Will mit einer anderen Frau zu sehen … Mein panisch klopfendes Herz, das schmerzhafte Prickeln auf meiner Haut und mein stockender Atem verrieten, dass es mir sehr viel ausmachte. Und von dieser Erkenntnis gab es keinen Weg zurück.

17 Will

Rachel presste mich mitten im Club gegen eine Säule. Sie schmeckte nach Himbeere und Tequila. Süß und herb zugleich. Sie ließ ihre Finger unter mein T-Shirt wandern, und ich schauderte, als sie auf meine nackte Haut trafen. Die intimen Berührungen waren ungewohnt. Mit Liv war da immer diese süße Gewissheit gewesen, dass ich sie in- und auswendig kannte und sie mich. Dass wir wussten, was der andere mochte, und damit spielten, uns gegenseitig bis aufs Äußerste reizten. Diesmal war es anders. Ich musste Rachel erst kennenlernen, ihren Körper erkunden, ihre Reaktionen beobachten.

Ihre Zunge eroberte meinen Mund, und ihre Finger ertasteten die Erregung unter dem Stoff meiner Jeans. Ich erstarrte. Plötzlich war ich mir der vielen Menschen und der lauten Musik überdeutlich bewusst. Hier, direkt neben der Tanzfläche, fühlte ich mich wie auf dem Präsentierteller, völlig entblößt. Was, wenn Liv uns sah?

Ich nahm Rachels Hände und verschrankte meine Finger mit ihren. »Nicht so«, murmelte ich. »Nicht hier.«

Rachel sah mich fragend an. Wahrscheinlich hatte sie über die wummernden Bässe kein Wort verstanden. Bevor sie sich dichter zu mir beugen konnte, tauchten Marly und Jack neben uns auf.

»Wir haben euch gesucht«, brüllte Jack gegen die Musik an. Seine Wangen waren gerötet, er wirkte müde, und seine blonden Haare klebten ihm verschwitzt am Kopf. Marly warf Rachel einen tadelnden Blick zu.

»Es ist schon spät«, fuhr Jack fort. »Sollten wir nicht langsam zurückfahren?«

»Wir waren … beschäftigt.« Rachel leckte sich genüsslich über die Lippen und zwinkerte Marly zu. Die verdrehte jedoch nur die Augen.

Ich runzelte die Stirn. »Wo sind Blake und Liv?«

»Verschwunden«, antwortete Marly besorgt. »Sie wollten sich was zu trinken kaufen, sind aber nie zurückgekommen.«

»Dann lasst sie uns suchen gehen.«

»Ja, und dann machen wir uns auf den Rückweg«, rief Jack über die Schulter. Er war bereits in Richtung Ausgang unterwegs.

Also begaben wir uns auf die Suche nach den beiden. Es dauerte nicht lange, bis wir Blake neben mehreren leeren Shot-Gläsern an der Bar fanden. »Hey, Leute!« Er schlug Jack freudig auf den Rücken. Seine Augen waren glasig, und er schwankte leicht. »Wo wart ihr denn die ganze Zeit?«

»Auf der Tanzfläche, von der ihr alle verschwunden seid.« Jack legte einen Arm um Blake und schob ihn vorsichtig durch die Menge vor der Bar.

»Die haben echt guten Wodka hier«, lallte Blake. »Habt ihr den probiert?«

Marly positionierte sich auf seiner anderen Seite, um ihn zu stützen. Sie lächelte ihn an, doch ich sah, wie sich ihre Miene danach verdüsterte. »Beim nächsten Mal. Komm, Buddy, wir bringen dich nach Hause.« Sie tätschelte ihm den Arm und beugte sich hinter seinem Rücken zu Jack vor. »Wir hätten besser auf ihn aufpassen sollen.« Jack nickte grimmig.

»Wo ist Liv?«, fragte ich Blake. Er sah mich eine Weile an, wobei er an seiner vollen Unterlippe nagte, als würde er angestrengt nachdenken. Er kratzte sich den perfekt rasierten Haaransatz, dann hellte sich seine Miene auf. »Sie ist draußen Luft schnappen gegangen.«

Ich wechselte einen besorgten Blick mit Marly, die daraufhin ihre Schritte beschleunigte, soweit es ihr mit Blake im Schlepptau möglich war.

Als wir den Club verließen, schob Rachel ihre Hand in meine. Gerade sang Jason Derulo davon, dass er eine Frau mit auf die Tanzfläche nehmen wollte, wobei er eigentlich sein Schlafzimmer meinte. Einmal mehr wurde mir bewusst, wie sehr die Musik in meinem Leben zu einem Soundtrack geworden war, der auf wundersame Weise stets meine Gefühle widerspiegelte. Denn nach unseren Küssen bestand kein Zweifel mehr daran, dass Rachel in dieser Nacht mehr als nur Tanzen im Sinn hatte. Ich schmeckte immer noch ihre Lippen auf meinen, spürte ihre Finger in meinem Haar …

Beinahe wäre ich in Blake hineingelaufen, der flankiert von Marly und Jack vor uns herschlurfte. Ich stolperte, um ihm nicht in die Hacken zu treten. Das riss mich jäh in die Gegenwart zurück, und ich dachte einmal mehr an Liv. War sie wirklich nach draußen gegangen, um Luft zu schnappen, oder aus einem anderen Grund?

Ich wischte mir über die Lippen und fuhr mir durchs Haar, damit es nicht zu offensichtlich war, was sich im Club zwischen Rachel und mir abgespielt hatte.

Als wir ins Freie traten, legte sich die kühle Nachtluft auf meine Haut, und ich atmete tief durch. Erst jetzt wurde mir wieder bewusst, wie heiß und stickig es im Club gewesen war. Und viel zu laut. Ein dumpfer Kopfschmerz pochte an meiner Schläfe, und ich massierte sie mit dem Daumen.

Obwohl der Parkplatz voll besetzt war, fiel es uns nicht schwer, Liv zu finden. Ich entdeckte sie bereits von Weitem, als wir uns meinem Auto näherten.

Liv saß auf der Motorhaube des Pick-ups, hatte sich nach hinten auf die Ellbogen gestützt, den Kopf in den Nacken gelegt und schaute zum Nachthimmel auf. Ihre nackten Füße baumelten vor dem Nummernschild. Die von Rachel geborgten Ankleboots lagen auf dem Boden.

Bei ihrem Anblick zog sich mein Magen zusammen, und ich fröstelte trotz Rachels warmer Hand in meiner. Ich hätte mir denken können, dass wir sie hier finden würden. In der Stadt wurde das Funkeln der Sterne zwar von den vielen Straßenlaternen und erleuchteten Gebäuden gedämpft, doch Liv ließ sich keine Gelegenheit nehmen, in den Nachthimmel zu blicken. So war sie eben. Den Kopf in den Wolken. Die Augen voller Sternenfunkeln. Sie verbrachte lieber Zeit an der frischen Luft als in einem überfüllten Club. Genau wie ich.

Ich schluckte, löste meine Hand von Rachels und rückte wie beiläufig von ihr ab.

»Hey, Liv.« Blake versuchte, neben ihr auf die Motorhaube zu klettern. Allerdings rutschte er mehrmals daran ab und gab es schließlich auf. Liv war vor Schreck zusammengezuckt. Sie hatte uns nicht kommen hören.

»Komm, Buddy, du sitzt mit mir hinten«, sagte Marly und zog Blake vorsichtig mit sich. Jack folgte ihnen mit einem düsteren Blick in meine und Rachels Richtung. War er sauer, weil wir ebenfalls nicht besser auf Blake aufgepasst hatten?

Liv rutschte von der Motorhaube und hob Rachels Ankleboots vom Boden auf. Sie mied meinen Blick so offensichtlich, dass ich ihr am liebsten in den Weg getreten wäre und sie gefragt hätte, wieso. Sicher nicht wegen Rachels Lipgloss, der immer noch an meinem Mundwinkel klebte. Oder doch? Abermals wischte ich mir wie beiläufig über den Mund, aber Liv hatte uns längst den Rücken zugedreht und stieg hinten ein. Sie hatte kein einziges Wort gesagt.

Auf der Fahrt nach Hause war es totenstill im Auto. Das unangenehme Schweigen wurde nur ab und an von Blakes leisem Schnarchen durchbrochen, bis ich schließlich das Radio einschaltete. Die anderen hatten viel getrunken, schon bevor wir in den Club gefahren waren. Alle wirkten erschöpft. Zumindest redete ich mir ein, dass es daran lag. Ich wich Jacks Blicken aus, die er mir durch den Rückspiegel zuwarf. Außerdem war ich dankbar, dass Rachel, die auf dem Beifahrersitz saß, ihre Hände bei sich behielt.

Die vierzigminütige Fahrt zog sich wie Mrs Bedfords Matheunterricht in der Highschool, und ich musste mir ein erleichtertes Seufzen verkneifen, als ich endlich in die Einfahrt der Hütte einbog.

Ich mied die Blicke meiner Freunde und brauchte ungewöhnlich lange, um den Motor auszustellen und die Fahrertür zu öffnen.

Hier und da wurde ein »Gute Nacht« und ein »Danke fürs Fahren, Will« gemurmelt, bevor alle ausstiegen und eilig die Treppe zum Haus erklommen.

Es war fast drei Uhr morgens, das Wohnzimmer lag still und dunkel da, als ich die Tür öffnete. Fiona und Ellie mussten längst schlafen gegangen sein.

Die Treppe knarzte, als Marly und Jack Blake nach oben führten. Ich holte eine Flasche Wasser aus dem Kühlschrank und folgte ihnen. Dort stellte ich die Flasche neben Blakes Bett, während er sich mit Jacks Hilfe auszog.

Als ich aus seinem Zimmer trat, begegnete ich Liv auf dem Flur. Sie sagte kein Wort, sah mich nicht an. Ich öffnete den

Mund, doch sie schlüpfte eilig in das Zimmer, das sie sich mit Rachel teilte.

Ich starrte einen Moment auf die geschlossene Tür, war kurz davor, anzuklopfen und sie zu fragen, ob alles in Ordnung war. Meine Finger zuckten bereits in Richtung des Knaufs. Doch dann verließ mich der Mut. Es ging mir viel zu nah, Liv so zu sehen. Doch gleichzeitig wusste ich, dass wir uns nicht nahe genug standen, um über solche Dinge zu sprechen. Vor ein paar Tagen war sie schließlich vor mir davongelaufen, als ich ihr meine Hilfe angeboten hatte. Allerdings fühlte es sich an, als befände sich ein Teil von mir hinter dieser Tür. Nur das dünne Holz trennte uns, und doch schien dieser Teil meines Herzens meilenweit entfernt. Unerreichbar.

Ich fuhr mir mit der Hand über die Bartstoppeln und seufzte schwer, bevor ich mich abwandte. Als ich meine eigene Zimmertür öffnete, fiel mein Blick zuerst auf die heruntergebrannten Kerzen auf dem Badewannenrand. Die Wanne stand direkt vor dem Panoramafenster und war mit mehreren Massagedüsen und einer Whirlpool-Funktion ausgestattet. Ich musste lächeln, als ich daran dachte, was man damit alles anstellen konnte. Fiona und Ellie hatten sicher einen schönen Abend verbracht.

Als meine Gedanken schon wieder zu Liv und all den Dingen wandern wollten, die wir in dieser Wanne früher getrieben hatten, trat auf einmal jemand hinter mir ins Zimmer.

Die Dielen knarzten leise, und ich fuhr herum. Bei Rachels Anblick blieb mir kurz die Luft weg.

Ich sollte ihr sagen, dass ich nicht mehr in Stimmung war. Dass ich, selbst nachdem ich im Club mit ihr geknutscht hatte, gerade an meine Ex dachte, die im Zimmer nebenan schlief. Dass ich nicht bereit für sie war, obwohl ich sie unglaublich sexy fand. Doch Rachel ließ mich nicht zu Wort kommen. Mit einem lasziven Lächeln schloss sie die Tür hinter sich, drehte den Schlüssel im Schloss um und löste die Träger ihres Kleides, sodass es lautlos herabfiel. In schwarzer Spitzenunterwäsche und High Heels stand sie vor mir, nur vom Mondlicht beschienen, und mein Körper reagierte wie ferngesteuert auf ihren Anblick.

»Rachel …« Ich schluckte.

Sie kam auf mich zu, ihre Absätze klackten leise auf dem Parkett. Sie nahm meine Hand, hob sie über ihren Kopf und drehte sich darunter einmal um sich selbst, sodass ich einen Blick auf all ihre Rundungen bekam. Plötzlich war mir furchtbar heiß. Mein Körper, der Verräter, reagierte sofort, als sie beide Hände auf meine Brust legte und unschuldig blinzelnd zu mir aufschaute. »Du glaubst doch wohl nicht, dass ich mir ein quietschendes Bett mit Liv teile, wenn ich in einer Mastersuite mit diesem Ausblick übernachten kann«, hauchte sie.

Ich schluckte abermals, als sie ihre Finger unter mein T-Shirt gleiten ließ und es mir über den Kopf zog. Doch als der Stoff wispernd zu Boden fiel und Rachels Hände über meine nackte Brust strichen, trat ich einen Schritt zurück. »Rachel, ich … ich glaube nicht, dass ich das kann.«

Sie zögerte, sah zu mir auf. Das Mondlicht spiegelte sich in ihren tiefbraunen Augen, die belustigt funkelten.

»Bitte versteh mich nicht falsch, du bist wirklich … Unter anderen Umständen hätte ich keine Sekunde gezögert, aber …«

Sie lachte leise, und ich errötete anhand meines Gestammels. Ich hatte Rachel wirklich gern und wollte auf keinen Fall, dass sie glaubte, ich würde nichts als einen bedeutungslosen Flirt in ihr sehen. Die Stimme meiner Mutter flatterte durch meinen Geist. Sie hatte mich von klein auf ermahnt, Frauen respektvoll zu behandeln.

»Du musst dich nicht erklären, Will. Ich habe Augen im

Kopf, und dieser Abend war wirklich sehr aufschlussreich, was eure Gruppendynamik angeht.« Sie trat einen Schritt zurück und öffnete mit einer Hand ihren BH. Meine Augen wurden groß, als er ebenfalls zu Boden fiel. »Wenn's dir nichts ausmacht, schlafe ich aber trotzdem hier. Die Matratze in meinem Zimmer ist total durchgelegen.« Schon war sie in mein Bett geschlüpft. Wohlig seufzend kuschelte sie sich unter die Decke. »Na, komm schon.« Sie klopfte neben sich auf die Matratze. »Ich beiße nicht, Will. Und ich schwöre, dass ich die Finger von dir lasse. Ich fange nichts mit Vergebenen an.«

»Aber ich … bin doch gar nicht vergeben.«

»Glaub mir, wenn du es nicht wärst, würden wir gerade ganz andere Dinge in diesem Bett anstellen.«

»Rachel, ich bin zurzeit in keiner Beziehung.«

»Oh, Honey, dein Herz kann auch vergeben sein, ohne dass du eine Beziehung hast. Dein Kopf hat es vielleicht noch nicht begriffen, aber tief drinnen weißt du es.«

Ihre Worte trafen mich wie ein Hammerschlag. »Aber …« Ich starrte sie verblüfft an, hatte keine Ahnung, was ich antworten sollte. Eine bleierne Müdigkeit überkam mich, eine Erschöpfung, die meine Knochen schmerzen und meinen Körper ganz schwer werden ließ. Ich fühlte mich völlig zerschlagen, als hätte ich eine epische Schlacht hinter mir. Hatte Rachel recht? War ich wirklich nie über Liv hinweggekommen und würde es vielleicht auch nie sein? Ich wusste nicht, was ich mit diesen Gedanken anfangen sollte. Sollte mein vierjähriger Kampf mit meinen Gefühlen umsonst gewesen sein? Ich konnte mich jetzt nicht damit befassen, konnte kaum noch klar denken. Es war alles zu viel.

Unschlüssig drehte ich mich zum Fenster. Nicht mehr lange, dann würde es hell werden. Aber ich konnte doch nicht in einem Bett mit Rachel schlafen. Allerdings gab es im Zimmer kein Sofa, und die Badewanne war immer noch feucht. Mir blieb nichts anderes übrig, als neben ihr ins Bett zu steigen. Ich streifte meine Jeans ab und schlug die Decke zurück, sorgsam darauf bedacht, viel Platz zwischen Rachel und mir zu lassen.

»Gute Nacht, Will.« Sie zwinkerte mir zu, zog sich die Decke bis zum Kinn und drehte mir den Rücken zu.

Bald darauf wurden ihr Atemzüge leiser und regelmäßiger. Ich starrte eine Weile an die vom Mondlicht beschienene Decke, bis meine Lider zu schwer wurden und ich in einen tiefen Schlaf abdriftete, der mich meine Sorgen hoffentlich wenigstens für ein paar Stunden vergessen lassen würde.

18 *Liv*

Nachdem ich mich abgeschminkt, geduscht und mir die Zähne geputzt hatte, kroch ich unter die Decke des großen, leeren Betts. In diesem Zimmer hatte ich in all den Jahren noch nie geschlafen und nur im Vorbeigehen flüchtige Blicke hineingeworfen.

Wegen des Mondlichts, das durch die dünnen Vorhänge hereinfiel, erkannte ich das Gemälde eines Segelboots auf hoher See an der gegenüberliegenden Wand. Darunter stand eine Kommode mit einer reich verzierten Vase auf einer Spitzentischdecke. Alles an diesem Haus war alt, ein Hauch der Achtzigerjahre schwebte über den Möbeln und Deko-Objekten. Schon früher hatte mir das gefallen, jetzt liebte ich es geradezu. In Europa hatte ich in jeder neuen Stadt unzählige Secondhandläden aufgesucht und wundervolle Vintage-Schätze gefunden.

Ich lauschte in die Dunkelheit, hörte die vertrauten Geräusche des Hauses. Das Ächzen der Dachbalken im Nachtwind, das leise Knarzen des Parketts, als jemand über den Flur schlich, das Rascheln der Blätter, das durch das halb geöffnete Fenster hereindrang, das Rauschen des Meeres. Ich schloss die Augen, versuchte, die schrecklichen Bilder des Abends zu verdrängen. Doch sie tanzten vor meinen geschlossenen Lidern, als wollten sie sich über mich lustig machen. Rachel und Will. Will und Rachel.

Frustriert riss ich die Augen auf und starrte an die Decke. Rachel war immer noch nicht in unser Zimmer gekommen. Ich hatte im Bett extra Platz für sie gelassen. Allerdings wusste ich, dass sie nicht kommen würde. Wahrscheinlich war sie längst ins Nachbarzimmer geschlüpft.

Der Gedanke tat so weh, dass es sich anfühlte, als stünde meine Kehle in Flammen. Das Schlucken fiel mir schwer. Nur meine Augen waren trocken. Ich würde nicht weinen. Nicht im Bett von Wills Familie. Nicht an diesem Ort, an den ich sonst nur positive Erinnerungen hatte. Und auch nicht, obwohl die beiden gerade nebenan weiß Gott was trieben.

Also lag ich mit weit aufgerissenen Augen da und starrte weiterhin mit schmerzhaft pochendem Herzen an die Decke. Zum Glück waren die Wände dick genug, sodass ich keine Geräusche aus dem Nebenzimmer hörte.

Selbst gefühlte Stunden später war an Schlaf nicht zu denken. Waren sie etwa immer noch nicht fertig?

Mir wurde klar, dass Rachel die Nacht bei Will verbringen würde. War es etwa mehr als nur ein One-Night-Stand? Würde mir das frisch verliebte Pärchen nun fast jeden Tag in St. Andrews über den Weg laufen?

Der Gedanke war wie ein schwerer Anker, der mich unerbittlich nach unten zog.

Ich schloss die Augen, die nun doch verräterisch brannten. *Schlaf einfach ein*, wies ich mich in Gedanken an. *Lass es nicht an dich ran.* Doch mir war bereits im Club bewusst geworden, dass es zu spät war. Es machte mir etwas aus, Will mit einer anderen Frau zu sehen. Ich konnte es nicht mehr leugnen. Allerdings wollte ich nicht weiter darüber nachdenken, was das bedeutete.

Für mich. Für uns. Für die Zukunft.

Nach einer gefühlten Ewigkeit gab ich es auf, schlafen zu wollen. Meine Finger gruben sich in das Laken, während ich einen lauten Fluch unterdrückte. Mit einem frustrierten Knurren schwang ich die Beine aus dem Bett. Es gab nur eine Sache, die ich tun konnte, um die restlichen Stunden bis zum Morgen zu überbrücken.

Ich zog meine Yogamatte aus der dafür vorgesehenen Seitenvorrichtung an meinem Rucksack und rollte sie auf dem Boden vor dem Fenster aus. Nach ein paar Atemübungen nahm ich meine Meditationspose – Schneidersitz, mit geradem Rücken und auf den Knien abgelegten Händen, deren Flächen nach oben zeigten – ein.

Die vertraute Weichheit der Matte unter meinen nackten Knöcheln und das Gefühl, wie mein Körper immer tiefer in das Material sank, erdeten mich. Ein sanfter Windhauch, der durch das Fenster hereinwehte, zauste meine Haare. Die Kühle der Dielen drang durch die dünne Matte. Ich kam im Hier und Jetzt an.

Erleichtert atmete ich aus, versuchte, meinen Geist zu leeren. Ich drängte die wild umherwirbelnden Gefühle, Hoffnungen und Ängste zurück, schuf Platz für mich und mein Bedürfnis nach Ruhe und Frieden. Mit langsamen, gleichmäßigen Atemzügen zog ich mich ganz in mich selbst zurück und versuchte, alles andere auszublenden.

19 *Will*

Ein Sonnenstrahl kitzelte meine Nasenspitze. Ich kniff die Augen fester zusammen, um gegen das Aufwachen anzukämpfen, um weiter in diesem tiefen, dunklen Nichts zu schweben, in dem ich nicht denken musste. Doch ich driftete unaufhaltsam der Oberfläche entgegen. Langsam und zäh strömten einzelne Erinnerungsfetzen von letzter Nacht auf mich ein. Wummernde Bässe, grelle Lichter, Hände auf meiner Haut, die vorwurfsvollen Blicke meiner Freunde. Liv …

Meine Lider öffneten sich flatternd. Ich blinzelte gegen das weiche Morgenlicht an. Zu meiner Linken hörte ich die Bettdecke rascheln. Dann trafen nackte Füße auf den Boden.

»Liv?«, murmelte ich, verschlafen und desorientiert.

Ein amüsiertes Seufzen. »Nein, Honey, tut mir leid, dich enttäuschen zu müssen.«

Ich riss die Augen auf, saß plötzlich kerzengerade im Bett. Die Decke rutschte von meinem Oberkörper, und erst da fiel mir auf, dass ich darunter nichts als meine Boxershorts trug. »Rachel …«

Sie stand im Sonnenlicht, das durch das Panoramafenster hereinfiel … nur in ein knappes Spitzenhöschen gekleidet.

Bei ihrem Anblick wurden meine Wangen heiß, und ich schluckte, als einige Erinnerungen von letzter Nacht mit einem

Schlag zurück waren. Rachels weiche Lippen auf meinen, ihr Körper, der sich im Takt der Musik an mich schmiegte …

Rasch sah ich weg, rutschte wieder nach unten und zog mir die Decke bis zur Nasenspitze.

»Dir auch einen guten Morgen«, sagte Rachel sarkastisch und bückte sich, um ihren BH vom Boden zu fischen.

Ich erinnerte mich an meine Manieren und daran, dass Rachel und ich uns gestern Nacht so nahe gekommen waren, dass mir in ihrer Gegenwart nichts mehr peinlich sein musste. »Äh, Guten Morgen.« Ich räusperte mich. Gab es hierfür eine Etikette? Regeln? Einen unausgesprochenen Verhaltenskodex für Wir-hatten-fast-Sex-aber-ich-wollte-doch-nicht?

Rachel musterte mich einen Moment nachdenklich, dann ließ sie den BH fallen, den sie sich hatte anziehen wollen, und schlug die Bettdecke zurück. Ehe ich reagieren konnte, hatte sie sich neben mich gelegt, einen Ellbogen aufs Kissen und das Kinn in die Hand gestützt. »Okay, du hast eindeutig Redebedarf. Also schieß los.«

»Ich … Wie bitte?«

»Honey.« Sie seufzte schwer. »Du hast mich kurz nach dem Aufwachen mit einem falschen Namen angesprochen. Und letzte Nacht wolltest du keinen Sex mit mir haben – was ich respektiere, auch wenn es mir noch nie passiert ist.« Sie grinste, doch dann wurde sie ernster. »Es ist eindeutig, dass du gerade lieber neben einer gewissen anderen Person in diesem Bett liegen würdest.«

Erwartungsvoll blickte sie mich an, als ob ich auch nur ansatzweise in der Lage wäre, ihr eine Antwort zu geben, nachdem sie mich gerade vollkommen überrollt hatte. Ich kam nicht hinterher.

»Ich … Hä?« Zu mehr war ich immer noch nicht imstande. Fast wartete ich darauf, dass ein Fernsehmoderator aus dem

Schrank springen und mich auf die versteckten Kameras aufmerksam machen würde.

Rachel drehte hingegen müßig eine Haarsträhne um ihren Finger, als wäre dies ein ganz normales Sonntagmorgengespräch. »Hör mal, Will, dir ist doch klar, warum wir letzte Nacht nicht miteinander geschlafen haben, oder?«

»Weil ich … nicht wollte?« Ich wiederholte ihre Worte, doch es klang mehr wie eine Frage.

Rachel seufzte und sah mich streng an. »Du bist so unglaublich traurig, Will. Was ist denn zwischen dir und Liv passiert, das dich so dermaßen abgefuckt hat?«

Und mit einem Mal war er wieder da. Der Schmerz. Das Loch in meiner Brust. Der Abgrund, der mich rief. Wenn Rachel mich nach weniger als vierundzwanzig Stunden durchschaute, war ich offensichtlich nicht einmal annähernd so gut über Liv hinweg, wie ich angenommen hatte. Was musste Rachel von mir denken? Ich erinnerte mich an ihre Worte, die mir den Boden unter den Füßen weggezogen hatten, bevor ich schlafen gegangen war. Vielleicht war dies eine einmalige Gelegenheit, wirklich offen mit einer anderen Person über Liv zu sprechen. Rachel kannte mich kaum und würde nach ein paar Wochen wieder abreisen. Was hatte ich zu verlieren?

Ich schluckte, räusperte mich, starrte auf die dunkelblaue Bettwäsche. »Es ist … ähm … Ich möchte, dass du weißt, dass ich nicht nur etwas mit dir anfangen wollte, um Liv eifersüchtig zu machen«, stammelte ich mit belegter Stimme. »Das war nicht … Ich hatte nie vor …«

Sie schnaubte. »Entspann dich doch mal, Will. Du stehst hier nicht auf der Anklagebank. *Ich* habe mit *dir* rumgemacht, weil ich Lust dazu hatte. Zu deiner Verteidigung kann man sagen, dass mir die wenigsten widerstehen können.« Sie lachte ihr raues Lachen, und ich entspannte mich tatsächlich ein wenig, auch wenn ich immer noch gefährlich nah am Abgrund stand.

Sie knuffte mich in die Seite. »Das war ein Witz. Unglaublich! Du bist wirklich der unschuldigste Typ, der mir je begegnet ist. In Zukunft solltest du es aber vielleicht vermeiden, Frauen, mit denen du im selben Bett geschlafen hast, mit dem falschen Namen anzusprechen.«

»Oh, äh, sorry.«

»Ich nehme dich doch bloß auf den Arm. Liv verpasst wirklich etwas, wenn sie nicht sieht, was für ein toller Kerl du bist. Treu bis zum Schluss.«

Ich hatte das Gefühl, mich verteidigen zu müssen. »Nein, das will ich nicht sein. Und wer sagt eigentlich, dass ich wieder mit Liv zusammenkommen möchte?«

Rachel sah mich verständnislos an. »Na du! Gerade eben, als du mich mit ihrem Namen angeredet hast. Ziemlich eindeutig.«

Unbehaglich verlagerte ich mein Gewicht. Rachel hatte doch überhaupt keine Ahnung, wovon sie sprach. Es sei denn, Marly hatte ihr ein paar Dinge verraten.

»Und wer sagt, dass Liv mit *mir* zusammen sein will?«, murmelte ich zweifelnd.

»Vielleicht ihre Blicke gestern Abend? Ihre verheulten Augen, als wir aus dem Club kamen? Die Tatsache, dass sie mich am liebsten lebendig häuten und an die Haie in eurer Bucht verfüttern würde?«

»Es gibt hier keine Haie, nur Wale und …« Rachels ungläubiges Lachen ließ mich verstummen. Zerknirscht hob ich die Schultern. Da war der Whale-Watching-Guide mit mir durchgegangen.

»Hör mal«, sagte ich und warf ihr einen finsteren Blick zu. »Liv und ich waren fünf Jahre zusammen. Ich wollte sie heiraten. Und dann hat sie es einfach beendet. Direkt, nachdem ich ihr einen Antrag gemacht habe. Jetzt kann sie nicht einfach wieder herkommen und mich zurückwollen, als wär nie etwas gewesen. Ich habe die letzten vier Jahre schließlich nicht damit verbracht, herumzusitzen und ihr hinterherzuheulen.«

»Ach nein?« Rachel tippte sich gespielt nachdenklich ans Kinn. »Es kommt mir nämlich so vor, als hättest du genau das getan.«

Sprachlos starrte ich sie an.

»Hattest du seit ihr eine Beziehung?«

»Na ja, also …« Ich schüttelte resigniert den Kopf.

»Hast du es seitdem geschafft, jemand anderem zu vertrauen?«

Wieder schüttelte ich den Kopf.

»Hast du Liv je wirklich vergessen können?«

Kopfschütteln.

»Okay, und fantasiert du ständig darüber, wie du sie zurückgewinnen kannst, obwohl die Chancen gegen null stehen?«

Ich zögerte kurz, dann schüttelte ich den Kopf. »Nein. Aber ich wünsche mir oft, dass alles wieder so ist wie früher.«

»Dann liegt es auf der Hand.« Rachel rekelte sich genüsslich unter der Decke, als befände sie sich in ihrem eigenen Bett.

»Was? Dass ich ein pathetischer Loser bin, der seit vier Jahren seiner Ex hinterherheult, die ihn knallhart abserviert hat und eindeutig längst über ihn hinweg ist?«

Nun runzelte Rachel irritiert die Stirn, als hätte ich gar nichts verstanden. »Nein. Du bist weder pathetisch noch ein Loser. Du *liebst sie, verdammt!*«

»Ich liebe sie, verdammt?«

»Wie süß, du hast wieder runtergeguckt!«

»Warte mal, was?«

»Du schaust jedes Mal zu Boden, wenn du fluchst.«

»Tue ich verdammt noch mal nicht!«

»Ha! Gerade hast du es schon wieder getan.«

Ich verdrehte die Augen, doch meine Wangen wurden heiß. Sie hatte mich erwischt.

»Wie dem auch sei … Du liebst Liv, und daran ist überhaupt nichts peinlich oder pathetisch oder falsch. Es ist total romantisch, dass du für sie kämpfen willst.«

»Will ich das?«

»Sag du es mir.«

Ich dachte eine Weile nach, entfernte mich in Gedanken von dem Loch in meiner Brust, von dem Schmerz und den düsteren Gedanken der letzten Jahre. Was wollte ich eigentlich? Von der Liebe? Von einer Partnerin. Von Liv? Letzte Nacht war mir klar geworden, dass ich meine Gefühle für sie nie überwunden hatte. Doch es hatte für mich bisher nie zur Debatte gestanden, dass ich sie zurückgewinnen könnte. War das überhaupt eine Möglichkeit?

»Was ist Liv für dich?« Rachel ließ nicht locker. »Was wünschst du dir von einer zukünftigen Beziehung?«

Nachdenklich fuhr ich mir durch die Bartstoppeln. »Ich weiß nicht, was Liv im Moment für mich ist, aber ich weiß, was ich mir von einer Beziehung wünsche«, begann ich zögerlich. »Jacks Augen leuchten jedes Mal, wenn er Marly ansieht. Sie macht ihn glücklich, einfach weil sie existiert. Weil sie so ist, wie sie ist. Sie muss sich nicht für ihn verbiegen und er sich nicht für sie.« Meine Kehle wurde rau. »Das will ich. Genau das. Jemanden so ansehen. Und dass jemand *mich* so ansieht. Aber ich bin mir nicht sicher, ob ich das je wieder finden werde.«

Rachel lachte so laut, als hätte sie soeben etwas gehört, das sie nicht fassen konnte. »Hast du mal gesehen, wie du Liv ansiehst?«

»Äh, nein?«

»Genauso, wie du es gerade beschrieben hast, Will. Du hast

doch schon längst die Marly zu deinem Jack gefunden. Du solltest dir eher die Frage stellen, wie du sie zurückgewinnen kannst.«

»Aber … Du verstehst nicht. Der Grund, weshalb wir damals Schluss gemacht haben … Liv will etwas anderes vom Leben als ich. Ich habe das Gefühl, dass wir diesen Konflikt nie überwinden werden. Wir sind zu verschieden.«

»Oder vielleicht *wart* ihr zu verschieden? Seitdem sind vier Jahre vergangen. Meinst du nicht, dass ihr euch beide verändert habt?«

Ich zuckte mit den Schultern. »Ich weiß nicht.«

»Du hast darüber gesprochen, was Marly für Jack ist. Was ist Liv denn für dich? Eben bist du dieser Frage ausgewichen.« Sie wedelte mit einem Finger vor meiner Nase herum. »Damit kommst du bei mir nicht durch.«

Ich nahm mir Zeit für die Antwort, setzte mich im Bett auf und strich gedankenverloren über die Decke. Es war schwierig, die Liv von früher mit der Liv von heute in Einklang zu bringen. Sie war dieselbe Person und doch wieder nicht.

»Liv ist …« Ich seufzte frustriert. »Niemand strahlt so hell wie sie. Ich habe mich all die Jahre zu ihr gedreht, als wäre sie meine ganz persönliche Sonne. Aber wenn ich sie jetzt ansehe, habe ich eher das Gefühl, dass sie alles Licht aus dem Raum saugt und nichts für mich übrig lässt. Es tut weh.« Meine Stimme brach. »Es hat sehr lange so schrecklich wehgetan. Das stehe ich nicht noch mal durch.«

»Ich verstehe, dass du Angst hast, das noch mal erleben zu müssen. Aber dieser Schmerz – das ist das Leben. Dieses schreckliche Gefühl erinnert dich daran, dass du am Leben bist und dass es etwas gibt, wofür es sich zu kämpfen lohnt. Liebe kann manchmal verdammt wehtun. Und dass du so viel fühlst, Will, das macht dich aus. Du hast anscheinend ein sehr großes

Herz. Ohne deine Fähigkeit, so tief zu empfinden, wärst du einfach nur taub. So wie ich. Und das ist auch nicht erstrebenswert.«

Rachel hatte ihr Gesicht wie beiläufig zum Fenster gedreht, aber ich wusste, dass sie meinen Blick mied. Mir fiel auf, dass sie schwer schluckte.

»So wie du?«, fragte ich vorsichtig.

»Ach, wir reden hier nicht über mich.« Sie sah mich wieder an und versuchte sich an einem schiefen Lächeln. Mir entging nicht, dass sie die Bettdecke fest umklammerte. »Wenn du mit der Frau zusammen sein willst, die du liebst, obwohl sie dich verletzt hat, dann tu es, Will. Wenn nicht, hör auf, dich selbst zu quälen, und komm endlich drüber weg.«

Rachel schlug die Decke zurück und stand schwungvoll auf. Ich senkte eilig den Blick, um ihr etwas Privatsphäre zu geben, während sie sich anzog.

In meinem Kopf wirbelten die Gedanken wild durcheinander. Leben. Schmerz. Liebe. Vergangenheit. Zukunft. Alles verband sich zu einem chaotischen Strudel, der mich mit sich zu reißen drohte.

Ich erinnerte mich an die Worte meiner Therapeutin. *Er ist hochsensibel … Er lebt zwischenmenschliche Beziehungen intensiver … empfindet Emotionen stärker.*

Spätestens nach meiner Therapie wusste ich, dass ich auf einige Dinge stärker reagierte als andere Menschen. Aber vielleicht war das nicht der einzige Grund, warum mich das Ende von Livs und meiner Beziehung so sehr aus der Bahn geworfen hatte. Klar, es war der medizinische Grund. Aber es erklärte nicht, warum ich heute immer noch so nah am Abgrund stand. Das war nur damit zu erklären, dass meine Liebe zu Liv so stark war, dass sie überdauert hatte. Und vielleicht musste sie nicht für immer dieses schreckliche, düstere Wesen in meiner Brust bleiben, das mich in den Abgrund zog. Vielleicht konnte sie wieder so hell strahlen wie früher.

»Will?« Rachels Stimme riss mich aus meinen Gedanken.

»Ja?« Zerstreut hob ich den Kopf. Sie stand in ihrem kleinen Schwarzen an der Tür und sah trotz ihres verschmierten Eyeliners und den ungekämmten Haaren ebenso hinreißend aus wie gestern Nacht. »Am Ende können wir alle nicht mehr tun, als unser Bestes zu geben. Jeden Tag aufs Neue. Was dabei herauskommt, liegt leider nicht immer in unserer Hand.«

Ich sah sie so lange schweigend an, bis sie eine Hand auf den Türknauf legte.

»Rachel?«

»Ja?«

»Danke.«

Sie schenkte mir ein weiches Lächeln, ganz anders als ihr sonst so freches Grinsen, und schlüpfte lautlos aus der Tür.

20 Liv

Rachel fand mich in meiner Meditationspose vor, als sie im Morgengrauen zur Tür hereinschlüpfte. Es war mir schließlich gelungen, einen tiefenentspannten Zustand zu erreichen, auch wenn an Schlaf nicht zu denken gewesen war.

Nun hörte ich zuerst die Zimmertür leise knarzen, dann, wie Rachel auf Zehenspitzen durch den Raum schlich.

Ich öffnete ein Auge, wollte mich nicht von ihrer Präsenz aus der Ruhe bringen lassen. Natürlich trug sie dasselbe knappe Kleid wie gestern Abend. Ihr Augen-Make-up war leicht verschmiert, ihre Wangen gerötet, das lange Haar zerzaust. Ein typischer Walk-of-Shame. Nur dass Rachel sich überhaupt nicht zu schämen schien. Im Gegenteil. Sie reckte und streckte sich, gähnte und schlüpfte aus ihrem Kleid. Dann entdeckte sie das Outfit, das ich mir letzte Nacht von ihr geliehen hatte. Ich hatte es ordentlich zusammengefaltet auf ihre Seite des Betts gelegt. Ihr Blick huschte zu mir, und ich schaffte es nicht, mein Auge schnell genug zu schließen.

»Gut, du bist wach.«

»Sieht wohl so aus«, grummelte ich.

»Ich geh mal eben duschen. Lange Nacht.« Sie zwinkerte mir verschwörerisch zu, und ich musste mich zusammenreißen, um nicht meine entspannte Pose aufzugeben, hochzuspringen und ihr alles an den Kopf zu werfen, was ich von ihr hielt.

Als ich keine Antwort gab, nahm sie sich ein Handtuch und ihren Bikini aus dem Koffer und stolzierte in Unterwäsche zur Tür.

Das Letzte, was ich sah, bevor die Tür hinter ihr ins Schloss fiel, war ihr Hintern, der kaum von dem winzigen bisschen Stoff verdeckt wurde.

Ich öffnete beide Augen und seufzte frustriert. Die Nacht war vorbei. Ich hatte keinen Schlaf bekommen. Da konnte ich ja schon einmal Kaffee aufsetzen. Als ich in meinem Lieblingsmorgenmantel mit bunten Quasten aus Indien über den Flur huschte, hörte ich das Rauschen der Dusche und Rachels leisen Gesang. Sie traf keinen einzigen Ton, was mir aus unerfindlichen Gründen ein Lächeln aufs Gesicht zauberte.

Nachdem ich Teewasser und Kaffee aufgesetzt hatte und sich der herbe Duft der frischen Bohnen in der Küche verbreitete, wollte ich gerade die Kühlschranktür öffnen, als ich Rachel hinter mir hörte. »Hey, Roomie, reichst du mir den Speck aus dem Kühlschrank?«

Als ich ihrer Bitte nachkam und mich mit der Packung Bacon zu ihr umwandte, wurden meine Augen groß. Sie trug einen seidenen Morgenmantel – und darunter nur ihren knappen Bikini. Ich versuchte, ihre unter dem Stoff aufgestellten Brustwarzen nicht allzu offensichtlich anzustarren, und blickte ihr stattdessen in die Augen. Ihr Gesicht war frei von Make-up, und sie hatte ebenso tiefe Ringe unter den Augen, wie ich sie haben musste.

»Stell sie einfach neben den Herd.« Sie schien mein Unbehagen überhaupt nicht zu bemerken, sondern kramte in den Küchenschränken herum, bis sie eine Pfanne fand.

»Bist du aus dem Bett gefallen, oder meditierst du immer so

frühmorgens?«, fragte sie mich, während sie etwas Öl in die Pfanne gab.

»Ich habe … überhaupt nicht geschlafen«, antwortete ich wahrheitsgetreu.

Aus irgendeinem Grund brachte diese Info Rachel zum Lachen. »Kann ich mir vorstellen.«

Entrüstet hob ich meine Kaffeetasse an die Lippen und hätte mich fast an dem heißen Gebräu verbrannt. »Was soll das denn heißen?«

Rachel grinste vor sich hin, während sie die Speckstreifen in die Pfanne legte. »Soll heißen, dass wir alle erst ziemlich spät ins Bett gekommen sind.«

»Hm.« Mehr hatte ich dazu nicht zu sagen. Schließlich war das ihre Schuld. Wie so ziemlich alles andere, was letzte Nacht passiert war. Doch ich musste zugeben, dass es wirklich nett von ihr war, dass sie nun Frühstück für alle machte. Sosehr ich mir auch wünschte, sie hassen zu können, es wollte mir nicht ganz gelingen.

Rachel stellte eine zweite Pfanne auf den Herd und holte eine Packung Eier aus dem Kühlschrank.

»Lass mich das machen.« Ich trat neben sie und nahm mir einige Eier, die ich aufschlug und in die Pfanne laufen ließ.

Eine Weile war nur das Brutzeln des Fleisches und der Eier zu hören, der Duft des frischen Specks hüllte mich ein. Ich hatte seit über einem Jahr kein Fleisch gegessen und es auch nie vermisst, doch ich musste zugeben, dass mir nun das Wasser im Mund zusammenlief.

Die Stille zog sich unangenehm in die Länge. Ich würzte das Rührei mit etwas Pfeffer. Dann wandte ich mich wieder Rachel zu. »Und, gefällt es dir hier bei uns?«

»Bei *uns?*«, fragte sie schmunzelnd. »Ich dachte, das Haus gehört Wills Familie.«

Es gab mal eine Zeit, da habe ich zur Familie gehört, hätte ich fast gesagt, konnte mich aber gerade noch zurückhalten. »Ich meinte in St. Andrews. Du kommst doch aus New York, oder?«

»Nicht direkt. Ich bin wie Marly in Toronto aufgewachsen. Aber ich studiere ab September in New York.«

Mir war nicht entgangen, dass sie meine erste Frage immer noch nicht beantwortet hatte.

»Eigentlich wollte ich dieses Wochenende zuerst nicht mit hierherkommen«, fuhr Rachel überraschend fort. »Bin ja gerade erst in St. Andrews angekommen. Aber am Ende war es wirklich gut, dass Marly mich überredet hat.«

»Warum das denn?«

»Ach, weißt du, dieses Wochenende war wirklich ein Augenöffner«, sagte sie geradeheraus. »Besonders für Will, glaube ich. Und wie es scheint auch für dich.«

Ich starrte sie verblüfft an.

»Er ist wirklich ein Guter, Liv. Aber ich glaube, das weißt du längst.«

Bevor ich fragen konnte, was sie mir damit sagen wollte, hörte ich Schritte auf der Treppe. Fiona und Ellie gesellten sich zu uns. Die beiden sahen um einiges wacher aus als wir.

»Rieche ich etwa Rührei mit Speck?« Ellie reckte entzückt die Nase in die Luft. »Vielen Dank, ihr beiden. Ist ja wie im Hotel hier.«

»Ach, wir waren sowieso wach.« Rachel winkte ab. »Haben beide letzte Nacht nicht besonders viel geschlafen.« Statt eines zweideutigen Zwinkerns schenkte sie mir ein mitfühlendes Lächeln, das mich völlig aus der Bahn warf. War es möglich, dass Rachel mich durchschaut hatte? Und Will? Was hatte er ihr wohl erzählt?

Mir blieb keine Zeit, sie nach ihrer kryptischen Andeutung zu fragen. Nach und nach kamen die anderen die Treppe heruntergeschlurft. Alle außer Will. Die Stimmung war grummelig, die Gespräche verhalten. Alle waren dankbar für den Kaffee, das Rührei und den vor Fett triefenden Speck. Marly massierte Jack die Schläfen, während Fiona und Ellie, die als einzige Anwesende keinen Kater hatten, lautstark und schadenfroh den Zustand der anderen kommentierten. Blake mixte sich seinen Anti-Hangover-Trunk mit Mango, Limettensaft, Ingwer und Honig im Smoothie-Maker, bis Jack fluchend den Stecker zog.

Mein Vorschlag, draußen zu frühstücken, wurde vehement abgelehnt.

»Die verdammen Vögel zwitschern zu laut«, stöhnte Marly.

»Es ist schon viel zu heiß für diese Uhrzeit«, fügte Jack hinzu.

»Wenn ich in die Sonne gehe, zerfalle ich ganz sicher zu Staub«, nörgelte Blake und nippte an seinem Smoothie.

Es ging mir nicht ganz so schlecht wie den anderen, auch wenn ich immer wieder gähnen musste, weil sich mein Schlafmangel trotz des Kaffees bemerkbar machte.

Immer wieder warf ich Blicke zur Treppe. Will ließ auf sich warten, was nicht zu ihm passte. Als er schließlich herunterkam, war der Frühstückstisch fertig gedeckt. Sein Haar war feucht von der Dusche, und er tapste barfuß in die Küche. »Morgen.«

»Guten Morgen, Sonnenschein«, flötete Fiona. »Na, anstrengende Nacht?«

Will verschluckte sich an dem Stück Bacon, das er sich vom Tisch stibitzt hatte, und ich hätte fast meinen Kaffee wieder ausgespuckt.

Fiona konnte unmöglich wissen, was letzte Nacht zwischen Will und Rachel abgelaufen war. Trotzdem hatte sie voll ins Schwarze getroffen.

Will grummelte etwas Unverständliches und tapste zur

Küchenzeile, an der ich lehnte. Er vermied es, mir in die Augen zu sehen. Hatte er etwa ein schlechtes Gewissen mir gegenüber?

Sein Blick fiel auf die Kaffeemaschine, und seine Miene verdüsterte sich noch mehr. »Ich habe dir Schwarztee gekocht.« Ich deutete auf die Tasse, die ich zum Warmhalten in die Mikrowelle gestellt hatte.

Will sah mich so verblüfft an, als hätte ich behauptet, mit bloßen Händen frischen Fisch zum Frühstück gefangen zu haben. »Äh … danke, Liv. Das ist … wirklich sehr aufmerksam von dir.«

Ich hatte das Gefühl, dass alle Blicke auf uns lagen, also winkte ich rasch ab. »Hab mich nur erinnert, dass du keinen Kaffee magst.«

Will blinzelte mehrmals. Ich schenkte ihm ein flüchtiges Lächeln, stieß mich von der Küchenzeile ab und gesellte mich zu den anderen an den Tisch. Alle Blicke folgten mir. Fiona hatte beide Augenbrauen fast bis zum Haaransatz hochgezogen, Marly und Jack wechselten einen vielsagenden Blick, und Rachel besaß doch tatsächlich die Frechheit, Will zuzuzwinkern.

Mit brennenden Wangen setzte ich mich und breitete eine Serviette in meinem Schoß aus. Mein Magen fühlte sich an, als hätte ich statt Kaffee glühende Lava getrunken. Meine Haut prickelte wie am Abend zuvor.

Nachdem sich Will ebenfalls gesetzt hatte, blickte ich verstohlen auf. Die Stimmung hatte sich von einem Moment auf den anderen verändert. Die Anspannung, die vorher in der Luft gelegen hatte, war verflogen. Marly und Fiona unterhielten sich über ihre Arbeit in der Tierarztpraxis, Blake und Jack machten sich über irgendetwas lustig. Selbst Rachel und Will gingen ganz entspannt miteinander um, als hätten sie nicht gerade die Nacht miteinander verbracht. Alle schienen irgendwie … erleichtert.

Siedend heiß fiel mir auf, woran das liegen musste. Ich begegnete Ellies Blick, die mir zulächelte und ein aufmunterndes Nicken andeutete.

War ich etwa die Einzige, die es bisher noch nicht begriffen hatte, während alle um mich herum es längst geahnt hatten?

Denn wenn mir eins letzte Nacht klar geworden war, dann war es, dass ich noch Gefühle für Will hegte.

21 *Will*

Leise summend tänzelte ich durch meine Küche, während ich die Spülmaschine ausräumte. Ich hatte die winzige Einzimmerwohnung über meinem Büro bereits gesaugt, geputzt und aufgeräumt. Das war zwar kein großer Akt, da es von der kleinen Küchenzeile bis zum Esstisch, zur Schlafcouch, dem Fernseher und dem Regal voller Meeresbiologiebücher und Bildbände über die Passamaquoddy-Bucht nur wenige Schritte waren, aber ich war trotzdem stolz auf mich.

Seit dem Wochenende im Ferienhaus meiner Eltern fühlte ich mich seltsam beschwingt. Die Arbeit ging mir leichter von der Hand, ich lächelte öfter und ertappte mich dabei, wie ich immer wieder vor mich hin summte. Und das lag eindeutig nicht daran, dass ich beinahe Sex gehabt hatte.

Das Gespräch mit Rachel hatte mir die Augen geöffnet. Zwischen uns war zwar nichts Romantisches, aber es tat gut, mit einer außenstehenden Person über Liv zu sprechen. Rachel kannte sie und mich kaum, wusste wenig über unsere Vergangenheit und konnte nur bewerten, was gerade zwischen uns passierte. Das eröffnete mir eine ganz neue Perspektive. Und es gab mir den Mut, darüber nachzudenken, was diese neue »Freundschaft« zwischen Liv und mir bedeutete.

Laut Rachel hatte es Liv etwas ausgemacht, mich mit ihr zu

sehen. Sie war mit in den Club gekommen, obwohl sie kein großer Fan solcher Etablissements war. Und sie hatte mir am nächsten Morgen meinen Lieblingstee gekocht. Das waren alles Indizien dafür, dass ich ihr nicht völlig gleichgültig war. Denn ich wusste nun mit Sicherheit, dass sie mir nicht egal war, auch wenn das vielleicht gesünder für mich gewesen wäre.

Verträumt starrte ich auf die Schale in meiner Hand, die ich in den Schrank hatte räumen wollen. Ich erinnerte mich an Livs Lachen, als ich sie in einer lauen Sommernacht mit Popcorn aus dieser Schale gefüttert hatte. Wir hatten an Deck der *Giulia* gelegen, um uns nichts als Dunkelheit, über uns die Sterne. Beinahe roch ich den Duft des warmen Popcorns in der Schale zwischen uns, hörte das leise Knarzen der Taue, das Plätschern der Wellen gegen den Bug, Livs Lachen.

Da schreckte mich ein lauter Knall auf. Ich zuckte zusammen, hätte beinahe die Schale fallen lassen. Erschrocken fuhr ich in Richtung der Treppe herum, die ins Untergeschoss führte. Jemand musste unten die Bürotür aufgerissen haben, die laut gegen die Wand gekracht war.

Eilig stellte ich die Schale in den Schrank. »Wer ist da?«, rief ich die Treppe hinunter. Es war bereits spät, und ich hatte längst Feierabend gemacht.

»Komm sofort runter, William!« Das war mein Dad.

Dann hatte er also endlich meine E-Mail über die Reparaturkosten der *Giulia* gelesen. Mit einem flauen Gefühl im Magen stapfte ich die Treppe hinunter.

Dad stand vor meinem Schreibtisch, stützte sich mit beiden Fäusten darauf ab wie ein wütender Gorilla. »Wir verkaufen die *Giulia*.« Er schleuderte mir die Worte förmlich ins Gesicht. Keine Begrüßung, keine Erklärung. Es war, als hätte ich plötzlich keinen festen Boden mehr unter den Füßen. Als hätte er mich von einer Klippe gestoßen und ich befände mich von einem Moment zum nächsten im freien Fall.

»Was?«, entfuhr es mir eine Spur zu laut.

»Das alte Ding fällt schon fast auseinander, und wir können die Kosten für eine Reparatur nicht aufbringen. Ganz zu schweigen von den laufenden Instandhaltungskosten, der Miete für den Hafenstellplatz ...« Ich hörte gar nicht mehr zu, als Dad mit seinen dicken Fingern einen Punkt nach dem anderen abzählte.

»Dad, ich *wohne* auf der *Giulia*«, unterbrach ich ihn. »Und ich habe dir doch geschrieben, dass ich den Großteil der Reparaturen selbst übernehmen werde.«

Er hielt in seiner Tirade inne. »So ein Quatsch. Du wohnst *hier.*« Er deutete mit dem Kinn in Richtung Obergeschoss. »Diesen Sommer hast du bisher sowieso nicht auf dem Boot verbracht. Und in Zukunft wirst du die paar Monate entbehren können. Du bist jetzt erwachsen, Will. Es wird Zeit, dass du dich auch so verhältst.«

Ich starrte ihn ungläubig an, unfähig, einen klaren Gedanken zu fassen. Unfähig, etwas zu erwidern, das ihn von diesem Vorhaben abbringen würde. Ich hatte mir in den letzten Tagen so viele Argumente zurechtgelegt, doch mein Kopf war plötzlich wie leer gefegt.

»Es ist nur zum Besten des Geschäfts«, fuhr Dad ungerührt fort. »Durch den Verkauf der *Giulia* können wir ein paar neue Anschaffungen machen. Obwohl ich nicht glaube, dass wir für den Kahn noch viel kriegen werden.«

Ich schnappte nach Luft, als hätte er mich geschlagen. »Aber was ist mit all den Erinnerungen? Das Boot hat doch einen immateriellen Wert. Es ist ein unbezahlbares Familienerbstück.«

»Und wie soll dieser immaterielle Wert unsere Rechnungen bezahlen? Wie soll eine sentimentale Anwandlung Essen auf den Tisch bringen?« Er wurde immer lauter, plusterte sich auf wie ein Gockel.

»Es ist doch nicht so, als wären wir arm, Dad. Das Geschäft läuft gut.«

»Ich werde kein Geld für die Reparatur eines Schrotthaufens ausgeben, der sowieso nur noch von dir benutzt wird. Die *Giulia* hat keinerlei Nutzen für die Firma!«

»Aber Dad …«

»Das ist mein letztes Wort.« Er presste die Lippen zu einem Strich zusammen und verschränkte die Arme vor der Brust. Seine Halsschlagader trat pochend hervor. Wenn er diese Pose einnahm, war nicht mit ihm zu spaßen.

Doch mit seinen respektlosen Worten hatte er mich endgültig über den Klippenrand gestoßen. Es war, als wäre in mir ein Schalter umgelegt worden. Wut stieg in mir auf, brodelnd und unaufhaltsam. Ich befand mich sowieso schon im Fall, hatte also nichts zu verlieren.

»Das kannst du nicht machen!« Ich ließ meine Handflächen auf den Schreibtisch krachen. »Was würde Grandpa sagen? Oder Onkel Matteo? Und Mom? Weiß sie davon? Die *Giulia* ist der ganze Stolz der Familie. Sie ist seit Generationen in unserem Besitz. Ich bin darauf aufgewachsen, verdammt noch mal.« Ich blickte blinzelnd zu Boden, meine Augen brannten. »Du kannst sie nicht guten Gewissens verkaufen. Das *darfst* du nicht.«

Doch das hätte ich nicht sagen sollen. Dad hatte es sich noch nie gefallen lassen, wenn Leute ihm vorschreiben wollten, was er zu tun und zu lassen hatte. Nun funkelten seine Augen gefährlich, rote Flecken kletterten an seinem Hals herauf und zogen sich über seine Wangen.

»So redest du nicht mit mir, William junior«, brüllte er. »Ich habe hier immer noch das Sagen. Was weißt du schon davon, ein Geschäft zu führen?«

Alles, wollte ich sagen. *Schließlich tue ich es seit Jahren, und zwar besser, als du es jemals geschafft hast.* Doch er brüllte schon weiter, ging wutschnaubend vor dem Schreibtisch auf und ab.

»Wer weiß schon, wann du das nächste Mal in so ein Loch fällst wie vor vier Jahren? Und was dann, William? Was dann? Wirst du zu deiner Mutter gekrochen kommen, nachdem du die Firma in den Sand gesetzt hast? Glaub bloß nicht, dass du dann zu Hause noch willkommen wärst. Du bist schwach, William. Das warst du schon immer. Es verblüfft mich, dass du so lange durchgehalten hast. Und dann willst du dir auch noch diese Reparaturen aufhalsen.«

Seine Worte waren wie Peitschenhiebe, die unbarmherzig auf mich einprasselten.

»Hängst dein Herz an eine Segeljolle. Es ist nur ein Boot! Komm drüber hinweg. Deine Mutter hat dich immer viel zu sehr verhätschelt. Kein Wunder, dass nichts aus dir geworden ist. Sieh dich nur an, bist schon wieder kurz davor zu flennen.«

Mittlerweile stützte ich mich schwer auf die Tischplatte, mein Atem ging rasselnd. Dieses Gespräch verursachte mir körperliche Schmerzen. Endlich sprach Dad all die Dinge aus, von denen ich schon immer geahnt hatte, dass er sie dachte. Bisher hatte er mir seine Meinung nur durch enttäuschte Blicke, eine übermäßig strenge Erziehung und eisiges Schweigen übermittelt. Doch nun wusste ich endlich, was er wirklich von seinem einzigen Sohn hielt.

Bevor er mich vollends in die Knie zwingen konnte, hob ich den Kopf und begegnete seinem Blick. Es kostete mich alle Kraft, die ich aufbringen konnte. »Wenn ich so eine Enttäuschung bin, warum findest du dann nicht jemand anderen, der sich hier den Arsch für dich aufreißt?«

Ich gab ihm keine Zeit zu antworten. Die Hände zu Fäusten

geballt, schoss ich hinter dem Schreibtisch hervor und war im nächsten Moment zur Tür hinaus.

Ich raste aus meinem Büro, knallte die Tür hinter mir zu. Emmy, die gerade den Laden schließen wollte, sah mich erschrocken an. Ich stürmte weiter, hatte jetzt keine Lust darauf, mich erklären zu müssen. Die Verzweiflung hatte mich vollends übermannt, und ich fühlte mich, als stünde mein Körper in Flammen – eiskalte, weiße Flammen, die an meiner Kleidung leckten und sich tief in meine Haut fraßen. Am liebsten hätte ich sie abgeschüttelt, wäre aus meiner Haut gefahren und in die einer anderen Person geschlüpft. Ich war es so leid, ich zu sein. War es so leid, dass meine Gefühle mich überwältigten. Dass ich immer viel zu viel empfand.

Ich beschleunigte meine Schritte, stürmte aus dem Gebäude. Zwei Kunden, die unsere Infotafeln lasen, hoben neugierig die Köpfe in meine Richtung. Es war mir egal. Alles war mir in diesem Moment egal.

Ich stürmte weiter. Meinem Pick-up warf ich nur einen flüchtigen Blick zu. Ich war viel zu aufgebracht, um zu fahren. Also umrundete ich den Wagen, fand mich dann aber auf der Water Street wieder, wo es vor Leuten wimmelte. Alles war viel zu laut, zu hektisch, zu emotional aufgeladen. Zu meiner Linken lagen unsere Boote am Pier vor Anker. Meer und Hafen spendeten mir sonst immer Trost, doch nun schienen mich die Boote höhnisch auszulachen. Zu meiner Rechten unterhielten sich Touristen, spielten Kinder, küssten sich frisch verliebte Pärchen. Ich fühlte mich eingesperrt, in die Enge getrieben. Ich musste dringend allein sein, um mich zu beruhigen, meine Gefühle in den Griff kriegen.

Wo, zum Teufel, sollte ich jetzt hin? Nach Hause? Wo mich alles an Dad erinnern würde? Wo meine Mom versuchen würde, ihn zu verteidigen, obwohl sie mit Sicherheit genauso gegen den Verkauf der *Giulia* war wie ich?

Zu Jack? Er wohnte auf Ministers Island. Selbst wenn gerade Ebbe war, konnte ich die Insel zu Fuß nur schwer erreichen.

Zu Blake? Der hatte seine eigenen Probleme, und ich wollte ihn nicht noch mehr runterziehen.

»Will?« Emmy war hinter mir aus dem Laden gekommen. »Ist alles in Ordnung?«

Ich drehte mich nicht zu ihr um, winkte ab. »Es geht schon. Ich muss nur … Ich brauche kurz frische Luft.«

»Äh, okay. Soll ich vielleicht Mom anrufen?«

»Nein!« Sofort tat mir mein barscher Tonfall leid. »Ich brauche einfach meine Ruhe.«

Wieder setzte ich mich in Bewegung, rannte die Straße entlang, ließ meine kleine Schwester stehen. Ich hetzte vorbei an den lächelnden Gesichtern, den fröhlichen Menschen. Das war alles, was ich mir je gewünscht hatte: ein bescheidenes, aber glückliches Leben. Anscheinend war mir nichts davon vergönnt.

Ich bog in eine ruhigere Seitenstraße ein, blieb aber nicht stehen. Weiter und weiter lief ich durch die Straßen von St. Andrews, ohne einen Blick für meine Umgebung zu haben. Obwohl es bereits dunkel wurde, war es noch warm, sodass ich bald zu schwitzen begann. Es war mir egal.

Ziellos irrte ich umher und versuchte, mein aufgewühltes Inneres in den Griff zu bekommen. Ich fühlte mich so hilflos, dass ich am liebsten laut geschrien hätte. Mit gesenktem Kopf setzte ich einen Fuß vor den anderen. Es war das Einzige, wozu ich in diesem Zustand fähig war. Wenn ich mich nicht auf diese eine Sache konzentrierte, würde ich jeden Moment zusammenbrechen. *Rechts, links. Rechts, links. Ein Atemzug nach dem anderen.*

Ich hatte keine Ahnung, wie lange ich so durch den Sommerabend lief. Die Sonne ging unter, die ersten Sterne zeigten sich. Ich hatte keinerlei Zeitgefühl – mein Handy hatte ich im Büro liegen lassen.

Als ich schließlich aufblickte, blieb ich wie angewurzelt stehen. Diese Straße war mir so vertraut. Ich kannte jeden Zaun, jeden Stein und sogar jeden Garten von vielen nächtlichen Streifzügen. An diesem Hubbel dort im Asphalt hatte ich mir bei einem Sturz vom Fahrrad das Knie aufgeschlagen, weil mich Livs Gewicht auf dem Gepäckträger aus dem Gleichgewicht gebracht hatte.

An jener Straßenlaterne hing noch ein alter Turnschuh von mir, den Liv dort festgebunden hatte. Wie ein Äffchen hatte sie sich an dem Laternenpfahl hinaufgehangelt, leichtfüßig und mühelos. Ich hatte ihr nicht folgen können. Zum einen, weil ich – genau wie sie – betrunken gewesen war. Zum anderen, weil ich noch nie ihre Grazie besessen hatte.

All diese Dinge waren in lauen Sommernächten wie dieser passiert.

In einem anderen Leben.

Ich stand vor Granny Bees Haus. Meine Füße hatten mich hierher getragen, ohne dass es mir bewusst gewesen war. Der Kiesweg vor mir würde mich zur weiß gestrichenen Treppe bringen, die wiederum auf die Veranda hinaufführte, an deren Ende unweigerlich die Eingangstür wartete.

Meine Kehle wurde so eng, dass ich nach Luft schnappte.

Auf dieser Veranda hatte ich meinen ersten Kuss gehabt. Und unendlich viele Gläser Limonade getrunken. Einmal hatte eins von Granny Bees Hühnern in meinen Schuh gekackt. Liv hatte sich totgelacht. Die Erinnerungen stiegen blubbernd und brodelnd an die Oberfläche, drohten mich zu ertränken.

Und doch konnte ich meinen Blick nicht von dem rosa Haus lassen. Es zog mich beinahe magisch an.

Licht fiel durch die Fenster nach draußen. Ich hörte die leisen Geräusche der Tiere im Garten, die im Sommer über Nacht draußen bleiben durften.

Plötzlich wusste ich, warum ich hier war. Es war kein Zufall. Es war keine Nostalgie. Liv war die Einzige, die mich wirklich verstehen würde. Der einzige noch lebende Mensch, dem die *Giulia* genauso viel bedeutete wie mir. Das Boot verband uns auf eine Weise, die über unseren Streit, über mein gebrochenes Herz und ihren Stolz hinausging. Es gab nur eine Person, mit der ich über meine derzeitigen Gefühle sprechen konnte, und sie befand sich in diesem Haus.

Den Weg entlang.

Jenseits der Veranda.

Hinter dieser Tür.

Ich setzte einen Fuß auf den Kies, der leise unter meiner Sohle knirschte. Doch dann zögerte ich. Es war sicher spät. Vielleicht war Liv schon zu Bett gegangen.

Das Licht strahlte mir einladend entgegen, schien mich zu locken. Mein Schmerz war zu einem dumpfen Pochen geworden, das mich stetig daran erinnerte, was ich demnächst einbüßen würde, wenn ich mir nicht etwas einfallen ließ. Ich konnte nicht schon wieder etwas aufgeben, das mir so viel bedeutete. Das würde ich nicht verkraften.

Es war dieser Gedanke, der mich dazu brachte, den ganzen Weg bis zur Tür zu gehen. Zu dieser Tür, hinter der sich der Teil meines Herzens befand, den ich bereits vor Jahren verloren hattc.

Ich atmete einmal tief durch, bevor ich die Klingel betätigte. Erschrocken zuckte ich zusammen, als das Geräusch laut und schrill die Abendstille zerriss. Nun gab es kein Zurück mehr. Mein Magen zog sich zusammen, und ich wischte mir die schwitzigen Hände an meiner Hose ab.

Durch den Glaseinsatz in der Tür sah ich Granny Bee auf einer Krücke aus dem Wohnzimmer humpeln. Sofort bereute ich es, die alte Dame so spät aus ihrem Sessel gescheucht zu haben. Sie öffnete die Tür und musterte mich mit einer hochgezogenen Braue.

»Mrs Wright, entschuldigen Sie bitte die späte Störung.«

»Linda«, grummelte sie auf ihre typische trockene Art. »Wie oft habe ich dir schon gesagt, dass du mich Linda nennen sollst? Oder Granny Bee.«

Ein zaghaftes Lächeln umspielte meine Mundwinkel, obwohl mein Herz schmerzhaft schnell pochte. »Ich wollte nur …«

»Liv«, brüllte sie die Treppe hinauf, bevor ich meinen Satz beendet hatte. »Hier ist jemand für dich!«

Aus dem oberen Stockwerk kam ein unverständliches Gurgeln zurück. Liv spuckte aus, gefolgt vom leisen Plätschern eines Wasserhahns. Dann polterten Schritte auf der ausgetretenen Treppe.

»Wer ist denn so spät noch … *Oh!*« Als Liv mich im Türrahmen entdeckte, blieb sie wie angewurzelt stehen. Vor Schreck wäre sie beinahe die letzten paar Stufen heruntergefallen.

»Ich lasse euch dann mal allein«, flötete Granny Bee mit einem anzüglichen Grinsen und humpelte zurück ins Wohnzimmer, wo sie die Tür hinter sich schloss.

Zögernd kam Liv die letzten Stufen hinunter. Eilig wischte sie sich über das Gesicht. Dann stand sie direkt vor mir.

Sie musste sich gerade bettfertig gemacht haben, denn sie sah genauso aus, wie ich sie vor dem Schlafengehen kannte. Die feuchten Haare hatte sie zu zwei langen Zöpfen geflochten, die ihr über die Schultern fielen. Ihr Gesicht glänzte von ihrer Mandelölcreme, deren Duft mir im selben Moment in die Nase stieg.

An einem Mundwinkel hing noch ein kleines bisschen Zahnpasta. Am liebsten hätte ich es mit dem Daumen weggewischt.

Liv war barfuß, ihre Nägel korallenfarben lackiert. Sie trug ein weites Top, darunter keinen BH und ... meine Jogginghose! Ich starrte verblüfft auf das Logo unserer Highschool-Footballmannschaft, das auf dem ausgewaschenen, dunkelblauen Stoff prangte. Es war meine alte Sporthose, die ich in der elften Klasse wegen eines Lochs am Knie hatte wegschmeißen wollen. Liv hatte sie gerettet. Kurzerhand hatte sie den Stoff oberhalb des Lochs abgeschnitten, damit sie sie selbst tragen konnte. Ihr reichte die Hose bis zu den Schienbeinen.

Mein Herz machte einen Satz. Liv hatte meine Jogginghose aufgehoben! Ja, sie trug sie sogar immer noch. Oder war es nur ein Zufall, und alle anderen Klamotten waren gerade in der Wäsche?

Plötzlich fiel mir auf, dass es ein großer Fehler gewesen war hierherzukommen. Liv so zu sehen riss mir zum zweiten Mal an diesem Abend den Boden unter den Füßen weg.

»Was ist denn los?«, fragte sie heiser. »Ist was passiert?«

»Ähm.« Auf einmal bekam ich kein Wort mehr heraus. Es war ein Fehler gewesen, ein schlimmer Fehler. Und nun stand ich ihr gegenüber, und Liv trug ein fast durchsichtiges Top und *meine* Jogginghose und ich hätte mich am liebsten umgedreht und wäre weggerannt.

»Mein Dad will die *Giulia* verkaufen.« Die Worte purzelten einfach so aus meinem Mund. »Die Reparaturkosten sind zu hoch, er will sie einfach weggeben.«

»Was?« Liv schlug sich eine Hand vor den Mund. Ihre Augen wurden groß. Im Licht der Lampe auf dem Tisch neben der Tür schimmerten sie so hell wie der Vollmond am Himmel.

»Will ...« Mein Name aus ihrem Mund ... es war immer noch Magie. Verdammt schmerzhafte Magie.

Ich fuhr mir mit einer Hand über das Gesicht. »Ich hätte nicht herkommen sollen. Es ist spät. Tut mir leid, dass ich dich so überfalle.«

»Aber Will, das ist doch kein Problem, ich …«

»Es kommt nicht wieder vor.« Ohne sie ausreden zu lassen, fuhr ich herum und floh die Stufen der Veranda hinunter.

»Warte!«, rief Liv mir hinterher.

Ich zögerte, wurde langsamer und blieb schließlich stehen. Mit weichen Knien drehte ich mich zu ihr um.

Sie stand dort, eingerahmt vom weichen Licht, das hinter ihr aus dem Flur fiel, sodass ich nur ihre Silhouette ausmachen konnte.

»Willst du mir nicht alles erzählen? Das muss dich doch förmlich auffressen.«

Ich hob hilflos die Schultern, dachte an all die ungesagten Dinge, die zwischen uns standen. All die Gefühle, die in mir brodelten. »Es ist … es wird schon gehen.«

Liv schwieg eine Weile. Am liebsten hätte ich meine Augen mit der Hand abgeschirmt, um ihr Gesicht erkennen zu können.

»Aber ich bin für dich da, wenn … du reden willst«, sagte sie. »Und auch wenn du lieber schweigen würdest.«

Ich starrte in den Lichtschein, glaubte, mich verhört zu haben.

»Will?«

»Ja?«

»Sag doch was.«

»Ich … ähm … Es ist schon spät …« Frustriert über meine Unsicherheit, über die verdammte Angst, die mir die Kehle zuschnürte, ließ ich die Schultern hängen.

»Warum treffen wir uns nicht am Kreuz?«, fragte Liv zögernd. Es folgte eine kurze, unsichere Pause. »Morgen Nachmittag? Wie früher?«

Es kostete mich alle Anstrengung, nicht einfach wegzulaufen, vor diesen Gefühlen zu fliehen, die in mir aufstiegen wie eine riesige Woge, die mich zu verschlingen drohte. Dass ich diese Worte noch einmal aus Livs Mund hören würde, hätte ich nie gedacht.

Es war falsch. Es war gefährlich. Ich sollte ablehnen. Einfach nach Hause gehen und vergessen, dass das hier passiert war. Aber ich brauchte dringend Rat, brauchte jemanden, mit dem ich über die *Giulia* reden konnte. Jemanden, dem das Boot genauso viel bedeutete wie mir. Eine Person, deren Erinnerungen ebenfalls unwiderruflich damit verknüpft waren.

Also ließ ich den Kopf hängen – resigniert, geschlagen. »Okay«, murmelte ich so leise, dass ich nicht sicher war, ob Liv mich gehört hatte. Dann drehte ich mich um und verschwand in der Nacht.

22 *Liv*

Verblüfft starrte ich Will hinterher. Selbst nachdem ich seinen breiten Rücken nicht mehr sehen konnte, blieb ich an der offenen Tür stehen. Mein Top flatterte in der sanften Brise, und ich atmete tief durch.

Wenn ich eins nie erwartet hätte, dann, dass Will so spät am Abend vor meiner Tür auftauchen – nein, dass er überhaupt bei mir auftauchen würde. Er hatte so verletzt ausgesehen, so traurig und verloren. Mein Herz krampfte sich zusammen, als ich an den verzweifelten Ausdruck in seinen Augen dachte. Ich ahnte, wie viel es ihn gekostet haben musste, in diesem verletzlichen Zustand zu mir zu kommen.

Tief in Gedanken versunken, schloss ich die Tür und drehte mich langsam um. Granny Bee tauchte an der Wohnzimmertür auf. »Was war das denn?«, fragte sie. »Du siehst aus, als hättest du einen Geist gesehen.«

Ich rieb mir über das Gesicht. »Das war … ein Besuch aus der Vergangenheit. Völlig unerwartet.«

Granny nickte wissend. »Sind das nicht die besten?«

Ich sah sie zweifelnd an. »Wer sagt das denn?«

»Ich!« Sie zwinkerte mir zu und humpelte wieder zurück zu ihrem Sessel vor dem Fernseher.

»Wir treffen uns morgen am Kreuz«, entfuhr es mir. Die

Worte klangen seltsam auf meiner Zunge. Vertraut, und doch klobig und unbequem, wie neue Lederstiefel, die man erst einlaufen musste.

Granny ließ sich seelenruhig auf ihren Sessel sinken und legte das gebrochene Bein auf dem Hocker davor ab. »Sehr gut«, murmelte sie selbstzufrieden, bevor sie den Fernseher wieder einschaltete. »Das wurde aber auch Zeit.«

Ich konnte mich nicht erinnern, wann ich das letzte Mal so nervös gewesen war. Eine Ewigkeit stand ich vor meinem Spiegel und überlegte, was ich zu dem Treffen mit Will anziehen sollte, als wäre ich wieder fünfzehn. Auf keinen Fall durfte ich zu offensichtlich herausgeputzt aussehen, aber ich wollte mich trotzdem von meiner besten Seite zeigen. Außerdem dachte ich fieberhaft darüber nach, was ich zu Will sagen sollte.

Worüber würden wir sprechen? Nur über die *Giulia* oder auch über andere Dinge?

Wie sollte ich ihn trösten? Wenn es sein musste, würde ich sogar, ohne zu zögern, meinen geliebten Metterming verkaufen, um Will zu helfen. So viel stand fest. Aber vielleicht brauchte er einfach nur jemanden, der ihm zuhörte.

Meine Gedanken schweiften immer wieder zu unserem früheren Treffpunkt ab. Das Celtic Cross war ein steinernes Kreuz, das hinter einem schmalen Strandabschnitt nah am Meer stand – eine Gedenkstätte an die vor langer Zeit vor der Küste verstorbenen irischen Einwanderer. Auf der Bank daneben hatten wir uns als Jugendliche oft getroffen, um allein zu sein, zu reden oder zu knutschen. Dass ich Will nun dort wiedersehen würde, war ein merkwürdiges Gefühl. Es machte mich so unruhig, dass ich bereits seit dem Aufwachen nicht still sitzen konnte.

Als ich schließlich in einem lockeren Sommerkleid, mit dem ich halbwegs zufrieden war, die Treppe herunterkam, warf

Granny mich förmlich aus dem Haus. »Raus mit dir! Dein nervöses Gezappel ist ja nicht auszuhalten. Geh schon! Und komm nicht zurück, bevor es dunkel wird.« Sie schenkte mir ihr wissendes Grinsen, bevor sie die Haustür hinter mir zuschlug.

Meine Füße fanden den Weg ganz von allein. Viel zu schnell erreichte ich die Küste. Viel zu schnell kam die Bank neben dem hoch aufragenden Kreuz in Sicht.

Und auf dieser Bank saß Will.

Er hatte mir den Rücken zugewandt und blickte aufs Meer hinaus, das in der Sonne glitzerte.

Plötzlich fühlten sich meine Füße bleischwer an, und ich blieb abrupt stehen. Es kam mir so vor, als wären es nicht nur wenige Schritte zur Bank, sondern mehrere Kilometer. Zweifelnde Stimmen wisperten in meinem Kopf. War es in Ordnung, was ich hier tat? Oder war es falsch, sich mit Will an diesem Ort zu treffen, der uns beiden einst so viel bedeutet hatte? Was würde er in diese Geste hineinlesen? Und was machte das alles jetzt schon mit mir? Schließlich war ich seit gestern Abend ein nervöses Wrack. Nein, eigentlich schon seit letztem Wochenende.

Gerade als ich mich fragte, ob ich nicht doch wieder umkehren sollte, drehte Will sich zu mir um.

Ich erstarrte.

Er erstarrte.

Einen Wimpernschlag blickten wir uns an, als hätten wir einander bei etwas Verbotenem ertappt.

Das Déjà vu Erlebnis raubte mir den Atem wie ein Schlag in den Magen. So oft hatte Will auf dieser Bank auf mich gewartet, so oft hatte er sich zu mir umgedreht und mir zur Begrüßung zugelächelt.

Jetzt lächelte er ebenfalls, wenn auch zaghaft und leicht gequält.

Ich atmete einmal tief durch, straffte die Schultern und überbrückte den Abstand zwischen uns. *Es ist alles gut,* ermahnte ich mich in Gedanken. *Du hast das hier schon tausendmal getan. Warum sollte es diesmal anders sein?*

»Hi!« Das Herz klopfte mir bis zum Hals, als ich mich in gebührendem Abstand neben Will auf die Bank setzte.

»Hi.« Er räusperte sich. »Danke, dass du gekommen bist.«

»Ach, nicht der Rede wert.« Ich winkte ab. »Es war schließlich mein Vorschlag.«

»Stimmt.« Wills Blick war nun aufs Meer gerichtet, er hatte mich kein einziges Mal angesehen, seit ich mich gesetzt hatte.

Wir schwiegen beide eine Weile, während ich nicht wusste, wohin mit meinen Händen. Schließlich legte ich sie auf meine nackten Knie. Fast wie beim Meditieren. Es beruhigte mich sofort.

»Also … die *Giulia?*«, hakte ich vorsichtig nach, als er keine Anstalten machte, etwas zu sagen.

»Ja, richtig …« Will räusperte sich. Er sah mich immer noch nicht an. Sein kühles, distanziertes Verhalten verletzte mich mehr, als ich zugeben wollte. Ich hatte geglaubt, dass letzte Nacht eine Art Durchbruch gewesen wäre. Dass das zerrissene Band zwischen uns, wenn nicht geflickt, dann zumindest neu geknüpft worden war. Doch heute sah es bereits wieder ganz anders aus. Plötzlich überkam mich eine starke Sehnsucht nach der Vergangenheit. Ich wünschte mir für einen Moment, dass alles wieder so wäre wie früher. Dass Will und ich gemeinsam lachten, Geheimnisse teilten, uns nahe waren. Niemand hatte mir je so nahegestanden wie Will. Und zwar den Großteil meines Lebens. Den Verlust dieser Nähe empfand ich auf einmal fast so schmerzhaft, als würde mir ein Körperteil fehlen.

»Die *Giulia* ist stark in die Jahre gekommen.« Will riss mich aus meinen Gedanken. »Die Reparatur ist ziemlich teuer, und

Dad hat entschieden, dass das Boot keinen Nutzen mehr für die Firma hat.« Er seufzte. »Und du weißt ja, wenn etwas in seinen Augen keinen Profit bringt, wird es ausrangiert.« Fast kam es mir vor, als hätte er am Ende noch die Worte »so wie ich« drangehängt, doch ich musste es mir nur eingebildet haben.

Ich seufzte auf. Am liebsten hätte ich Will in den Arm genommen. Ich konnte nur ahnen, wie schwer es ihm fallen musste, mit mir über dieses Thema zu sprechen, da die Firma seiner Familie der Punkt war, der schon immer zwischen uns gestanden hatte.

»Ich kann einfach nicht glauben, dass dein Dad das wirklich durchzieht. Ich meine, wir reden hier von der *Giulia!* Was sagt denn deine Mom dazu?«

Will zuckte mit den Schultern. »Ich habe noch nicht mit ihr gesprochen. Am Ende wird sie sich Dad sowieso unterordnen, wie immer.«

Wenn ich an Wills Mom dachte, dachte ich an hausgemachte Lasagne, ein warmes, liebenswürdiges Lächeln und bunte Schürzen, aber nicht an Durchsetzungskraft. Nach der Hochzeit schien Mrs Fisher sich damit begnügt zu haben, ihrem Ehemann nicht nur ihr Familiengeschäft, sondern auch alle anderen Entscheidungen zu überlassen. Granny Bee hatte mir oft erzählt, dass die Verlobung der beiden damals für großes Aufsehen in unserem kleinen Städtchen gesorgt hatte. Denn damit hatte Wills Dad das Geschäft seines größten Konkurrenten – Wills Grandpa mütterlicherseits – übernommen. Mit der Fusion der beiden Firmen war das größte Tourismusunternehmen unserer Region entstanden – unter der alleinigen Führung von William Fisher senior. Doch wie ich nun wusste, hatte sich dort seit meiner Abreise einiges verändert. Denn mittlerweile saß Will am Schreibtisch seines Vaters.

»Aber hast du nicht wenigstens ein bisschen Mitspracherecht?«, fragte ich. »Schließlich leitest du die Firma schon eine Weile.«

Will schnaubte leise. Er trat gegen ein Steinchen am Boden, das mehrmals über den Gehweg hüpfte und im Sand liegen blieb. »Dad hat immer noch die alleinige Entscheidungsgewalt. Die Firma gehört nach wie vor ihm. Ich bin nur eine Marionette, die die Arbeit erledigt, die er nicht mehr schafft. Und selbst das passt ihm nicht.«

Ich hörte so viel Frust aus seiner Stimme, las in seinen zusammengezogenen Brauen und den zu Fäusten geballten Händen, wie enttäuscht er von seinem Dad war.

»Glaubst du nicht, dass er zu schätzen weiß, was du für ihn und die Firma tust?«

Endlich sah Will mich an. Fast schon widerwillig wandte er sich mir zu. Er hatte dunkle Ringe unter den Augen und rieb sich erschöpft über das Gesicht. Hatte er überhaupt geschlafen, nachdem er mich gestern Abend besuchen gekommen war?

»Willst du wissen, was er mir gestern gesagt hat?«, fragte er, wartete aber keine Antwort ab. »Er hat mir an den Kopf geworfen, ich sei unfähig, die Firma zu leiten. Dass ich früher oder später alles in den Sand setzen werde. Er meinte, es verblüffe ihn, dass ich überhaupt so lange durchgehalten habe, weil …« Er stockte, wandte sich wieder von mir ab. Die nächsten Worte waren kaum mehr als ein raues Flüstern. »… weil ich schwach bin.«

»Oh, Will.« Ich rutschte näher an ihn heran. Am liebsten hätte ich meine Hand auf seine gelegt. Sie befand sich nur noch Millimeter von meinem Bein entfernt. Ich wollte ihn an mich ziehen, ihn trösten. Er war so viel mehr, als sein Vater in ihm sah. So viel mehr, als sein Vater je sein würde. Das war er schon immer gewesen. Denn es brauchte eine ganz besondere innere Stärke, eine ganz andere Art von Mut, immer bedingungslos für andere da zu sein, egal, wie sehr sie einen vor den Kopf stießen. Egal, wie sehr man selbst litt.

Aber wie sollte ich ihm das sagen?

»Und … was hast du ihm geantwortet?«, fragte ich vorsichtig.

Will hatte den Blick wieder starr aufs Meer gerichtet, die von der Sonne beschienenen Wellen funkelten in seinen braunen Augen.

Er schwieg ein paar Atemzüge lang, dann fand sein Blick wieder meinen. Er war nicht mehr weich wie sonst, sondern hart und stechend. Etwas ganz anderes blitzte nun darin auf. Trotz und Entschlossenheit.

»Ich hab ihm gesagt, dass er sich unter diesen Umständen jemand anderen suchen kann, der sich den Arsch für ihn aufreißt.«

Als er »Arsch« sagte, sah er kurz zu Boden wie immer, wenn er fluchte. Angesichts dieser kleinen vertrauten Geste zog sich mein Herz zusammen. Dann trommelte es aufgeregt gegen meine Rippen.

»Du hast was?« Verblüfft riss ich die Augen auf. Täuschte ich mich, oder zuckten seine Mundwinkel plötzlich? »Will Fisher junior, willst du etwa damit sagen, dass du *gekündigt* hast?«

»Sieht wohl so aus.« Ein Lachen brach aus ihm hervor. Es klang, als wäre er selbst überrascht davon. Doch er hörte nicht auf, lachte nur noch mehr.

Ich stimmte mit ein. Es war befreiend. Wir lachten, bis uns Tränen über die Wangen liefen und wir uns nach Luft schnappend die Bäuche hielten.

»Ich habe sogar mit den Händen auf den Schreibtisch geschlagen«, japste Will. »Und dann bin ich einfach … ich bin einfach aus dem Büro gestürmt.«

»O mein Gott«, keuchte ich. »Das hätte ich zu gern gesehen. Ich bin unglaublich stolz auf dich.«

Sobald die Worte meinen Mund verließen, wünschte ich mir, ich könnte sie zurücknehmen. Will erstarrte und sah eilig weg. Von einem Moment auf den anderen hatte sich unsere heitere Stimmung in etwas anderes verwandelt. Etwas Gefährliches. Die Luft schien aufgeladen mit Gefühlen, als würden sich Gewitterwolken über unseren Köpfen zusammenbrauen, die sich jeden Moment über uns entladen würden.

»Ich, äh, ich meine … sorry«, murmelte ich. »Ich weiß nicht, ob ich das Recht habe, stolz auf dich zu sein.«

Ich warf ihm einen unsicheren Seitenblick zu. Er wischte sich die letzte Lachträne von der Wange. Dann wandte er sich mir mit einer bemüht neutralen Miene zu. »Ist schon okay. Du darfst ruhig … stolz sein.« Es kostete ihn sichtliche Überwindung, die nächsten Worte auszusprechen. »Ich bin auch irgendwie … stolz auf mich.«

23 Will

»Ich bin auch … irgendwie stolz auf mich.« Die Worte purzelten mir von der Zunge, bevor ich sie zurückhalten konnte. So etwas hatte ich noch nie laut ausgesprochen. Noch nie gefühlt. Es hatte mich einfach so überkommen. Der Moment war so … vertraut gewesen. Das gemeinsame Lachen. Die Ausgelassenheit. Die Harmonie zwischen uns. Für einen Augenblick hatte es sich angefühlt, als würde ich nach Hause kommen. Warm. Geborgen. Geliebt.

Ich schüttelte den Kopf, um diese absurden Gedanken zu vertreiben. »Ich, äh …« Ich lachte verlegen und kratzte meine stoppelige Wange. Livs Blick folgte meinen Fingern und blieb an meinem Bart hängen. Sie saugte gedankenverloren an ihrer Unterlippe. Mein Körper hatte eine ganz eindeutige Reaktion darauf.

Vorsicht! Gefährliches Terrain!

Ich überlegte fieberhaft, wie ich mich aus diesem Gefühlsschlamassel herausmanövrieren sollte. Schon öffnete Liv den Mund, um etwas zu erwidern. Sie schien ergriffen zu sein, knetete ihre Hände im Schoß. Natürlich wusste sie, was es mich für eine Überwindung kostete, etwas Derartiges über mich selbst zu äußern. Aber ich wollte das jetzt auf keinen Fall vertiefen.

»Wie geht's eigentlich deiner Granny?«, platzte es aus mir heraus, bevor sie etwas sagen konnte. Das war ein unverfängliches Thema. »Tut mir echt leid, dass ich euch gestern so spät gestört habe.«

Liv blinzelte verdutzt, hatte sich aber schnell wieder gefangen. »Ach, mach dir deswegen keine Gedanken. Wir waren ja beide noch wach.«

Als ich an den gestrigen Abend dachte, an Liv, die in dem weiten Flattertop ohne BH und meiner Jogginghose vor mir gestanden hatte, sammelte sich ein warmes Gefühl in meinem Magen. Es wurde heißer, rutschte tiefer, bis ich am liebsten aufgestanden und ins Meer gesprungen wäre, um mich abzukühlen.

»Granny geht es schon viel besser«, fuhr Liv fort. »Sie braucht nur noch eine Krücke, um zu laufen. Der Gips kommt bald ab.«

»Das freut mich zu hören. Dann … reist du bald wieder ab? Oder möchtest du trotzdem bleiben?«

Mist, warum hatte ich das unbedingt fragen müssen? Ich wollte nicht, dass sie wusste, wie wichtig mir ihre Antwort war. Wie viel es mir bedeutete, sie wieder hier zu haben. Was, wenn Liv tatsächlich demnächst wieder abreiste? Was, wenn ich sie nie wiedersah? Der Gedanke vertrieb die Hitze augenblicklich, sodass nur noch ein flaues Gefühl zurückblieb.

»Ich …« Sie nagte zögernd an ihrer Unterlippe. »Na ja, es ist ja nicht so, als hätte ich irgendwo einen Job in Aussicht oder so. Um ehrlich zu sein, weiß ich nicht recht, wie es jetzt weitergeht.«

»Verstehe.« Ich runzelte die Stirn. »Du hast Internationale Menschenrechte studiert, richtig?«

»Ja, zuerst zwei Semester in Genf, dann an der Universität Malmö in Schweden. In der Schweiz war es einfach zu teuer.« Sie lachte leise über einen Insiderwitz, den ich nicht verstand.

»Nebenbei habe ich für Non-Profit-Organisationen gearbeitet, vor allem im PR-Bereich. So was könnte ich mir auch in Zukunft richtig gut vorstellen.«

Nun leuchteten ihre Augen. Liv war ganz in ihrem Element. Und ich wollte nicht, dass sie aufhörte. So delikat dieses Thema auch war, so sehr ich während ihrer tollen Zeit an europäischen Universitäten gelitten hatte, wollte ich alles darüber wissen.

»Möchtest du denn hier nach Jobs Ausschau halten oder … im Ausland?«

»In letzter Zeit habe ich immer öfter darüber nachgedacht, dass ich gern in Kanada bleiben würde.«

Vor Überraschung zog ich die Augenbrauen hoch. Mein Herz flatterte plötzlich wie eine wild gewordene Libelle.

»In den letzten vier Jahren war ich immer unterwegs«, fuhr Liv fort. »Während der Semester habe ich so viel gespart wie möglich, um in den Ferien zu reisen. Es war wirklich toll, aber … auch ziemlich anstrengend.«

Wieder wollte ich nicht, dass sie aufhörte, dass ihr Leuchten nachließ. Ich erinnerte mich nur zu gut an die riesige Weltkarte in ihrem alten Zimmer. Sie war voller Nadeln, die die Städte und Länder markierten, die Liv unbedingt hatte bereisen wollen. »Wo warst du denn überall?«

»Ich war in *Indien,* Will«, rief sie aufgeregt, nun ganz in ihrem Element.

Ich lächelte. Sie hatte sich ihren größten Traum erfüllt. »Echt? Hast du dort Yoga gemacht, wie du immer vorhattest?«

»Ja!« Und schon sprudelte sie los.

Ich lauschte gespannt, während ich sie lächelnd beobachtete. Sie hatte immer Yoga-Unterricht in Indien nehmen wollen. Auf Bali mit einem Tuk-Tuk fahren. Den Machu Picchu besteigen. Das waren *ihre* Träume gewesen, aber nie meine. Und am Ende hatte sie diese Träume mir vorgezogen. Merkwürdigerweise versetzte mir der Gedanke keinen schmerzhaften Stich mehr wie sonst. Kam das vielleicht, weil Livs Augen so sehr leuchteten, wenn sie von ihren Reisen erzählte? Lag es an dem Enthusiasmus, mit dem sie von ihren Erlebnissen berichtete? Es machte mich irgendwie … glücklich, sie so zu sehen.

Gleichzeitig wünschte ich mir, ich hätte ebenso schöne Sachen zu erzählen. Ich ertappte mich dabei, wie ich mir vorstellte, ich hätte all diese Dinge zusammen mit Liv erlebt. Das war ein ganz neuer Gedanke. Vollkommen fremd. Und doch irgendwie aufregend. Er überraschte mich so sehr, dass ich beinahe meinen Einsatz verpasst hätte, als Liv den Bericht ihrer Indienreise abschloss.

»Das klingt wirklich toll, Liv. Echt. Ich freue mich, dass du so eine schöne Zeit hattest«, beeilte ich mich zu sagen.

Sie wurde schlagartig ernst, warf mir einen prüfenden Blick zu. Dann sah sie zu Boden, malte mit einem nackten Zeh Kreise in die dünne Sandschicht auf dem Gehweg.

»Will, hör mal …« Sie schob sich eine Strähne hinters Ohr, wuschelte sich jedoch gleich darauf durchs Haar, um ihre Ohren zu verdecken. »Ich möchte nicht, dass du denkst, ich wäre einfach gegangen und hätte die Zeit meines Lebens gehabt. Hätte nie zurückgeschaut.« Sie schluckte schwer, und ich konnte nicht anders, als den Atem anzuhalten. »Für mich war es auch nicht leicht«, fügte sie zögerlich, fast schon scheu, hinzu.

Und da war er. Ein flüchtiger Blick auf die echte Liv, die Unverstellte, die Natürliche, die Ehrliche.

Ich antwortete nicht. Meine Kehle war so eng, dass ich kein Wort herausbekommen hätte. Ich begegnete ihrem ernsten Blick und nickte stumm.

Sie sah mir eine Weile in die Augen, schien darin nach etwas zu suchen. Ich hoffte, dass sie die Aufrichtigkeit darin erkannte. »Danke, dass du mir das gesagt hast.«

Ein zaghaftes Lächeln breitete sich auf ihrem Gesicht aus, und sie nickte, als hätte sie die Antwort auf eine unausgesprochene Frage erhalten.

Ein angenehmes Schweigen trat ein, während wir uns tief in die Augen sahen. Ihr intensiver Blick zog mich zu ihr, lud mich ein, ihr endlich wieder näher zu kommen.

Doch gerade als ich an sie heranrücken wollte, warf Liv theatralisch die Hände in die Luft. »Und schau mich an, ich habe sogar letztes Jahr graue Haare bekommen.« Sie lachte eine Spur zu unbeschwert und deutete auf ihre blonde Mähne.

Keine Spur von Grau.

»Unmöglich!« Meine Antwort kam eine verblüffte Sekunde zu spät. Mit ihrem uneleganten Versuch, das Thema zu wechseln, hatte sie mich nun vollends verwirrt. Oder hatte ich ihr Verhalten falsch gedeutet?

»Doch, ehrlich! Wenn du genau hinsiehst, wirst du sie entdecken.« Liv nahm ein paar Strähnen in die Hand und hielt sie mir hin.

Als ich mich zu ihr rüberbeugte, stieg mir ihr Geruch nach Hubba Bubba, Heu und Honig in die Nase. Es war wie ein Flashback, ein Hammerschlag, der mich voll auf die Brust traf und umgeworfen hätte, wenn ich mich nicht an der Bank festgeklammert hätte. Das unebene Holz schnitt mir in die Handflächen, aber der Schmerz war willkommen.

»In deinem Blond sind sie kaum zu erkennen«, brachte ich mühsam hervor. Meine Stimme klang rau und kehlig. Ich räusperte mich unbehaglich. Das alles fühlte sich auf einmal viel zu vertraut an. Viel zu sehr wie früher – auch wenn ich mir das doch eigentlich gewünscht hatte. Aus Livs Verhalten wurde ich einfach nicht schlau. Ich musste schleunigst Abstand zwischen uns bringen, bevor ich noch etwas Dummes tat. Das Meer sah plötzlich wieder sehr einladend aus.

Ich rutschte so unauffällig wie möglich von Liv ab, doch sie bemerkte es. Ihre fröhliche Fassade fiel in sich zusammen. Sie wirkte verletzt, hatte die Brauen zusammengezogen, die Unterlippe vorgeschoben. Doch sie hatte sich schnell wieder unter Kontrolle, lächelte mich an und zuckte mit den Schultern. »Du weißt doch, dass meine Mom schon Mitte zwanzig grau wurde. Hab ich wohl von ihr geerbt.«

»Scheint so«, nuschelte ich und starrte aufs Meer.

Da vergrub Liv doch tatsächlich eine Hand in meinen Locken, wie sie es früher oft getan hatte, und zog leicht daran. »Deine Haare sind so lang geworden.«

Ich unterdrückte ein überraschtes Keuchen. »Ja, äh … ich muss sie dringend mal wieder schneiden lassen. Bin in letzter Zeit einfach nicht dazu gekommen.«

»Verständlich.« Erst in diesem Moment schien ihr klar zu werden, was sie da tat, und sie zog die Hand zurück, als hätte sie sich an mir verbrannt.

Verlegen blickten wir beide aufs Meer, zwischen uns tat sich plötzlich ein tiefer Krater auf, der unüberwindlich schien. Trotzdem empfand ich den starken Drang, Anlauf zu nehmen und drüber zu springen. Die Distanz zwischen uns endlich zu überbrücken.

Egal, wie oft wir einander umtänzelten, egal, wie sehr wir uns bemühten, die andere Person nicht noch mehr zu verletzen, die alte Vertrautheit zwischen uns bahnte sich immer wieder einen Weg an die Oberfläche. Unaufhaltsam. Lästig. Wunderschön.

»Also, um noch mal auf die *Giulia* zurückzukommen …«, begann Liv.

Am liebsten hätte ich erleichtert geseufzt, weil sie es schaffte, das Gespräch wieder in eine unverfängliche Bahn zu lenken. »Du hast wirklich gekündigt? Und wie soll es jetzt weitergehen?«

»Na ja … offiziell habe ich nicht gekündigt. Aber ich werde auch nicht zurückgehen, meine Arbeit machen und so tun, als wäre nichts passiert. Ich muss einen Weg finden, die *Giulia* zu retten.«

»Kannst du sie deinem Dad nicht abkaufen?«

Ich zog nachdenklich die Brauen zusammen. »Schon, aber das Problem ist, dass ich nicht mal eben mehrere Tausend Dollar herumliegen habe. Die Reparaturkosten kommen ja auch noch dazu.«

»Hm, okay. Vielleicht könnt ihr ja einen Kompromiss eingehen? Du zahlst die Reparaturkosten und nimmst deinem Dad das Boot für einen niedrigen Preis ab.«

»Das könnte funktionieren. Er hat sowieso gesagt, dass er nicht mehr viel für sie bekommen würde. Und den Großteil der Reparaturen könnte ich selbst erledigen. So habe ich den Preis bei Jimmy drücken können.«

»Dann solltet ihr einen ordentlichen Kaufvertrag aufsetzen, damit alles seine Richtigkeit hat. Nicht dass dein Dad irgendwann auf die Idee kommt, doch noch Profit aus der *Giulia* zu schlagen.«

Ich grinste. »Du kennst meinen Dad einfach zu gut.«

Liv grinste zurück. »Und ich habe in Schweden ein paar Jurakurse belegt. Jetzt musst du deinen Dad nur noch von der Idee überzeugen.«

»Ich glaube, das dürfte nicht allzu schwierig werden. Wenn ich ein paar Wochen nicht in der Firma arbeite, wird er schon merken, dass er das nicht mehr allein schafft. Er braucht mich, auch wenn er sich das nicht eingestehen will.«

»Also willst du es wirklich durchziehen? Du weigerst dich, zu arbeiten, bis er dir entgegenkommt?«

Diese Vorstellung verursachte ein nervöses Kribbeln in meinem Bauch. Ich atmete einmal tief durch. »Ja, ich denke, dass ich bereit dazu bin, meinem Dad endlich die Stirn zu bieten.«

Liv grinste noch breiter. Sie nickte anerkennend, ihre Hand bewegte sich auf der Bank unmerklich auf meine zu. »Gut, dann müssen wir uns nur noch überlegen, wie du das Geld aufbringen sollst.«

»*Wir?*« Überrascht sah ich sie an.

»Natürlich. Du glaubst ja wohl nicht, dass ich dich im Kampf um die *Giulia* alleinlasse.«

Das nervöse Kribbeln breitete sich von meinem Bauch in meinen ganzen Körper aus, prickelte auf meinen Wangen, die plötzlich ganz heiß waren.

Ich hielt Liv meine ausgestreckte Hand hin. »Deal.«

Zögernd legte sie ihre Hand in meine und schüttelte sie. »Deal.«

24 Liv

Die nächsten Tage zogen wie im Rausch an mir vorbei. Ich hatte es getan. Ich hatte Kontakt zu Will aufgenommen, und es hatte nicht in einer Katastrophe geendet. Nun fühlte ich mich jedes Mal, wenn mein Handy vibrierte, wie eine pubertierende Jugendliche.

Will und ich schrieben uns fast täglich. Dabei hielten wir uns zwar hauptsächlich an mögliche Pläne, wie wir das Geld für die *Giulia* beschaffen sollten, aber zwischendrin blieb auch Zeit für sinnfreies Geplänkel, was mich regelmäßig zum Grinsen brachte.

Granny Bee beäugte mich misstrauisch, wann immer ich vor mich hin summend durchs Haus lief. »Deine Fröhlichkeit ist ja nicht auszuhalten«, grummelte sie, nachdem ich den Bienen im Garten eine schmetternde Version von Disneys *Let it go* vorgesungen hatte und summend zurück ins Haus kam.

»Du meinst wohl eher, dass sie ansteckend ist, oder?«, fragte ich mit einem verschmitzten Lächeln und legte eine Hand um ihre Taille. Im nächsten Moment wirbelte ich sie auch schon durchs Wohnzimmer, wie Grandpa es früher mit ihr getan hatte.

»Ich habe ein gebrochenes Bein, Kind«, beschwerte sie sich halbherzig, konnte sich aber ein Lachen nicht verkneifen, als ich von ihr wegtänzelte und mich unter ihrem Arm hindurchdrehte.

»Wie bitte, Granny? Ich kann dich nicht hören«, flötete ich und trällerte ihr dann lautstark *Singing in the rain* ins Ohr.

Wir tanzten so lange lachend und singend durchs Wohnzimmer, dass ich mein Handy nicht vibrieren hörte. Erst als ich mich schnaufend aufs Sofa fallen ließ und Granny in die Küche humpelte, um Limonade zu holen, sah ich die neuen Nachrichten.

Gestern hab ich die Giulia aus der Werft geholt. 😊 Die wichtigsten Reparaturen wurden gemacht. Hab direkt vor Ort bezahlt. Den Rest schaffe ich selbst.

Juhuuu! Das ist toll! Woher hattest du das Geld?

Hab mein Sparschwein geköpft. 😉 Jimmy hat mir einen Sonderpreis gegeben.

😊

Die anderen kommen morgen, um mir beim Streichen zu helfen.

Es folgten drei Punkte, die mir anzeigten, dass er noch schrieb. Eine gefühlte Ewigkeit starrte ich auf das Display und wartete. Die drei Punkte verschwanden, tauchten wieder auf, dann verschwanden sie wieder. Endlich wurde die neue Nachricht angezeigt, viel zu kurz, als dass Will so lange gebraucht haben konnte, um sie zu tippen.

Möchtest du auch kommen?

Ich schnappte mir ein Sofakissen und quietschte hinein, bevor ich mit einem breiten Grinsen antwortete.

Ja, gern.

Als ich am nächsten Tag zu dem kleinen Hafen außerhalb der Stadt kam, wo einige private Boote vor Anker lagen, entdeckte ich die *Giulia* schon von Weitem. Stolz lag sie im Wasser, reckte ihre zwei Masten hoch in den Himmel, wiegte sich sanft hin und her. Ihre Segel waren eingerollt, es ging kaum ein Lüftchen. Die Sonne brannte erbarmungslos vom Himmel, der Sommer hatte seinen Höhepunkt erreicht.

Im Näherkommen machte ich auf dem Deck eine Bewegung aus. Mit einer Hand schirmte ich die Augen ab, um zu sehen, ob die anderen schon eingetroffen waren. Seit dem Wochenende im Haus von Wills Eltern hatte ich die Crew nicht mehr zu Gesicht bekommen. Nur einmal hatte ich mich mit Ellie zum Kaffee getroffen.

Als ich erkannte, wer oben ohne auf dem Deck kniete und mit langen, kraftvollen Bewegungen das Holz abschliff, blieb mir die Luft weg.

Will trug nur seine ausgeblichenen blauen Schwimmshorts. Er kniete mitten in der Sonne, sein nackter Oberkörper glänzte vor Schweiß. Die Muskeln in seinen Armen, seinem Rücken und seiner Brust waren angespannt, unermüdlich glitten seine Hände vor und zurück über das Holz. Ich konnte den Blick nicht von ihm lassen. Vor Anstrengung hatte er die Brauen zusammengezogen und saugte an seiner Unterlippe. Eine braune Locke war ihm in die Stirn gefallen, und er wischte sich über das Gesicht.

Etwas Heißes schoss durch meinen Unterleib, und ich blieb mitten auf dem Steg stehen. Als einer der besten Hockeyspieler unserer Highschool war Will schon immer durchtrainiert gewesen, auch wenn er sich nie viel daraus gemacht hatte. Doch in den letzten Jahren hatte er eindeutig noch eine Nummer draufgelegt.

Ich schluckte und setzte langsam einen Fuß vor den anderen, während ich meine Augen nicht von seinen glänzenden Rückenmuskeln lassen konnte.

Da stieß jemand gegen meine Schulter, und ich taumelte mit einem leisen Aufschrei zur Seite. »Hey, Liv … oh, *shit!*« Blake hielt mich gerade noch fest, bevor ich ins Wasser stürzte. »Sorry, ich wollte dich nicht erschrecken.«

Ich sah in sein zerknirschtes Gesicht und spürte, wie meine Wangen heiß wurden. Ich war so sehr auf Will fixiert gewesen, dass ich ihn nicht hatte kommen hören.

Als ich mich umdrehte, wuchs meine Scham ins Unermessliche, da Fiona, Ellie, Marly, Rachel und Jack direkt hinter uns warteten. Als Blake mich losließ, fühlten sich meine Beine wie Wackelpudding an.

»Das war aber knapp.« Marly zog mich zur Begrüßung in eine Umarmung. »Alles in Ordnung, Liv?«

»Ja«, murmelte ich kleinlaut. »Ist ja noch mal gut gegangen.«

Die anderen gingen im Gänsemarsch an Blake und mir vorbei, wobei mich alle ebenso herzlich begrüßten wie Marly – selbst Fiona, was mich überraschte.

Schließlich überließ Blake mir mit einer galanten Geste den Vortritt. »Ich bleibe lieber hinter dir. Dann kann ich sofort reagieren, falls du noch mal abgelenkt wirst … äh, ich meine, das Gleichgewicht verlierst.« Vielsagend sah er zum Boot, wo Will sich aufgerichtet hatte und den anderen zuwinkte. Ich ertappte mich dabei, dass mein Blick viel zu lange auf seinem nackten Oberkörper verharrte, und wandte mich eilig ab. Frech streckte ich Blake die Zunge raus, bevor ich mich an ihm vorbeischob.

»Wir bitten um Erlaubnis, an Bord zu kommen, Captain«, rief Jack zum Boot hinauf.

»Erlaubnis gestattet«, kam es von Will zurück.

Wir zogen unsere Schuhe aus und legten sie in den Korb, der auf dem Landungssteg bereitstand. Barfuß kletterte ich hinter den anderen her auf die *Giulia.* Als Will uns begrüßte, bemühte ich mich, ihn nicht zu offensichtlich anzustarren. Er machte keinerlei Anstalten, sich etwas anzuziehen. Sein Anblick machte mich ganz kribbelig. Konnte er sich nicht wenigstens ein T-Shirt überstreifen? Aber wenn ich ehrlich war, wollte ich das gar nicht.

Da er so verschwitzt war, hob er abwehrend die Hände, als Fiona ihn umarmen wollte. Er wich tänzelnd zurück und wäre fast in Blake hineingelaufen. Blake rümpfte demonstrativ die Nase. »Du bist eindeutig schon ein paar Stunden in der Sonne gereift.«

»Ich springe nachher mal ins Wasser«, antwortete Will zerknirscht.

»Oder wir schmeißen dich jetzt gleich rein.« Blake deutete einen Tackle an, dem Will jedoch mühelos auswich. Mit seinen nackten Füßen bewegte er sich so wendig und sicher auf den Holzbohlen der *Giulia,* als wäre er auf dem Segelboot geboren worden.

Mir ging es ähnlich. Sobald meine Fußsohlen die von der Sonne gewärmten Planken berührten, durchfuhr mich ein wohliges Schaudern. Schon wieder dieses Gefühl von Heimat. Tausend Erinnerungen schossen mir durch den Kopf. Will am Steuer und ich am Bug, den Fahrtwind im Gesicht. Will und ich beim Nacktbaden vor Anker in unserer geheimen Lieblingsbucht. Will und ich unter einer Decke aneinandergeschmiegt, während wir den Sternenhimmel über uns betrachteten.

»Und, wie läuft's, Will?« Jack riss mich aus meinen Erinnerungen. »Sieht aus, als wärst du schon richtig gut vorangekommen.«

Will nickte. »Gestern und heute Morgen hab ich alles abgeschliffen, wir können direkt mit dem Streichen loslegen.« Er deutete auf mehrere Eimer und Pinsel, die am Bug bereitstanden. Sein Blick streifte mich flüchtig, und er schenkte mir ein scheues Lächeln, bei dem mir noch wärmer wurde. »Schön, dass ihr alle gekommen seid.«

Zum Streichen trug ich meine älteste Leinenshorts, die nach einem Holi-Festival in Indien nie sauber geworden war. Der Stoff sah nun aus, als wäre er mit Pastellfarben gebatikt worden, was mir gut gefiel. Dazu trug ich mein Bikinioberteil und darüber ein Top, das ich an der Taille zusammengeknotet hatte, sodass ein Streifen nackter Haut sichtbar war. Trotz des wenigen Stoffs war mir jetzt schon heiß.

Will reichte Sonnencreme mit hohem Lichtschutzfaktor herum. Als er zu Rachel kam, küsste sie ihn zur Begrüßung neckisch auf die Wange und wuschelte ihm durchs Haar. Ich wandte den Blick ab. Der vertraute Umgang der beiden versetzte mir immer noch einen Stich. Plötzlich fand ich mich einmal mehr in dem Bett im Ferienhaus wieder, wo ich nach dem Abend im Club stundenlang auf Rachel gewartet hatte, während sie bei – und mit – Will geschlafen hatte. Eine der schlimmsten Nächte meines Lebens.

»Ich geh mal eben auf die Toilette«, verkündete ich unbehaglich und öffnete eilig die Klappe zu der Treppe, die unter Deck führte.

Auf den Stufen musste ich den Kopf einziehen und fand mich kurz darauf in dem kleinen Raum mit Kochnische und Holztisch wieder. Der vertraute Geruch nach Holz, Meersalz und Will stieg mir in die Nase, und ich sog ihn tief in mich auf.

Langsam drehte ich mich einmal um mich selbst, wobei Erinnerungen wie Nebelfetzen um mich herumwaberten.

Will, der lachend am Herd stand und kochte. Wir beide am Tisch, als ich ihm eine Gabel von meinem Couscous in den Mund schob und er das Gesicht verzog. Wie ich nackt mit dem Rücken auf der Tischplatte lag und leise seufzte, während Will zwischen meinen gespreizten Beinen kniete …

Als mein Blick auf die Tür dahinter fiel, wandte ich mich rasch ab. Im angrenzenden Zimmer befand sich ein Bett, das beinahe den gesamten winzigen Raum einnahm. Ein Bett, das mir vertrauter war als mein eigenes in Granny Bees Haus. Ich ließ die Tür zu und schob ihr in Gedanken einen Riegel vor, denn dahinter befanden sich noch viel mehr Erinnerungen, für die ich mich nicht gewappnet fühlte. Stattdessen wandte ich mich der zweiten Tür zu, hinter der die Toilette lag.

Der Nachmittag zog schnell dahin. Wir waren alle mit Streichen beschäftigt. Der penetrante Geruch des Bootlacks lag in der Luft, vermischt mit dem salzigen Duft der See und der Sonnencreme auf meiner Haut. Blake hatte seine Bluetooth-Box mitgebracht und ließ seine Spotify-Playlist laufen, wobei er und Fiona immer wieder lautstark mitsangen.

Nach ein paar Stunden Arbeit traute ich mich endlich, mich beim Streichen unauffällig neben Will zu platzieren. Ich kniff die Lippen zusammen und versuchte, seine glänzenden, braun gebrannten Armmuskeln nicht zu offensichtlich anzustarren. Als er in die Hocke ging, rutschten seine Shorts hoch, sodass die hellere Haut seiner Oberschenkel darunter zum Vorschein kam. Diesen Sommer hatte er sich wohl noch nicht in unserer geheimen Bucht gesonnt. Ich musste ein Lächeln unterdrücken.

Das Herz schlug mir bis zum Hals, als ich meinen ganzen

Mut zusammennahm und mit meinem Pinsel bewaffnet noch ein Stück näher an ihn heranrutschte. »Hey! Die *Giulia* sieht super aus. Wirklich beeindruckend, was du in der kurzen Zeit geschafft hast.«

Will drehte sich zu mir um. Sein überraschter Gesichtsausdruck wurde schnell von einem Lächeln abgelöst. »Danke. Daran bist du ja nicht ganz unbeteiligt.«

»Ach was, ich war bloß da, als du die Idee hattest.«

Er schnaubte. »Sei nicht immer so bescheiden.« Sobald die Worte raus waren, riss er die Augen auf, als hätte er etwas völlig Unangebrachtes gesagt. Fast hätte ich angesichts seiner Erschrockenheit gelacht. Wir fielen so mühelos in vertraute Muster zurück. Es war mir gar nicht in den Sinn gekommen, dass er mir mit seiner Aussage zu nahe treten könnte.

»Sagt der bescheidenste Mensch, den ich je getroffen habe«, konterte ich und stieß ihn mit der Schulter an. Vor Schreck verlor Will doch tatsächlich das Gleichgewicht, fing sich aber gerade noch, bevor er über Bord ging.

»Manche Leute finden ja, dass Bescheidenheit keine Tugend, sondern immer der versteckte Wunsch nach Bauchpinselei ist«, antwortete er grinsend.

»Ach ja? Manche Leute können mich mal.«

Er lachte.

Ich lachte.

Der Moment war so perfekt wie früher.

Als ich mich umdrehte, um meinen Pinsel in den Lackeimer zu tauchen, fing ich Fionas Blick auf. Sie sah rasch weg, doch es war offensichtlich, dass sie uns beobachtete. Darüber, was das zu bedeuten hatte, wollte ich lieber nicht nachdenken.

»Hast du schon mit deinem Dad gesprochen?«, fragte ich Will so unbeschwert wie möglich, während ich weiter die Holzbohlen strich.

»Nein, ich will erst mit Mom reden. Ich glaube, sie kann ihn dazu bringen, mein Angebot anzunehmen.«

Meine Augenbrauen schossen in die Höhe. »Wirklich? Deine Mom würde sich einmischen?«

Will schmunzelte angesichts meiner Verblüffung. »Ja, wirklich. Ich habe dir doch gesagt, dass sich hier einiges verändert hat, seitdem du … seit du …«

»Will.« Ich legte ihm eine Hand auf den Arm. Seine Haut fühlte sich warm unter meinen Fingern an, die Muskeln hart und fest. »Es ist in Ordnung. Du darfst es aussprechen. Ich war weg. Jetzt bin ich wieder da. Es ist nicht schlimm, wenn du das sagst. Es hat ja nicht so viel Gewicht wie *Valar Morghulis* oder so.«

Als ich *Game of Thrones* erwähnte, hellte sich seine Miene sofort auf. »Okay, ich … muss mich wohl immer noch daran gewöhnen. Dich jetzt öfter zu sehen, meine ich.« Sein Blick lag auf meiner Hand an seinem Arm.

Ich nahm sie rasch weg und verkniff mir ein Grinsen. »Ich mich auch. Dich jetzt wieder öfter zu sehen, meine ich.«

Er hielt kurz in seiner Arbeit inne, um mich anzulächeln, sodass mein Herz einen Salto schlug. Wieder spürte ich Fionas Blick auf uns, doch als ich mich umdrehte, war sie in ein angeregtes Gespräch mit Marly vertieft. Stirnrunzelnd wandte ich mich erneut meiner Arbeit zu. Will schien unsere Konversation allerdings noch nicht beenden zu wollen. »Hast du eigentlich irgendwelche *Game-of-Thrones*-Drehorte in Europa besucht?«, fragte er.

»Na ja, die sind ja in verschiedenen Ländern verstreut, und ich konnte immer nur in den Semesterferien reisen …« Ich machte ein theatralische Pause, und er hob gespannt die Brauen. »Aber ja, ich habe einiges in Spanien gesehen. Zum Beispiel die Drehorte der Großen Septe von Baelor, Königsmund und Drachenstein.«

Ihm fielen fast die Augen aus dem Kopf. »Erzähl!«

Wir unterhielten uns eine lange Weile über eins seiner absoluten Lieblingsthemen, während wir nebeneinander das Boot strichen, das uns beiden so sehr am Herzen lag. Wills warme Präsenz neben mir, seine tiefe, vertraute Stimme, sein sexy Geruch nach Männerschweiß, sonnengeküsster Haut und herbem Deo versetzten mich in Hochstimmung.

Als wir schließlich eine Pause einlegten, reichte er eisgekühltes Bier und Zitronenlimonade herum. Ellie hatte einen puerto-ricanischen Snack mitgebracht, den sie *Barriguitas de Vieja* nannte. Es handelte sich um würzige frittierte Küchlein, die mit Puderzucker bestreut waren.

Blake ließ sich schnaubend auf die frisch gestrichenen und bereits von der Sonne getrockneten Holzbohlen fallen. »Ich bin am Ende. Morgen hab ich bestimmt überall Muskelkater.«

»Das kommt nur, weil du nicht mehr in Form bist«, sagte Jack streng, nahm ihm das Bier aus der Hand und tauschte es gegen ein Glas Limonade.

Blake warf ihm zwar einen bitterbösen Blick zu, gab sich aber mit dem eisgekühlten Getränk zufrieden. Das überraschte mich, da er sonst keine Gelegenheit auszulassen schien, um Alkohol zu trinken. Mir war allerdings nicht entgangen, dass er Rachel im Laufe des Nachmittags immer wieder eindringliche Blicke zugeworfen hatte. Wollte er einen guten Eindruck auf sie machen? Ich konnte jedoch nicht recht deuten, warum. Wahrscheinlich lag es nur an ihrem knappen Einteiler, dessen Stoff so dünn war, dass darunter ihr neonfarbener Bikini durchschimmerte. Wenigstens hatte sie bisher die Finger von Will gelassen und fleißig mitgeholfen. Gerade legte sie besagten Einteiler ab und machte sich daran, die Leiter an der Außenwand der *Giulia* herunterzuklettern. »Ich geh mich mal ein bisschen abkühlen. Kommst du mit schwimmen, Marly?«

Blake starrte mit offenem Mund, als Rachel ein Bein über die Leiter schwang. Er kaschierte es rasch mit einem großen Schluck Limonade. Ja, zwischen den beiden war definitiv etwas vorgefallen.

»Komme gleich nach!« Marly gab Jack einen Kuss und entschuldigte sich unter Deck, um sich ihre Schwimmsachen anzuziehen.

»Hier ist das Wasser nicht ganz so sauber«, warnte Will. »Zu viele Boote.«

»Macht nichts«, antwortete Rachel. »Wir schwimmen einfach weiter raus.« Schon ertönte ein Platschen, als sie sich von der Leiter ins Wasser gleiten ließ.

Genüsslich streckte ich meine Beine aus und lehnte den Rücken an die Reling. Ich blickte zum blauen Himmel auf, an dem keine einzige Wolke zu sehen war, und verfolgte den Flug einiger Möwen. Meine Muskeln waren angenehm schwer von der getanen Arbeit, und ich beugte meinen Nacken hin und her, der daraufhin leise knackte. Heute Abend stand definitiv eine Runde Yoga auf dem Programm.

Zu meiner Überraschung setzte sich Fiona neben mich und reichte mir ein Glas Limo. »Äh, danke.« Ich warf ihr einen argwöhnischen Blick zu.

Sie stieß mich mit der Schulter an. »Echt cool, dass du heute auch zum Streichen gekommen bist.«

Ich blinzelte verwundert, doch meine Mundwinkel hoben sich wie von selbst. »Ja, die *Giulia* bedeutet mir auch sehr viel.«

»Weiß ich doch. Ich habe gehört, dass du es warst, die Will auf die Idee gebracht hat, sie seinem Dad abzukaufen.«

Ich nickte, immer noch verblüfft von ihrer Redseligkeit. Was hatte dieser plötzliche Sinneswandel zu bedeuten?

»Außerdem hat Will erzählt, dass du vielleicht vorhast, länger zu bleiben?« Es klang mehr wie eine Frage als eine Feststellung.

Ich stellte mein Glas auf dem Boden ab, zog die Beine an den Bauch und schlang meine Arme um die Knie. »Ja, ich denke, ich werde mich in Kanada auf Jobsuche begeben. Granny Bee braucht mich hier mehr, als ich dachte und … na ja … *ihr* seid hier.« Ich sah Fiona direkt in die Augen und machte eine ausholende Armbewegung über das Deck, wo Marly, die nun einen Bikini trug, Jack mit weißer Farbe bespritzte, um ihn auch zum Schwimmen zu bewegen, während Ellie und Will sich unterhielten und Blake über die Reling zu Rachel hinunterspähte.

Zu meiner großen Überraschung legte Fiona eine Hand auf meine Schulter. Täuschte ich mich, oder waren ihre Augen leicht feucht geworden? »Das freut mich sehr zu hören, Liv.« Sie räusperte sich. »Du … hast mir nämlich echt gefehlt.«

Meine Kehle zog sich zusammen, und meine Augen brannten auf einmal. »Du mir auch«, presste ich hervor.

Fiona drückte meine Schulter, und ich hatte das Gefühl, als würde sich eine Fessel, die mein Herz viele Jahre umschlossen hatte, langsam lösen. Erleichtert stieß ich die Luft aus.

Grinsend bohrte Fiona mir ihren Ellbogen in die Seite. »Fast vier Jahre, Miss Wright«, tadelte sie mich streng. »So lange hast du mich hängen lassen.«

»Ich weiß«, gab ich zähneknirschend zurück.

Im ersten Jahr nach meiner Abreise waren wir noch sporadisch in Kontakt geblieben, bis die gelegentlichen Skype-Anrufe und WhatsApp-Nachrichten immer weniger geworden waren. »Tut mir echt leid, Fi. Es war alles so verwirrend und neu und … auch schmerzhaft, an zu Hause erinnert zu werden.«

»Ich verstehe.« Fionas Blick wanderte zu Will. »Er war wohl nicht der Einzige, der die Trennung schwergenommen hat, was?«

»Nein«, murmelte ich. Während unserer Skype-Gespräche hatten Fiona und ich es strikt vermieden, über Will oder unser

Beziehungsaus zu sprechen, doch ich hatte immer das Gefühl gehabt, dass dieses Thema zwischen uns gestanden und dass Fiona mir deswegen stumme Vorwürfe gemacht hatte. Einer der Gründe, warum der Kontakt mit ihr mir oft Bauchschmerzen bereitet hatte – bis er ganz abgebrochen war.

»Du weißt, dass er am Wochenende *keinen* Sex mit Rachel hatte, oder?«

Fast hätte ich die Limonade ausgespuckt, von der ich gerade getrunken hatte. »Bitte was?«

»Rachel und Will ... zwischen den beiden ist nichts gelaufen. Na ja, außer der Knutsch-Session im Club, von der ich gehört habe.« Sie musterte mich aufmerksam, während ich nach wie vor hustete.

»Äh, und du erzählst mir das, weil ...?«

Sie schnalzte missbilligend mit der Zunge. »Dachte nur, dass es dich vielleicht interessiert.«

»Fiona!« Ich verengte die Augen zu Schlitzen. »Packst du etwa gerade wieder deine Kuppelkünste aus?«

Sie zuckte mit den Achseln. »Wer weiß? Und wenn ja, wäre das so schlimm?« Gespannt starrte sie mich an, als würde ich jeden Moment den Gewinner von *Canada's Got Talent* verkünden.

Ich stellte meine Limo ab und sackte ein wenig in mich zusammen. »Nein«, gab ich kleinlaut zu, und mein Blick wanderte wie von selbst zu Will.

»Ha! Wusste ich es doch.« Fiona strahlte bis über beide Ohren.

»Pst, nicht so laut.«

»Oh, okay.« Sie legte einen Finger an ihre fein geschwungenen Lippen. »Ich arbeite am besten im Geheimen, wie du weißt.«

Ich verdrehte die Augen, schenkte ihr aber ein dankbares Lächeln.

»Vielleicht hast du ja Lust, mir demnächst mehr über deine Gefühle zu verraten?«, frage sie hoffnungsvoll.

Der Glückstaumel, den dieser Satz in mir auslöste, raubte mir den Atem. »Oh, Fi«, krächzte ich ergriffen und wagte es, meinen Kopf auf ihre Schulter zu legen. »Das würde ich unglaublich gern. White Chocolate Mocha im *Lumberjacks?* Wie früher? Geht auf mich.«

Sie lachte. »Und ob das auf dich geht. So schnell kommst du mir nicht davon. Hol dir schon mal ein Stempelkärtchen im *Lumberjacks.* Die White Chocolate Mochas werden noch die nächsten paar Jahre auf dich gehen, Fräulein.«

Nun musste ich ebenfalls lachen. Mein Herz flatterte frei und leicht in meiner Brust. Mein Blick lag auf Will, der sich nun mit Jack unterhielt, dann sah ich wieder Fiona an. Ich hatte meine beste Freundin zurückgewonnen, und ich hatte da so eine Ahnung, wer dabei seine Finger im Spiel gehabt hatte.

25 *Will*

Als ich Livs Nachricht las, musste ich so laut lachen, dass sich einige Leute auf der Straße zu mir umdrehten.

> Muss am Wochenende nach Halifax, Mom ist für einen Kunstpreis nominiert. Da werden nur privilegierte Snobs rumlaufen. Hilfe?

Wir schrieben uns mittlerweile jeden Tag, und die Stimmung zwischen uns war viel entspannter geworden. Genauso wie meine Laune.

Als Liv mir bei unserem Treffen am Kreuz die Worte »Ich bin stolz auf mich« entlockt hatte, hatte mich das in ungekannte Höhen befördert. Einen Tag später hatte ich mich getraut, das zu tun, was ich längst hätte tun sollen. Ich hatte mein Zeug aus der winzigen Wohnung über dem Büro geräumt und war wieder auf die *Giulia* gezogen. So konnte ich mich ganz darauf konzentrieren, die betagte Lady auf Vordermann zu bringen – und dabei meinem Dad aus dem Weg gehen.

Dank der Hilfe meiner Freunde hatte das Boot einen frischen Anstrich und war so gut wie neu. Es fehlten nur noch ein paar wenige Eingriffe, die ich alleine schaffen würde.

Nun war ich auf dem Weg zu meiner Mom, um endlich mit

ihr über den Kauf der *Giulia* zu sprechen. Ich hatte den Moment genau abgepasst, damit ich zu Hause nicht Dad über den Weg laufen würde. Freitags traf er sich immer zum Mittagessen mit seinen Skat-Freunden.

Ich blickte kurz von meinem Handybildschirm auf, damit ich im Gehen nicht in jemanden hineinlief, und tippte dann meine Antwort.

Würde dir ja gern helfen, aber ich spreche gleich mit meiner Mom über die Giulia. Wenn hier jemand Hilfe braucht, dann ich.

Oooh, viel Erfolg! Lass mich wissen, wie es läuft.

Danke, du mich auch. Und bitte versuch, keine Snobs mit deiner Gitarre zu erdrosseln.

Woher weißt du, dass ich meine Gitarre mitnehme?

Nimmst du die nicht überall mit hin? :D

Sie antwortete nicht sofort, obwohl ich sah, dass sie noch online war. Ich starrte auf mein Handy, warf nur kurze Blicke nach oben, um nicht versehentlich vom Gehsteig auf die Straße zu stolpern. Das Haus meiner Eltern war bereits in Sicht und ich verlangsamte meine Schritte. Mein Herz klopfte schneller, als drei Punkte anzeigten, dass Liv tippte.

Du kennst mich einfach zu gut, Will Fisher.
X

Ich blieb wie angewurzelt stehen. Hitze schoss in meine Wangen. Ein X. Sie hatte mir doch tatsächlich einen Kuss geschickt. Wie sollte ich antworten? Mit einem Satz? Was gab es darauf schon zu sagen? Oder einfach nur mit einem X? Nein, das war lächerlich. Wahrscheinlich hatte es überhaupt nichts zu bedeuten. Viele Freunde beendeten ihre Konversationen mit Küssen oder gar Herzen. Doch obwohl ich mich davon zu überzeugen versuchte, zitterten mir die Knie, als ich schließlich vor der Haustür meiner Eltern stehen blieb.

»Okay, komm mal wieder runter«, raunte ich mir selbst zu und schüttelte Arme und Beine aus wie früher vor einem Hockeyspiel. Ich musste mich dringend locker machen. Dieses Gespräch war zu wichtig. Ich konnte mir nicht leisten, es zu versauen, weil ich darüber nachgrübelte, was ein X von meiner Ex bedeutete. Ich straffte die Schultern, stellte mein Handy auf lautlos und steckte es in meine Hosentasche. Dann drückte ich auf die Klingel.

Wie immer begrüßte Mom mich mit zwei Wangenküsschen, gefolgt von einer festen Umarmung. Ihr tröstlicher Duft nach frischem Pastateig, überbackenem Käse und Oregano stieg mir in die Nase, sodass ich sie am liebsten noch einen Moment länger an mich gedrückt hätte.

»Komm rein, komm rein.« Sie zog mich durch den Flur mit der Wand voller Kinderfotos von Emmy und mir direkt ins Esszimmer. Aus der angrenzenden Küche wehte bereits ein starker Knoblauchgeruch heran. Die Plastiktischdecke, die sonst den Esstisch schützte, war fort. Mom hatte sie mit ihrer besten Sonntagstischdecke ersetzt. Sie drückte mich auf den Stuhl am Kopfende der Tafel, der sonst Dad vorbehalten war, und stellte einen Teller vor mir ab. Meine Augen wurden groß, sofort lief mir das Wasser im Mund zusammen.

Mom hatte eins meiner Lieblingsgerichte gemacht: Spaghetti allo Scoglio – Spaghetti mit Miesmuscheln, Riesengarnelen und Tintenfischen in Weißweinsoße mit ordentlich viel Knoblauch. Wenn Mom nicht das Familiengeschäft von Grandpa geerbt, es an Dad weitergegeben hätte und dann Hausfrau geworden wäre, hätte sie sicher irgendwann ihr eigenes Restaurant eröffnet.

»Wow, Mammina, du hättest dir doch nicht so viel Arbeit machen müssen.«

»Ich bitte dich. Das war doch nicht viel Arbeit. Ich habe dich so lange nicht gesehen, und du arbeitest so hart im Büro.«

Ich schnaubte. »Na ja, in letzter Zeit nicht mehr.«

Sie sah mich mit hochgezogenen Augenbrauen und ihrem Lieblingskochlöffel in der Hand an. »Was meinst du damit? Hast du Urlaub genommen?«

Nun war ich es, der sie überrascht anblickte. Ich hatte in den letzten drei Jahren keinen einzigen Tag Urlaub genommen. »Hat Dad es dir nicht erzählt?«

»Was soll er mir erzählt haben?«

»Dass ich seit knapp zwei Wochen nicht mehr im Büro war.«

Mom fasste sich ans Herz und sank auf den Stuhl neben mir. »Will, was ist denn passiert?«

Wut stieg in mir auf. Wut auf meinen Dad. Darauf, dass er Mom nie in irgendetwas einweihte. Dass sie für ihn zu Hause geblieben war, obwohl sie das Geschäft genauso gut hätte führen können. Dass sie nun überhaupt kein Mitspracherecht mehr hatte, obwohl ihr die Familie und vor allem die *Giulia* ebenso sehr am Herzen lagen wie mir.

Ich seufzte, stopfte mir eine Gabel Spaghetti und Tintenfisch in den Mund und wappnete mich innerlich. Dann erzählte ich ihr alles, während ich aß.

Dass sich die *Giulia* in einem schlechten Zustand befunden hatte. Dass ich einen guten Preis für die Reparatur ausgehandelt und in den letzten Wochen selbst Hand angelegt hatte – wobei fast meine ganzen Ersparnisse draufgegangen waren. Dass Dad das alte Segelboot verkaufen wollte. Dass wir uns deshalb gestritten hatten und ich mich weigerte, unter diesen Umständen weiter für ihn zu arbeiten. Nur die Details unseres Streits ließ ich aus. Ich wollte Mom nicht damit belasten, obwohl Dads verletzende Worte nach wie vor an mir nagten.

Mom seufzte schwer, die Falten auf ihrer Stirn und um ihre Augen vertieften sich. Wie immer hatte sie beim Kochen ihre dicken braunen Haare hochgesteckt und schob nun eine Strähne zurück in ihren Dutt. »Will, ich hatte keine Ahnung. Dein Dad hat mir gegenüber nur erwähnt, dass die *Giulia* bei Jimmy zur Inspektion steht, weil sie dringend repariert werden muss.«

Ich ließ meine Gabel etwas zu fest auf den Tisch krachen. Natürlich hatte Dad ihr nur das Nötigste gesagt. Wahrscheinlich hätte er Mom, erst lange nachdem er das Boot ihres Vaters verkauft hatte, davon erzählt. Ich ballte die Hände zu Fäusten. Er hatte kein Recht …

»Deswegen bin ich heute hierhergekommen, Mom. Ich wollte mit dir darüber sprechen. Und schauen, wie es weitergeht. Ich möchte Dad die *Giulia* abkaufen, damit sie in der Familie bleibt.«

Mom zog die Brauen zusammen, als müsste sie erst noch alles verarbeiten. »Nach allem, was ich gerade gehört habe, ist es wohl das Beste, wenn du die *Giulia* kaufst. Wir kennen deinen Vater. Wenn er sich etwas in den Kopf gesetzt hat …« Sie schüttelte traurig den Kopf. »Ich werde es nicht schaffen, ihn davon abzubringen. Aber ich denke, ich kann ihn davon überzeugen, sie dir zu einem guten Preis zu verkaufen.«

»Meinst du wirklich, dass er das akzeptiert?«

»Ich werde dafür sorgen.« Mom hatte die Arme vor der Brust

verschränkt, den Kochlöffel weiterhin in der Hand. »Die *Giulia* gehört in diese Familie, und ich werde nicht zulassen, dass dein Vater sie fortgibt. Er hatte noch nie dasselbe Verständnis von Familie, Ehre und Tradition, mit dem ich aufgewachsen bin und nach dem ich auch dich und deine Schwester erzogen habe. Er ist ein guter Geschäftsmann, keine Frage. Er hat unser Familiengeschäft gerettet, als mein Vater es damals schon fast in den Sand gesetzt hatte. Sein ganzes Leben hat er dieser Firma gewidmet, damit wir ein Dach über dem Kopf und Essen auf dem Tisch haben. Wir alle verdanken ihm viel. Aber jetzt ist er zu weit gegangen. Er hätte das mit mir besprechen müssen.«

Sie legte den Löffel auf den Tisch, stand auf und kam zu mir. Als sie mich an sich drückte, fiel ein Teil des Gewichts, das ich seit dem Streit mit Dad mit mir herumgetragen hatte, von mir ab. Ich wusste, dass Mom alles tun würde, um mir zu helfen.

»Es wird schon klappen, Will«, raunte sie und trat einen Schritt zurück.

Ich blickte zu ihr auf. »Jetzt muss ich nur noch überlegen, wo ich so viel Geld auftreiben soll. Ich meine, die *Giulia* ist sicher noch um die fünfzehntausend wert.«

»Wenn ich könnte, würde ich dir das Geld geben«, sagte Mom und räumte meinen Teller vom Tisch. »Aber so viel habe ich nicht. Selbst dein Dad hat nicht so viel auf seinem Konto, das kannst du mir glauben. Deswegen hatte er auch so große Angst vor den Reparaturkosten.«

»Uns wird schon was einfallen.«

»Uns?«, fragte Mom mit hochgezogenen Augenbrauen, als sie meinen Teller in die Spülmaschine ihrer makellos sauberen Küche räumte.

»Emilia und mir«, antwortete ich hastig. Ich würde mich noch bei Emmy bedanken müssen, weil sie Mom nichts von dem Streit zwischen Dad und mir erzählt hatte.

Doch meine Mammina ließ nicht locker. »Ich habe gehört, dass Liv wieder in der Stadt ist.« Sie nahm sich die Schürze ab und hängte sie an den Haken neben der Tür.

Meine Wangen wurden heiß wie als Teenager, wenn Mom versucht hatte, mit mir über Frauen zu sprechen. »Habt ihr ... euch wieder versöhnt?«

Ich stützte beide Ellbogen auf den Esstisch und legte mein Kinn in die Hände. Hatten wir uns wieder versöhnt? Was für eine merkwürdige Frage! Liv und ich verstanden uns gut, klar, aber so richtig hatten wir nie über unsere früheren Probleme gesprochen. Ich hatte nicht das Gefühl, die Vergangenheit aufgearbeitet zu haben. Aber irgendwie machte mir das nichts aus. In den letzten Tagen hatte ich mich in Livs Gegenwart gut gefühlt. Glücklich. Diese neu gewonnene Entspanntheit zwischen uns wollte ich nicht zerstören, indem ich ernstere Themen ansprach. Dennoch war mir bewusst, dass wir das irgendwann würden tun müssen. Egal, ob wir Freunde blieben oder ob da mehr war. Aber wem machte ich schon etwas vor? Natürlich war da mehr. Zumindest von meiner Seite aus. Ich konnte mir nicht vorstellen, dass da jemals nicht »mehr« sein würde.

»Versöhnt würde ich es nicht gerade nennen«, beantwortete ich Moms Frage mit brennenden Wangen. »Aber wir haben wieder ein bisschen mehr Zeit zusammen verbracht.«

Moms Mundwinkel hoben sich leicht. Ich wusste, dass sie Liv immer sehr gemocht und sogar als ihre Schwiegertochter in spe angesehen hatte. Das Ende unserer Beziehung hatte ihr fast ebenso sehr das Herz gebrochen wie mir. Oder vielleicht eher mein Verhalten danach. Mom war meinetwegen durch die Hölle gegangen. Es musste schlimm sein, das eigene Kind leiden zu sehen, ohne etwas dagegen unternehmen zu können. Doch sie hatte mich deswegen nie als schwach abgestempelt. Im Gegensatz zu Dad.

Nun setzte sie sich mir wieder gegenüber und musterte mich forschend. »Pass auf dein Herz auf, Will. Ich glaube, es ist noch nicht wieder ganz heil.«

»Mom, ich …«

»Pst!« Energisch hob sie eine Hand. »Ich bin noch nicht fertig. Ich weiß, dass dein Herz noch immer Liv gehört, aber das musst du ihr ja nicht direkt auf die Nase binden. Sie kann sich ruhig ein bisschen anstrengen.« Sie zwinkerte mir verschmitzt zu, und ich wäre am liebsten im Boden versunken.

»Mom!«

Sie schnalzte mit der Zunge. »Ich meine ja nur. Du hast so ein großes Herz, Will. Darin ist viel Platz für sehr starke Gefühle, und manchmal passiert es, dass du von ihnen überwältigt wirst. Das ist völlig in Ordnung, solange du dich nicht selbst verlierst.«

Sie wischte sich eilig über die Augen. Das Herz, von dem sie eben gesprochen hatte, schien mir beinahe in der Brust zu zerspringen. Ich legte meine Hand auf ihre. »Mach dir keine Sorgen, Mom. Ich passe auf mich auf.«

»Gut.« Sie nickte zufrieden. »Und ich mache deinem Vater heute Abend die Hölle heiß.« Ihre Augen funkelten angriffslustig. »Aber kommen wir zu schöneren Themen: Hast du noch Platz für Nachtisch?«

26 Liv

Es war nicht mein erstes Mal in Halifax, aber das erste Mal, dass ich in dieser Stadt ein elegantes Kleid und High Heels trug. Nach der dreistündigen Preisverleihung inklusive pompösem Dinner hätte ich die hohen Absätze allerdings am liebsten gegen Flipflops getauscht.

Der Abend war noch lange nicht vorbei. Mom hatte den Newcomer Arts Award gewonnen, worauf sie mit einer ausschweifenden Dankesrede und noch ausschweifenderem Alkoholgenuss reagiert hatte. Dad und ich eskortierten sie gerade zu einem Taxi, das vor dem Gebäude bereitstand. Alle Leute, an denen wir vorbeikamen, gratulierten Mom zu ihrem Erfolg, sodass wir nur im Schneckentempo vorankamen. Meine Fußballen schmerzten höllisch, und ich musste mich zusammenreißen, nicht bei jedem Schritt zusammenzuzucken. Ich konnte mich nicht erinnern, wann ich zuletzt Absätze getragen hatte. Hohe Schuhe waren doch sowieso nur vom Patriarchat erfunden worden, um uns Frauen zu quälen.

Zähneknirschend half ich Mom, ins Taxi einzusteigen. »Du wirst schon sehen, Olivia«, sagte sie zu mir, die Zunge bereits schwer vom Alkohol. »Die kommen jetzt alle noch zur Galerie, um sich meine Werke anzusehen und direkt zuzuschlagen.«

»Es war eine geniale Idee, alle dorthin einzuladen, Liebes«, gurrte mein Dad und gab ihr einen Kuss auf die Schläfe, bevor er hinter ihr in den Wagen stieg. »Deine Bilder werden in Rekordzeit ausverkauft sein. Kommst du, Olivia?«

Ich hatte mich fluchend abgewandt, um an dem Riemchen meines Schuhs zu zerren, das mir auf fiese Weise ins Fleisch schnitt. »Wisst ihr, was? Fahrt einfach schon mal vor. Ich gehe zu Fuß. Brauche dringend frische Luft.«

»Aber dann verpasst du ja die große Eröffnung …« Mom brachte ihren Satz nicht zu Ende, da ich ihr die Tür vor der Nase zuschlug. Ich winkte den beiden und deutete auf meinen Handybildschirm, wo Google Maps bereits geöffnet war. Schon während der Preisverleihung hatte ich nachgesehen, wo sich die Galerie befand, in der Mom ihre Kunst ausstellte – hauptsächlich, um nicht vor Langeweile einzuschlafen.

Natürlich war ich stolz auf Mom. Schließlich war ich mit meinen Eltern hergeflogen, um ihren Erfolg zu feiern. Allerdings bedeutete dieser neue Erfolg auch, dass sie in den nächsten Monaten unausstehlich sein würde. Sie arbeitete schon auf diesen Award hin, seit ich denken konnte, erfand sich immer wieder neu, um endlich nominiert zu werden. Das war einer der Gründe, warum ich als Kind oft zu kurz gekommen war.

Das Taxi fuhr los, während mich meine Eltern nach wie vor entgeistert durchs Fenster anstarrten. Ich ließ mich recht unelegant auf eine Bank plumpsen, um mir die High Heels von den Füßen zu streifen.

Als meine nackten Zehen den kühlen Bürgersteig berührten, seufzte ich verzückt auf. Ein himmlisches Gefühl! Ich massierte meine Fußballen, wobei mir ein wohliges Stöhnen entwich. Ein Herr und eine Dame in eleganter Abendgarderobe warfen mir einen empörten Blick zu, bevor sie ins nächste Taxi stiegen. Die waren wahrscheinlich auch auf dem Weg zu Moms Kunstausstellung. Ich hatte es nicht eilig, ihnen zu folgen.

Als der Schmerz in meinen Füßen nur noch ein fernes Echo war, nahm ich die Schuhe in die eine Hand, hängte mir meine Handtasche über die Schulter und nahm das Handy mit der geöffneten Google-Maps-App in die andere Hand. Mein Magen knurrte laut. Bei der Preisverleihung hatte es zwar fünf Gänge gegeben, die hatten aber jeweils nur aus winzigen Häppchen bestanden – und nur einer war vegetarisch gewesen. Ich steuerte auf einen Falafel-Stand zu, von dem aus es herrlich duftete. In Rekordzeit verschlang ich eine Tüte Falafel und bestellte mir direkt eine zweite. Der Standbesitzer freute sich so sehr, dass er mir seine hausgemachte Joghurtsoße dazuschenkte, die vorzüglich schmeckte.

Als die Ampel gegenüber auf Grün schaltete, huschte ich barfuß über die Straße in Richtung Hafen.

Halifax war weder eine besonders große noch eine besonders schöne Stadt, aber das Hafenviertel hatte seinen ganz eigenen Charme. Ich ließ den Verkehrslärm hinter mir zurück und schlenderte über einen breiten Holzsteg. Er war gesäumt mit Restaurants, die bei dem herrlichen Wetter gut besucht waren. Mit Blick aufs Wasser saßen die Leute draußen und unterhielten sich angeregt. Von irgendwoher wehten die entspannten Klänge einer Liveband zu mir heran. Die Sonne war trotz der späten Stunde noch nicht vollständig untergegangen und tauchte den Himmel in atemberaubende Pastelltöne. In der Ferne glitzerten zwei Hochhäuser, auf deren breiten Glasfronten sich die fluffigen rosa Wolken spiegelten. Die Wellen schwappten leise an den Steg, und es duftete nach gebratenem Fisch und den Sommerblumen, die in Kübeln am Wegrand standen.

Ein paar Passanten warfen mir aufgrund meiner nackten Füße irritierte Blicke zu, doch die meisten nahmen keine Notiz von mir. Ich sah aufs Wasser hinaus, auf dem einige kleine Boote sanft auf und ab schaukelten. Die Lichter der Straßenlaternen und Lokale spiegelten sich auf der Oberfläche. Tief atmete ich ein und aus, ließ die stickige Luft, den penetranten Alkoholgeruch und den lauten Applaus der letzten drei Stunden hinter mir zurück. Die Abendluft legte sich kühl auf meine Haut, und eine leichte Brise spielte mit meinem Haar.

Ich ertappte mich dabei, wie ich mir wünschte, Will wäre an meiner Seite. Er würde neben mir herschlendern, auf die Boote im Hafen deuten und mich wegen meiner nackten Füße aufziehen, sie aber später in der Badewanne des Hotelzimmers für mich massieren.

Beinahe hörte ich seine tiefe Stimme in meinem Ohr, spürte seine Hand in meiner und roch sein Aftershave. Meine Wangen wurden warm, mein Herz angenehm schwer. Will hatte sich wieder in mein Herz geschlichen, das war nicht mehr zu leugnen. Heimlich, still und leise waren wir uns nähergekommen, und ich musste zugeben, dass es sich gut anfühlte. Das einzige Problem war, dass ich nicht wusste, wie es ihm damit ging. War er bereit, sich wieder auf mich einzulassen? Oder hatte er Angst, dass ich ihn erneut verletzen würde? Empfand er überhaupt dasselbe wie ich, oder jagte er vielleicht doch noch Rachel hinterher? Mir war bewusst, dass ich es mir womöglich für immer mit ihm verscherzt hatte. Und das war ganz allein meine Schuld. Es würde harte Arbeit werden, ihn zurückzugewinnen. Doch ich war bereit, es zu versuchen. Auch wenn das bedeutete, dass wir erst mal Freunde sein und uns neu kennenlernen mussten.

Ich wurde aus meinen Grübeleien gerissen, als die Stimme von Google Maps ankündigte, ich müsse demnächst links abbiegen. Seufzend warf ich einen letzten Blick zum Wasser, das in der zunehmenden Dunkelheit nun beinahe schwarz wirkte, und wandte mich wieder den Lichtern der Stadt zu.

Mom entdeckte mich in der Sekunde, in der ich durch die Glastüren in die Galerie trat. Sie rauschte in ihrem eleganten, dunkelgrünen Kaftan und wehendem Silberhaar auf mich zu. Der Stoff, auf dem ein buntgoldener Pfau prangte, blähte sich hinter ihr. In jeder Hand hielt sie ein Champagnerglas. Ihre Fingernägel waren golden lackiert, beinahe derselbe Farbton wie die schäumende Flüssigkeit in den Gläsern.

»Olivia, Darling, du hast hergefunden!« Sie küsste mich auf beide Wangen, als wäre ich eine alte Freundin und nicht ihre Tochter. In der Gegenwart anderer Kunstschaffender spielte sie immer eine glamouröse Rolle. »Komm, ich führe dich herum und stelle dich ein paar Leuten vor.«

Ich machte einen Schritt in den riesigen Raum mit den hohen weißen Wänden und blieb ehrfürchtig keuchend stehen. »Mom, das ist ja …«

Angesichts der unzähligen Fotos, die die Wände zierten, fehlten mir die Worte. Wie immer waren es Landschaftsaufnahmen aus der Gegend um St. Andrews, doch diesmal handelte es sich nicht um einfache Postkartenmotive. Mom hatte zum ersten Mal mit Models gearbeitet, die sie auf mystische Weise in Szene setzte. Auf dem riesigen Druck direkt vor mir an der Wand lief eine nackte Frau im grauen Zwielicht der Morgendämmerung in Richtung Meer, die Farben wirkten so weich, als wären sie mit einem Pinsel gemalt worden. Eine andere Frau kroch über düstere zerklüftete Felsen zum Strand, ihr feuchtes Haar war wie ein Fächer um sie herum ausgebreitet. Drei junge Frauen mit grellroten Haaren tanzten im Nebel unter einem Baum mit herbstlich gelbem Laub.

Staunend drehte ich mich einmal um mich selbst. Moms Werke waren eine Mischung aus *Alice im Wunderland* und *Die kleine Meerjungfrau*. Märchen, die ich als Kind geliebt hatte.

»Atemberaubend?«, beendete sie meinen Satz. »Ich weiß, mein Schatz. Nun komm, da drüben steht dein Vater.«

Als sie mich am Arm zu Dad zog, war ich immer noch so fasziniert von ihren Werken, dass ich kein Wort herausbrachte. Zum ersten Mal konnte ich wirklich etwas mit der Kunst meiner Mutter anfangen. Die Location tat ihr Übriges. Das Licht war schummrig, die Bilder wurden hell erleuchtet an den Wänden in Szene gesetzt. Die Kellner und Kellnerinnen, die zwischen den Gästen umhereilten, trugen grünbraune Outfits, als wären sie in Moos und Borke gekleidet, was zu der mystischen Atmosphäre beitrug. Im Hintergrund lief leise Musik, die mich an die sanften Klänge von Enya erinnerte.

Als wir bei meinem Dad ankamen, drückte Mom mir eines der Champagnergläser in die Hand und wollte sich schon wieder ihren Gästen zuwenden, doch ich packte sie am Ärmel. Es war nur zu offensichtlich, wie aufgeregt sie war. Und das zu Recht. Die Galerie war brechend voll. An einigen ihrer Werke hingen bereits Schilder mit der Aufschrift *Verkauft*. »Mom, es ist wirklich … Ich bin echt stolz auf dich.«

Sie hielt mitten in der Bewegung inne und blickte mich mit großen blaugrünen Augen an. Dann zog sie mich mit ihrer freien Hand fest an sich. »Danke, mein Schatz, das bedeutet mir sehr viel.«

Ich küsste sie rasch auf die Wange. »Geh und zeig dich deinen Gästen. Du bist schließlich die Gewinnerin des Abends.«

Sie drückte meinen Arm und hauchte meinem Dad eine Kusshand zu, dann war sie auch schon mit wehendem Kaftan in der Menge verschwunden, die sich ehrfürchtig für sie teilte.

Mit erhobenen Brauen wandte ich mich Dad zu. »Wusstest du, dass die Ausstellung, an der sie schon seit Jahren arbeitet, *so* werden würde?«

Wir waren es beide gewöhnt, Moms Arbeit erst zu Gesicht zu bekommen, wenn sie fertig war. Was das betraf, war sie meistens sehr streng gewesen. Dad zuckte mit den Schultern. »Sie hat mir einige ihrer frühen Entwürfe gezeigt. Eines Nachts habe ich sie mal über deine alten Märchenbücher gebeugt in deinem Zimmer gefunden. Du hast sie wirklich sehr inspiriert. Wie hat sie es noch gleich ausgedrückt?« Er runzelte die Stirn. »Ach ja. Deine überstürzte Reise nach Europa sei wie Alice' Fall ins Kaninchenloch. Je nachdem, welche Entscheidungen du treffen würdest, könnte es entweder gut oder schlecht ausgehen.«

Ich schluckte, als ich die Wahrheit hinter diesen Worten erkannte. Wie Alice hatte ich die Wahl gehabt, dem weißen Kaninchen zu folgen, von dem Fläschchen zu trinken, durch diese oder jene Tür zu gehen. Und ich hatte mit den Konsequenzen meiner Handlungen leben müssen. Als ich den Blick ein weiteres Mal durch die Galerie schweifen ließ, sah ich Moms Kunst plötzlich mit anderen Augen. *Ich* hatte sie dazu inspiriert. Während meiner Kindheit musste sie mir also doch Aufmerksamkeit geschenkt haben, auch wenn es sich für mich immer so angefühlt hatte, als hätte ich nicht mit ihrer Kunst mithalten können.

Ein Lächeln breitete sich auf meinem Gesicht aus. Ich stellte mein Glas auf dem Tablett eines vorbeieilenden Kellners ab und hakte mich bei Dad ein. »Zeigst du mir die Ausstellung?«

Während wir langsam von Foto zu Foto schritten – ich hatte meine High Heels vor Betreten der Galerie wieder angezogen und kam nicht schneller voran –, fiel mir auf, dass immer mehr *Verkauft*-Schilder auftauchten.

»Wow, es scheint ja echt gut für Mom zu laufen. Wenn es so weitergeht, verkauft sie alle Bilder noch heute Nacht.«

Dad nickte ernst und rückte seine Brille zurecht, hinter

deren dicken Gläsern er immer leicht an einen Maulwurf erinnerte. »Deine Mutter hat zur Eröffnung erklärt, dass sie einen Teil des Erlöses für einen guten Zweck spenden wird. Das wird in diesen Kreisen gern gesehen.« Er deutete mit einer ausholenden Armbewegung durch den Raum.

Tatsächlich tummelten sich hier Leute, die ihre Abendgarderobe ganz sicher nicht von Forever 21 hatten. Als ich die glitzernden Handtaschen, die paillettenbesetzten Abendkleider, die Louboutins und perfekt sitzenden Smokings betrachtete, kam mir eine Idee. Plötzlich prickelte mein ganzer Körper vor Aufregung. »Dad?«

»Hm?« Den Kopf leicht schief gelegt, betrachtete er ein Foto von einer halb nackten Frau mit merkwürdig verdrehten Gliedmaßen, die neben einem verbrannten Baumstumpf lag und zum wolkenverhangenen Himmel aufschaute.

»Wie viel kostet denn so ein Bild von Mom?«

»Oh, das kommt ganz darauf an. Deine Mutter hat ja damit gerechnet, heute Abend zu gewinnen, weshalb sie die Preise von Anfang an hoch angesetzt hat.« Er rückte abermals seine Brille zurecht und zog mich zum nächsten Ausstellungsstück. »Von einigen Tausend Dollar bis weit über zehntausend Dollar ist alles dabei.«

Ich riss die Augen auf. »Über zehntausend Dollar für ein *Foto?*«

Dad sah mich tadelnd über seine Brillengläser hinweg an. »Das sind nicht einfach nur Fotos, Olivia. Das sind *Kunstwerke*. Deine Mom ist jetzt sehr gefragt. Außerdem muss sie ja auch ihre Kosten decken. Sie hat die Galerie für ein halbes Jahr gemietet. Da muss sie Provision an die Galeriebetreiber abgeben, nicht zu vergessen ihre Herstellungskosten pro Bild …«

Ich hörte ihm nur noch mit einem Ohr zu, während meine Gedanken rasten. Bezahlten diese Leute tatsächlich so viel

Kohle für ein Werk meiner Mom? Ich wollte gar nicht wissen, wie viel sie damit an einem einzigen Abend einnehmen würde. Und wenn sich ihr Erfolg erst einmal in diesen Kreisen herumgesprochen hatte … Der Plan nahm in meinem Kopf immer mehr Gestalt an.

»Dad, glaubst du, Mom wäre einverstanden, wenn ich die Galerie mal einen Abend für eine Charity-Veranstaltung nutze?«

Er zog zerstreut die dunklen Brauen zusammen, hatte sich bereits dem nächsten Bild zugewandt. »Sie hat sicher nichts dagegen.«

»Meinst du, sie würde vielleicht sogar etwas für eine Auktion beisteuern? Ein paar ihrer älteren Werke?«

»Mit Sicherheit«, murmelte er. »Frag sie doch mal.«

Schon reckte ich den Hals, um Mom in der Menge ausfindig zu machen. »Bin gleich wieder da«, rief ich Dad zu, bevor ich losstürmte.

Während ich mir einen Weg an sündhaft teuren Prada-Täschchen und Manolo Blahniks vorbeibahnte, zückte ich mein Handy und öffnete die WhatsApp-Konversation mit Will. Ich würde ihm zeigen, wie viel er mir bedeutete. Dass er mir vertrauen konnte. Dass ich alles für ihn tun würde.

Ich weiß, wie wir das Geld für die Giulia auftreiben!!!

27 *Will*

Ich saß am Bug der *Giulia* und ließ die Beine über den Rand baumeln. Es war so dunkel, dass ich das Meer unter mir kaum sehen, dafür aber die Wellen leise gegen den Rumpf branden hören konnte. Wie sehr hatte ich dieses Geräusch vermisst! Genau wie den allgegenwärtigen Duft der See. Das leise Schaukeln und das Knarzen der Takelage. Schon seit ich mit fünfzehn meinen ersten Sommer auf der *Giulia* verbracht hatte, war es mir zunehmend schwerer gefallen, in einem Bett auf dem Festland zu schlafen. Ich brauchte das vertraute Schaukeln, das mich Nacht für Nacht in den Schlaf wiegte.

Einmal mehr wünschte ich mir, das ganze Jahr über auf dem Boot leben zu können. Doch dafür waren die Winter in St. Andrews zu streng.

Ich stützte beide Hände hinter mir ab, lehnte mich weit zurück und atmete tief die salzige, leicht nach Seetang riechende Nachtluft ein. In letzter Zeit hatte ich allgemein viel zu wenig Zeit auf dem Meer verbracht. Meine Whale-Watching-Touren fehlten mir. Es hatte mir immer großen Spaß gemacht, meine Leidenschaft für das Meer und seine Bewohner mit anderen Menschen zu teilen. Ich nahm mir fest vor, mit der *Giulia* rauszufahren, sobald sie wieder hundertprozentig seetüchtig war.

Da vibrierte mein Handy neben mir.

Ich weiß, wie wir das Geld für die Giulia auftreiben!!!

Mir entwich ein überraschtes Keuchen. Damit hatte ich an diesem ruhigen Abend nicht gerechnet. Liv war doch gerade mit ihren Eltern in Halifax.

Mit zitternden Fingern tippte ich meine Antwort.

Ich hoffe, du musstest deine Seele dafür nicht an die reichen Snobs verkaufen?

Nein, aber die reichen Snobs werden dir den Hintern retten. Wenn sie ihr Geld auf einem Charity-Event in der Galerie meiner Mom für die Giulia spenden.

Ich riss die Augen auf, konnte nicht fassen, was ich da las. Hatte Liv allen Ernstes vor, eine Benefiz-Veranstaltung auf die Beine zu stellen? Ich wusste, dass sie mit ihrem Studium und ihrer Berufserfahrung dazu in der Lage war. Doch ich hätte nie gedacht, dass sie so weit gehen würde, um die *Giulia* zu retten. Dass sie so etwas *für mich* tun würde. Plötzlich drückte etwas auf meine Brust, sodass mir das Atmen schwerfiel. Was sollte ich darauf antworten?

Liv … ich weiß nicht, was ich sagen soll. Das ist eine großartige Idee!

Ihre Antwort kam fast augenblicklich.

Sag noch nichts. Muss erst noch die Details ausarbeiten. Treffen wir uns Montag im Lumberjacks, um darüber zu reden? Ich frage auch Fiona und Ellie. Je mehr Hilfe wir kriegen, desto besser.

Ja, gern. Vielen Dank schon mal.

Bevor ich die Nachricht abschickte, zögerte ich. Ich starrte lange auf den Bildschirm, las die Zeile mehrmals durch. Dann blickte ich zum dunklen Himmel auf, der so wolkenverhangen war, dass nur wenige Sterne durchdrangen. Sie blitzten schwach, als wollten sie trotz der dichten Wolkendecke einem verlorenen Seemann den Weg nach Hause weisen. Denn so fühlte ich mich: verloren auf hoher See, mit nichts als dem Nachthimmel zur Orientierung, obwohl die *Giulia* fest verankert im Hafen stand. Sollte ich es wagen? Mein Herz pochte schneller und schneller. Ich hielt die Luft an … und fügte noch ein X hinzu.

Mit rasendem Herzen schickte ich die Nachricht ab. Dann stieß ich scharf die Luft aus, lehnte mich zurück und betrachtete weiter den Nachthimmel, in der Hoffnung, die Sterne würden mir Glück bringen.

An diesem Abend kam keine Antwort mehr von Liv.

28 Liv

Als ich am Montagnachmittag die Water Street entlangeilte, sah ich Fiona, Ellie und Will bereits an unserem früheren Stammplatz vor dem *Lumberjacks* sitzen. Mein Herz machte einen aufgeregten Satz, und ich umklammerte mein Handy fester. Mit der anderen Hand wischte ich mir über die Stirn und beschleunigte meine Schritte. Es war schwülwarm, und die Sonne brannte vom Himmel, doch in der Ferne brauten sich bereits die ersten Gewitterwolken zusammen. Höchste Zeit, dass die Hitze brach.

Ellie winkte mir zu, und ich bahnte mir einen Weg durch die gut besuchten Tische vor dem Café. Ich war wieder barfuß, sodass ich einem Kellner ausweichen musste, der mir beinahe auf den Fuß getreten wäre.

»Hi!« Ich winkte in die Runde und ließ mich auf den freien Platz Will gegenüber fallen. Er lächelte mir zu, seine braunen Augen funkelten neugierig, und ich musste mich zusammenreißen, um ihn nicht sofort mit meinem Plan zu überfallen. Über WhatsApp hatte er bereits begeistert geklungen.

Ich hatte Ellie und Fiona zwar einerseits zu unserem Treffen dazu gebeten, um sie in den Plan einzuweihen, aber auch, damit sich die ganze Stadt nicht später das Maul darüber zerreißen würde, Will und mich bei einem angeblichen Date im

Lumberjacks gesichtet zu haben. Das würde unsere gerade erst neu erblühte Freundschaft gefährlich auf die Probe stellen. Außerdem konnten wir die Hilfe unserer Freunde gut gebrauchen. Marly und Jack waren heute jedoch irgendwo mit Rachel unterwegs, und Blake hatte ich nicht erreichen können.

Fiona, Ellie und Will sahen mich gespannt an. »Habt ihr schon bestellt?«

Fiona schüttelte den Kopf und reichte mir die Karte. »Hier, während du in Europa warst, haben sie ein paar coole neue Drinks aufgenommen.«

Ich nahm die Karte entgegen und überflog sie eilig, obwohl ich mich kaum auf den Inhalt konzentrieren konnte. Ich spürte Wills Blick auf mir und hätte ihn am liebsten erwidert. Um genau zu sein, hätte ich ihn gerne den ganzen Nachmittag angestarrt. Während des Wochenendes in Halifax hatte ich viel an ihn gedacht. An die Zukunft. An uns. Ich konnte immer noch nicht genau sagen, was sich an Will verändert hatte, doch er war in den Jahren unserer Trennung so viel reifer und noch um einiges attraktiver geworden. Das warf die Frage auf, ob ich mich in seinen Augen ebenfalls verändert hatte.

»Bestellt, was ihr möchtet, die erste Runde geht auf mich«, verkündete ich und legte die Karte auf dem Tisch mit der bunten Blumentischdecke ab.

Als ich Ellies und Wills überraschte Blicke auffing, zuckte ich nur mit den Schultern. »Das ist das Mindeste, was ich tun kann. Schließlich habe ich ein paar Jahre aufzuholen.«

»Hört, hört!« Fiona klopfte laut auf den Tisch. »Ich habe sowieso lebenslange White Chocolate Mochas bei dir gut.« Sie knuffte mich in die Seite, und ich lachte.

Da kam auch schon der Kellner an den Tisch. Verblüfft stellte ich fest, dass es der Sohn der Nachbarn meiner Eltern war, auf den Will und ich früher oft aufgepasst hatten. Er war mittlerweile ein Teenager mit Zahnspange und vor Gel glänzenden Haaren. »Hi, Gabe, du bist ja … groß geworden.« Ich wechselte einen Blick mit Will, der sich ein Grinsen verkniff.

Gabe bekam hochrote Ohren und nickte. »Hi, Olivia«, nuschelte er. Seine Stimme klang tief und kratzig, sein gigantisch wirkender Adamsapfel hüpfte auf und ab. Am liebsten hätte ich ihn umarmt, wollte ihn aber nicht in aller Öffentlichkeit in Verlegenheit bringen.

Die langen Abende im Haus seiner Eltern blitzten vor meinem innen Auge auf. Will und ich hatten oft auf der Couch rumgemacht, nachdem wir Gabe ins Bett gebracht hatten. Einmal hatten wir sogar zwei Bier aus Mr Andersons Garage stibitzt.

»Was kann ich euch bringen?«, nuschelte Gabe.

Will, Ellie und Fiona bestellten ihre Getränke, während ich eine Sekunde zu lange auf die Speisekarte starrte und mich innerlich wappnete. Doch dann war ich an der Reihe und konnte es nicht länger aufschieben. »Einen White Chocolate Mocha mit …« Ich zögerte kurz wie immer, bevor ich das Wort aussprach. »… mit Vanille bitte.«

Vanille. Ein weiteres Wort, das ich als Kind nicht hatte aussprechen können. Es passierte nur noch selten, dass mich meine früheren Ängste lähmten, doch manche saßen so tief, dass sie sich zu den unerwartetsten Gelegenheiten wieder zeigten.

Ich war so mit mir selbst beschäftigt gewesen, dass ich kaum bemerkt hatte, wie Gabe inzwischen mitsamt der Speisekarte verschwunden war. Wieder lagen die gespannten Blicke der anderen auf mir.

»Also? Warum hast du uns alle herbestellt?«, fragte Fiona.

Ich wuschelte mir durch die Haare, stemmte die Ellbogen auf den Tisch und beugte mich zu ihnen vor. »Ich weiß, wie wir genug Geld auftreiben, damit Will seinem Dad die *Giulia* abkaufen kann. Aber dafür brauche ich eure Hilfe.«

»Und das sagst du erst *jetzt?*« Fiona warf entrüstet die Arme in die Luft.

Ellie tätschelte ihr beruhigend das Knie. »Lass sie doch erst mal ausreden, Schatz.«

»Zu Livs Verteidigung«, warf Will schmunzelnd ein, »ich weiß es schon seit vorgestern Abend.«

Fiona zog einen Schmollmund, nickte mir aber auffordernd zu. »Sprich weiter.«

»Wenn ich gewusst hätte, wie nahe dir das Thema geht, hätte ich eine Power-Point-Präsentation mit Lichteffekten vorbereitet.« Entschuldigend hob ich die Schultern. »Aber ihr müsst euch leider mit meinen Notizen zufriedengeben.« Ich legte mein Handy vor mir auf den Tisch und öffnete die Notizen-App.

Fiona schnaubte, beugte sich aber interessiert vor.

»Ihr wisst doch, dass meine Mom am Wochenende einen Preis in Halifax gewonnen hat?« Alle nickten. Auf den Buschfunk von St. Andrews war Verlass. »Sie hat dort auch eine Galerie gemietet, wo sie ihre Werke ausstellt beziehungsweise verkauft. Außerdem wird sie einen Teil der Erlöse für einen wohltätigen Zweck spenden.« Ich musterte meine Zuhörer, um sicherzugehen, dass sie mir folgen konnten.

»Uuuuund?«, fragte Fiona ungeduldig.

»Und da komme ich ins Spiel«, fuhr ich fort. »Neben dem Studium habe ich in Europa für verschiedene Non-Profit-Organisationen gearbeitet. Dort war ich unter anderem für das Planen und Ausrichten von Spendenaktionen und anderen Charity-Events zuständig. Deshalb kenne ich mich damit ziemlich gut aus. Außerdem hat es mir viel Spaß gemacht.«

»Uuuuund?«, wiederholte Fiona. »Worauf willst du hinaus, Liv?«

Sah sie es wirklich nicht?

»Also …« Ich warf Will einen flüchtigen Blick zu. Er nickte

aufmunternd. »Ich hatte die Idee, eine Auktion in der Galerie meiner Mom zu veranstalten und die Erlöse zum Kauf der *Giulia* einzusetzen. Sollten wir mehr Geld verdienen als nötig, können wir es spenden.«

Fiona riss überrascht die Augen auf. Ellie murmelte »großartig« und strahlte mich an.

Da kam Gabe und brachte unsere Getränke. Ich war froh, mich an meinem White Chocolate Mocha festhalten zu können. Meine Hände waren vor Aufregung schweißfeucht, und Wills Lächeln tat sein Übriges.

»Meine Mom kennt sich sehr gut in der Szene aus«, fuhr ich fort, nachdem Gabe wieder gegangen war. »Sie kann ihre Beziehungen spielen lassen und Werbung für das Event machen. Sie hat sich sogar bereit erklärt, einige ihrer älteren Werke für die Auktion zur Verfügung zu stellen. So müsste einiges zusammenkommen.«

Will meldete sich zu Wort: »Liv hat mir erzählt, dass die Fotos ihrer Mom am Wochenende stolze Preise erzielt haben.«

»Außerdem könnten wir vielleicht ein Glas oder eine Box in der Galerie aufstellen, wo Leute zusätzlich spenden können, wenn sie möchten«, fügte Ellie nachdenklich hinzu. »Wie für Trinkgeld in Restaurants und Cafés.«

»Tolle Idee!« Ich schenkte ihr ein dankbares Lächeln. »Natürlich kostet so ein Event auch etwas. Wir bräuchten Getränke, vielleicht ein paar Snacks. Ich habe mir überlegt, dass wir vier an dem Abend kellnern könnten. Das würde die Kosten für Personal einsparen. Meine Mom stellt uns die Galerie umsonst zur Verfügung. Ich werde versuchen, einen Auktionator aufzutreiben, der die Auktion offiziell leitet. Am Ende werden wir das investierte Geld auf jeden Fall rauskriegen und hoffentlich den Großteil der Kosten für die *Giulia* decken.«

»Wie viel will dein Vater denn für sie haben?«, fragte Fiona an Will gewandt.

Will runzelte die Stirn und verschränkte die Arme vor der Brust. »Ich habe mit meiner Mom gesprochen. Sie hat ihm die Hölle heiß gemacht, woraufhin er eingewilligt hat, sie mir für zehntausend zu verkaufen.«

Fiona stöhnte auf. Ellie schlug sich die Hand vor den Mund.

»Das ist immer noch sehr viel Geld«, sagte ich, auch wenn ich nicht so überrascht war wie die anderen, da Will mir schon davon erzählt hatte. »Aber ich bin sicher, dass wir es schaffen können.«

»Ja.« Ellie nickte zuversichtlich. Nichts konnte ihr die Laune verderben. »Dein Plan ist wirklich gut, Liv.«

»Danke. Also seid ihr dabei?«

»Soll das ein Witz sein?«, rief Fiona. »Natürlich sind wir dabei. Nicht wahr, Babe?«

Ellie nickte. »Ich hab während der Highschool gekellnert, also kann ich euch ein paar Kniffe beibringen.«

Fiona legte einen Arm um sie. »Uh, das ist unheimlich sexy. Vielleicht können wir heute Abend schon mal üben. Hast du noch deine Kellnerinnenschürze?«

»Okay, ist ja gut.« Ich hob lachend die Hände. »So sehr ich euren Enthusiasmus zu schätzen weiß …«

»Das wird klasse«, verkündete Fiona grinsend. »Ich werde mal beim *Saint Croix Courier* anrufen, vielleicht bringen sie einen Artikel über das Event in der Zeitung. Je mehr Leute kommen und spenden, desto besser.«

Will lehnte sich mit einem erleichterten Seufzen zurück und fuhr sich mit beiden Händen durch den Bart. »Danke, Leute, das bedeutet mir echt viel.«

Beinahe hätte ich seine Hand genommen, als er mehrmals blinzelte, um seine Ergriffenheit zu überspielen. Stattdessen räusperte ich mich und setzte mich auf. »Cool. Dann gibt's jetzt einiges zu tun. Ich würde mich um den Papierkram und die Organisation kümmern. Sobald ich mehr weiß, komme ich auf euch zurück.«

»Ich frage Debbie und Ed, ob sie unsere Gäste für den Abend mit Häppchen aus ihrem Coffeeshop versorgen«, sagte Will.

»Und mit der Mitgliedskarte meiner Mom bekomme ich Prozente im Costco«, warf Fiona ein. »Da können wir große Mengen Getränke billiger kaufen.«

»Perfekt.« Ich sah alle drei dankbar an. Wir hatten in kurzer Zeit viel mehr geschafft, als ich mir erhofft hatte. »Sollen wir Ende des Monats für das Event anpeilen?«

Alle nickten, und so war es abgemacht. Wir verbrachten den restlichen Nachmittag damit, ein Getränk nach dem anderen zu bestellen und die Details des Plans auszuarbeiten.

Als ich mich schließlich auf den Heimweg machte, war ich ziemlich stolz auf mich. Ich hatte nicht nur Will eine Freude gemacht und die Zukunft der *Giulia* gesichert, sondern auch meine Freundschaft mit Fiona und Ellie gefestigt. Der erste Schritt meines Plans war geglückt, jetzt konnte ich mich an den zweiten heranwagen.

29 *Will*

Die nächsten Tage flogen nur so an mir vorbei. Ich verbrachte viel Zeit mit Fiona, Ellie und Liv, um unser Event vorzubereiten. Jack, Marly, Blake und Rachel halfen uns, wo sie nur konnten, würden aber am Veranstaltungsabend nicht dabei sein. Schließlich war Halifax nicht gerade um die Ecke, und wir konnten nicht die Flüge für alle bezahlen.

Als es endlich an der Zeit war, in den Flieger zu steigen, zitterten mir die Knie. Noch nie in meinem Leben war ich geflogen und hatte nicht das Gefühl, diese Erfahrung unbedingt machen zu müssen. Ich gehörte nicht in den Himmel, sondern aufs Meer. Doch um die *Giulia* zu retten, hätte ich noch ganz andere Dinge auf mich genommen.

Meine Nervosität wurde noch von dem Wissen verstärkt, dass nach der Landung ein Ereignis auf mich wartete, das über die Zukunft meines Lieblingsboots, meines einzig wahren Zuhauses, entscheiden würde. Der Druck war groß, doch ich musste zugeben, dass mein Magen nicht nur vor Angst, sondern auch vor Vorfreude kribbelte. Denn ich würde ein Wochenende mit Liv verbringen.

Sie war schon einen Tag vorher mit ihrer Mom im Auto nach Halifax gefahren, um die Getränke und Häppchen gekühlt zu transportieren, die Galerie zu dekorieren und alles vorzubereiten, weshalb sie nicht im selben Flieger saß wie Ellie, Fiona und ich.

Es war beeindruckend, wie sehr Liv sich reinhängte. Ihr Einsatz bedeutete mir viel. Auch wenn ich mich immer wieder fragte, was ihre Beweggründe waren. Wollte sie mir etwas beweisen? Ihr vergangenes Verhalten wiedergutmachen? Oder war sie einfach nur eine gute Freundin und hätte dasselbe auch für Fiona, Jack oder Blake getan?

Ich versuchte, diese Gedanken während des Fluges so gut wie möglich aus meinem Kopf zu verbannen. Die kanadische Landschaft zog unter mir dahin, eine schier endlose braungrüne Weite, hier und da mit Flüssen und Städten durchsetzt. Staunend schoss ich unzählige Fotos von beeindruckenden Wolkenformationen, während sich Ellie und Fiona, die beide schon oft geflogen waren, über mich lustig machten. Ich nahm es ihnen nicht übel, sondern ließ meine Vorfreude die Oberhand gewinnen. Ich würde das Wochenende genießen, so gut es ging. Ein Tapetenwechsel würde mir guttun, und womöglich war dies meine Chance, Liv endlich wieder näherzukommen.

Als ich hinter Fiona und Ellie durch die breiten Glastüren in die Galerie von Livs Mom trat, blieb mir der Mund offen stehen.

Die hohen, weißen Wände wurden von weichem Licht angestrahlt, das die Kunstwerke perfekt in Szene setzte. Neben Fotodrucken vom Meer, schäumenden Wellen und verwunschenen Sandformationen waren auch mehrere Schwarz-Weiß-Aufnahmen der *Giulia* zu sehen, die Livs Mutter eine Woche zuvor extra für diesen Anlass geschossen hatte.

In dem großen Raum standen runde Stehtische mit langen weißen Tischdecken, auf denen Schilder mit Nummern bereitlagen. Die mussten für die Auktion gedacht sein. Vor einer

Wand war eine kleine Bühne mit Sprecherpult aufgebaut. Und in der Mitte des Raums ... Mir fehlten die Worte.

Wie magisch angezogen, trat ich näher an das Kunstwerk heran. Auf einem Sockel stand dort eine golden angesprühte Modellversion eines altmodischen Segelboots. Das Modell erinnerte mich so sehr an die *Giulia,* dass ich es mehrmals staunend umrundete. Durch die goldene Farbe fügte es sich perfekt in die restliche Deko des Raums ein.

Liv hatte zwar angekündigt, dass der Abend spektakulär werden würde, doch mit so etwas hatte ich nicht gerechnet. In meinem Leben hatte ich noch nie etwas Vergleichbares gesehen.

»Liv hat nicht zu viel versprochen, was?« Fiona war neben mich getreten und pfiff leise durch die Zähne. Ich konnte nur nicken. Sie und Ellie trugen schicke Abendkleider, was Liv ihnen empfohlen hatte. Da die beiden in dem Hotelzimmer neben meinem untergebracht waren, hatte ich gehört, wie viel Spaß sie beim Ankleiden und Schminken gehabt hatten.

Nun war ich froh, dass ich meinen besten Anzug mit Fliege angezogen hatte, denn die Galerie war so geschmackvoll eingerichtet, dass ich einen ersten Eindruck davon bekam, wer hier in einer knappen Stunde für die *Giulia* spenden würde – stinkreiche Leute.

Da tippte Ellie mich auf die Schulter. »Was ist denn ...?« Der Satz blieb mir im Hals stecken, als Ellie mit dem Kinn hinter sich deutete.

Eine versteckte Tür im hinteren Teil des Raums öffnete sich, und ich schnappte überrascht nach Luft, als Liv heraustrat.

Sie trug ein dunkelgrünes, bodenlanges Kleid ohne Träger, das ihren Körper umschmeichelte, als bestünde es aus reiner Seide. An einer Seite war es hoch geschlitzt, immer wieder lugte die nackte Haut ihres rechten Beins hervor, als sie fröhlich winkend auf uns zukam. Ich hatte sie noch nie so elegant gesehen. Ihr Haar trug sie wie immer offen, sodass es ihr in goldenen Wellen über die Schultern fiel. Ich schluckte mehrmals, brachte kein Wort heraus.

»Habt ihr gut hergefunden?«, fragte Liv, nachdem sie uns alle kurz umarmt hatte.

»Ja, ist ja nicht weit vom Hotel.« Ellie nickte. »Du siehst einfach umwerfend aus, Liv. Sieht sie nicht umwerfend aus, Will?«

Ich verschluckte mich, obwohl ich gar nichts im Mund gehabt hatte, und bekam einen ziemlich peinlichen Hustenanfall. »Ja«, krächzte ich. »Wirklich umwerfend.«

Liv schenkte mir ein warmes Lächeln, wobei sich schon wieder diese Hitze in meinem Magen sammelte. »Du siehst aber auch schick aus, Will.«

»Ja, James Bond kann einpacken.« Fiona lachte. »Will kann aussehen wie ein Model, wenn er es drauf anlegt. Vom Matrosen zum Superstar. Hat mich immer fasziniert.«

Ich warf ihr und Ellie einen bösen Blick zu. Konnten sie es vielleicht noch offensichtlicher machen, dass sie uns verkuppeln wollten?

Fiona lachte nur. Sie warf sich einen ihrer Braids über die Schulter, der sich aus ihrer eleganten Hochsteckfrisur gelöst hatte, und hakte sich bei Liv ein. »Wo ist deine Mom? Ich will mir unbedingt ihre Kunst ansehen.«

Liv führte uns in den hinteren Raum, wo die Häppchen, die Debbie und Ed beigesteuert hatten, kalt gestellt waren. Auf einem Tisch waren unzählige Champagnergläser aufgebaut, bereit, gefüllt zu werden. Daneben lagen die Tabletts, mit denen wir während der Veranstaltung durch die Menge gehen und die potenziellen Geldgebenden bedienen würden.

Wir begrüßten Livs Mom, die mich mit ihrer lauten, aufgeregten Art immer ein wenig an einen aufgescheuchten Vogel erinnerte. Sie drückte mich so fest, dass mir fast die Luft wegblieb. »Wie schön, dich mal wiederzusehen, Will.«

»Sie auch, Mrs Wright.«

»Monica! Wie oft habe ich dir schon gesagt, dass du mich Monica nennen sollst?«

Ich lächelte zerknirscht. Meine gute Erziehung hatte mir bisher noch niemand abgewöhnen können.

Wir ließen uns von Mrs Wright erklären, wie man sich in einer Galerie zu verhalten hatte. Ich hörte nur mit halbem Ohr zu, weil ich zu sehr damit beschäftigt war, Liv nicht anzustarren. Doch immer wieder ertappte ich sie dabei, wie sie mir ebenfalls verstohlene Blicke zuwarf. War sie auch so nervös wie ich? Freute sie sich, dass wir den Abend zusammen verbrachten? Am liebsten hätte ich mir ein Glas Sekt geschnappt, um meine Nervosität in den Griff zu bekommen.

Als Livs Mom uns zu den Tabletts führte, entdeckte ich etwas Großes, Schwarzes in der Ecke … und erstarrte. Den Koffer würde ich überall wiedererkennen. Liv hatte ihre Gitarre dabei! Sie würde heute Abend spielen. Warum war mir das nicht früher eingefallen? Es war die perfekte Unterhaltung, bevor die Auktion begann. Und doch zog es mir den Boden unter den Füßen weg. Natürlich liebte ich es, wenn Liv Gitarre spielte. Ich liebte ihre Stimme – rauchig und melancholisch. Ich liebte es, wie sie aussah, wenn sie sich ganz auf ihre Gitarre konzentrierte und eine Weile nichts anderes für sie zu existieren schien als die Musik. Doch ich wusste auch, wie sehr sie mich damit aus der Bahn werfen konnte.

Rasch schnappte ich mir doch noch eins der Gläser, die Fiona und Ellie zu füllen begonnen hatten, und leerte es in einem Zug, bevor ich mich daranmachte, den beiden zu helfen.

Als die ersten Gäste eintrafen, drückten wir uns zu viert im hinteren Raum herum und überließen es Livs Mom, sie als offizielle Ausrichterin zu begrüßen.

»Alle bereit?«, fragte Liv nach ein paar Minuten.

Fiona grinste, Ellie reckte einen Daumen nach oben. Der Alkohol machte mich leicht und schwer zugleich. Ich fühlte mich gut, zwar etwas kribbelig, aber geerdet genug, um reichen Leuten ein paar Häppchen zu servieren.

»Okay, dann los.« Liv stieß die Tür auf, und wir schnappten uns unsere Tabletts. Da Liv und Ellie beide Erfahrung im Kellnern hatten, übernahmen sie die Gläser, Fiona und ich kümmerten uns um das Essen.

Diskret bahnten wir uns einen Weg durch die sich gedämpft unterhaltenden Gäste, die die Fotos an den Wänden bewunderten. Hier und da nahm sich jemand etwas von meinem Tablett, ohne dass ich viel dafür tun musste. Für diese Leute war ich vollkommen unsichtbar.

Die Zeit verging wie im Flug. Kurz nachdem ich mein Tablett neu aufgefüllt hatte, betrat Livs Mom bereits die Bühne.

»Willkommen zu unserer Benefiz-Veranstaltung zur Rettung der *Giulia,* dem geschichtsträchtigen Segelboot, das leider kurz vor dem Verfall steht.« Sie deutete auf das Modell in der Mitte des Raums.

Geschichtsträchtig? Wow, sie trug wirklich dick auf. Doch die Leute drängten sich aufgeregt um das goldene Modell. Einige warfen bereits Scheine in die Box mit einem diskreten Schlitz, die Liv daneben aufgestellt hatte.

»Mit Ihrer Spende können Sie heute Abend dabei helfen, dieses wunderschöne Boot zu retten«, fuhr Livs Mom fort. »Außerdem können Sie jedes meiner hier ausgestellten Bilder im Rahmen unserer Auktion käuflich erwerben. Der Erlös wird ebenfalls in die Restauration der *Giulia* fließen, der Rest wird an UNICEF gespendet. Aber bevor die Auktion für den guten Zweck beginnt, möchte ich Ihnen meine talentierte Tochter Olivia Wright vorstellen. Sie wird für die musikalische Untermalung des Abends sorgen.«

Alle klatschten und versammelten sich vor der Bühne. Liv betrat sie mit ihrer Gitarre. Sie strahlte in die Menge, wirkte wie ein goldener Engel, doch ich erkannte an ihren unsicheren Schritten, wie nervös sie war. Ihre Mom gab ihr einen Kuss auf die Wange, bevor sie die Bühne verließ.

Liv verbeugte sich vor dem Publikum, das erneut zu klatschen begann, während sie auf einem hohen Hocker Platz nahm. Mit einem breiten Lächeln ließ sie ihren Blick über die versammelten Leute schweifen. Er blieb an mir hängen, und ihr Lächeln verstärkte sich, ihre Augen leuchteten.

»Guten Abend, meine Damen und Herren. Vielen Dank, dass Sie heute so zahlreich erschienen sind. Die *Giulia* liegt mir persönlich sehr am Herzen, und ich freue mich über Ihre Bereitschaft, den Erhalt dieses geliebten Familienerbstücks zu sichern.«

Sie hatte meinen Blick keinen Moment losgelassen, zog mich genauso in den Bann wie den Rest des Publikums. Darin war sie schon immer gut gewesen.

Dann beugte sie sich über ihre Gitarre, zupfte ein paarmal an den Saiten, um sicherzugehen, dass sie noch richtig gestimmt waren … und begann zu spielen.

Als die ersten melancholischen Klänge von *Poison & Wine* der The Civil Wars über mich hinwegbrandeten, keuchte ich auf. Am liebsten hätte ich mir eine Hand auf die Brust gepresst.

Da war er wieder, der altbekannte Schmerz, der finstere Abgrund. Doch diesmal war da noch etwas anderes. Ein Licht leuchtete in der Dunkelheit und wärmte mich von innen. Es war Hoffnung. Zuversicht. Darauf, dass ich Livs Stimme von jetzt an wieder öfter lauschen würde, dass ich ihre Finger über die Saiten gleiten und ihre Haare im Scheinwerferlicht golden funkeln sehen würde. Denn Liv war wieder da. Sie saß direkt vor mir, und sie hatte gesagt, dass sie nicht mehr fortgehen würde.

Das warme Leuchten flutete meinen Körper und verdrängte die dunklen Schatten. Meine Brust schmerzte nicht mehr, sondern fühlte sich zum ersten Mal seit langer Zeit fast wieder ganz an. Es war, als rückten die losen Bruchstücke meines Herzens langsam wieder an ihren Platz.

Ich vergaß das Tablett in meiner Hand. Vergaß all die Menschen um mich herum. Wie versteinert stand ich dort und lauschte Liv.

Sie war ganz auf ihre Gitarre konzentriert. Zupfte die Saiten so leidenschaftlich wie eine Liebhaberin. Ihre raue Stimme erfüllte den ganzen Raum. Sie war in ihrer eigenen Welt versunken, und ich konnte sie ungehindert betrachten. Ihre sanft geschwungenen Augenbrauen, die grün blitzenden Augen, eine Locke, die ihr ins Gesicht fiel.

Doch da hob Liv den Blick, der sofort meinen traf. Wie ein Stromschlag durchzuckte es mich, ich wollte mich eilig abwenden, doch sie hielt mich mit ihrem Blick fest, ließ mich nicht mehr los.

»Ich habe keine Wahl«, sang sie, *»und trotzdem wähle ich dich.«* Dabei sah sie mir so eindringlich in die Augen, dass kein Zweifel mehr bestand: Sie sang zu mir. Liv hatte eine Botschaft für mich.

Ich habe keine Wahl, und trotzdem wähle ich dich.

Mir wurde so heiß, dass ich meine Fliege lockern musste. Mit zitternden Fingern riss ich mit der freien Hand daran, bis sie meinen plötzlich staubtrockenen Hals freigab. Erleichtert schnappte ich nach Luft.

Als ich wieder aufblickte, hatte Liv sich erneut ihrer Gitarre zugewandt. Es war, als hätte es den flüchtigen Moment zwischen uns nie gegeben. Doch ich würde ihn nie vergessen. Den Augenblick, in dem mir klar wurde, dass Liv ebenfalls noch etwas für mich empfand.

Nachdem Liv mit tosendem Applaus verabschiedet worden war, trat der Auktionator auf die Bühne, den Livs Mom kurz davor an der Tür begrüßt hatte. Er war ein kleiner, kompakter Mann mit Anzug, Nickelbrille und ockerfarbener Haut, der wie selbstverständlich seinen Platz hinter dem Pult einnahm und seine Notizen darauf ablegte. Mit lauter Stimme begrüßte er die Anwesenden und eröffnete die Auktion. Die Gäste verteilten sich an die Stehtische im Raum zu den Nummern, mit denen sie bieten würden.

Doch ich hatte nur Augen für Liv.

Mit ihrer Gitarre zog sie sich diskret an den Rand zurück, wo sie von Fiona und Ellie umringt wurde, die ihr wahrscheinlich versicherten, wie großartig ihr Auftritt gewesen war.

Ich rührte mich nicht vom Fleck, da meine Beine schlotterten und ich das Gefühl hatte, nicht anders zu können, als Liv hier und jetzt vor allen Versammelten zu küssen, wenn ich ihr nahe genug käme. Der Drang wurde übermächtig. Doch ich musste vorsichtig sein. Vielleicht hatte ich mir ihre versteckte Botschaft nur eingebildet. Vielleicht lag ich ganz falsch. Doch ich wollte nicht falschliegen, wollte mich der Illusion noch ein bisschen länger hingeben.

Im Hintergrund hörte ich, wie einige Gäste zu bieten begannen. Livs Mom stand neben dem ersten Auktionsgegenstand, einem Foto der *Giulia*, und präsentierte es der Menge, als wäre sie die Dame vom Glücksrad. Der Preis schoss schnell in schwindelerregende Höhen. Wenn das so weiterging, würden wir es tatsächlich schaffen, die *Giulia* zu retten. So weit hatte ich noch nicht denken wollen. Ich hatte den Abend auf mich zukommen lassen und mir keine zu großen Hoffnungen machen wollen. Doch nun stieg tatsächlich Zuversicht in mir auf.

Ich beobachtete Liv, die sich mit Ellie unterhielt und gespannt die Auktion verfolgte, als mich plötzlich Fiona von der Seite anstupste. Ich zuckte zusammen, hatte gar nicht bemerkt, dass sie sich zu mir geschlichen hatte. Das war ihre Superkraft.

»Liv war echt gut, was?«, fragte Fiona.

»Jap.« Ich bemühte mich, so teilnahmslos wie möglich zu klingen.

»Kam es mir nur so vor oder hat sie nur für dich gesungen?« Sie grinste mich an. »Es schien ja fast, als wäre niemand anderes im Raum. Die erotische Spannung zwischen euch war förmlich mit Händen greifbar.«

Ich schnaubte. »Jetzt mach aber mal halblang.«

»Sag das deinem Ständer.« Sie lachte spöttisch.

Erschrocken sah ich an mir herab, und Fiona prustete los. Ich verdrehte die Augen, konnte mir aber ein Schmunzeln nicht verkneifen.

»Ich sag's dir, Will«, flüsterte Fiona. »Heute Abend geht was zwischen euch. Ich habe dafür gesorgt, dass du im Hotelzimmer neben ihrem untergebracht bist.«

»Du hast *was?*« Ich riss die Augen auf.

»Jetzt mach dich doch mal locker«, maulte sie. »Ist ja nicht so, als würdet ihr euch nicht schon seit Wochen schmachtende Blicke zuwerfen. Irgendjemand musste euch auf die Sprünge helfen.«

»Äh …«

»Du kannst mir später danken. Dann erwarte ich übrigens auch einen Bericht mit sämtlichen Details.«

Gerade als ich lautstark protestieren wollte, zog sie mich am Arm mit sich. »Und jetzt komm, wir sind schließlich zum Arbeiten hier und nicht, um Liv aus der Ferne anzuschmachten.«

Grummelnd folgte ich ihr in den Hinterraum, wo wir unsere Tabletts neu füllten, um uns wieder unter die bietenden Gäste zu mischen.

Als Liv zusammen mit Ellie eintrat, schenkte sie mir ein verstohlenes Lächeln, bevor sie sich an uns alle wandte. »Wow, wenn das so weitergeht, können wir es wirklich schaffen. Die Leute scheinen heute spendabel drauf zu sein.«

Ich nickte, brachte aber keinen Ton heraus. Meine Wangen wurden heiß, meine Beine schwach, und ich vergewisserte mich verstohlen, ob ich den von Fiona erwähnten Ständer tatsächlich im Griff hatte.

Fiona reichte jedem ein Glas Sekt und hob ihr eigenes. »Auf einen erfolgreichen Abend!« Sie warf Liv und mir einen so eindeutigen Blick zu, dass ich ihr am liebsten das Glas aus der Hand geschlagen hätte. Doch Liv lächelte mich scheu an, und ich konnte nicht anders, als zurückzulächeln.

Wir waren nicht betrunken, sondern trunken vor Glück. Nachdem wir die Galerie geschlossen hatten, stießen wir mit Livs Mom auf unseren Erfolg an. Fiona fiel mir jubelnd um den Hals, Ellie stieß eine Faust in die Luft, und Livs Wangen glühten, während Mrs Wright uns beteuerte, wie stolz sie auf uns alle war.

Die viele Arbeit hatte sich gelohnt. Alle Kunstwerke waren verkauft worden, wir hatten unser Ziel erreicht. Die Erlöse der Auktion reichten fast auf den Loonie genau für die Deckung unserer Kosten und den Kaufpreis der *Giulia,* und dabei hatten wir das Geld aus der Spendenbox noch gar nicht mitgezählt. Schon lange war ich nicht mehr so stolz gewesen. Die schwere

Last der letzten Wochen fiel von mir ab, und ich schwebte dahin wie die Champagnerblasen in unseren Gläsern. Schwerelos und übersprudelnd vor Freude.

Während wir aufräumten, tanzten wir zur Musik von Fionas Handy durch die Galerie und grölten Siegeshymnen wie *We are the champions* von Queen, *Touch the Skye* von Kanye West und *Firework* von Katy Perry mit. Wir fühlten uns unbesiegbar.

Ich suchte immer wieder Livs Nähe und hatte den Eindruck, dass es ihr ebenso ging. Beim Wischen verhakten sich unsere Mopps ineinander, ich packte ihren Arm, bevor sie auf dem feuchten Boden ausrutschen konnte, und als sie mir später beim Abwaschen ein Geschirrhandtuch reichte, streiften ihre Finger meine, sodass ein wohliger Schauer meinen Rücken hinaufraste.

Als wir schließlich lachend aus der Galerie taumelten, war Livs Arm um meine Hüfte und Fionas um meinen Nacken geschlungen, während Ellie auf Fionas Rücken ritt. Wir purzelten prustend in das Uber, das Liv uns bestellt hatte – ein unübersichtlicher Haufen aus Armen und Beinen. Zum Glück stieg Ellie vorne ein, sodass sie dem Fahrer die Adresse unseres Hotels bestätigen konnte.

Laut und schief grölten wir einen Song im Radio mit, während wir durch die hell erleuchteten Straßen von Halifax gefahren wurden. Ich hatte bisher nicht viel von der Stadt zu Gesicht bekommen, aber es machte mir nichts aus. Ich wollte sowieso nur Liv sehen. Immer nur Liv, deren zerzauste Locken ihr ständig ins Gesicht fielen, die sich an meinen Arm klammerte und in meine Faust sang, als wäre sie ein Mikrofon.

Kurz darauf stolperten wir aus dem Uber und in den Lift des Hotels. Ellie und Fiona schunkelten lachend zur Fahrstuhlmusik hin und her.

Liv stützte sich schwer auf mich. Sie hatte ihre High Heels

ausgezogen und war nun barfuß, ihre Zehennägel waren in dem dunklen Grünton ihres Kleides lackiert. Ich stützte mich ebenso auf sie, obwohl ich wusste, dass wir beide gar nicht wirklich betrunken waren. Den ganzen Abend über hatte ich dafür gesorgt, dass Liv zwischendurch Wasser trank und ein paar Häppchen aß. Wir stützten uns aus einem ganz anderen Grund aufeinander, ließen einander nicht mal für eine Sekunde los. Die Luft zwischen uns war beinahe elektrisch aufgeladen. Ich spürte Livs Wärme, ihre weichen Haare kitzelten meine Wange, und ich ahnte, dass sie jede meiner Berührungen ebenso deutlich wahrnahm. So nahe waren wir uns lange nicht mehr gewesen. Es brachte mich fast um den Verstand.

Die Fahrstuhltüren öffneten sich, und wir taumelten hinter Ellie und Fiona auf den Flur.

»Gute Nacht, ihr beiden«, rief Fiona uns zu, dann waren die beiden Arm in Arm durch ihre Zimmertür verschwunden.

Und da waren wir nun. Liv und ich. Eng aneinandergeschmiegt. Auf einem leeren Hotelflur.

Als wäre Liv in ebendiesem Moment derselbe Gedanke gekommen, ließ sie mich abrupt los und trat einen Schritt zur Seite. »Ich … äh, mein Zimmer ist da drüben.« Sie deutete auf die Tür neben meiner.

»Meins auch«, antwortete ich unbeholfen. Livs Wärme fehlte mir jetzt schon. Ihr Duft haftete immer noch an meiner Haut.

Sie warf mir einen flüchtigen Blick zu und ging langsam an mir vorbei. Der dicke Teppich schluckte ihre Schritte. Ihre nackten Füßen versanken tief darin.

Ich blieb vor meiner Tür stehen und drehte den Kopf in ihre Richtung.

Liv stand vor ihrer Zimmertür, die Schlüsselkarte in der Hand. Ihr Blick traf meinen. Darin brannte ein Feuer, das mich zu verschlingen drohte. Sie sah mir tief in die Augen, biss sich auf die Unterlippe. Mein Blick folgte der Bewegung. Ich starrte auf ihren wunderschönen Mund, wünschte mir nichts sehnlicher, als sie zu küssen. Mir war so heiß, dass ich glaubte, jeden Moment zu verbrennen.

Keiner von uns sagte »Gute Nacht«, niemand rührte sich. Das Schweigen dehnte sich aus. Es war laut, bedeutungsschwer, voll ungesagter Dinge. Ich schluckte, machte einen halben Schritt auf Liv zu, wurde magnetisch von ihr angezogen. Es gab nur noch sie und mich auf der Welt. Sie und mich und diesen Flur.

Liv schob sich eine Strähne hinters Ohr und seufzte tief. »Gute Nacht, Will«, raunte sie kaum hörbar. Dann stieß sie ihre Tür auf und ließ mich allein auf dem Gang zurück.

Ich stöhnte überrascht auf, als die Enttäuschung mich wie ein Schlag in den Magen traf. Hatte ich die Situation so falsch eingeschätzt?

Langsam stieß ich die Luft aus und ließ meine Stirn gegen die Tür sinken. Einen Moment stand ich reglos da. Allein und verloren. Den Kopf voll ungesagter Dinge. Das Herz überschäumend vor Emotionen.

Dann öffnete ich frustriert meine Tür und ließ sie hinter mir ins Schloss fallen. Ich stand immer noch unter Strom, vibrierte förmlich von innen. Aufgebracht lief ich im Zimmer auf und ab. Der Abend konnte doch nicht einfach so enden. Da war diese Anziehungskraft zwischen uns. Dieses Knistern. Die Hitze schien mich jeden Moment zu überwältigen.

Eilig kickte ich mir die Schuhe von den Füßen, löste meine Fliege, schlüpfte aus dem Sakko. Nur eine kalte Dusche würde jetzt helfen. Doch dann dachte ich an Livs eindringlichen Blick. Wie sie sich auf die Lippe gebissen hatte. Wie sie mich beim Singen angesehen hatte, als wäre ich die einzige Person auf der Welt.

Und plötzlich war mir alles egal. Ich wollte sie. Ich brannte für sie. Ich musste es ihr sagen, sodass kein Zweifel mehr bestand.

Mit zwei großen Schritten war ich an der Tür. Doch gerade als ich nach dem Knauf griff, ertönte ein Klopfen.

30 Liv

Die Tür öffnete sich, und vor mir stand Will mit zerzaustem Haar, lose herabhängender Fliege und halb geöffnetem Hemd. Seine braunen Augen weiteten sich überrascht. Einen Wimpernschlag lang sah ich ihn an und er mich, beide völlig überwältigt von der Bedeutung dieses Moments. Dann überbrückte ich die Distanz zwischen uns, und meine Lippen trafen hungrig auf seine.

Will keuchte verblüfft auf, doch im nächsten Moment erwiderte er den Kuss voll brennendem Verlangen. Er zog mich an sich, und wir taumelten ein paar Schritte in sein Hotelzimmer. Mit einer Hand warf er die Tür hinter uns zu. Ich hörte es kaum, das Blut rauschte zu laut in meinen Ohren. Ich spürte nichts als seinen heißen Atem an meinen Lippen, seine nackte Haut unter meinen Fingern, als ich sie unter sein Hemd schob. Sein vertrauter Duft hüllte mich ganz ein, umgab mich wie ein tröstlicher Kokon, der uns vom Rest der Welt abschirmte. Sein breiter Rücken, seine starken Arme, die harte Brust – er umschlang mich so fest, als wäre ich das Kostbarste auf der Welt.

Ich stöhnte leise, als er mir sanft in die Unterlippe biss. Seine Lippen waren dieselben, doch er küsste anders als vorher. Besser. Oder vielleicht lag es nur an diesem Augenblick, diesem perfekten Moment, in dem es nichts anderes gab als seinen

Mund auf meinem, seinen Duft in meiner Nase, seine Hand an meiner Wange.

Er zog mich mit sich, ließ mich keine Sekunde los. Wir stolperten gegen den Nachttisch, sodass die Lampe darauf gefährlich wackelte. Will fluchte leise an meinen Lippen. Gleichzeitig spürte ich, wie er lachte. Seine Brust vibrierte unter meinen Händen, sein Atem streifte meine Wange. Ich konnte nicht anders, als mit ihm zu lachen.

Dieser Moment wäre mir vor ein paar Wochen noch absurd vorgekommen, geradezu unmöglich. Doch hier waren wir. Halb nackt in einem Hotelzimmer. Viele Kilometer von zu Hause entfernt. Von unseren Erinnerungen und vergangenen Ichs. Es war die perfekte Gelegenheit. Ich wollte nicht denken. Wollte nur fühlen. Ich wollte Will. Ganz und gar. Mit allen Konsequenzen, die das mit sich bringen mochte.

Wir sahen uns eine Weile in die Augen, beide überwältigt von dem, was wir im Begriff waren, zu tun. Und doch gab es für mich kein Zurück mehr. Mein Unterleib kribbelte vor Verlangen, meine Haut stand in Flammen. Will war mir so nah, dass ich die goldenen Sprenkel in seinen dunklen Augen sah.

Er strich mir eine Strähne aus dem Gesicht. »Bist du sicher?«

Ich sah ihm tief in die Augen, wollte nichts anderes mehr spüren als die Wärme, die in seinem Blick lag. Wollte mich darin verlieren. Die ganze Nacht lang.

Ich nickte. »Ja.«

Da lächelte er, leicht schief, ein wenig verlegen, aber so breit, dass es seine Augen zum Strahlen brachte.

Ich hob eine Hand, fuhr mit den Fingern über seine Lippen, die weichen Bartstoppeln. Ein Schaudern brachte meinen Körper zum Beben. So vertraut. So neu. So unglaublich sexy. Ich seufzte leise. »Will, bist du dir auch sicher?«

»Pst.« Er versiegelte meine Lippen mit einem Kuss. Als seine

Zungenspitze an meine stieß, konnte ich nicht anders, als mich fest an ihn zu pressen. Ich spürte, wie hart er war. Wie immer war er bereit, mich zu lieben. Der Gedanke zerriss mir das Herz, doch ich verbannte ihn in die tiefsten Tiefen meines Geistes, blendete alles aus und gab mich Will ganz hin.

Ich schubste ihn Richtung Bett, er fiel mit einem leisen Keuchen rückwärts. Ich raffte mein Kleid und kletterte auf ihn. Da lag er unter mir, schaute mit verklärtem Blick und einem leisen Lächeln zu mir auf. Seine Züge wirkten weich im gedämpften Licht der Straßenlaternen, das durch die Vorhänge hereinfiel. Seine Augen funkelten, als ich auch die letzten Knöpfe seines Hemds öffnete. Mit seiner Hilfe streifte ich ihm den Stoff von den Schultern. Seine Brust hob und senkte sich schnell, als ich mich über seinen nackten Oberkörper beugte und seinen Hals küsste.

Tiefer und tiefer wanderten meine Lippen, über seine Halsbeuge, das Schlüsselbein, seine Brust. Eine Gänsehaut zog sich über seinen Körper, und er schauderte bei jeder Berührung meiner Lippen. Als ich kurz innehielt, um einen Blick auf sein Gesicht zu werfen, hatte er die Augen geschlossen, den Kopf in den Nacken gelegt, während er mir seinen Oberkörper entgegenhob. Ein Lächeln umspielte meine Mundwinkel, während ich mit den Fingern über seine Haut fuhr, immer tiefer wanderte, bis ich zu seinem Hosenbund kam. Mit fliegenden Fingern öffnete ich den Reißverschluss und musste kurz von Will rutschen, um ihm die Hose mitsamt den Boxershorts von den Beinen zu streifen.

Eine Weile stand ich vor dem Bett, bewunderte seine ganze nackte Pracht. Die definierten Muskeln seiner Oberarme und seiner Brust, die schmale Spur lockiger Haare, die sich von seinem Unterleib bis zum Bauchnabel zog. Ich fuhr mit den Fingern hindurch, und er stöhnte leise auf.

Rasch öffnete ich den Seitenreißverschluss meines Kleides und streifte es ab. Darunter trug ich einen trägerlosen BH und einen knappen Slip. Beides landete kurz darauf auf dem Boden.

Will schob sich auf die Ellbogen, um mich zu betrachten. »Liv, du bist … einfach wunderschön«, raunte er. Die Bewunderung in seinem Blick raubte mir den Atem. Er ließ mich keinen Moment aus den Augen, musterte mich voll unverhohlenem Verlangen – genau wie ich ihn.

Als ich mich wieder auf ihn schob, meine nackten Schenkel um seine Hüfte schlang, beugte er sich zu mir vor, um mich zu küssen. Ich verlor mich eine Weile in ihm, in diesem Kuss, während seine Zunge meine umkreiste, seine Zähne an meinen Lippen knabberten. Doch ich wollte mehr, wollte alles von Will. Langsam rutschte ich tiefer, küsste mich wieder an seinem Oberkörper nach unten. Er stemmte sich hoch, sah mich mit weichem Blick an. »Liv, du musst nicht …«

»Ich will aber.« Sanft, aber bestimmt drückte ich ihn zurück aufs Bett. Meine Hände wanderten unaufhaltsam tiefer. Ich wusste nur allzu gut, was Will um den Verstand brachte, und ich plante, das heute Abend voll auszukosten. Schon streichelte ich seinen Penis, fuhr langsam mit der Hand daran auf und ab, bis ich mich zwischen seinen Beinen positioniert hatte. Als ich meine Lippen um die Eichel schloss, entlockte ich Will ein Stöhnen. Die Bewegungen, der Rhythmus, Wills Reaktionen auf jede kleinste meiner Berührungen waren mir so vertraut, und doch war alles neu. Anders. Aufregend. Berauschend.

Ich bewegte mich schneller, schloss die Lippen fester um ihn. Doch da spürte ich Wills Hand auf meinem Kopf. Ich sah auf. »Nicht so, Liv«, sagte er. »Ich will nicht auf diese Weise kommen.«

Er zog mich zu sich hoch, mein nackter Körper glitt über seinen, bis ich über ihm kniete, unsere Nasenspitzen nur Millimeter voneinander entfernt. Ich legte all mein Verlangen in den nächsten Kuss. Will legte beide Hände auf meine Hüften und drehte uns mit einer fließenden Bewegung um.

Nun war er über mir, mein Rücken versank in der weichen Matratze des Hotelbetts. Mit beiden Händen umschloss Will meine Brüste, spielte mit den Brustwarzen, was mich schier um den Verstand brachte. Mein Unterleib zog sich immer mehr zusammen, schickte ein heißes Pulsieren durch meinen ganzen Körper. Jede Faser meines Seins sehnte sich nach Will, nach seinen Berührungen, seinen Küssen. Ich schlang die Beine um seine Hüften, hob mich ihm entgegen.

Er lächelte, gab mir einen flüchtigen Kuss, bevor er eine Hand zwischen meine Beine schob. Ich stöhnte auf, als seine Finger meine empfindlichste Stelle streichelten, rieben, neckten.

Will senkte den Kopf zwischen meine Brüste, liebkoste sie mit seiner Zunge, saugte und leckte meine Brustwarzen, die sich ihm entgegenreckten. Gleichzeitig reizte mich seine Hand zwischen meinen Beinen bis zum Äußersten. Als er einen Finger in mich schob, stöhnte ich so laut, dass man mich im Nebenzimmer hören musste. Es war mir egal. Ich war kurz davor loszulassen, mich in eine Million Teile aufzulösen und davonzuschweben.

Gierig rieb ich mich an Wills Fingern, schlang meine Beine noch fester um ihn. Sein Daumen umkreiste meine Klitoris, während sein Zeigefinger immer schneller in mich stieß. Und als er mich sanft in eine Brustwarze biss, explodierte ich von innen.

Der Höhenflug war so gewaltig, dass ich mich fest an Will klammerte, der ganz still geworden war. Er bewegte sich nicht mehr, hielt mich fest an sich gepresst, während ich am ganzen Körper bebend höher und höher schoss. Schließlich warf ich den Kopf in den Nacken, um laut nach Luft zu schnappen.

»Will! Das war … Wo hast du *das* denn gelernt?« Ich öffnete die Augen und starrte ihn an. Mein ganzer Körper fühlte sich schwach und leblos an, meine Beine zitterten, und gleichzeitig hatte ich mich nie besser gefühlt.

Er grinste und leckte sich über die Lippen. »Na ja, ich hatte ziemlich viel Zeit, um zu üben.«

Schnaubend schnappte ich mir ein Kissen und warf es nach ihm. Er wich geschickt aus und setzte sich auf. »Schön, wenn es dir … gefallen hat.«

»Gefallen?« Ich schnaubte wieder. »Das ist wohl das falsche Wort.«

Er zuckte verlegen mit den Schultern, grinste aber immer noch ziemlich selbstgefällig.

»Was glaubst du eigentlich, was du da tust?«

Er sah mich fragend an.

»Warum bist du so weit weg? Wir sind hier noch lange nicht fertig.«

Er lachte leise. »Ich wollte dir nur eine kleine Verschnaufpause gönnen. Bereit für die nächste Runde?«

Ich nickte, streckte meine Arme über den Kopf aus und rekelte mich genüsslich. Das hungrige Pochen in meinem Unterleib war zurück, und als ich einen Blick zwischen Wills Beine warf, wurde nur allzu deutlich, dass er auch bereit für mich war. Er drehte sich um und kramte in der Nachttischschublade, bis er ein Kondom hervorzog.

»Auf alle Eventualitäten vorbereitet, was?«, neckte ich ihn. Er wurde so rot, dass ich es sogar im gedämpften Licht sehen konnte. Doch ich setzte mich auf, nahm ihm das Kondom aus der Hand und riss es auf. »Wenn du nicht sofort wieder herkommst und das zum Einsatz bringst, muss ich, glaube ich, platzen.«

»Na, das wollen wir aber nicht«, gluckste er und rutschte zu mir rüber. Langsam und zärtlich zog ich ihm das Kondom über. Danach sahen wir uns eine Weile tief in die Augen, gaben dem anderen Zeit, es sich anders zu überlegen.

Wieder überkam mich das Gefühl, wie unglaublich diese Situation war. Ein kleines Wunder, dass Will nackt, mit zerzaustem Haar und glühenden Wangen vor mir saß und mich ansah, als gäbe es nur mich auf der Welt.

Er fuhr mir mit einer Hand über die Wange, strich mir eine Strähne hinters Ohr. Dann zog er mich zu sich und küsste mich. Ich ertrank in seinem Kuss, umkreiste seine Zunge mit meiner, atmete ihn ein, war ihm immer noch nicht nahe genug. Also zog ich ihn zu mir runter, bis sein Körper schwer auf meinem lag. »Bitte«, keuchte ich zwischen zwei Küssen. »Bitte, Will. Ich brauche dich. Jetzt sofort.«

Er hielt kurz inne, sah mich so eindringlich an, dass es mir den Atem raubte. Während er langsam in mich eindrang, ließ er mich nicht aus den Augen. Ich schlang die Arme um seinen Nacken, zog ihn wieder an mich, küsste ihn so innig, als hinge mein Leben davon ab.

Ich war erfüllt von ihm. Von seinen kräftigen Stößen, seiner schweißfeuchten Haut auf meiner, unseren ineinander verschlungenen Körpern. Ich wünschte mir, dass es niemals endete. Es war, als würden unsere Vergangenheit und unsere Zukunft krachend aufeinandertreffen und sich vereinen, so wie unsere Körper nach langer Zeit wieder zueinanderfanden.

Ich sah meine Zukunft so klar vor mir wie einen Film. Und in jeder einzelnen Szene war Will an meiner Seite. Ich wusste nun, dass ich genau dorthin gehörte. Zu ihm. Auch wenn ich so lange gebraucht hatte, um es zu begreifen. Will war nicht nur meine Vergangenheit, sondern auch meine Zukunft.

In meinem Leben hatte ich mich nirgendwo sicherer gefühlt

als in seinen Armen. Also ließ ich mich fallen, öffnete mein Herz für Will und hoffte, dass er mir seins ein zweites Mal schenken würde.

31 *Will*

Als sich meine Lider flatternd öffneten, spürte ich die Wärme eines anderen Körpers neben mir im Bett. Nur einen Augenblick später drang mir Livs frischer Duft in die Nase, und ich hielt die Luft an. Hatten wir letzte Nacht wirklich …?

Langsam drehte ich den Kopf, und da war sie. Ihr kornblondes Haar lag wie ein Fächer um sie herum auf dem weißen Kissen ausgebreitet. Sie schlief tief und fest.

Die Morgensonne fiel durch einen offenen Schlitz in den Vorhängen direkt auf ihre sommersprossige Wange. Liv sah so friedlich aus im Schlaf. So rundum zufrieden. Ein Lächeln zupfte an meinen Mundwinkeln, und ich widerstand dem Drang, ihr übers Haar zu streichen.

Mir fiel auf, dass sie nackt war – genau wie ich. Meine Glieder fühlten sich warm und schwer an, ein Nebeneffekt von letzter Nacht. Von unserer … Ja, was war das eigentlich gewesen?

Die Erinnerungen stürmten auf mich ein. Livs Stöhnen, ihre Fingernägel, die sich in meinen Rücken krallten, wie sie meinen Namen flüsterte, dann lauter rief. Es hatte sich wie eine Wiedervereinigung angefühlt, obwohl es wiederum völlig anders als früher gewesen war. Unsere Körper hatten einen ganz neuen Rhythmus gefunden. Wir hatten einander erkundet und uns dabei alle Zeit der Welt gelassen.

Ein warmes Kribbeln sammelte sich in meinem Bauch, jagte durch meine Adern und brachte mein Herz zum Rasen. Ich konnte mich nicht erinnern, jemals glücklicher als letzte Nacht gewesen zu sein. Doch bevor ich diesen Gedanken zu Ende gedacht hatte, schlich sich eine skeptische Stimme in meinen Hinterkopf. Was hatte letzte Nacht für Liv bedeutet? Genauso viel wie für mich? Oder hatte sie vielleicht nur Spaß haben wollen? Und würde ich es überleben, wenn Letzteres der Fall war?

Plötzlich gefror das warme Kribbeln in meinem Bauch zu Eis, und ich setzte mich im Bett auf. Da war er wieder … Der Abgrund gähnte vor mir. Er befand sich zwar weiter entfernt als sonst, doch sein düsterer Schlund rief mich erneut zu sich. Ich hatte keine Ahnung, ob ich bereit war, Liv in die Augen zu schauen und zu hören, was sie von letzter Nacht hielt. Die Angst legte ihre eisigen Klauen um mein Herz und drückte fest zu. Ich atmete schwer ein und aus, während ich Liv einen besorgten Blick zuwarf. Ich wollte auf keinen Fall, dass sie mich so sah. Doch sie regte sich nicht, atmete gleichmäßig weiter.

Hastig sah ich mich im Zimmer um. Es war ein einziges Chaos. Unsere Klamotten lagen überall auf dem Boden verstreut, der Schirm der Nachttischlampe hing schief, darüber war eine meiner Socken drapiert. Ich griff danach, schlug dann vorsichtig die Decke zurück und schlüpfte aus dem Bett.

Mittlerweile fühlte ich mich wie gelähmt von der Angst, die sich eiskalt durch meine Adern fraß. Der Abgrund schien mich höhnisch auszulachen, als wüsste er, dass Liv mich mit nur wenigen Worten hineinstoßen konnte. Auf Zehenspitzen huschte ich durch den Raum, klaubte meine Kleidung zusammen und hängte sie über einen Stuhl. Dann holte ich eine Jeans und ein T-Shirt aus meinem Koffer, den ich nie ausgepackt hatte.

Immer wieder warf ich Blicke zum Bett, wo Liv weiterhin schlief. Was sollte ich nun tun? Am liebsten hätte ich eine eiskalte Dusche genommen, um meinen Kopf freizubekommen, doch ich wollte Liv nicht aufwecken. Also zog ich mich möglichst leise an, bloß um dann unschlüssig im Raum zu stehen.

Sollte ich rausgehen und Liv ihre Privatsphäre lassen? Vielleicht einmal um den Block joggen? Uns zwei Becher Kaffee kaufen? Oder sollte ich uns Frühstück aufs Zimmer bestellen? Nein, das war wohl eine Spur zu viel. Schließlich hatte ich keine Ahnung, wie Liv nach letzter Nacht zu mir stand.

Der Drang, mich wieder auszuziehen und mich zu ihr ins Bett zu kuscheln, war beinahe übermächtig. Ich wollte sie berühren, sie streicheln und küssen und ihr diesen heiseren, sexy Laut entlocken, den sie immer ausstieß, kurz bevor sie kam. Ich wollte sie glücklich machen. Verdammt, ich wollte sie nie wieder gehen lassen! Doch das war nicht allein meine Entscheidung.

Gleichzeitig bereitete mir der Gedanke, mich wieder auf Liv einzulassen, die größte Furcht. Denn wenn ich ihr abermals mein Herz schenkte, würde sie es endgültig zerfetzen können.

Die Gedanken wirbelten so schnell durch meinen Kopf, dass mir schwindelig wurde. Ich musste mich dringend beruhigen. Doch das war völlig unmöglich, solange Liv in meinem Bett lag, im Schlaf so umwerfend aussah und ich keine Ahnung hatte, was in ihrem Kopf vor sich ging.

Ich bückte mich, um meinen Koffer nach frischen Socken zu durchsuchen, stieß aber mit dem nackten Fuß dagegen. Ich fluchte leise, als Schmerz durch meinen kleinen Zeh jagte, und sah dabei wie immer rasch zu Boden.

»Will?«

Ich erstarrte. Mit dem Rücken zum Bett stand ich wie eine Eisskulptur da und konnte mich nicht mehr rühren.

»Will? Du bist ja schon wach.« Livs verschlafene Stimme

klang so niedlich wie früher. Ich hörte die Bettdecke rascheln, sie musste sich aufgesetzt haben.

»Ja, äh … Guten Morgen.« Mit zitternden Knien drehte ich mich zu ihr um. Mein Herz pochte so schmerzhaft, als würden sich Eissplitter mit jedem Pulsieren tiefer hineinbohren.

Liv hatte sich tatsächlich aufgesetzt und die Decke bis zum Schlüsselbein hochgezogen. Sie hatte den Kopf schief gelegt, das Haar fiel ihr in weichen Wellen über die Schultern. Im Morgenlicht sah sie aus wie ein Engel. Mein ganz persönlicher Engel.

Ich schluckte schwer.

»Guten Morgen«, sagte sie lächelnd. Dann strich sie mit einer Hand über den leeren Platz neben sich im Bett. »Willst du nicht wieder herkommen?«

Ich musste mich zusammenreißen, um nicht mit einem Satz zurück ins Bett zu springen. Aber das würde mir meine brennenden Fragen nicht beantworten. Meine Brust zog sich immer mehr zusammen, das Atmen fiel mir zunehmend schwerer. Wenn dieser Morgen nicht in einer Panikattacke enden sollte, musste ich dringend mit Liv sprechen – und zwar angezogen und in gebührendem Abstand. Denn aufgrund ihrer Nacktheit konnte ich keinen klaren Gedanken fassen.

»Ich, äh …« Suchend sah ich mich im Zimmer nach ihrer Kleidung um, konnte aber nur ihren BH entdecken, der halb unter dem Bett lag. Also schnappte ich mir ein weißes Hemd aus meinem Koffer und reichte es ihr aus sicherer Entfernung.

»Danke.« Wieder lächelte sie mich an. Durfte ich das als gutes Zeichen werten? Zumindest schien sie die letzte Nacht nicht zu bereuen.

Sie drückte das Hemd an ihre Brust, roch daran, und ihre Mundwinkel hoben sich. Allerdings machte sie keine Anstalten, es anzuziehen.

»Will, hör mal, ich …« Sie räusperte sich. »Für dich muss das alles genauso verwirrend sein wie für mich. Also sollten wir vielleicht darüber sprechen?« Es klang mehr wie eine Frage als wie ein Vorschlag, und ich beeilte mich zu nicken.

»Ich meine nicht nur über letzte Nacht«, fuhr Liv fort. »Sondern über … uns.«

Das Blut schoss mir in den Kopf, rauschte mir laut in den Ohren. Ich musste mich kurz abwenden, weil mir meine Gesichtszüge entglitten.

Uns.

Wir.

Diese Worte hatte ich sehr lange nicht mehr aus Livs Mund gehört. So oft hatte ich mir gewünscht, dass es wieder ein »uns« gäbe. Warum sträubte sich dann jetzt alles in mir dagegen, Liv in die Augen zu sehen?

»Will? Möchtest du dich denn nicht zu mir setzen?«

»Nein, äh, ich stehe lieber.« Langsam ging ich vor dem Bett auf und ab, da ich nicht wusste, wohin mit meinen Armen, Beinen – mit meinem ganzen Körper.

Liv seufzte. Ich hörte, wie sie sich mein Hemd überstreifte und aufstand. Barfuß tapste sie zu mir, legte eine Hand auf meinen Arm und zwang mich auf diese Weise, stehen zu bleiben und sie anzuschauen. »Kannst du mir denn nach letzter Nacht nicht mal in die Augen sehen?«

»Nein, nein«, stieß ich hervor. »So ist es überhaupt nicht. Ich würde … am liebsten würde ich direkt da weitermachen, wo wir letzte Nacht aufgehört haben.«

Überrascht hob Liv beide Augenbrauen. Ihre Finger brannten sich in meinen Arm. Sie sah umwerfend in meinem Hemd aus, das ihr gerade so bis auf die Oberschenkel reichte. »Tja, also ich halte dich nicht davon ab.« Ihre Mundwinkel zuckten. »Letzte Nacht war …«

Ich nickte. »Magisch.«

»Ja, magisch.« Ihr Lächeln war so hinreißend, dass ich abermals schlucken musste. Als sie direkt vor mich trat und zu mir aufblickte, hätte ich beinahe jegliche Beherrschung verloren. Schon wanderte ihre Hand zu meiner Wange, wollte über meinen Bart streichen. Doch ich zuckte zurück, brachte mich mit einem Schritt in Sicherheit.

»Liv, ich bin wirklich ziemlich durcheinander«, gab ich zu. »Alles geht so schnell und … versteh mich nicht falsch, letzte Nacht war wirklich wunderschön, aber …«

Ihre Mundwinkel fielen herab, und sie nickte, als wüsste sie genau, was in mir vorging. »Das ist meine Schuld«, raunte sie so leise, dass ich sie kaum verstand. »Ich hab's wirklich vermasselt, was?«

»Nein, es ist nur …«

»Du kannst ruhig ehrlich sein, Will. Es bringt nichts, es schönzureden.« Sie schlang beide Arme um ihren Oberkörper, wobei das Hemd hochrutschte. Ich wandte rasch den Blick ab.

»Ich habe dir, glaube ich, nie wirklich gesagt, wie leid es mir tut.« Sie stand nach wie vor viel zu dicht vor mir, sodass mir ihr wundervoller Duft in die Nase stieg. Oder lag das daran, dass mein ganzer Körper seit letzter Nacht nach ihr roch?

»Ich hätte nicht einfach abhauen dürfen«, fuhr sie fort. »Das hast du nicht verdient. Aber ich habe mich damals so verloren gefühlt. So eingesperrt. Ich war einfach nicht bereit, meine Ziele und Träume hintanzustellen. Aber jetzt …« Sie schluckte geräuschvoll, und ich blickte überrascht auf. Ihre Augen waren feucht. »Jetzt bin ich hier. Ich gehe nirgendwohin.«

»Aber für wie lange?« Die Worte purzelten aus mir heraus, bevor ich sie zurückhalten konnte. Sie überraschten mich genauso wie Liv. Doch jetzt, da ich es ausgesprochen hatte, gab es kein Zurück mehr. »Ich habe keine Garantie, dass es diesmal anders sein wird.«

Liv senkte den Blick, wischte sich über die Augen. »Eine Garantie hat niemand jemals. Man kann nicht sein ganzes Leben im Voraus planen, Will. Ich dachte, dass hättest du mittlerweile begriffen.« Nervös strich sie sich die Haare hinter die Ohren. »Selbst wenn du jemandem dein Herz auf dem Silbertablett servierst, heißt das noch lange nicht, dass die Person dich auch für immer lieben wird. Dieses Risiko muss jeder in der Liebe eingehen.«

Sie sagte es so selbstverständlich dahin, als hätte sie eine Ahnung, was es bedeutete, wenn man seinen Einsatz verlor. Wenn das Herz achtlos von besagtem Silbertablett gestoßen wurde und beim Aufprall in Tausend Stücke zersprang.

Ihre Worte trafen einen wunden Punkt, und ich ging sofort in die Defensive. »Das weiß ich. Glaub mir, Liv, wenn ich eins gelernt habe, dann das.« Ich klang verbittert und verletzt, konnte es aber nicht ändern. Es war nun einmal die Wahrheit.

Liv biss sich auf die Unterlippe, begegnete immer noch nicht meinem Blick. »Also werde ich immer die Böse in der Geschichte sein?«, fragte sie leise. »Egal, was ich tue, egal, wie sehr ich dir und den anderen zu beweisen versuche, dass ich mich verändert habe, dass ich es diesmal wirklich ernst meine, es wird nie genug sein.«

»Das habe ich nicht gesagt. Aber es ist … nicht leicht. Kannst du nicht verstehen, dass es mir unheimlich schwerfällt, mich wieder auf dich einzulassen? Nach allem, was passiert ist?«

Endlich sah sie mich an. »Du meinst, nach allem, was ich dir angetan habe. Das ist es doch, was ihr alle denkt. Sprich es einfach aus, Will.«

Ich zögerte eine Sekunde, doch dann bahnten sich die Worte unaufhaltsam einen Weg an die Oberfläche. Alles, was ich jahrelang heruntergeschluckt hatte, wollte endlich raus. »Ja, verdammt, wenn es das ist, was du hören willst. Ich weiß nicht, ob ich dir je wieder vollkommen vertrauen kann, Liv. Ob ich *uns* vertrauen kann.«

Sie zuckte zusammen, als hätte ich sie geschlagen, doch ich bereute es nicht, ihr das endlich gesagt zu haben.

»Aber wenn du mir nie eine Chance gibst, wie soll ich mich dann beweisen?«, fragte sie, nun schon viel weniger kleinlaut. Ich konnte an ihren funkelnden Augen erkennen, dass sie langsam wütend wurde.

Ich warf die Hände in die Luft, begann abermals, auf und ab zu gehen. »Ich weiß es nicht, Liv. Ich weiß es wirklich nicht.«

»Und was mache ich dann noch hier?« Sie klang nicht nur verletzt, sondern ballte nun auch die Hände zu Fäusten. »Für was soll letzte Nacht gut gewesen sein? Ich dachte, wir hätten einen Schritt nach vorne gemacht.«

Ich blieb abrupt stehen. Dieser Moment erinnerte mich auf schmerzliche Weise an die Nacht unserer Prom. An Livs tränenglänzende Augen in der Dunkelheit. An ihre Worte, die mir den Boden unter den Füßen weggezogen hatten.

»Wäre es dann nicht das Beste für alle, wenn ich einfach wieder abreise?«, brachte sie nun mit zitternder Stimme hervor. Sie hätte mir genauso gut einen Schlag gegen die Brust versetzen können. Ich schnappte nach Luft, konnte nicht fassen, dass sie das wirklich erneut in Betracht zog. Hatte sie nicht eben noch gesagt, dass sie bleiben wollte?

Doch das war Liv. Meine Liv. Wie immer scheute sie den Konflikt, rannte vor allem davon, was zu kompliziert erschien. Trotzdem tat es verdammt weh, es nun abermals aus ihrem Mund zu hören.

»Also sind wir wieder am selben Punkt angekommen, was? An der unüberwindlichen Hürde?«, fragte ich zutiefst enttäuscht und wischte mir erschöpft über das Gesicht. »›Vielleicht ist es besser so?‹« Es waren dieselben Worte, die sie mir in jener

Nacht geschrieben hatte. Die Worte, die mich vollends von der Klippe gestoßen hatten.

Vielleicht ist es besser so. Ich wusste, dass es unfair war, ihr das jetzt an den Kopf zu werfen, aber ich war längst über fair hinaus.

»Nein, das habe ich überhaupt nicht damit sagen wollen«, fuhr Liv mich an. »Will … ich … Du verstehst mich ganz falsch. Ich möchte nicht wieder abreisen. Ich möchte hier bei dir sein. Ich dachte, das hätte ich klargemacht. Aber du musst doch einsehen, dass ich nicht mehr dieselbe Liv bin wie früher und du nicht mehr derselbe Will. Es ist falsch, davon auszugehen, dass wir noch dieselben Menschen wären.«

»Ich weiß, dass wir uns beide verändert haben«, erwiderte ich. »Aber das heißt nicht, dass wir jetzt besser zusammenpassen als früher. Im Endeffekt sind wir immer noch dieselben Personen. Und anscheinend stehen immer noch die gleichen Dinge zwischen uns wie damals.«

Sie schnaubte, legte den Kopf in den Nacken und blickte zur Decke auf, als könnte sie das alles nicht fassen. »Du lebst viel zu sehr in der Vergangenheit, Will! Leute verändern sich. Menschen wachsen. Ich bereue, was damals passiert ist, aber ich kann es nicht ungeschehen machen. Egal, was ich tue, es wird immer zwischen uns stehen. Also musst du mir irgendwann vergeben, wenn wir eine Zukunft haben wollen.«

Zukunft. Ein Wort, an das ich lange nicht mehr gedacht hatte. Um genau zu sein, seit vier Jahren nicht mehr. Eine Zukunftsvision ohne Liv war für mich schwer vorstellbar gewesen. Es schmerzte, dass sie mir vorwarf, zu sehr in der Vergangenheit zu leben. Ich hatte schließlich keine Wahl gehabt, als an den schönen Erinnerungen festzuhalten, um mich nicht vollends aufzugeben. Sie waren es gewesen, die mich von dem vermaledeiten Abgrund ferngehalten hatten – die schönen Erinnerungen und meine Freunde. Und mir fiel auf, dass ich nicht bereit war, all die harte Arbeit, die ich in den letzten Jahren in mich selbst und meine mentale Gesundheit gesteckt hatte, zunichtezumachen. Ich durfte Liv nie wieder diese Macht über mich geben. Sie würde mich nicht noch einmal in die Knie zwingen. Das durfte ich nicht zulassen.

»Du hast recht«, hauchte ich. Liv sah mich überrascht an. »Ich lebe zu sehr in der Vergangenheit. Offensichtlich bin ich über vieles noch nicht hinweg.«

Livs Augen wurden groß, sie machte einen Schritt auf mich zu, musste die Veränderung in meiner Stimme hören, die Endgültigkeit in meinen Augen lesen.

Ich atmete tief durch, kämpfte gegen das Brennen in meiner Kehle an. »Also sollten wir es einfach lassen. Machen wir uns nichts vor. Es noch mal zu versuchen würde alles nur noch schlimmer machen. Es … es tut einfach zu sehr weh.« Meine Stimme brach.

»Will.« Liv kam weiter auf mich zu, doch ich wich vor ihr zurück. »Das meinst du doch nicht ernst. Ich wollte dir doch nur zeigen, dass wir uns zwar beide verändert haben, aber dass ich nie aufgehört habe, dich zu …«

»Hör auf«, unterbrach ich sie barsch, bevor sie meine Hand nehmen konnte. Sie blieb abrupt stehen, starrte mich betroffen an.

Ich fuhr herum und war mit zwei großen Schritten an der Tür. Ich kämpfte gegen die Tränen an, wollte nicht, dass Liv mich so sah. »Lass mich von jetzt an einfach in Ruhe«, sagte ich mit zitternder Stimme. »Es ist wirklich besser so.«

Dann trat ich aus dem Zimmer und ließ die Tür hinter mir zufallen.

32 *Liv*

Ich starrte eine Weile auf die geschlossene Tür, durch die Will verschwunden war. Tränen rannen mir über das Gesicht, doch ich wischte sie nicht fort. Ich rührte mich überhaupt nicht, stand nur da, während meine Gedanken rasten.

Wie war alles so schnell so schiefgelaufen? Letzte Nacht hatte ich geglaubt, nie so glücklich gewesen zu sein. Will wieder so nahe zu sein, hatte mir endgültig die Augen geöffnet. Ich war so kurz davor gewesen, ihm zu sagen, dass ich ihn liebte. Nicht *wieder,* sondern *schon immer.* Ich hatte nie damit aufgehört. Während Will es stets gewusst hatte, war es mir erst jetzt klar geworden. Wir gehörten zusammen. Er kannte sich eben viel besser als ich mich. So war es seit jeher gewesen, auch wenn ich es mir nicht hatte eingestehen wollen. Ich war schließlich die mit den großen Zukunftsvisionen und Träumen gewesen. Warum hatte ich damals nicht erkannt, dass Wills Träume ebenso viel zählten wie meine? Auch wenn sie vielleicht nicht so hochtrabend waren. Wir hätten womöglich schon vor vier Jahren einen Kompromiss gefunden, wenn ich es nicht aus Angst vergeigt hätte. Wir hätten unsere Träume verbinden, sie zusammen leben können. War es nun zu spät? Es sah ganz danach aus.

Ich schlang die Arme um meinen Oberkörper und ließ mich auf den weichen Teppich sinken. Mein ganzer Körper bebte vor

Schluchzern. Ich hielt mich, so fest ich konnte, während meine gerade erst neu aufgebaute Welt um mich herum zusammenfiel.

Wills verbitterte Worte hallten in meinem Kopf nach: *»Machen wir uns nichts vor. Es noch mal zu versuchen würde alles nur noch schlimmer machen.«*

Noch schlimmer … Ich konnte mir nichts Schlimmeres vorstellen als dieses Gefühl der Leere, das nun in mich kroch, mich ganz und gar erfüllte und schier von innen aushöhlte. Bis da nichts mehr war als eine leblose Hülle von mir, die in diesem Hotelzimmer kniete und die Tür anstarrte. Es war, als hätte Will all meine Hoffnungen auf eine gemeinsame Zukunft mit sich genommen.

Als ich mich nach einer gefühlten Ewigkeit aufraffte, vom Fußboden aufstand und meine Tränen trocknete, fühlte ich mich immer noch hohl und leer. Will war nicht zurückgekehrt, obwohl er barfuß nicht weit gekommen sein konnte. Ich zog mein Kleid unter dem Bett hervor und fand nach kurzem Suchen auch meine Unterwäsche.

Mit einem letzten Blick auf das unordentliche Bett, an dem nicht nur der Geruch, sondern auch all die Erinnerungen von letzter Nacht hafteten, wandte ich mich zur Tür.

In Wills Hemd gekleidet, öffnete ich sie einen Spalt und spähte den Flur hinunter. Ich wollte nicht, dass mich jemand so sah. Schon gar nicht Fiona oder Ellie. Ohne mein Handy hatte ich keine Ahnung, wie spät es war, und keinerlei Zeitgefühl.

Ich schlich auf den Gang und schloss die Tür so leise wie möglich. Gerade als ich in Richtung meines Zimmers huschen wollte, öffneten sich die Fahrstuhltüren hinter mir mit einem lauten Ping, und jemand trat heraus.

Anstatt schnell in mein Zimmer zu schlüpfen, erstarrte ich mitten in der Bewegung.

»Liv?«, fragte Fiona ungläubig. »Bist du das?«

Ertappt drehte ich mich zu ihr um, wohl wissend, was ich für einen Anblick bieten musste. Barfuß, mit zerzaustem Haar, verheulten Augen und nur in Wills Hemd gekleidet, das mir gerade bis über den Po reichte. Es war nur zu offensichtlich, was letzte Nacht zwischen uns passiert war. Schließlich kam ich aus *seinem* Zimmer.

Zuerst hoben sich Fionas Mundwinkel zu einem verwegenen Grinsen, doch als sie meine rot geschwollenen Augen entdeckte, fielen sie sofort wieder herab. Sie runzelte die Stirn und kam ein paar Schritte auf mich zu. »Ist alles in Ordnung?«

Ich schüttelte den Kopf, schluckte mehrmals, um den Kloß aus meinem Hals zu vertreiben, doch ein Schluchzen bahnte sich trotzdem einen Weg nach draußen. Schon liefen mir neuerliche Tränen über die Wangen.

»Oh, Liv!« Sofort war Fiona bei mir und zog mich mit einem Arm an sich. In der anderen Hand trug sie ein Tablett mit zwei Tassen Kaffee, die sie aus dem Hotelrestaurant geholt haben musste. »Was ist denn passiert?«, fragte sie, während ich mir über das Gesicht wischte, unfähig, ihr zu antworten. »Komm erst mal mit zu uns.« Sie legte den freien Arm um meine Schultern und zog mich zu ihrem Zimmer. Auf ihr Klopfen hin öffnete Ellie uns die Tür.

Sie musste gerade aus der Dusche gekommen sein. Ihre goldbraune Haut verströmte einen angenehmen Vanilleduft, das dunkle Haar hing ihr in feuchten Strähnen über die Schultern. Als ihr Blick auf mein Gesicht fiel, winkte sie uns sofort herein.

Das Zimmer sah genauso aus wie Wills und meins, mit dem Unterschied, dass die beiden schon gepackt hatten und nichts mehr herumlag.

Ellie reichte mir einen der Hotelbademäntel aus dem Schrank, den ich mir dankbar überzog. Dann ließ ich mich auf den Sessel in der Ecke sinken.

Fiona baute sich mit fragend erhobenen Brauen vor mir auf, während Ellie ihr das Tablett mit den zwei Kaffees aus der Hand nahm und mir eine Tasse reichte.

»Danke«, hauchte ich und zog die Nase hoch. Sofort folgte eine Taschentuchpackung.

»Erzähl schon«, drängte Fiona.

Nachdem ich mir die Nase geputzt und einen Schluck Kaffee getrunken hatte, war ich bereit, mich ihrem Verhör zu stellen. »Ist es nicht offensichtlich?« Ich deutete mit einem verlegenen Schulterzucken auf mein knappes Outfit.

Fiona verdrehte die Augen. »Okay, ihr habt die Nacht zusammen verbracht. Und dann?«

»Und dann haben wir uns gestritten.«

Fiona warf die Hände in die Luft. »So kann ich nicht arbeiten. Ich brauche mehr Informationen.«

Bevor sie beginnen konnte, unruhig auf und ab zu gehen, zog Ellie sie aufs Bett und setzte sich mit der zweiten Kaffeetasse neben sie.

»Ich hab's vermasselt«, gab ich zu. »Letzte Nacht war wunderschön, wir waren endlich wieder … Es war so wie früher. Nein, noch besser als früher. Aber dann …«

»Aber dann? Muss man dir denn alles aus der Nase ziehen, Liv?« Aufgebracht nahm Fiona Ellie die Tasse aus der Hand und trank einen großen Schluck Kaffee.

Ich seufzte. »Heute Morgen war Will ziemlich durch den Wind. Ihr wisst ja, dass er sehr emotional sein kann. Das liebe ich eigentlich an ihm. Also habe ich versucht, mit ihm über letzte Nacht zu sprechen, ihm seine Ängste zu nehmen. Und das ist total nach hinten losgegangen.«

»Inwiefern?« Diesmal kam die Frage von Ellie, die sich interessiert zu mir vorbeugte.

»Ich muss etwas Falsches gesagt haben. Eigentlich hatte ich nämlich gehofft, dass wir es noch einmal miteinander versuchen könnten. Ich habe mich bei ihm entschuldigt und ... Na ja, ich wollte ihm sagen, dass ich ihn liebe.«

Ellie schlug sich ergriffen eine Hand vor den Mund, Fiona grunzte leise. Ihr Blick huschte hin und her, als würde sie angestrengt nachdenken. Ich konnte an ihren zusammengepressten Lippen erkennen, dass ihr das Thema unangenehm war. Schließlich hatte sie von Anfang an keinen Hehl daraus gemacht, dass sie auf Wills Seite stand. Allerdings schien es sie zu verunsichern, dass Will und ich einander so nahe, aber nicht wieder zusammengekommen waren. Glaubte sie etwa doch an ein Happy End zwischen uns?

»Also hast du dich entschieden?«, fragte Ellie und erinnerte mich damit an unser Gespräch am Strand, als sie mich gewarnt hatte, es diesmal ernst mit Will zu meinen oder ihn in Ruhe zu lassen. »Du hast dich endgültig für Will entschieden? Für St. Andrews? Für uns?«

Ich nickte stumm, als meine Kehle abermals eng wurde und sich meine Brust zusammenzog. Hatte ich das? Oder hatte Wills Reaktion heute Morgen alles verändert? Wenn er mich nicht wollte, konnte ich ihn schließlich nicht dazu zwingen, mir eine zweite Chance zu geben. Das musste ich auch Fiona und Ellie klarmachen. In den Augen der beiden stand viel zu viel Hoffnung. Dieselbe Hoffnung, die ich gestern Nacht verspürt hatte und die heute Morgen in Tausend Scherben zerbrochen war.

»Will hat gesagt, dass wir uns nichts vormachen sollen. Dass es zu sehr wehtun würde, es noch mal zu versuchen.«

»Verdammt, das kann er doch nicht ernst meinen«, fluchte

Fiona. »Jeder hat in den letzten Wochen gesehen, dass Will noch in dich verliebt ist. Was hast du zu ihm gesagt?«

Natürlich ging sie davon aus, dass alles meine Schuld war. »Na ja, also … ich habe ihm vorgeworfen, dass er zu sehr in der Vergangenheit lebt. Dass wir uns beide verändert haben. Und dass wir nur eine Chance haben, wenn er mir vergibt.«

»Du hast *was?*« Fiona funkelte mich an.

Ellie legte ihrer Frau eine Hand auf den Oberschenkel. »Aber es stimmt doch«, raunte sie.

»Was stimmt?« Fiona nahm einen weiteren Schluck Kaffee.

»Was Liv gesagt hat. Ihr habt euch beide verändert. Will ist in den letzten Jahren so viel stärker geworden. Er ist an seinem Schmerz gewachsen. Ich dachte, er wäre mittlerweile bereit, dir zu vergeben, Liv. Und du … du hast dich selbst gefunden. Hast St. Andrews wieder lieben gelernt.«

Anhand der bedachten Worte ihrer Frau nickte Fiona nachdenklich. »Okay, und dass Will zu sehr in der Vergangenheit lebt, stimmt auch. Nur hättest du ihm das nicht unbedingt auf die Nase binden müssen.« Es folgte ein weiterer Todesblick in meine Richtung.

»Wo ist Will jetzt?«, fragte Ellie besorgt.

»Ich habe keine Ahnung«, antwortete ich. »Nach unserem Streit ist er aus dem Zimmer gestürmt, und seitdem habe ich ihn nicht gesehen.«

»Er wird ja wohl hoffentlich bald zurückkommen«, warf Fiona ein. »Wir müssen schließlich unseren Flieger erwischen.«

Ich sprang erschrocken auf. »Meine Mom! Sie wollte mich abholen!« Ich sah mich im Zimmer um. »Wie viel Uhr ist es?«

Ellie sah auf ihr Handy. »Kurz vor acht.«

»Oh, Scheiße, ich muss gehen. Mom und ich wollten nach dem Frühstück aufbrechen, weil wir eine lange Fahrt vor uns haben.«

Die beiden nickten verständnisvoll. »Wir sind für dich da, wenn du uns brauchst.« Ellie stand vom Bett auf.

Fiona schloss sich ihr an und nickte sogar. »Vielleicht ist es noch nicht zu spät. Ich rede mal mit Will. Vielleicht war alles nur ein Missverständnis.«

Meine Augen brannten vor Rührung. »Danke, ihr beiden. Obwohl es sich für mich ziemlich endgültig angehört hat. Ich will einfach … Ich möchte Will nicht noch mehr verletzen. Das habe ich nie gewollt.«

»Das wissen wir.« Ellie drückte mich zum Abschied fest an sich. Auch wenn Fionas Gesichtsausdruck mir sagte, dass sie sich da nicht so sicher war wie ihre Frau, umarmte sie mich ebenfalls.

Kurz darauf eilte ich den Flur entlang auf mein Hotelzimmer. Alles war ruhig, keine Spur von Will.

Als ich unter der Dusche stand, wollten keine Tränen mehr kommen. Offenbar hatte ich für diesen Morgen bereits alle aufgebraucht. Ich war froh, nicht mit den anderen im Flugzeug zurückfliegen zu müssen. So lange mit Will auf engstem Raum zusammenzusitzen hätte ich nicht ausgehalten. Der große Erfolg des letzten Abends, die Rettung der *Giulia*, wurde nun von unserem Streit überschattet. Und er hatte es unmissverständlich klargemacht, dass ich ihn in Ruhe lassen sollte.

Die Erinnerung daran tat so weh, dass ich am liebsten für immer unter dem tröstend warmen Wasser der Dusche stehen geblieben wäre. Doch Mom würde mich jeden Moment abholen kommen. Ich glaubte nicht, dass ich die Kraft hatte, ihr von Will und mir zu erzählen. Ihr zu gestehen, dass ich es zum wiederholten Mal vermasselt hatte. Sie hatte Will immer als ihren Schwiegersohn in spe behandelt. Sie und Dad hatten nie einen Zweifel daran gehabt, dass Will und ich unser Leben zusammen verbringen würden. Genau wie ungefähr alle Einwohner von St. Andrews.

Andererseits würde Mom vielleicht nicht einmal bemerken, wie schlecht es mir ging. Wahrscheinlich würde sie die ganze Autofahrt von nichts anderem sprechen als von der Galerie, ihrer Ausstellung und dem großen Erfolg der Auktion. Wenigstens einmal hatte es etwas Gutes, dass sie sich kaum für das Leben ihrer Tochter interessierte.

Bei der Vorstellung, in wenigen Stunden nach St. Andrews zurückzukehren, drehte sich mir der Magen um. In der Kleinstadt würde ich Will nicht aus dem Weg gehen können. Ich musste mir dringend überlegen, wie es jetzt weitergehen sollte. Wie ich mich ihm gegenüber verhalten sollte. Ich konnte ihn doch nicht einfach gehen lassen. Nachdem wir uns letzte Nacht endlich wieder nahegekommen waren, schmerzte seine Abwesenheit bereits jetzt wie eine offene Wunde.

Ich hatte zwei Optionen: Wieder davonlaufen, mir irgendwo anders einen Job suchen und ein Leben aufbauen oder bleiben und Will davon überzeugen, dass wir zusammengehörten.

Alles in mir schrie danach, die leichtere Entscheidung zu treffen. Den Konflikt einfach hinter mir zu lassen. Darin war ich so gut. Doch ich wusste nun, dass ich sogar bis ans andere Ende der Welt fliehen konnte – es würde nichts an meinen Gefühlen für Will ändern. Ihnen und meiner Vergangenheit würde ich niemals entkommen. Also musste ich den harten Weg wählen. Zum ersten Mal in meinem Leben.

Vielleicht hatten Ellie und Fiona recht. Vielleicht musste ich Will nur etwas Zeit geben und es dann noch einmal versuchen. Vielleicht war es noch nicht zu spät.

33 Will

Als wir am späten Nachmittag in St. John landeten, fühlte ich mich wie betäubt. Das Wochenende hatte sich in nur einer Nacht von einem vollen Erfolg in ein Desaster verwandelt, und ich fragte mich die ganze Zeit, wie das hatte passieren können. Während des Fluges hatten Fiona und Ellie erfolglos versucht, mich auszuquetschen. Anscheinend war es offensichtlich, dass mich etwas beschäftigte. Irgendwann hatten sie es aufgegeben und mir nur noch vorwurfsvolle Blicke zugeworfen.

Ich ahnte, dass sie mit Liv gesprochen hatten. Es war mir egal. Ich war ihnen keine Erklärung schuldig. Ich konnte mir meinen Gefühlsausbruch ja nicht einmal selbst erklären. In jenem Moment im Hotelzimmer hatte es sich richtig angefühlt, hinauszustürmen. Alles zu beenden. Endlich frei von Liv zu sein.

Jetzt war ich mir da nicht mehr so sicher. Sie fehlte mir. So sehr. Ihr Geruch haftete immer noch an meiner Haut. Wenn ich die Augen schloss, spürte ich ihren warmen Körper an meinem. Hatte ich es vermasselt? Oder war ich endlich mutig genug gewesen, das auszusprechen, was ich ihr schon längst hätte sagen müssen? Im Moment fühlte ich mich nicht in der Lage, eine Antwort auf diese Fragen zu finden.

Jack hatte Fiona, Ellie und mich mit seinem Pick-up vom Flughafen abgeholt. Nun saß ich im Dunkeln auf der Holzbank vor seiner kleinen Blockhütte auf Ministers Island. Die einzige Lichtquelle war die Sturmlampe, die neben der Eingangstür auf dem Boden stand. Motten tanzten in ihrem warmen Schein. Ich würde die Nacht auf Jacks Couch verbringen, hatte keine Lust, auf die *Giulia* zurückzukehren – das Boot, mit dem alles vor ein paar Wochen begonnen und nun wieder geendet hatte. Außerdem hatte die Flut bereits eingesetzt, die Ministers Island bis zum Morgengrauen vom Festland abschnitt. Dieser Ort war das perfekte Versteck, um sämtlichen Fragen zu entgehen. Selbst der Handyempfang war hier meistens dürftig. Ich spürte bereits nach wenigen Minuten, wie sich die Stille des mich umgebenden Waldes wie eine tröstliche Decke über mich legte und mein aufgewühltes Inneres beruhigte.

Jack trat mit zwei Tassen Tee in der Hand aus der Haustür. Er reichte mir eine und setzte sich neben mich. Marly, die sonst meistens hier anzutreffen war, hatte sich gemeinsam mit Rachel ein kleines Haus in St. Andrews gemietet. Nun schien es, als wären Jack und ich die einzigen lebendigen Seelen auf der Insel. Mit Ausnahme von Reggie, der seinen Kopf auf mein Knie legte und fragend zu mir aufblickte, als spürte er, dass etwas nicht stimmte.

Die Grillen zirpten leise, das Rauschen der hohen Baumwipfel rings um die Hütte mischte sich mit der Brandung des nahen Meeres. Hier und da raschelte es im Unterholz, als sich die Tiere der Nacht auf die Jagd begaben. Ein Ort der vollkommenen Ruhe und des Friedens. Manchmal beneidete ich Jack um diese Abgeschiedenheit. Doch ich kam dem Gefühl auf der *Giulia* schon recht nahe.

»Okay, was brennt dir auf der Seele, Mann?«, fragte Jack mit besorgtem Gesichtsausdruck. »Auf WhatsApp hast du dich gestern Abend noch so euphorisch angehört. Die *Giulia* ist gerettet, oder nicht?«

»Ja, wir haben genug Geld verdient, damit ich sie meinem Dad abkaufen kann.« Ich nahm einen großen Schluck Tee, während Livs Worte in meinem Kopf herumgeisterten wie schon den ganzen Tag.

Du lebst viel zu sehr in der Vergangenheit, Will! Leute verändern sich. Menschen wachsen. Ich bereue, was damals passiert ist, aber ich kann es nicht ungeschehen machen. Egal, was ich tue, es wird immer zwischen uns stehen. Also musst du mir irgendwann vergeben, wenn wir eine Zukunft haben wollen.

»Findest du, dass ich zu sehr in der Vergangenheit lebe?«, brach es aus mir heraus. »Dass ich mich nicht weiterentwickelt habe?«

»Woher kommt das denn auf einmal?« Vor Verwirrung zog Jack die Brauen zusammen und ließ seine Tasse sinken.

Ich sah zu Boden, dann in den Nachthimmel, auf meine Schuhspitzen, an Jacks rechter Schulter vorbei.

»Liv?« Natürlich traf Jack voll ins Schwarze. Ich deutete ein Nicken an. Er seufzte, rieb sich den Nacken, wie er es immer tat, wenn er entweder nervös oder verlegen war oder nicht wusste, was er sagen sollte. »Um deine Frage zu beantworten: Am Anfang habe ich das wirklich befürchtet, ja. Nachdem Liv abgehauen ist, hatte ich Angst, dass du zu sehr an der Vergangenheit festhältst und nie über sie hinwegkommst.« Er stellte seine Tasse neben der Bank auf den Boden und wandte sich mir zu. »Dann wurde mir klar, dass es nicht leicht sein kann, loszulassen, wenn ein Großteil deiner Vergangenheit mit Liv verknüpft ist. Ihr wart nicht nur ein Paar, sondern auch beste Freunde und das schon, lange bevor ihr zusammengekommen seid. Beides ist nicht voneinander zu trennen. Ich kann mir kaum vorstellen, wie krass es für dich gewesen sein muss – vor allem am Anfang, als dich absolut alles an Liv erinnert hat. Jeder Ort, jede Person, alle unsere Insiderwitze und gemeinsamen Erlebnisse.« Jack schüttelte den Kopf. »Scheiße, wir alle haben unser ganzes Leben zusammen verbracht. Deswegen wäre es auch falsch gewesen, Liv vergessen zu wollen. Sie aus deinem Leben herauszuschneiden, als wäre sie nie da gewesen. Das hätte nie funktioniert. Du konntest nur lernen, damit zu leben. Das war deine einzige Chance.«

Ich starrte meinen ältesten Freund mit großen Augen und leicht offen stehendem Mund an. Jack sprach nur selten so viel auf einmal. »Ich bin mir aber nicht sicher, ob mir das gelungen ist«, murmelte ich dann.

»Will, du hast dich total weiterentwickelt.« Er beugte sich zu mir vor und stemmte die Hände auf die Knie. »Ich hab dir das nie gesagt, aber du bist mein persönlicher Held.«

»Was?« Beinahe wäre der Tee aus meiner Tasse geschwappt, als ich zusammenzuckte.

Jack nickte ernst. »Du hast deinen ganzen Schmerz genommen und etwas Positives daraus gemacht. Auch wenn es sich für dich vielleicht nicht immer so angefühlt hat: Du bist daran gewachsen und unglaublich stark geworden.«

Ich blinzelte, unfähig, etwas zu erwidern.

»Weißt du noch, was du auf der Canada-Day-Party am Lagerfeuer zu mir gesagt hast?«, fuhr Jack fort. »Ziemlich am Ende, als die meisten schon weg waren?«

Ich zuckte mit den Schultern. In meinem Kopf flossen die Details des Abends, an dem Liv zurück nach St. Andrews gekommen war, wild durcheinander. Es war eher ein Chaos aus Gefühlen als Erinnerungen aus Bildern und Worten. Es fühlte sich an, als wäre seitdem eine Ewigkeit vergangen und nicht nur zwei Monate.

Jack half mir auf die Sprünge. »An dem Abend habe ich dir von meiner Angst davor erzählt, dass mir dasselbe passiert wie dir. Dass Marly mir das Herz bricht, wenn ich sie zu nah an mich ranlasse.«

Ich nickte langsam. Ja, jetzt erinnerte ich mich. »Und ich habe dir geantwortet, dass du dich trauen sollst, dass es sich lohnt, ins kalte Wasser zu springen, das Risiko einzugehen.«

»Ja. Und was noch?«

»Und …« Ich schluckte. »Dass ich die schöne Zeit mit Liv nicht missen wollen würde, egal, was danach passiert ist.«

»Siehst du!« Jack sah mich triumphierend an.

Doch das war nichts als melancholisches Gerede gewesen. An jenem Abend hatte ich Liv zum ersten Mal seit langer Zeit wiedergesehen. Ich hatte sie hassen wollen, aber gleichzeitig war alles wieder hochgekommen. Und eingelullt vom Alkohol und unserem ersten Gespräch nach vier Jahren, war ich sentimental geworden. Nichts weiter.

Gedankenverloren streichelte ich Reggies Kopf, der unverändert auf meinem Knie lag. »Ich glaube, du interpretierst mehr in meine Worte, als ich im Sinn hatte.«

»Nein.« Jack schüttelte den Kopf. »In dir klang so viel Hoffnung mit, Mann.«

»Ich war bloß betrunken, Jack. Ich hätte das nicht sagen sollen. Ich wollte dir Mut machen. Marly ist wirklich eine tolle Frau. Ich wollte nicht, dass du meinetwegen darauf verzichtest, sie in dein Leben zu lassen. Das wäre falsch gewesen. Nur weil ich mir die Finger verbrannt habe, heißt das nicht, dass dir dasselbe passiert. Jeder muss seine eigenen Erfahrungen machen.«

Nun lächelte Jack strahlend. »Aber du hattest recht. Klar, jede Beziehung ist anders, aber im Grunde ist es simpel. Die Frage ist immer dieselbe: Wie hoch bist du zu pokern bereit? Setzt du dein ganzes Herz ein und akzeptierst, dass du es verlieren könntest?«

Ich lachte bitter auf. »Tja, ich habe es verloren. Vor vier Jahren. Es ist in Tausend Teile zersprungen, die sich nie wieder zusammengesetzt haben. Nicht wirklich. Marly und du, ihr passt einfach perfekt zusammen. Euch würde so etwas nicht passieren.«

»Das kann man so nicht sagen. Ist doch was ganz anderes. Marly kam wie ein Sturm in mein Leben und hat alles ordentlich durchgeschüttelt. Bei Liv und dir war es zarter, leiser, inniger. Von Anfang an war da diese Verbindung zwischen euch, die mit den Jahren gewachsen ist, bis sie so strahlend hell war, dass sie uns alle geblendet hat. So was hab ich mir auch immer mit einer Frau gewünscht.«

»Tja, bis das Leuchten dann erloschen ist.«

»Ist es doch gar nicht. Nicht vollständig. Nur müsst ihr beide wieder lernen, einander zu vertrauen. Ihr hattet euren ganz eigenen Sturm …«

»Wohl eher ein Hurrikan«, unterbrach ich ihn trocken.

Er warf mir einen tadelnden Blick zu. »Sei nicht so negativ, Will. Jetzt müsst ihr eben alle Bruchstücke wieder aufsammeln und neu zusammensetzen. Wie ein Mosaik. Vielleicht ist das Neue ja viel schöner als das Alte. Wer weiß?«

»Aber was, wenn die Teile nicht mehr zusammenpassen? Wenn wir es versuchen und merken, dass alles nur wieder auseinanderfällt?«

Jack seufzte. »Möchtest du es denn überhaupt versuchen? Würdest du eurer Liebe noch eine Chance geben?«

Und da saß ich nun, fühlte mich, als hätte Jack mir eine Pistole auf die Brust gesetzt. Es war die Frage, um die ich schon seit Wochen herumtänzelte, als wäre sie ein Skorpion zu meinen Füßen. Die Frage, die mein Handeln und meine Gedanken unterbewusst beeinflusst hatte. Aber ich war zu feige gewesen, sie mir zu stellen. Sie Liv zu stellen. So lange hatte ich es vermieden, mich mit meinen wahren Gefühlen auseinanderzusetzen, bis sie schließlich heute Morgen aus mir herausgebrochen waren. Ich hatte Liv Dinge an den Kopf geworfen, die unfair waren, das wusste ich. Aber ich hatte keine Ahnung, ob ich diese Dinge wieder zurücknehmen konnte.

Ich stieß die Luft aus, sackte dabei ein wenig in mich zusammen, sodass Reggie erschrocken den Kopf hob. »Ich weiß es nicht, Mann. Ich weiß es einfach nicht.« Jack legte mir mitfühlend eine Hand auf die Schulter. »Ich weiß ja nicht mal, ob es für sie überhaupt noch infrage kommt.« Ich klang heiser, irgendwie außer Puste, als fehlte mir plötzlich die Kraft zu sprechen, jetzt, da die Worte heraus waren.

»Du wirst es nur herausfinden, wenn du mit ihr redest«, sagte Jack leise.

Und da war sie, die zweite unangenehme Wahrheit, vor der ich mich so lange gedrückt hatte. Wir hatten uns Dinge an den Kopf geworfen, aber nicht wirklich miteinander gesprochen. Ich hatte sie gar nicht ausreden lassen. Seit sie wieder hier war, hatten wir es tunlichst vermieden, das Thema anzusprechen.

»Wir haben geredet … Also, na ja, aber das ist dann in einen ziemlichen Streit ausgeartet. Nach dem Sex.«

»Nach dem Sex?« Jacks Augen wurden groß. »Und das erzählst du mir erst jetzt?« Er klang so sehr wie Fiona, dass ich unwillkürlich lachen musste. »Ja, es gibt wohl noch einiges zu berichten.«

»Okay, du Player, gleich zwei Frauen innerhalb weniger Wochen. Hut ab!« Er deutete eine Verbeugung an. »Von wegen, du hättest dich nicht verändert.«

Ich grinste verlegen. »Aber mit Rachel habe ich doch gar nicht geschlafen. Also … wir haben im selben Bett geschlafen, aber nicht …«

»Trotzdem habt ihr vorher ziemlich heiß rumgemacht.«

Ich zuckte mit den Schultern. »Ich hatte eben die besten Lehrer. Du und Blake, ihr habt in den letzten Jahren nichts anbrennen lassen.«

»Das ist vorbei! Seit ich Marly kenne, will ich keine andere mehr. Blake hingegen …«

Wir sahen uns an und prusteten los. »Der notorische Junggeselle findet vielleicht auch irgendwann eine Frau, die ihn alle anderen vergessen lassen wird.«

»Wer weiß?«

Jack hob seine Tasse vom Boden auf und prostete mir damit zu. »Auf die Frauen, die uns um den Verstand bringen.«

Ich stieß mit meiner Tasse gegen seine. »Auf die Frauen, ohne die wir nicht leben können.«

Wir tranken, dann sah Jack mich mit hochgezogenen Augenbrauen an. »Okay, und jetzt erzähl mir von letzter Nacht.«

34 *Liv*

Ich konnte mich nicht erinnern, dass es mir jemals so schlecht gegangen war wie jetzt – außer vor vier Jahren, als ich Hals über Kopf vom Abschlussball geflohen war. Mit gebrochenem Herzen, aber zu dickköpfig, um zuzugeben, dass ich es mir selbst gebrochen hatte. Und nun schien dasselbe wieder passiert zu sein. Ich hatte Will verloren. Hatte ihn abermals von mir gestoßen, obwohl wir eine magische Nacht zusammen verbracht hatten.

Mehrere Tage zogen ins Land, an denen ich kaum aß oder schlief, kaum je den Garten hinter Granny Bees Haus verließ, wo ich Trost bei den Tieren suchte.

Auch an diesem Nachmittag saß ich auf dem abgefressenen Rasen der Koppel und lackierte mir die Fußnägel in einem dunklen Lilaton – etwa so düster wie meine Stimmung. Um mich herum grasten die Schafe und Ziegen, ihre warmen Körper und ihr vertrauter Geruch spendeten mir allerdings nur wenig Trost. Casimir stupste mich mit der Schnauze an und pustete seinen warmen Atem in mein Ohr. Ich musste mir ein Kichern verkneifen und wäre beinahe mit dem Pinsel von meinem großen Zeh abgerutscht. Es fühlte sich merkwürdig an, zu lachen, während ich mich innerlich so leer fühlte.

Seufzend schraubte ich das Nagellackfläschchen zu und

zog mein Handy aus der Tasche meiner Jeansshorts, um auf den Bildschirm zu starren. Keine Nachrichten. Nur ein paar Anrufe von meinen Eltern, die ich seit Tagen ignorierte. Ab und zu hörte ich von Ellie und Fiona, die sich Sorgen um mich machten. Mir war allerdings bewusst, dass zumindest Fiona eher auf Wills Seite stand als auf meiner. Dennoch hatte ich das Gefühl, dass sie uns gern wieder zusammen gesehen hätte. Tja, das konnte sie jetzt vergessen.

Will hatte sich in den letzten Tagen kein einziges Mal bei mir gemeldet. Feige, wie ich war, hatte ich meine Mom beauftragt, ihm den Scheck über den Erlös der Auktion vorbeizubringen. Ob er seinem Vater damit endlich die *Giulia* abgekauft hatte, wusste ich nicht. Ich wünschte es mir für ihn. Es war an der Zeit, dass Will sich von seinem Dad lossagte, eine eigenständige Person wurde, die in niemandes Schatten stand. Das hatte ich immer in ihm gesehen und deshalb nie verstanden, warum er sich so behandeln ließ. Er hatte sich wirklich verändert. War gewachsen. Wie ich es ihm am Wochenende hatte sagen wollen. Doch er hatte alles ganz falsch verstanden. Warum begriff er nicht, wie großartig er war? Stark und treu und liebenswürdig.

Ich schreckte auf, als ich Schritte im Gras hörte. Widerwillig setzte ich mich auf. War Granny Bee etwa schon wieder mit einem Sandwich gekommen, um mich zum Essen zu zwingen? Diesmal hatte sie nur zwei Gläser Limonade in der Hand. Der Gips war ab, und sie humpelte nur noch leicht.

Sie winkte mir vom Zaun der Koppel mit den Gläsern zu. »Kommst du raus? Ich habe die Hände voll.«

Ich verdrehte die Augen. Wieder einer ihrer Tricks, um mich aus meiner Lethargie zu reißen. »Nein, ich will noch bleiben.«

Sie setzte ihre strenge Miene auf. »Du wirst doch wohl eine alte verletzte Frau nicht dazu zwingen, das Gatter zu öffnen und sich durch den Ziegenkot bis zu dir durchzukämpfen? Noch dazu, wenn sie deine Lieblingslimonade dabeihat.«

Ich stöhnte und rappelte mich mühsam auf. »Ist ja gut, ich komme schon.« Als ich vor ihr stand, warf ich ihr einen finsteren Blick zu. »Du bist wirklich unmöglich, weißt du das?«

Sie grinste fröhlich. »Sagt diejenige, die sich schon seit Tagen in Selbstmitleid suhlt, mir alle Taschentücher wegheult und mich mit Grabesmusik beschallt.«

»Das ist keine Grabesmusik, das ist Bon Iver«, rief ich empört.

»Ist doch egal. Mit dem Geheule könnte man jedenfalls die Toten aufwecken.« Sie reichte mir ein Limonadenglas.

»Warte.« Ich kletterte über den Zaun und sprang auf der anderen Seite neben ihr herunter. Dann nahm ich ihr beide Gläser ab. »Komm, setzen wir uns auf die Veranda.«

»Bist du sicher?« Sie sah mich mit gespieltem Entsetzen an. »*Vor* dem Haus? Wo dich jemand sehen könnte? Bist du wirklich bereit, dich wieder der Zivilisation zu zeigen?«

Ich schnaubte und nahm einen Schluck Limo, während ich mich bei Granny Bee einhakte und sie in Richtung Haus führte.

Auf der Veranda ließ sich Granny in ihren Korbstuhl fallen, während ich auf der Hollywoodschaukel Platz nahm.

Ich lehnte mich weit zurück, streckte mich und stemmte meine nackten Füße gegen den Tisch. Mir fiel auf, dass der lila Nagellack an meinem rechten großen Zeh verschmiert war, doch das war sowieso egal. Wer würde mich schon in nächster Zeit zu Gesicht bekommen?

Granny massierte sich das Bein. Sie meinte zwar, sie habe kaum noch Schmerzen, benutzte aber ab und zu noch eine Krücke zum Gehen.

Ich nahm einen Schluck Limonade. »Diese Hitze ...«

»Okay, jetzt ist es aber genug.« Granny schlug mit der Hand auf ihre Stuhllehne.

Ich zuckte zusammen und sah sie erschrocken an.

»Seit wann beschwerst du dich über den Sommer? Es war immer deine Lieblingsjahreszeit.«

Verdattert stellte ich meine Limo auf dem Tisch ab.

»Ich habe das ein paar Tage mitgemacht, aber jetzt ist Schluss, Fräulein! Ja, ihr habt euch gestritten. Ja, es ist kompliziert. Aber das Leben geht weiter. Du kannst dich nicht ewig zwischen den Schafen und Hühnern verstecken.«

Ich runzelte die Stirn. »Aber Granny … ich kann einfach nicht …«

»Ich weiß.« Sie legte mir eine Hand auf den Arm. »Ich weiß, dass es wehtut. Aber glaub mir, es wird nicht besser, wenn du dich nicht ablenkst, dich mit etwas anderem beschäftigst. Du musst mal wieder unter Leute kommen.«

Ich starrte auf meine Zehen. Mit wem sollte ich mich schon treffen? Es gab nur eine Person, die ich sehen wollte, und die schien meilenweit entfernt.

»Du bist nun schon über zwei Monate wieder hier«, fuhr Granny Bee fort. »Versteh mich nicht falsch, ich habe dich gern bei mir, aber willst du dir nicht irgendwann mal einen Job suchen? Etwas Eigenes aufbauen? Wofür hast du sonst diesen hochtrabenden Abschluss gemacht?«

Ich biss mir auf die Lippe. Sie hatte vollkommen recht. Viel zu lange war ich mit mir selbst beschäftigt gewesen – und mit Will. Ich hatte ursprünglich nicht geplant, nach meinem Abschluss so lange untätig herumzuhängen. Andererseits war ich nicht untätig gewesen. Schließlich hatte ich ein großes Charity-Event veranstaltet, was noch dazu ein voller Erfolg gewesen war. Und es hatte großen Spaß gemacht.

Nachdenklich hob ich den Blick und sah Granny an. Sie lächelte sanft, sah ganz genau, wie es in meinem Kopf arbeitete.

»Also, ich weiß ja nicht, wie es dir geht, aber ich für meinen

Teil war ziemlich beeindruckt von dem Zeitungsartikel über eure Kunstauktion.« Granny zog eine Zeitung hinter ihrem Stuhlkissen hervor und schob sie mir über den Tisch zu. Als ich die Titelseite sah, stockte mir der Atem. »Junge Leute aus St. Andrews veranstalten Spendenauktion, um Segelboot zu retten«, las ich laut vor. Ungläubig sah ich zu Granny auf, die mich angrinste.

Ich wusste, dass es Fiona gelungen war, die Veranstaltung in der Zeitung anzukündigen, doch ich hatte keine Ahnung gehabt, dass am Samstagabend ein Reporter in Halifax zugegen gewesen war. Unter dem Titel prangte ein Foto der goldenen Modellversion der *Giulia*. Im Hintergrund war ich zu sehen, wie ich auf der Bühne Gitarre spielte.

Ich überflog den Artikel, während mein Herz zunehmend schneller schlug.

»Ein voller Erfolg.«

»Beeindruckende Location und Atmosphäre.«

»Die Organisatorin ist eine junge Frau aus St. Andrews, Olivia Wright, die Tochter der Künstlerin.«

»Mehrere Anwesende erkundigten sich bereits, ob die junge Frau mit einem Bachelor in Internationalen Menschenrechten und Erfahrung im PR-Bereich für weitere Events zu buchen sei.«

»Was?« Erneut begegnete mein verblüffter Blick Grannys breitem Grinsen.

»Du warst ein Hit, Liv«, sagte sie stolz.

»Aber warum hat mir denn niemand davon erzählt?«

Granny schürzte tadelnd die Lippen. »Deine Mom hat mehrmals angerufen, du hast mir immer aufgetragen, ihr zu sagen, du seist nicht zu Hause.«

»Stimmt, ja.« Ich schlug mir gegen die Stirn.

»Anscheinend läuft bei deinen Eltern seit Montag das Telefon heiß. Deine Mom hat dich ordentlich angepriesen, nicht nur dem Reporter, sondern auch den reichen Schnöseln, die Wills Boot mit ihren Spenden gerettet haben. Vielleicht solltest du sie mal zurückrufen.«

Meine Handflächen waren so feucht geworden, dass sie am dünnen Zeitungspapier kleben blieben. Ich löste sie vorsichtig, entdeckte aber, dass ein Wort durch das Papier auf meine Haut abgefärbt hatte. *Zukunft* stand dort in verschwommenen schwarzen Lettern. Unwillkürlich überkam mich eine Gänsehaut. Ich hielt meine Zukunft wortwörtlich in den Händen.

Keuchend schüttelte ich meine Hand aus und wuschelte mir durchs Haar. »Granny, das ist … das ist einfach …«

Ein Plan begann sich in meinem Kopf zu formen. Eine Zukunftsvision, die sich schon länger am Rande meines Bewusstseins herumgetrieben hatte. Nur hatte ich bisher nicht den Mut aufgebracht, mich ernsthaft damit zu beschäftigen.

Mein eigenes PR-Unternehmen.

Bisher war es nicht mehr als eine fixe Idee gewesen, mir das Organisieren von Spendenaktionen, Galas und anderen Charity-Events zum Beruf zu machen. Nach dem Erfolg am Samstag wusste ich nun aber, dass ich es auch ohne eine größere Non-Profit-Organisation im Rücken schaffen konnte. Am Anfang würde ich Hilfe brauchen, das war klar. Aber zum ersten Mal seit Langem hatte ich das Gefühl, für etwas zu brennen. Vielleicht hatte ich endlich meine Berufung gefunden.

Ich sprang auf. »Granny! Ich glaube, ich fahre mal bei Mom und Dad vorbei.«

Granny schmunzelte. »Natürlich nur, um zu sehen, wie es ihnen geht, was?«

Ich schenkte ihr ein verschwörerisches Grinsen. »Natürlich.«

Schon hatte ich die Haustür von außen geöffnet, mir meinen Autoschlüssel von der Kommode geschnappt und war die

Verandastufen mit einem Satz heruntergesprungen, noch bevor die Tür wieder hinter mir ins Schloss gefallen war.

»Fahr vorsichtig«, rief Granny mir hinterher. Ich winkte ihr zum Abschied.

Nach zwei Versuchen hatte ich Mettermings Tür geöffnet und stieg in den von der Sonne aufgeheizten Käfer ein. Ich spürte die Hitze kaum noch. Mein Herz donnerte gegen meine Rippen, und mein Magen kribbelte.

Ich drehte den Schlüssel im Zündschloss und legte den ersten Gang ein, woraufhin Metterming wie immer einen Satz nach vorn machte. Diesmal brachte es mich zum Lachen.

Als ich die Straße entlangfuhr, dachte ich an all die Möglichkeiten, die sich mir plötzlich auftaten. An die viele Arbeit, die ich vor mir hatte, wenn ich wirklich mein eigenes Unternehmen gründen wollte. Doch wenn ich es schaffen konnte, dann hier in St. Andrews. Hier, wo meine Freunde und Familie zur Stelle waren, um mir unter die Arme zu greifen. Ich war nie allein. Würde immer jemanden haben, der mich auffing, wenn ich fiel.

So sehr mir dieser Gedanke vor vier Jahren die Luft abgeschnürt hatte, so sehr ich mich hier früher wie in einem Gefängnis ohne Ausweg gefühlt hatte, war diese Gewissheit nun unglaublich befreiend.

Ich dachte an die Person, mit der ich meine neuen Ideen unbedingt teilen wollte. Die eine Person, die genau verstehen würde, wie viel es mir bedeutete, zu dieser Erkenntnis gekommen zu sein.

Will.

Mein ganzer Körper prickelte unangenehm, als ich an unseren Streit dachte. War es zu spät? Doch meine neu gewonnene Zuversicht gewann die Oberhand. Ich war überzeugt, dass wir es schaffen konnten. Dass ich mich ihm nur besser erklären musste. Dass wir es beide nicht so gemeint hatten.

Ich warf einen Blick auf die Uhr. Morgen. Morgen würde ich zu Will fahren und ihn bitten, mir noch eine Chance zu geben. Wir würden uns aussprechen und vielleicht … so weit wollte ich noch nicht denken.

Heute hatte ich erst mal etwas anderes zu tun. Ich parkte Metterming vor dem Haus meiner Eltern. Im nächsten Moment stürzte ich auch schon zur Tür herein.

»Olivia«, rief meine Mom, die im Wohnzimmer vor ihrer Staffelei stand, überrascht. »Ich versuche schon seit Tagen, dich zu erreichen.«

»Ich bin da, Mom«, antwortete ich fröhlich. »Jetzt bin ich ja hier!«

35 *Will*

Ich klopfte an der Tür zu dem Raum, den ich die letzten Jahre über als *mein* Büro bezeichnet hatte. Auf Dads gebrummte Aufforderung trat ich ein.

Natürlich saß er an meinem Schreibtisch. Er hatte den Stuhl gewechselt und eine dampfende Tasse vor sich, aus der es nach starkem Kaffee roch. Ich war jedoch überrascht zu sehen, dass er das Foto von mir und meinem Onkel nicht weggeräumt hatte.

»William.« Er blickte nur kurz vom Bildschirm auf. Seine Stimme klang weder kalt noch unfreundlich, vielmehr völlig emotionslos. »Wie kann ich dir behilflich sein?« Er deutete auf den Stuhl vor dem Schreibtisch.

Ich zögerte kurz, setzte mich ihm dann aber gegenüber, da ich ansonsten wahrscheinlich vor lauter Nervosität auf und ab getigert wäre. Ich legte meine Mappe auf den Tisch und zog die fertigen Papiere heraus.

»Ich bin für die Überschreibung der *Giulia* hier.«

Ich räusperte mich unbehaglich. Es war ein merkwürdiges Gefühl, mit meinem Dad zu sprechen wie mit einem Geschäftspartner. In den letzten Wochen hatte ich ihn kaum zu Gesicht bekommen. Wir hatten uns nichts zu sagen gehabt. Natürlich hatte ich heimlich gehofft, er würde zum Boot kommen und mich bitten, wieder in der Firma auszuhelfen, doch das war nie geschehen. Sein Stolz verbot es ihm, obwohl er abgekämpft und müde wirkte.

Abermals meldete sich mein schlechtes Gewissen, doch ich verbannte es in den hintersten Winkel meines Kopfes. Ich würde stark bleiben und das hier durchziehen. Es war die einzige Sprache, die mein Vater verstand.

Ich schob Dad das oberste Stück Papier über den Tisch zu. »Das hier ist ein Scheck über zehntausend Dollar, der Preis, den du für die *Giulia* verlangst.«

Ich hielt kurz inne, um auf eine Reaktion von ihm zu warten, doch er stierte immer noch angestrengt auf den Bildschirm. Also schob ich ihm auch die restlichen Papiere zu. »Und das hier ist ein Kaufvertrag, den ich von Mr Albright habe aufsetzen lassen … damit alles seine Richtigkeit hat.« Meine Stimme zitterte am Ende leicht. Es war einfach lächerlich, dass es zwischen Vater und Sohn eines Vertrages bedurfte. Doch seit er mir mit dem Verkauf der *Giulia* in den Rücken gefallen war, traute ich meinem Dad nicht mehr über den Weg.

Endlich sah er mich an. Mir fiel auf, dass sein Gesicht unnatürlich rot war. Er lockerte seine Krawatte und nahm den Kaufvertrag entgegen. Dann lehnte er sich zurück und begann seelenruhig ihn zu lesen.

Ich wartete und wartete, sah mich im Büro um, verschränkte die Hände im Schoß, sang in Gedanken die kanadische Hymne. Als ich schließlich kurz davor war, aufzustehen und mir die Beine zu vertreten, senkte Dad den Vertrag wieder. »Erscheint mir in Ordnung so. Allerdings müssen wir noch mal über die Summe sprechen.«

Mein Herz sank, und ich umklammerte meine Stuhllehnen so fest, dass meine Fingerknöchel weiß hervortraten. Das war doch jetzt nicht sein verdammter Ernst. »Dad, wir hatten uns auf diesen Betrag geeinigt, weißt du nicht mehr? Dafür habe ich die kompletten Reparaturkosten übernommen.«

»Mag ja sein, dass du das mit deiner Mutter abgemacht hast, aber zehntausend ist doch ein ziemlicher Spottpreis für ein Segelboot vom Kaliber der *Giulia.*«

Ich ließ den Kopf hängen und stieß scharf die Luft aus. Auf einmal war ihm das Boot also doch etwas wert? Ein ungläubiges Lachen wollte aus meiner Kehle aufsteigen. Ich fühlte mich, als wäre ich in einer satirischen Nacherzählung meines Lebens gefangen. Erst Liv und jetzt mein Vater. Immer wenn ich glaubte, etwas erreicht zu haben, wurde es mir wieder entrissen. Wut brodelte in mir, raste heiß durch meine Adern. Ich würde sie nicht herunterschlucken. Diese Zeiten waren vorbei.

Ich sprang auf. »Nimm doch einfach den Scheck, und lass es gut sein! Warum musst du es mir immer so schwer machen?«

Dad schnaubte abfällig. »Du bist zu sensibel, William. Warst du schon immer. Das ist keine gute Charaktereigenschaft für einen Geschäftsmann.«

Etwas in mir zerbrach. Nein, es platzte auf wie eine überreife Frucht. Ich hatte endgültig genug. »Vielleicht will ich ja gar kein Geschäftsmann sein!« Ich spuckte ihm die Worte förmlich entgegen. »Das war immer *dein* Traum. Aber was ist mit *meinen* Träumen? Danach wurde ich nie gefragt!«

Ich zuckte zusammen, als mir auffiel, dass Liv genau diese Worte nach meinem Heiratsantrag zu mir gesagt hatte. Erschrocken taumelte ich einen Schritt zurück. Mit einem Mal verstand ich, was ich ihr damals angetan hatte. Ich wusste doch ganz genau, wie schwer es war, wenn eine andere Person das ganze Leben für einen plante, ohne dass man ein Mitspracherecht hatte. Schließlich war es mir von Kindesbeinen an so ergangen. Wie hatte ich Liv dasselbe zumuten können? Ich hatte vor vier Jahren einfach für sie entschieden. Hatte sie zwar gefragt, aber nie wirklich damit gerechnet, dass sie Nein sagen würde. Dafür war in meinem perfekten Lebensplan kein Platz gewesen.

Ekel stieg in mir auf, als ich den Vergleich zwischen mir und meinem Vater zog. Ich wollte auf gar keinen Fall so sein wie er. Doch als ich mich ihm wieder zuwandte, hatte sich etwas verändert. Schweißperlen standen auf Dads Stirn, er atmete keuchend, sein Gesicht war noch roter als zuvor.

»Beruhige dich, Will, sei doch nicht immer so emotional. Wir können verhandeln wie zwei Geschäftsleute.« Seine Stimme klang wie ein schwaches Röcheln.

»Dad?«, fragte ich besorgt.

Wie in Zeitlupe verfolgte ich, wie er das Gesicht verzog und eine Hand auf seine Brust presste. Auf sein Herz.

»Dad? Was ist los?« Meine Stimme klang schrill, als ich zu ihm stürzte.

Langsam rutschte er vom Stuhl. Ich fing ihn gerade noch auf, bevor er zu Boden krachte.

»Emmy!«, brüllte ich, so laut ich konnte. »Ruf einen Krankenwagen!«

Die Tür flog auf. Emmy stürzte aus dem Verkaufsraum herein, das Handy in der Hand.

»Ruf einen Krankenwagen«, schrie ich erneut. »Dad hat wieder einen Herzinfarkt!«

36 *Liv*

»Wahrscheinlich ist es am besten, wenn du dein Büro offiziell in St. John eröffnest«, sagte meine Mom, die einen Notizblock in der Hand hielt und eifrig drauflos kritzelte. Wir hatten eine Liste mit Dingen erstellt, die ich in den nächsten Wochen zu tun hatte, um mit ihrer Hilfe mein eigenes PR-Unternehmen zu gründen. Es war ein verblüffend schönes Gefühl, so viel Zeit mit ihr zu verbringen. Wir schienen endlich ein Thema gefunden zu haben, das uns gleichermaßen begeisterte – und neu zusammenschweißte. Obwohl es bereits spät am Abend war, steckte ich voller Tatendrang.

»In der größeren Stadt gibt es mehr potenzielle Aufträge.« Sie schob sich ihre Brille mit runden Gläsern und dünnem Goldrand auf die mit Sommersprossen übersäte Nase. »Das meiste kannst du von hier managen, aber deine Kunden solltest du dort treffen, um professioneller …«

Sie wurde vom lauten Klingeln meines Handys unterbrochen. Ich warf nur einen flüchtigen Blick zum Couchtisch, auf dem es lag, weil ich in dieser heißen Planungsphase keinen Anruf entgegennehmen wollte. Wir waren in den letzten Stunden so gut vorangekommen, dass meine Wangen glühten und ich das Gefühl hatte, meine Zukunft endlich in die Hand zu nehmen.

Doch als ich Wills Nummer auf dem Display aufleuchten sah, erstarrte ich und hätte beinahe meinen Kaugummi verschluckt. Einen Augenblick konnte ich nur verblüfft darauf stieren. Mein Herz verkrampfte sich, und es fühlte sich an, als würde mein Magen nach außen gestülpt.

Schließlich gewann meine Neugier die Oberhand. Mit einem zitternden Finger tippte ich auf den grünen Hörer, um den Anruf anzunehmen.

Zuerst hörte ich nur lautes Keuchen. Das war eindeutig Will. »Liv? Liv, bist du dran?« Er klang völlig außer sich.

Ich nickte überrascht, erinnerte mich dann aber daran, dass er mich nicht sehen konnte. »Ist was passiert, Will?«

»Es ist mein Dad«, keuchte er. »Er ist … er hatte wieder einen Herzinfarkt. Wir fahren ins Krankenhaus.«

Ich zögerte keine Sekunde. »Okay, ich bin sofort da.«

Schweigen am anderen Ende. Nur unterbrochen vom lauten Geheul einer Sirene. Ich hörte Will schlucken. »Danke«, sagte er dann und legte auf.

Mom starrte mich erschrocken an. »Was ist denn passiert?«

»Will braucht mich.«

Im nächsten Moment hatte ich mir meinen Autoschlüssel geschnappt und rannte los.

Als ich durch die Doppeltüren in den Wartebereich des Charlotte County Hospital stürzte, fiel mein Blick sofort auf Will. Zusammengesunken saß er auf einem der Plastikstühle neben seiner Mom und seiner Schwester. Die beiden hielten sich an den Händen, doch Will hatte die Arme um seinen Oberkörper geschlungen, als müsste er sich selbst aufrecht halten.

»Wie geht es ihm?« Ich eilte zu ihnen, umarmte erst Wills Mom, dann seine Schwester Emilia und ließ mich auf den freien Platz neben Will sinken.

»Wir wissen noch nichts«, antwortete Mrs Fisher. »Er wird gerade operiert.«

Ich zögerte kurz, legte dann aber eine Hand auf Wills Unterarm. Erst jetzt sah er auf, sein Blick war verklärt, als hätte er zu lange auf einen Bildschirm gestarrt oder sich zu stark konzentriert. »Liv?«, murmelte er zerstreut.

»Ich bin da«, antwortete ich sanft. »Jetzt bin ich ja hier.«

Er legte seine große warme Hand auf meine, einer seiner Mundwinkel hob sich unmerklich. »Danke.« Es war kaum mehr als ein Flüstern.

So verharrten wir eine gefühlte Ewigkeit. Der Zeiger der Wanduhr kroch im Schneckentempo dahin, während wir jedes Mal hoffnungsvoll aufsprangen, wenn sich die Türen öffneten. Irgendwann begann Wills Schwester auf und ab zu gehen. Ich stand auf, um mir ebenfalls die Beine zu vertreten, und kam kurz darauf mit Kaffee aus der Maschine um die Ecke zurück.

Als ich die dampfenden Becher verteilte, tätschelte Mrs Fisher meine Schulter. »Danke, Liebes. Es ist schön, dass du gekommen bist.« Sie deutete mit dem Kinn auf Will, der immer noch mit leerem Blick vor sich hin starrte. »Er weiß es sicher zu schätzen.«

Ich nickte ihr zu und drückte ihre Hand. Als ich mich wieder neben Will setzte, sprach er leise und mit rauer Stimme, ohne mich anzusehen. »Es ist meine Schuld. Ich war bei ihm, als ... es passiert ist.« Ich musste mich näher zu ihm beugen, um ihn zu verstehen. »Wir haben uns gestritten, und dann ... Liv, ich hätte ihn nicht anschreien dürfen.«

»Will ...« Ich schluckte, legte einen Arm um seine Schultern und zog ihn an mich. Kurz glaubte ich, dass er sich mir entziehen würde, doch er ließ es geschehen, legte seinen Kopf in meine Halsbeuge, sodass mir sein vertrauter Duft in die Nase stieg. Ich vergrub mein Gesicht in seinen weichen Locken und stützte dann mein Kinn auf seinen Kopf.

»Es ist nicht deine Schuld. Das darfst du dir nicht antun. Nur weil du da warst, als es passiert ist, heißt das nicht, dass es nicht sowieso früher oder später geschehen wäre. Du weißt doch, wie schwach sein Herz ist.«

Er zitterte an meiner Brust, als wäre ihm kalt. Ich legte auch noch den anderen Arm um ihn und hielt ihn so fest, wie ich konnte. Wir saßen lange so da, während ich den stärksten und aufopferungsvollsten Mann wiegte, der mir je begegnet war. Er hatte so viel mehr verdient als all diesen Kummer. So viel mehr, als er sich selbst zugestand.

In diesem Moment wurde mir klar, dass ich mich selbst aufgeben würde, um Will zu beschützen. Ich würde alles für ihn tun. Selbst wenn er das nie von mir verlangen würde. Damals war ich nicht bereit gewesen, voll und ganz zu lieben, mein Herz roh und verletzlich in seine Hände zu geben. Nun war ich es.

Als die Ärzte in den frühen Morgenstunden schließlich Entwarnung gaben, entwich Will ein schwerer Seufzer tiefster Erleichterung. Gemeinsam mit seiner Mutter und Schwester stand er auf, um zu seinem Dad zu gehen, der sich auf der Intensivstation von den Strapazen der OP erholte. Doch er blieb kurz stehen und sah sich zu mir um. »Möchtest du … mitkommen?«

»Du hast den Arzt gehört«, sagte ich. »Es ist nur Familie erlaubt.«

Will runzelte die Stirn, als hätte ich etwas Absurdes gesagt. »Aber du bist doch Familie«, antwortete er.

Ich hatte das Gefühl, mein Herz würde überlaufen. Plötzlich war kein Platz mehr für die Fülle an Emotionen, die in mir emporstieg. Ich legte all die Liebe in mein Lächeln, die ich für

Will empfand. »Geh nur. Ich werde hier sein, wenn du wiederkommst.«

Während Will und seine Familie bei seinem Dad waren, trafen die anderen ein. Erst Jack und Marly, dann Ellie und Fiona und schließlich Blake und Rachel. Mein Kopf war nicht frei genug, um mich darüber zu wundern, warum Blake und Rachel zu so später – oder früher – Stunde zusammen kamen, doch ich speicherte diese Information für später ab. Alle flatterten aufgeregt wie ein Bienenschwarm um mich herum, stellten Tausend Fragen. Ich versuchte sie zu beruhigen und versicherte ihnen, dass Wills Dad es laut den Ärzten schaffen würde.

»Wie kommt es eigentlich, dass du vor uns hier warst?«, fragte mich Jack. »Marly und ich sind sofort losgefahren, als wir davon erfuhren.«

»Will hat mich noch aus dem Krankenwagen angerufen«, erklärte ich mit glühenden Wangen. »Ich bin sofort hergekommen.«

Jacks Lippen verzogen sich zu einem wissenden Lächeln. »Dann hat er es also endlich kapiert«, sagte er stolz.

»Was denn?«

»Ach, das wird er dir schon selbst sagen.« Er zwinkerte mir zu und zog mich in eine feste Umarmung.

37 *Will*

Die letzten Stunden waren ein einziger Albtraum gewesen. Die weißgelben Wände und der stechende Geruch nach Desinfektionsmittel riefen schreckliche Erinnerungen an vergangene Aufenthalte in diesem Krankenhaus wach. Als mein Dad seinen ersten Herzinfarkt gehabt hatte. Als Blake nach seinem Sportunfall eingeliefert worden war.

Nach mehreren aufwühlenden Stunden im Wartebereich war ich so müde, dass ich fast im Stehen eingeschlafen wäre. Doch jedes Mal, wenn ich kurz die Augen schloss, sah ich ihn wieder vor mir. Sein hochrotes Gesicht. Seine panisch aufgerissenen Augen. Wie er vom Stuhl gerutscht war.

Der Arzt hatte mir versichert, dass es meinem und Emmys schnellen Handeln zu verdanken war, dass sie Dad mithilfe einer Notfall-Bypass-OP hatten retten können. Doch so fühlte ich mich nicht. Eher, als wäre ich von einem riesigen Monstrum verschlungen, halb verdaut und wieder ausgespuckt worden. Die Sorge um Dad lastete schwer auf meinen Schultern, auch wenn die OP gelungen war und die Ärzte meinten, er sei außer Gefahr.

Ich wollte mich unbedingt selbst von seinem verbesserten Zustand überzeugen, doch obwohl wir vor seinem Zimmer auf der Intensivstation standen, hatte man uns noch nicht erlaubt, ihn zu besuchen. Er war zu schwach, erholte sich noch von den Strapazen des komplizierten Eingriffs.

Neben mir unterhielten sich Mom und Emilia mit einer jungen Ärztin über Rehabilitationseinrichtungen und Dads Genesungsprozess, doch ich hörte nur mit halbem Ohr zu. Mit solchen Dingen würde ich mich erst beschäftigen, wenn ich sicher war, dass es ihm wieder gut ging. Wenn ich ihm in die Augen geschaut und ihm gesagt hatte, dass es mir unendlich leidtat. Wenn er mir vergeben hatte.

Meine Kehle wurde eng, und die kahlen Wände begannen, sich um mich zu drehen. »Ich brauche frische Luft«, nuschelte ich und hielt, mich an der Wand abstützend, auf den Ausgang zu.

»Alles in Ordnung, Will?«, rief Mom mir besorgt hinterher, doch ich winkte ab. Ich musste dringend hier raus. Weg von piependen Maschinen, von Kabeln und Schläuchen und dem Gestank nach Tod.

Doch da trat der behandelnde Arzt aus Dads Zimmer und mir direkt in den Weg. »William Fisher junior?«

Ich sah ihn überrascht an. »Äh, ja?«

»Ihr Vater hat nach Ihnen gefragt. Sie können jetzt zu ihm gehen.«

»Ich?« Da musste doch ein Fehler vorliegen.

»Ja, er möchte Sie zuerst allein sehen. Aber sprechen Sie bitte leise, und regen Sie ihn nicht auf. Er ist immer noch sehr schwach.«

Ich schluckte schwer. War es wirklich eine gute Idee, wenn ich mich jetzt allein mit Dad unterhielt? Nach allem, was heute Abend bereits passiert war? Zögernd drehte ich mich zu Mom und Emmy um und warf ihnen einen fragenden Blick zu. Beide nickten aufmunternd.

»Geh schon. Dann kannst du uns später erzählen, wie es ihm geht.« Emmy schob mich sanft in Richtung Tür.

Die Klinke fühlte sich unter meiner zitternden Hand eiskalt an. Ich befeuchtete meine trockenen Lippen, atmete tief durch und trat ein.

Das Zimmer wurde nur spärlich von einigen Bildschirmen beleuchtet, die um Dads Krankenbett herumstanden. Ich blinzelte und brauchte einen Moment, um mich an das schummrige Licht zu gewöhnen. Die Geräte piepsten unaufhörlich. Mit zögernden Schritten näherte ich mich dem Bett.

Dad sah so klein und verloren aus, dass ich ihn fast gar nicht erkannt hätte. Wenn mein Herz nicht bereits gebrochen gewesen wäre, wäre es nun zersplittert. Er war an mehrere Schläuche angeschlossen, sein Gesicht war blass, die Wangen eingefallen, und er hatte die Augen geschlossen. Nichts war mehr von seiner feurigen Wut übrig. Er sah so zerbrechlich aus, wie ich mich die meiste Zeit meines Lebens gefühlt hatte. Zum ersten Mal war ich es, der jetzt für *ihn* stark sein musste.

»Dad?« Vorsichtig legte ich meine Hand auf das Bett, wenige Zentimeter von seiner entfernt.

Seine Lider flatterten. Zuerst zuckte der Blick aus seinen dunklen Augen suchend umher, dann richtete er sich auf mich.

»Mein Junge.« Er sprach röchelnd, als hätten sie ihm gerade erst den Beatmungsschlauch entfernt.

»Geht es dir gut? Brauchst du etwas? Vielleicht etwas zu trinken? Das alles tut mir so leid.« Die Worte flatterten aus meinem Mund wie aufgeschreckte Spatzen. Alles war besser als diese bedrückende Stille, nur durchbrochen vom monotonen Piepsen der Apparate.

»Nein. Dir muss nichts leidtun. Nichts davon ist deine Schuld.« Er räusperte sich mühsam. »Ich bin sehr müde, Will. Ich wollte nur … ich wollte mit dir sprechen.«

Seine Worte überraschten mich so sehr, dass mein Herz noch heftiger gegen meine Rippen pochte. Er wirkte so schwach wie ein Schatten des einstigen rigorosen Geschäftsmanns. Dies war nicht der Moment für solche Gespräche. »Du solltest schlafen, Dad. Du musst dich erholen. Sollte ich nicht lieber gehen?«

»Bleib.« Schwach schob er seine Hand auf meine zu, und ich drückte sie sanft. »Ich wollte dir nur sagen, wie … stolz ich auf dich bin.«

Beinahe wäre mein Herz stehen geblieben, als ich diese Worte aus seinem Mund hörte. Ich konnte mich nicht erinnern, sie je von ihm gehört zu haben.

»Dad, du musst jetzt nicht …«

»Ich will aber, also lass mich ausreden.« Er wurde von einem Hustenkrampf geschüttelt. Erschrocken drückte ich seine Hand fester und hielt die Luft an, bis er sich wieder beruhigt hatte.

Zu meiner Überraschung umspielte der Anflug eines Lächelns seine Mundwinkel, als er sich daraufhin tiefer ins Kissen sinken ließ. »Du hast in den letzten Jahren Unglaubliches geleistet, Will. Ich habe es nie zugegeben, aber du hast die Firma besser geleitet, als ich es von dir erwartet habe. Sie gehört dir längst. Aber wenn ich wieder bei Kräften bin, werde ich es offiziell machen.«

Beinahe hätten meine Beine unter mir nachgegeben, also setzte ich mich auf seine Bettkante. »Du willst mir die Firma überschreiben?«

Er nickte schwach. »Dir und deiner Schwester. Das war schon lange überfällig.«

Ich blinzelte die aufsteigenden Tränen fort, schämte mich einmal mehr dafür. Doch Dad sah sie. Er tätschelte meine Hand. »Es tut mir leid, dass ich dich lange nicht so akzeptiert habe, wie du bist, William. Ich musste erst verstehen, dass es verschiedene Arten von Stärke gibt. Das hat mir deine Mom schon immer zu erklären versucht, aber ich habe nicht zugehört. Und in den letzten Wochen warst du so stark, wie ich es nie war. Du hast dein Leben selbst in die Hand genommen. Das Recht dazu hätte ich dir von Anfang an zugestehen müssen.« Er lachte, rau und kratzig, und wischte sich ebenfalls über die Augen. Es war das erste Mal, dass ich ihn weinen sah. »Das Leben ist zu kurz für Bitterkeit und verstaubte Überzeugungen. Ich hoffe, du kannst mir verzeihen.«

Ich konnte nicht sprechen, da meine Kehle wie zugeschnürt war, also nickte ich nur und drückte seine Hand fester. Dad grunzte, als wäre ihm sein Emotionsausbruch furchtbar unangenehm. »Und ich verstehe, wenn du ein paar Dinge anders machen willst. Ich werde mich nicht einmischen. Vielleicht ist es an der Zeit, dass mal ein frischer Wind in der Firma weht. Wie damals, als ich sie übernommen habe.«

Ich lächelte durch meine Tränen. »Ich habe so viele Ideen, Dad. In den letzten Jahren habe ich einige Management-Bücher gelesen. Und ich würde auch gerne wieder Touren leiten. Das hat mir gefehlt und …«

Dad röchelte erneut, und ich biss mir auf die Unterlippe. »Entschuldige. Darüber können wir auch später noch sprechen.«

Er grinste zerknirscht. »Ja, du solltest jetzt verschwinden«, grummelte er. »Schließlich haben die Ärzte gesagt, dass ich mich ausruhen soll. Ich habe nämlich eine ziemlich komplizierte OP hinter mir, weißt du?«

Meine Mundwinkel zuckten, und ich erhob mich. »Danke, Dad.«

»Nicht dafür«, antwortete er und schloss die Augen.

Ich betrachtete ihn einen langen Moment, bevor ich seine Hand losließ und mich zur Tür wandte.

»Ach, und William?«

»Ja?«

»Die *Giulia* gehört dir.«

Nachdem ich mit Mom und Emmy gesprochen hatte, die anhand Dads verbesserten Zustands und seines Sinneswandels ebenfalls in Tränen ausgebrochen waren, brauchte ich noch dringender frische Luft als zuvor. Es gab so vieles zu verarbeiten, so vieles zu verstehen. Ich fühlte mich eine Tonne leichter und gleichzeitig unglaublich erschöpft.

Doch mein Bett musste warten. Denn vor allem anderen wollte ich Liv sehen. Wenn mein Dad es schaffte, über seinen Schatten zu springen, dann musste ich es auch tun. Es war an der Zeit, mein Leben endlich in die Richtung zu lenken, in die *ich* gehen wollte.

Als ich mich dem Wartebereich näherte, hörte ich vertraute Stimmen. Leises Murmeln, dann Fiona, die aus jeder Menge herausstach. Die Türen öffneten sich automatisch, ich hob den Blick. Und da waren sie. Alle meine Freunde waren gekommen, um für mich da zu sein. Sofort brannten meine Augen erneut, und der Kloß in meinem Hals wurde so dick, dass Schlucken nichts mehr brachte.

»Will!« Das war Liv. Sobald sie meinen Namen aussprach, sprangen alle auf und wandten sich mir zu. Ich blickte in ihre müden, besorgten Gesichter, und eine Träne löste sich aus meinem Augenwinkel. Schon waren sie bei mir, umringten mich, zogen mich in feste Umarmungen und sprachen mir Mut zu. Ich ließ den Tränen freien Lauf, schämte mich nicht im Geringsten dafür. Nicht vor diesen Menschen, die mir alles bedeuteten. Nicht mehr – nachdem ich mich endlich mit meinem Dad ausgesprochen hatte.

Als sie mir schließlich auf Jacks Geheiß ein wenig Raum ließen, um mich zu sammeln, winkte ich ihnen zerknirscht zu und rang mir ein Lächeln ab. »Hey, Leute.«

»Hey, Will«, antworteten meine Freunde im Chor, und mein Herz fühlte sich mit einem Mal einen weiteren Zentner leichter an. Ich wischte mir über das feuchte Gesicht. Mein Lächeln war so breit, dass es fast schmerzte. »Danke, dass ihr gekommen seid. Meinem Dad geht es den Umständen entsprechend gut. Er wird sich wieder erholen.«

Erleichtertes Jubeln folgte.

»Egal, was du brauchst, Mann, wir sind für dich da.« Blake legte lächelnd eine Hand auf meine Schulter.

Ich nickte ihm dankbar zu, doch dann fiel mein Blick auf Liv, die sich halb hinter Marly und Rachel versteckt im Hintergrund hielt. Sie sah mich so besorgt an, dass ich sie am liebsten in den Arm genommen hätte, obwohl sie hier war, um *mir* zur Seite zu stehen.

Als ich in ihre rot geränderten Augen blickte, war das warme Gefühl in meinem Bauch mit einem Schlag zurück. Tausend Mal stärker als zuvor. Sie war es, die ich jetzt vor allem anderen brauchte. »Ich wollte gerade etwas frische Luft schnappen gehen«, verkündete ich. »Liv, würdest du mich begleiten?«

Ich sah die Überraschung auf ihren Zügen, die gerunzelte Stirn, die leicht gespitzten Lippen. Doch dann nickte sie und bahnte sich einen Weg an den anderen vorbei zu mir.

Wir gingen schweigend nebeneinanderher nach draußen, folgten einem Schild in Richtung der Krankenhausgärten hinter dem Gebäude. Dort wurden wir von einer weiten Rasenfläche, durchsetzt mit mehreren ordentlich angelegten Wegen und Bänken empfangen. Wir schlenderten langsam zwischen den bunten Blumenbeeten hindurch.

Es waren nicht viele Menschen unterwegs, dafür war es zu früh am Morgen – die Sonne war gerade erst aufgegangen. Die angenehme Kühle der Nacht lag noch über allem, und Tautropfen glitzerten im Gras.

Ich atmete tief durch, schüttelte den Gestank des Krankenhauses ab. Sofort fühlte ich mich besser, was auch an Livs beruhigender Präsenz lag. Sie ging schweigend neben mir her, sah sich verstohlen im Garten um. Sie musste sich fragen, warum ich sie auf diesen Spaziergang gebeten hatte.

»Also, äh …« Ich räusperte mich. »Ich wollte mich bei dir entschuldigen, Liv. Die Dinge, die ich in Halifax zu dir gesagt habe. Sie sind nicht wahr und …« Ich schluckte. »Um ganz ehrlich zu sein, glaube ich, dass ich dich damit bloß verletzen wollte, wie du mich vor langer Zeit verletzt hast. Das war nicht in Ordnung.«

»Will.« Sie sah mich verblüfft an. »Du musst das nicht jetzt tun. Nicht nach der Nacht, die du hinter dir hast. Ich weiß doch, dass …«

»Aber ich *möchte* es jetzt tun«, unterbrach ich sie. »Durch meinen Dad ist mir klar geworden, wie schnell sich alles ändern kann. Das vergisst man viel zu oft. Wir sollten uns nicht von alten Streitereien oder verletztem Stolz davon abhalten lassen, das auszusprechen, was wir empfinden. Dafür ist das Leben zu kurz. Ich habe dir etwas zu sagen, und ich möchte es jetzt tun.«

»Okay.« Gespannt sah sie mich an. Im sanften Morgenlicht wirkte sie mit ihren zerzausten Haaren, den leicht geröteten Wangen und aufgeregt funkelnden Augen beinahe entrückt. Wie ein Wesen aus einer anderen Welt. Am liebsten hätte ich sie an mich gezogen und geküsst. Doch vorher gab es noch etwas Wichtiges zu klären.

»Du bist nicht die Böse in dieser Geschichte, Liv«, sagte ich vorsichtig. Sie runzelte die Stirn, ließ mich aber weitersprechen. »Wenn du liebst, dann von ganzem Herzen. Und oft liebst du eben dich selbst – deine Träume und Ziele – mehr als andere Menschen. Das kann man dir wirklich nicht vorwerfen. Es ist genau richtig so. Du bist genau richtig so, wie du bist. Ich war einfach nur der Kollateralschaden, weil ich damals noch nicht wusste, wer *ich* bin. Du hast das schon immer gewusst. Aber ich musste es erst noch erkennen.«

Ich nahm ihre Hand. Sie war kühl und zitterte leicht, sodass ich beruhigend mit dem Daumen darüber streichelte. »Damals dachte ich, du wärst mein ganzes Leben. Ich musste erst verstehen, dass man so eine Verantwortung niemandem aufbürden darf. Du bist für dich selbst verantwortlich und ich für mich. Nur so kann eine gesunde Beziehung funktionieren.«

Liv stieß scharf die Luft aus. In ihren Augen glänzten Tränen. Ich drückte ihre Hand fester, und sie drückte zurück. »Will, ich ...« Ihre Stimme brach.

»Ist schon gut, Liv. Mein Schmerz ist nicht deine Schuld. Du hast mich nicht gebrochen. Durch die schwere Zeit bin ich gewachsen. Ich habe zu mir selbst gefunden.« Ich zögerte kurz, blickte zum Himmel auf, bevor ich sie wieder ansah. »Und deshalb weiß ich jetzt mit absoluter Gewissheit, dass ich dich liebe. Ich habe dich schon damals geliebt, aber eher eine perfekte Version von dir, die ich in meinem Kopf geformt hatte. In den letzten Wochen haben wir uns neu kennengelernt, und jetzt habe ich das Gefühl, endlich die richtige Liv zu lieben. Ich sehe dich jetzt, wie du wirklich bist.« Ich lächelte zerknirscht. »Tut mir leid, dass ich so lange dafür gebraucht habe.«

Liv ließ meine Hand los und blieb mitten auf dem Weg stehen. Energisch schob sie sich die Haare hinter die Ohren. »Will Fisher, lässt du mich jetzt vielleicht auch mal was sagen?« Sie funkelte mich streng an, wobei sie allerdings von einem Ohr zum anderen strahlte. »Ich liebe dich auch! Habe ich immer und werde ich immer. Egal, was zwischen uns vorgefallen ist.«

Nun war es an mir, sie verblüfft anzustarren.

»Und wenn du mich jetzt fragst, ob ich mir auch wirklich sicher bin, schubse ich dich ins Blumenbeet«, drohte sie.

Ich lachte. Liv überbrückte die Distanz zwischen uns mit einem großen Schritt und küsste mich.

Der Kuss war gleichzeitig stürmisch und sanft. Zögernd und verlangend. Er war Frage und Antwort zugleich. Er vereinte unsere Vergangenheit und unsere Zukunft. Ihre Lippen passten so perfekt auf meine wie immer, und doch war da etwas Neues, Verheißungsvolles. Etwas, das ich nie wieder missen wollte. Ich zog Liv so fest an mich, wie ich konnte, ertrank in ihrer Nähe, ihren Küssen, ihren Händen, die über meinen Nacken und durch meinen Bart strichen. Und ich gab mich ihr ganz hin – ohne Angst, ohne Scham, ohne den leisesten Zweifel.

Als wir Arm in Arm zu den anderen zurückkehrten, hatte ich das Gefühl, trotz der schrecklichen Nacht endlich wieder die Kontrolle über mein Leben erlangt zu haben. Auf meinen Lippen lag ein Lächeln, das ich nicht hätte unterdrücken können, selbst wenn ich es gewollt hätte.

Fiona, Jack, Marly, Ellie und Blake stürmten auf uns zu und feierten uns, als hätten wir gerade olympisches Gold gewonnen. Sie lachten, klatschten sich untereinander ab und umarmten uns. Jack und Blake murmelten irgendetwas über eine Wette. Es ging in dem allgemeinen Tumult unter.

Rachel stand etwas abseits. Als sie meinen Blick auffing, lächelte sie und nickte anerkennend. Ihre Lippen formten die Worte: »Geht doch«. Ich zwinkerte ihr lachend zu.

Dann wurde meine Aufmerksamkeit wieder von den anderen beansprucht. Tausend Fragen stürmten auf uns ein. Was war passiert? Wie waren Liv und ich wieder zusammengekommen? Würde Liv endgültig hierbleiben? Würden wir zusammenziehen? Auf die meisten hatten wir noch keine Antworten. Doch es störte mich nicht.

Liv wich keine Sekunde von meiner Seite. Immer wieder lächelte sie zu mir auf, und in ihrem Blick lag so viel Liebe, wie auch in meiner Brust aufwallte. Sie stützte mich und ich sie. Von jetzt an konnten wir jedem Sturm standhalten. Jede noch so dunkle Nacht überstehen. Gemeinsam.

38 Liv

Ich lag in Granny Bees Garten im Gras und blickte in den blauen Himmel. Um mich herum summten und brummten meine Freunde, die Bienen, von einer Blume zur nächsten. Wohlig seufzend schloss ich die Augen und spürte die warmen Sonnenstrahlen auf meinem Gesicht.

Seit einer Woche befand ich mich in einem solchen Glückstaumel, dass die Tage nur so an mir vorbeirauschten. Natürlich war da die Sorge um Wills Dad, den wir jeden Tag im Krankenhaus besuchten. Doch es ging ihm bereits besser. Sobald er einen Stift hatte halten können, hatte er Will nicht nur die *Giulia,* sondern auch die Firma überschrieben. Will teilte sich das Familiengeschäft nun mit seiner Schwester und konnte sein Glück kaum fassen.

Neben den Krankenhausbesuchen verbrachten wir jede freie Minute zusammen. Wir schliefen auf der *Giulia,* frühstückten mit den Füßen im Meer, machten lange Spaziergänge am Strand oder kümmerten uns gemeinsam um Granny Bees Tiere. Sie gab es zwar nicht zu, zeigte mir aber durch kleine Gesten, dass sie froh war, mich wieder in ihrem Leben zu haben – und zwar langfristig. Als ich ihr eröffnet hatte, dass ich in St. Andrews bleiben und meine eigene Firma gründen wollte, hatte sie sogar ein Tränchen verdrückt. Seitdem hatte ich einen extragroßen

Stein bei ihr im Brett. Erst heute hatte sie wieder mein Lieblingsessen zum Mittag gekocht. Meine Haare rochen noch nach dem gebratenen Wok-Gemüse.

Als eine sanfte Brise über mein Gesicht strich, öffnete ich die Augen. Der erste Hauch der kühleren Jahreszeit lag in der Luft. Ein paar schneeweiße Wolken schoben sich träge über den Himmel. Ich verfolgte ihre stille Wanderung mit den Augen und dachte an alles, was ich in den letzten Wochen dazugewonnen hatte. All die Leute, die nun wieder Teil meines Lebens waren.

Menschen waren wie Wolken: manche strahlend weiß und fluffig, einige dunkel und schwer vom Regen, andere blass, nur ein Streifen am Horizont, der schnell wieder verschwand. Will war wie eine dieser riesigen fluffigen Wolken, die träge über einen tiefblauen Spätsommerhimmel dahinzogen, sich hoch auftürmten, einen ganz und gar umschlossen wie eine weiche Umarmung, aber nie die Sonne verdeckten. Er veränderte seine Form, wurde immer zu dem, was man gerade brauchte. Ein offenes Ohr, eine helfende Hand, ein Freund, ein Geliebter. Bei dem Gedanken wurde mir ganz warm. Ich vergrub meine Hände im Gras, spürte die weiche Erde unter meinen Fingern.

Schon seit Tagen spielte ich mit dem Gedanken, den nächsten Schritt zu wagen. Seit unserer Versöhnung hatte ich das Gefühl, alles schaffen zu können, was ich mir vornahm. Als ich nun die Will-Wolken betrachtete, löste sich auch das letzte bisschen Angst auf wie Tinte in Wasser. Meine Haut kribbelte plötzlich so sehr, als würden Grannys Bienen darauf herumkrabbeln. Ich fühlte mich rastlos, voller Tatendrang und neu erwachtem Mut.

Ich sprang so hastig auf, dass einige Hühner gackernd davonflatterten. An Stillliegen war nun nicht mehr zu denken.

Barfuß rannte ich zur Veranda und sprang immer zwei Stufen auf einmal hinauf. Als ich in die Küche raste, hätte ich Granny beinahe umgerannt.

»Hey, langsam! Du kannst einer alten Frau doch nicht so einen Schrecken einjagen!«

Ich hielt kurz inne, um ihr einen Kuss auf die Stirn zu geben. In den letzten Jahren war sie ein wenig geschrumpft, sodass ich mich dafür nicht mehr auf die Zehenspitzen stellen musste. »Ich muss noch mal kurz in die Stadt, Granny! Zum Abendessen bin ich zurück.«

»Aber komm nicht zu spät. Deine Eltern kommen doch heute Abend vorbei.«

»Ich weiß, ich weiß. Es wird nicht lange dauern. Es ist nur … mir ist endlich klar geworden, was ich will.«

»Meinst du, was du heute Abend essen möchtest?«

»Nein, was ich vom Leben will.«

Granny verdrehte die Augen. »Du wirst immer so philosophisch, wenn du große Entscheidungen triffst.« Sie gab mir einen Klaps auf den Po. »Also los, raus mit dir. Nimm deine Zukunft in die Hand.«

Ich schmunzelte. Sie hatte ja keine Ahnung, wie recht sie damit hatte.

Ich schnappte mir meinen Geldbeutel und eilte aus dem Haus. Doch nachdem ich die Straße überquert hatte, wurde ich langsamer. Ich sah mich bewusst um, atmete die salzige Luft tief ein, sog den Duft der Heckenrosen von Mrs Hucklebee in mich auf, winkte den in einem Vorgarten spielenden Nachbarskindern zu.

Gemächlich schlenderte ich durch die vertrauten Straßen meiner Heimatstadt, nahm alles wahr, als würde ich es zum ersten Mal sehen. Endlich verstand ich, was es mit diesem seltsamen Gefühl auf sich hatte, das mich überkam, als ich vor ein paar Monaten nach St. Andrews zurückgekehrt war. Endlich verstand ich, warum ich mich hier plötzlich so zu Hause fühlte, obwohl ich früher immer weit weggewollt hatte.

Ich hatte die Welt bereist, in mehreren wunderschönen Städten gelebt und viele weitere besucht. Doch an diesem Ort war mir das Herz gebrochen worden. Nein, ich hatte *mir selbst* das Herz gebrochen. Nichts verband einen so sehr mit einem Ort wie ein solcher Schmerz. Jetzt war es wieder heil, pochte laut und kraftvoll in meiner Brust. Und es schlug für diese Stadt. Für Will. Für meine Freunde. Für Granny Bee. Und für meine Eltern.

Mir war bewusst geworden, dass man sich den Ort, an den man gehören wollte, selbst schaffen musste. Es war kein physischer Ort, sondern er befand sich tief in mir selbst. Es waren die Leute, die ich liebte, die mir das Gefühl gaben, zu Hause zu sein. Warum hatte ich so lange gebraucht, um das zu begreifen?

Tief in Gedanken versunken, schlenderte ich durch die Water Street und grüßte Gabe, der vor dem *Lumberjacks* gerade die »Empfehlung des Tages« – Blueberry Pancakes mit original kanadischem Ahornsirup – auf eine Anzeigetafel kritzelte. Dann winkte ich Debbie und Ed durchs Fenster ihres *Whale Stores* zu. Mein Herz schlug immer schneller, meine Knie wurden weicher, je näher ich meinem Ziel kam. Ich bog in eine Nebenstraße ein. Nach ein paar Schritten blieb ich vor dem Geschäft stehen. Mit breitem Grinsen und feuchten Handflächen betrachtete ich die Auslage im Schaufenster.

Jetzt oder nie.

Schwungvoll trat ich ein.

39 Will

Ich stand am Bug der *Giulia* und blickte auf die Passamaquoddy-Bucht hinaus. Es war ein Anblick, den ich schon tausendmal gesehen hatte, und doch war es immer anders. Die Farbe des Meeres wechselte mit jedem einfallenden Sonnenstrahl, die Wolken türmten sich zu immer neuen Gebilden auf. Weit draußen stießen ein paar Möwen auf die Wasseroberfläche herab. Unter mir schaukelte das Boot – *mein* Boot – sanft hin und her. Alles war wie immer, aber tief in mir spürte ich, dass ich mich verändert hatte.

Mein Leben lag zum ersten Mal, seit ich denken konnte, wie ein leeres weißes Blatt vor mir. Womit wollte ich es füllen? Es war ganz allein meine Entscheidung. Und endlich hatte auch mein Dad das eingesehen.

Es ging ihm mittlerweile besser, auch wenn er das Krankenhaus noch nicht verlassen durfte. Dafür war die OP zu kompliziert gewesen und er dem Tod zu nahe gekommen. Dennoch war er auf dem besten Weg der Genesung und hatte sogar zugestimmt, einer Herzsportgruppe beizutreten. Er würde kürzertreten müssen, und wir würden alle ein Auge auf ihn haben. Da die Firma nun offiziell Emmy und mir gehörte, würde er uns nicht mehr dazwischenfunken können. Und er hatte versprochen, uns machen zu lassen.

Sobald Dad aus dem Krankenhaus kam, würde ich ihm trotzdem von meinen vielen neuen Ideen für das Unternehmen erzählen, damit er nicht das Gefühl hatte, ganz und gar nutzlos zu sein. Ich wusste, dass er seine Zeit brauchen würde, um sich daran zu gewöhnen, dass die neuen Chefs nun auch einen neuen Unternehmenskurs fuhren. Er und Mom würden sich als Paar ebenfalls neu erfinden müssen. Meine Mammina war ganz aus dem Häuschen, dass sie nun endlich mehr Zeit mit ihrem Ehemann verbringen konnte. Seit Tagen googelte sie gesunde Rezepte für Herzpatienten und hatte sich Nordic-Walking-Stöcke gekauft, um mit Dad Sport zu machen.

Lächelnd ließ ich meinen Blick über die *Giulia* streifen. Über die frisch gestrichenen Holzplanken, die beiden hoch aufragenden Masten und das neue Steuerrad, das ich selbst gebaut hatte. Die alte Lady war wiederhergestellt.

Ich war stolz auf meine Leistung. Wusste nun, wozu ich aus eigener Kraft fähig war. Das würde ich nie wieder infrage stellen. Und dann waren da noch all die wundervollen Menschen, die mir immer unter die Arme greifen würden, wenn ich Hilfe brauchte.

Der Gedanke an meine Freunde führte unweigerlich zu Liv. Heute würden wir die *Giulia* zum ersten Mal seit langer Zeit wieder aufs Meer ausführen. Sozusagen ihre zweite Jungfernfahrt. Liv und ich, die *Giulia* und das Meer. Genau so, wie es sein sollte.

Im Hintergrund drang leise Musik aus dem Radio an meine Ohren. *Will you be my beginning, my middle, my end?,* sang Leah Nobel. Trotz der Sonnenwärme bekam ich eine Gänsehaut, denn das war Liv für mich. Der Anfang, die Mitte und hoffentlich auch das Ende meiner Geschichte. Das Lied passte genau zu diesem Moment – wie sollte es auch anders sein? Ich hatte erst in den letzten Tagen gelernt, dass die Musik in meinem Leben nicht nur zu meiner früheren traurigen Stimmung gepasst hatte, sondern mich auch jetzt noch begleitete, da ich mein Glück wiedergefunden hatte. Die Erkenntnis zauberte mir einmal mehr ein Lächeln aufs Gesicht.

Ich warf einen Blick auf mein Handy. Liv würde jeden Moment hier eintreffen. Das Ziel unseres heutigen Segeltrips war ihre Idee gewesen – wie in alten Zeiten. Also hatte ich mich mit den letzten Reparaturen beeilt, um die *Giulia* seetüchtig zu machen.

Liv wohnte mittlerweile bei mir auf der *Giulia,* besuchte Granny Bee aber regelmäßig, um nach ihr und den Tieren zu sehen. In letzter Zeit hatte sie sich außerdem öfter als sonst mit ihren Eltern getroffen. Die drei arbeiteten mit Hochdruck an Livs eigenem PR-Unternehmen, das sie in zwei Monaten in St. John launchen wollte. Ich war unglaublich stolz auf sie und würde ihr ebenso zur Seite stehen wie sie mir mit meiner Firma.

Meine Firma … das klang noch so neu, dass ich mich erst daran gewöhnen musste. Neu und wirklich gut. Und das Beste daran war, dass ich endlich wieder jemanden hatte, mit dem ich die guten, aber auch die schlechten Zeiten teilen konnte.

Mir wurde ganz heiß, als ich an heute Morgen dachte, als Liv mich mit dem Kopf unter der Decke und sanften Küssen auf meine Oberschenkel geweckt hatte. Bei der Erinnerung an ihr lautes Stöhnen, als wir uns danach geliebt hatten, hoben sich meine Mundwinkel, wie sie es seit knapp zwei Wochen jede Minute eines jeden Tages taten – seit ich Liv gesagt hatte, dass ich sie liebte, und sie mir gestanden hatte, dass sie ebenfalls nie aufgehört hatte, mich zu lieben.

Ich seufzte leise und rieb mir über die Bartstoppeln. Manche Leute brauchten eben ein bisschen länger, um ihr Glück zu finden. Wir hatten uns erst verlieren müssen, um uns wirklich zu finden.

»Will!« Ich fuhr herum und entdeckte Liv, die barfuß auf die *Giulia* geklettert kam. In den letzten Wochen auf dem Boot war ihre Haut knackig braun geworden, die Sommersprossen in ihrem Gesicht waren förmlich explodiert. Sie trug die alten Jeansshorts, von denen sie wusste, dass sie mich um den Verstand brachten, eine dunkelbraune Lederhandtasche über der Schulter und ein weißes Babydoll-Top. Ihre Fußnägel waren hellrosa lackiert. Das machte mich misstrauisch, denn ihren Lieblingsnagellack, von dem sie nur noch ein Fläschchen besaß, weil er nicht mehr hergestellt wurde, hob sie sich für besondere Anlässe auf.

»Hey!« Ich gab ihr einen Kuss zur Begrüßung. Ihre Lippen öffneten sich unter meinen, verlangten nach mehr, während sie ihren Körper an meinen presste. Also stieß ich mit der Zungenspitze leicht gegen ihre, sodass Liv erschauerte. Sie schlang beide Arme um meinen Hals und fuhr mir mit den Fingern durchs Haar. Der Kuss wurde inniger, sie presste sich fester an mich, während sich unsere Zungen umkreisten. Als wir uns voneinander lösten, waren wir beide außer Atem.

»Also dann, Leinen los?« Sie grinste mich an.

»Dein Ernst?«, fragte ich empört. »Du kannst mich doch nicht so küssen und dann erwarten, dass ich sofort funktioniere.«

»Kann ich nicht?« Sie hob eine Augenbraue, und ihr Blick wanderte zu der offensichtlichen Beule in meinen dunkelblauen Segelshorts. »Ich dachte, du könntest dieses Boot im Schlaf steuern. Und da lässt du dich von einem einfachen Kuss aus der Ruhe bringen?«

»Ein einfacher … wie bitte? Komm her, du!« Ich sprang auf sie zu, und sie flitzte fröhlich quietschend davon. Ich jagte Liv dreimal übers Deck, bis sie sich an einem gespannten Seil festhielt und mit Schwung zu mir herumwirbelte. Ich konnte nicht schnell genug abbremsen und stieß gegen sie. Sie schlang beide Arme um mich, und wir taumelten lachend einige Schritte rückwärts, wobei wir der Reling gefährlich nahe kamen.

Ich hielt Liv fest, stemmte beide Füße in den Boden und rettete uns vor einem Sturz ins Meer. »Ich hab dich«, murmelte ich dicht an ihrem Ohr.

»Immer«, antwortete sie und gab mir einen zärtlichen Kuss auf die Wange. So verharrten wir, genossen die Nähe des anderen. Wir sahen uns in die Augen, unser Atem mischte sich, Livs Duft stieg mir in die Nase. Ich schluckte, küsste ihren Scheitel, war ganz von meiner Liebe für sie erfüllt. Nach einer wunderschönen Weile schob Liv mich jedoch entschieden von sich. »Nun aber wirklich Leinen los, Captain, wir haben heute schließlich noch was vor.«

Als ich die *Giulia* in unsere Lieblingsbucht steuerte, machte mein Herz einen begeisterten Sprung. Ich war so lange nicht mehr hergekommen. Vier Jahre, um genau zu sein. Ich hatte es einfach nicht ertragen können ohne Liv. Das hätte sich falsch angefühlt. Umso glücklicher war ich, nun diesen Ort, der uns früher so viel bedeutet hatte, mit Liv an meiner Seite wiederzusehen.

Es war ein verstecktes Paradies, von dem nur wenige Leute wussten, da es auf der schwer zu erreichenden Seite einer kleinen Insel lag. Die hohen Nadelbäume wiegten sich über den uns umgebenden Klippen in der Spätsommerbrise, ein schmaler Strandabschnitt zwischen den Felsen lud zum Verweilen ein. Ich glaubte, zwischen den dicht stehenden Stämmen einen Schwarzbären zu sehen, der sich langsam vom Ufer entfernte.

Liv stand neben mir, ihr Haar flatterte im Wind. Sie legte eine Hand auf meinen Arm und sah mich ebenso happy an, wie ich mich fühlte. Am liebsten hätte ich die Zeit angehalten, den

Augenblick eingefroren, sodass ich ihn immer bei mir tragen konnte.

Liv trat an die Reling, um hinabzuschauen. Wahrscheinlich konnte sie es kaum erwarten, ins Meer zu springen. Das Wasser war hier in der Bucht beinahe azurblau, sodass man bis auf den Grund sehen konnte. Ich konnte nicht viel weiter, ohne an den Felsen aufzulaufen, also wies ich Liv an, den Anker herunterzulassen. Sie tat wie geheißen, machte allerdings keine Anstalten, sich auszuziehen, um wie sonst zum Strand zu schwimmen. Stattdessen bückte sie sich zu ihrer Handtasche am Boden.

Ich nahm die Hände vom Steuer und drehte mein Gesicht der Sonne zu. Sie wärmte meine Wangen, drang durch meine geschlossenen Lider und ließ Sonnenflecken vor meinen Augen tanzen. Wahrscheinlich war es physisch unmöglich, dass meine Mundwinkel noch höher wanderten.

Als ich die Augen wieder aufschlug, stand Liv direkt vor mir. Sie hatte die Arme hinter dem Rücken verschränkt und wirkte leicht nervös. Mit einem verlegenen Lächeln pustete sie sich eine Strähne aus dem Gesicht.

»Will, ich habe dich aus einem bestimmten Grund gebeten, heute mit mir hier rauszusegeln.« Sie schluckte und sah mich mit ihren strahlend grünen Augen an. Ein Funkeln lag darin. Vorfreude? Aufregung? Ich konnte es nicht recht deuten.

»Ich weiß, dass unsere Beziehung ihre Höhen und Tiefen hatte. Daran bin ich zu großen Teilen selbst schuld. Aber ich weiß auch, dass wir aus den schmerzhaften Zeiten stärker herausgekommen sind. Wir haben sie überwunden und wieder zueinandergefunden, und das ist es, was zählt. Manchmal muss man sich eben erst verlaufen, um den richtigen Weg zu finden. Und manchmal muss man die richtige Person erst verlieren, um zu verstehen, wie viel sie einem bedeutet.«

Ich nickte ergriffen, strich ihr die Strähne aus der Stirn, die der Wind bereits wieder in ihr Gesicht geweht hatte. »Und deshalb habe ich das Gefühl«, fuhr Liv fort, »dass es keinen besseren Moment gibt als jetzt, um unser gemeinsames Leben zu beginnen.«

Dann ging sie auf ein Knie, und ich keuchte überrascht auf.

40 Liv

Als ich auf ein Knie ging, pochte mein Herz so laut, dass ich glaubte, Will müsste es hören. Wahrscheinlich hörte man es sogar noch in St. Andrews. Meine Handflächen waren so feucht, dass mir die kleine Schatulle, die ich hinter meinem Rücken hielt, jeden Moment aus der Hand rutschen würde. Das durfte nicht passieren. Ich wollte, dass dieser Moment absolut perfekt war. Nichts anderes hatte Will verdient.

Ich sah zu ihm auf, schluckte nochmals, beinahe zu ergriffen, um die nächsten Worte auszusprechen, die ich mir so sorgfältig zurechtgelegt hatte.

»Ich weiß endlich, was ich will. Es tut mir leid, dass ich so lange gebraucht habe, um es zu erkennen. Aber du … du warst schon immer mein Leben, Will. Du hast mich zu einem besseren Menschen gemacht. Ich glaube, du erdest mich, und ich mache dich ein bisschen leichter. Zumindest hoffe ich das. Zusammen können wir alles schaffen. Und ich möchte dich nie wieder verlieren. Nie wieder, hörst du?«

Will hatte die Augen weit aufgerissen, sie waren feucht. Ich lachte leise und wischte mir ebenfalls eine Träne aus dem Augenwinkel.

»Und deshalb«, fuhr ich mit zitternder Stimme und bis zum Bersten anschwellendem Herzen fort, »frage ich dich heute hier, an unserem Lieblingsort auf unserem Lieblingsboot, ob du mich heiraten möchtest, Will Fisher.«

Vor Nervosität hätte ich beinahe den wichtigsten Teil vergessen. Hastig zog ich die Schatulle hinter meinem Rücken hervor und öffnete sie. Es kamen zwei silberne Ringe zum Vorschein, die ich für uns hatte anfertigen lassen. Will schnappte nach Luft. Die Tränen liefen ihm nun frei über die Wangen, sodass er kaum sprechen konnte. »Ja«, schluchzte er und wischte sich über das Gesicht. »Ja, ja, ja!«

»Ja?«, fragte ich, ein bisschen zu ungläubig. Doch Will nickte lachend und weinend und schniefend zugleich.

Ich fiel ihm kreischend um den Hals, drückte ihn so fest an mich, wie ich konnte. Spürte seine solide Brust, die starken Arme, die sich um mich schlossen, seinen Herzschlag an meinem. Er küsste meinen Scheitel, meine Schläfe, dann meine Wange, mein Kinn. Als sich unsere Lippen trafen, schmeckte er salzig von seinen und meinen Tränen. Wir küssten uns lange und innig, wollten einander nicht loslassen, nie wieder loslassen. Wir weinten und lachten und klammerten uns aneinander wie zwei Ertrinkende an ein Stück Treibholz.

»Sieh sich uns einer an«, schniefte ich nach einer Weile. »Wir heulen beide, als hätten wir gerade zum hundertsten Mal die *Schlacht der Bastarde* geschaut.«

Will sog scharf die Luft ein. »Weißt du, wie sehr ich dich dafür liebe, dass du das gerade gesagt hast?«, fragte er grinsend.

»Was? Ob du mich heiraten willst?«

»Nein, die Anspielung auf *Game of Thrones*. Allein dafür würde ich dich glatt noch mal fragen, ob du mich heiraten willst.«

Ich lachte. »Ich glaube, das haben wir jetzt erst mal abgehakt. Manche Leute machen das nur einmal im Leben. Wir gleich zweimal. Irgendwann muss es genug sein.«

Er lachte ebenfalls, wischte sich über das Gesicht und hörte nicht auf zu grinsen.

»Apropos«, sagte ich. »Schau mal, die Ringe sind graviert.«

Die Schachtel war während unseres Gefühlsausbruchs in meiner Hand in Vergessenheit geraden. Nun öffnete ich sie wieder und hielt sie Will erneut unter die Nase. Er nahm sich den größeren der beiden Ringe und begutachtete ihn.

»Doppelt hält besser«, las er laut vor. Er stutzte, las den Satz noch einmal. »Echt jetzt?«

Anhand seines verdutzten Gesichtsausdrucks musste ich schon wieder lachen. »Damit wir nie vergessen, dass wir zwei Anläufe gebraucht haben.« Sanft, aber bestimmt schob ich ihm den Ring auf den Finger. »Wenn man von diesem Sprichwort ausgeht, ist das sogar etwas Gutes. Es wird halten.«

Er zog mich wieder an sich, seine Brust vibrierte unter meiner Hand, als er leise lachte. »Du hast an alles gedacht, was?«

»Ja, sogar an Sekt. Der steht unten im Kühlschrank kalt. Hab ich vorhin reingeschmuggelt, während du geduscht hast.« Ich blickte zu ihm auf und zwinkerte ihm zu.

»Wow, Liv.« Plötzlich wurde er ernst, nahm den zweiten Ring aus der Schachtel und schob ihn auf meinen Finger. »Es ist perfekt. Perfekter, als ich es je hinbekommen hätte.«

»Na, hör mal, das ist doch kein Wettbewerb.«

»Nein, aber … beim zweiten Mal stimmt alles. Nicht nur die Atmosphäre, sondern auch die Antwort.«

Der Satz traf mich mitten ins Herz, und ich schmiegte meine Wange an seine Brust, betrachtete den Ring an meinem Finger, der uns nun verband. Dies war mein Platz. An seiner Seite. Für immer.

»Und ich möchte, dass es für uns beide perfekt bleibt«, fuhr Will fort. »Ich will nicht, dass du diejenige bist, die für diese Beziehung Opfer bringt …«

»Aber ich bringe doch gar keine Opfer.«

»Na ja, du bleibst in St. Andrews. Für mich. Dabei wolltest du doch immer …«

Ich schmunzelte. »Glaubst du nicht, dass du dich da ein bisschen zu wichtig nimmst, Mr Fisher junior? Ich bleibe nicht nur deinetwegen. Ich habe bald ein eigenes Unternehmen, schon vergessen?«

Erst sah er leicht erschrocken aus, dann hatte Will sich wieder gefasst und zwickte mich in den Arm. »Schon klar, schon klar. Aber mal im Ernst: Ich möchte, dass du glücklich bist.« Er gab mir einen weiteren Kuss auf die Stirn. »Und deshalb würde ich gern mit dir reisen.«

Ich sah ihn verblüfft an und hätte ihn am liebsten gleich noch mal gefragt, ob er mich heiraten wollte. »Ist das dein Ernst?«

»Ja, ich habe noch nie wirklich Urlaub genommen. Wird bald mal Zeit. Vielleicht nach Neuseeland? Oder einen Roadtrip durch Südamerika? Wird schwierig, ein Land zu finden, das du noch nicht kennst.« Er gluckste amüsiert.

Mein Magen kribbelte vor Aufregung. Im Kopf ging ich bereits mögliche Reiserouten durch. »Wie wär's denn mit Kanada?«, fragte ich. »Hier bei uns gibt's doch auch so viel zu sehen.«

Will strahlte mich an. »Ich liebe dich, weißt du das?«

»Und ich liebe *dich.*« Als meine Lippen diesmal auf seine trafen, war der Kuss hungrig, voller Leidenschaft und Verlangen. Ich schmeckte Wills Freude, spürte seine Erleichterung, empfand all seine Liebe für mich. Ich keuchte, presste mich an ihn. Er hatte Ja gesagt! Glück strömte durch meine Adern.

Meine Hände wanderten zu seinem Gürtel, öffneten ihn, sodass ihm seine Shorts bis auf die Hüftknochen rutschten. Er lachte leise an meinen Lippen, wackelte ein wenig mit der Hüfte, sodass die Hose zu Boden fiel. Schon hatte ich auch meine Jeansshorts geöffnet und ließ sie meine Beine hinabgleiten.

Ich hob die Arme, und er schob mir mein Top über den Kopf. Dann war er an der Reihe – ich musste mich auf die Zehenspitzen stellen, um ihm das weiße T-Shirt abzustreifen.

Wenige Sekunden später flog auch unsere Unterwäsche achtlos hinter uns aufs Deck. Mein nackter Körper an seinem, Haut an Haut, Herz an Herz. Noch nie hatte sich etwas besser angefühlt.

»Wer zuerst am Strand ist?«, hauchte ich Will ins Ohr, löste mich von ihm und sprang mit einem Kopfsprung ins Meer.

Das Wasser schlug über mir zusammen, kühlte meinen erhitzten Körper, aber nicht mein Herz, das laut und kräftig für Will schlug. Trotz der Sommerhitze war das Wasser eisig, doch das war ich seit meiner Kindheit gewohnt – es war Heimat.

Schon platschte es erneut, und als ich auftauchte, schoss Will neben mir an die Oberfläche. Er grinste breit, Wassertropfen funkelten in seinen Bartstoppeln. Ich schwamm zu ihm, schlang meine Beine um seine Hüften und küsste ihn. Wieder und wieder. Ich konnte nie genug von ihm kriegen.

Als wir schließlich nebeneinanderher zum Strand schwammen, voller Liebe zueinander und Lust aufeinander, warf ich Will immer wieder verstohlene Seitenblicke zu. Diesem Mann, der mein Leben auf den Kopf gestellt hatte. Für den sich meine Welt gedreht hatte, selbst als uns Tausende Kilometer entfernt hatten. Und der zugestimmt hatte, seine Welt mit mir zu teilen, sein Leben mit mir zu verbringen. Ich hatte das Gefühl, dass in diesem Moment abermals Vergangenheit, Gegenwart und Zukunft aufeinanderprallten. Ein lauter Knall, der bis ins Universum zu hören war. Dies war der erste Tag unserer gemeinsamen Reise. Und sie würde grandios werden.

ENDE

Danksagung

Zuallererst möchte ich dir danken, liebe Leserin, lieber Leser, dass du nach Marlys und Jacks Geschichte nun auch zu Wills und Livs gegriffen hast. St. Andrews ist einer meiner Herzensorte, und es freut mich so sehr, ihn mit euch teilen zu können. Danke für eure Begeisterung und Unterstützung. Wer weiß – vielleicht findet ihr ja eines Tages selbst den Weg in das Küstenörtchen an der Passamaquoddy-Bucht.

Wie immer geht ein besonderer Dank an all die wunderbaren Menschen, ohne die dieses Buch nicht möglich gewesen wäre.

Die Agentur Schlück und meine Agentin Sarah Knofius – oder sollte ich lieber sagen, meine gute Fee?

Meine Piper-Lektorin Greta, die immer ein offenes Ohr für meine Tausend Fragen hat, egal, ob es um Triggerwarnungen, Sensitivity Readings oder Cover-Ideen geht.

Meine Testleserinnen Stella, Kathi, Kathinka und Rebekka, die mich jedes Mal pushen, noch besser zu werden, noch tiefer zu gehen und mein ganzes Potenzial auszuschöpfen.

Ein besonderer Dank geht an Selina, dafür, dass ich dich zum Thema Logopädie löchern durfte.

Kerstin von Dobschütz, die meinen Texten den nötigen Feinschliff verpasst.

Das ganze everlove-Team von Piper und die kreativen Köpfe hinter den wunderschönen Covern.

Meine Familie und meine Freunde in Deutschland sowie in Kanada und der Schweiz, die nicht müde werden, mich voller Stolz zu unterstützen – vor allem, wenn ich mal wieder nicht an mich selbst glaube.

Meine Autorenkolleg*innen und all die anderen tollen buchbegeisterten Menschen da draußen, die unsere Bücher in die Welt hinaustragen.

Und natürlich mein Lieblingsmensch – und Lieblingskanadier – Chris. Meine Bücher wären gar nicht möglich, wenn du nicht für mich kochen, mich in stressigen Zeiten massieren und mir regelmäßig Tee bringen würdest. Danke, von ganzem Herzen.

everlove

Die Liebe ist wunderbar und unendlich vielseitig!
Deshalb finden bei everlove auch alle Facetten der Liebe einen Platz.

WERDE TEIL UNSERER COMMUNITY

everlove.verlag

#allyouneediseverlove

everlove-verlag.de

VERPASSE KEINE NEUIGKEITEN MEHR

Melde dich jetzt für unseren Romance-Newsletter an!

piper.de/newsletter

DU HAST WÜNSCHE, ANMERKUNGEN ODER FEEDBACK?

Schreib uns gerne!

everlove@piper.de